Nicholas Sansbury Smith

Hell Divers

Buch 5

NICHOLAS SANSBURY SMITH

HELL DIVERS

BUCH 5

Aus dem Amerikanischen von Michael Krug

FESTA

Die Originalausgabe *Hell Divers #5 – Captives*
erschien 2019 im Verlag Blackstone Publishing.

1. Auflage Januar 2021

Titelbild: Arndt Drechsler

ISBN 978-3-86552-892-6
eBook 978-3-86552-893-3

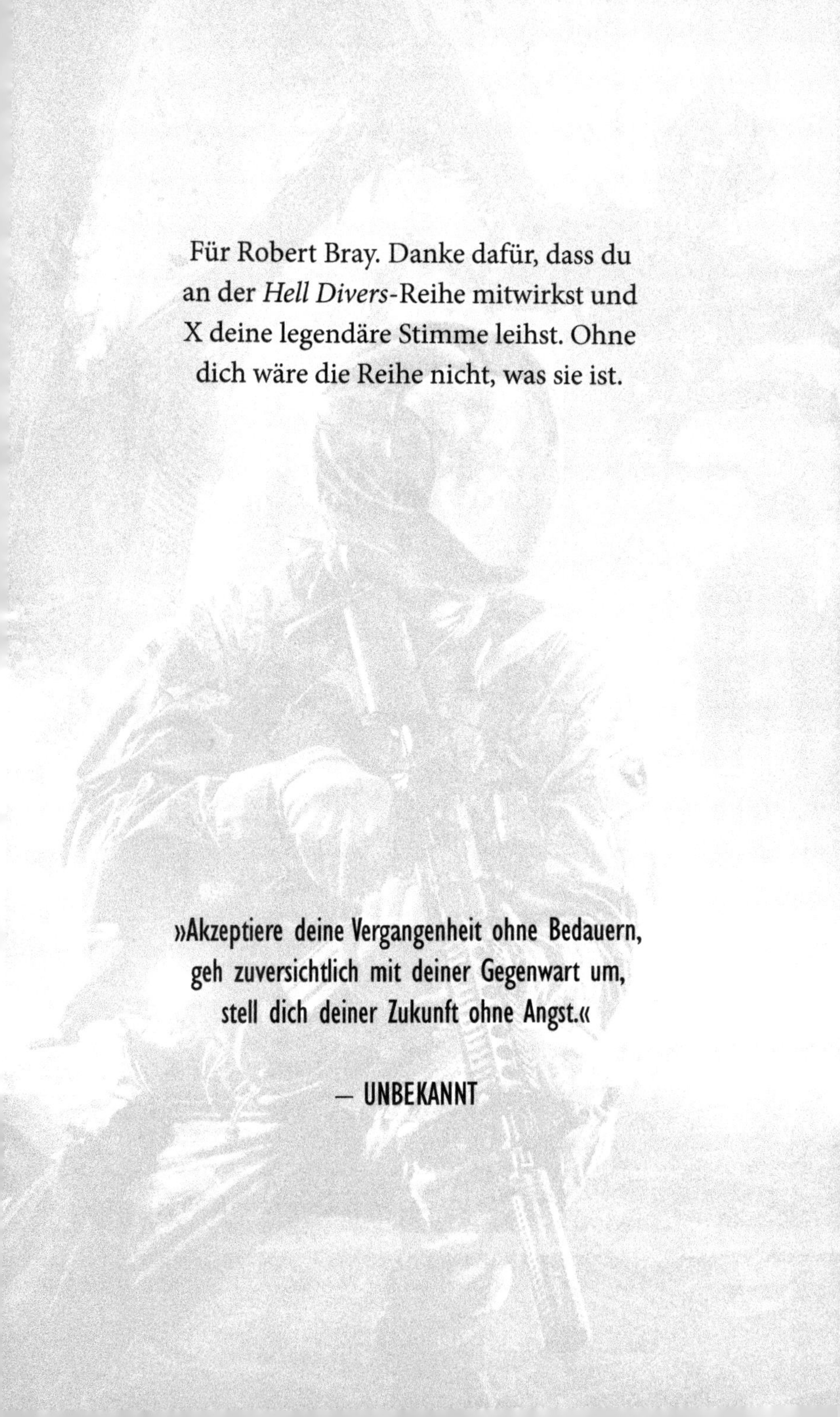

Für Robert Bray. Danke dafür, dass du an der *Hell Divers*-Reihe mitwirkst und X deine legendäre Stimme leihst. Ohne dich wäre die Reihe nicht, was sie ist.

»Akzeptiere deine Vergangenheit ohne Bedauern, geh zuversichtlich mit deiner Gegenwart um, stell dich deiner Zukunft ohne Angst.«

– UNBEKANNT

PROLOG

Vor drei Monaten

Rodger Mintel erwachte mit den schlimmsten Schmerzen seines Lebens. Sein gesamter Körper brannte, als würde er Zentimeter für Zentimeter von einem Schwarm mutierter Ameisen gefressen.

Er wollte schreien, hörte die eigene Stimme jedoch nicht, nur ein gedämpftes Klingeln. Auch seine Augen schienen nicht zu funktionieren.

Vielleicht war er doch nicht wach. Er konnte weder die Beine noch die Arme oder Hände bewegen. Zu funktionieren schienen nur seine Nerven – und jede Faser seines Körpers brüllte aus voller Kehle.

Es fühlte sich an, als ertrüge er die Folter bereits seit Stunden, aber es konnten in Wirklichkeit auch nur Minuten oder sogar Sekunden gewesen sein.

Irgendwie schafften es einige bruchstückhafte Gedanken durch das Inferno, das seinen Körper beherrschte. Dazu gehörte die Erinnerung an ein rostiges, unter einem dunklen Himmel an einem Pier vertäutes Schiff. Gezackte Blitze zuckten durch die roten Ranken, die verästelt und verschlungen entlang des Ufers wucherten.

Die Schmerzen setzten wieder ein, die Bilder lösten sich in grellweißen Explosionen auf.

Abermals versuchte er, die Lider zu öffnen, aber sie reagierten nicht. Er konnte nicht mal mit den Zähnen knirschen.

Eine weitere Erinnerung tauchte vor seinem geistigen Auge auf. Er sah das Schiffsdeck, auf dem er gefesselt lag. Jemand befand sich regungslos auf dem Boden neben ihm.

Eine Frau …

Mags!

Die Erkenntnis überlagerte kurzzeitig die Qualen seines geschundenen Körpers. Abgesehen davon, dass er neben ihr am Deck festgezurrt gewesen war, wusste er kaum noch etwas. Sehr wohl jedoch erinnerte er sich daran, dass er in der Stadt von Männern in schwerer Panzerung aus dem Hinterhalt angegriffen worden war.

Rodger versuchte, sein Gedächtnis in Gang zu bringen, doch sosehr er sich bemühte, sein Gehirn arbeitete nicht richtig, konnte sich nicht konzentrieren. Es fühlte sich an, als wäre er zugleich hundemüde und sturzbetrunken.

Eine neue Welle höllischer Qualen fegte über ihn hinweg, und diesmal konnte er die Folter nicht ertragen. Sein Verstand gab auf und schaltete sich ab wie eine ausgeknipste Glühbirne.

Als er wieder zu sich kam, wusste er nicht, wie viel Zeit vergangen war, aber er erinnerte sich deutlich an die Schmerzen. Sie hatten aufgehört. Stattdessen nahm er nur noch Taubheit wahr.

»Bin ich tot?«, sprach er laut aus.

Er konnte die Worte hören, also lautete die Antwort vermutlich Nein.

Nachdem er zusammengekratzt hatte, was er an spärlicher Kraft besaß, gelang es ihm, die Lider einen Spalt zu öffnen. Ein gleißender Lichtpunkt ließ ihn die Augen zu schmalen Schlitzen verengen und erinnerte ihn an die LEDs, die Hell Divers einst von der Erdoberfläche geborgen und seinem Vater für die Verwendung in seiner Holz- und Uhrenwerkstatt gegeben hatten.

Hell Divers … Pa …

Ein Schwarm von Erinnerungen flatterte durch sein Hirn. Gedanken an seine Familie und an die Arbeit an Uhren und Schätzen aus Holz bescherten ihm einen flüchtigen Moment der Freude. Genau wie die bunten Bilder in den Gängen der *Hive,* dem einzigen Zuhause, das er je gekannt hatte.

Er schloss die Augen wieder, ließ die Erinnerungen herbeiströmen. Nicht alle stammten vom Leben am Himmel. Das nächste Bild, das er sah, ließ ihn an Bord jenes rostigen Schiffes zurückkehren, auf dem man ihn mit Magnolia festgehalten hatte. Vor seinem geistigen Auge sah er Xavier Rodriguez, der seinen Hund Miles trug. Er kletterte über die Reling des Schiffes, stellte den Hund ab und schnitt sowohl Rodger als auch Magnolia los.

Ein Gefühl der Erleichterung spülte über Rodger hinweg, zerbarst jedoch in dem heftigen Schusswechsel, der gleich darauf in der Erinnerungsabfolge einsetzte. Cazadores umzingelten die drei Hell Divers, doch X hielt die Stellung und schlachtete die Barbaren einen nach dem anderen ab.

Rodger wusste noch, dass er nach einer Waffe gesucht hatte, um Magnolia zu schützen und X im Kampf zu helfen. Dann erinnerte er sich an den massigen Schatten. Ein Ungetüm von einem Mann ragte über ihm auf. Mit den dicken, knochigen Erhebungen von Sirenenschädeln auf den gepanzerten Schultern.

El Pulpo, König der Cazadores.

Rodger erinnerte sich daran, wie etwas Heißes durch seinen Rücken fetzte und ihm den Atem verschlug, sowohl damals als auch jetzt. Dann ertönte ein schauerlicher Schrei, der ihm das Herz brach und den Drang auslöste, mit einem eigenen Schrei darauf zu antworten.

Das geistige Bild von Magnolia, die erstarrt auf dem Deck lag und furchtsam die Hände hochstreckte, holte Rodger letztlich mit einem Ruck zurück in die Gegenwart. Jäh schlug er die Lider auf und wurde von grellem Licht geblendet.

Er war doch noch am Leben.

Langsam passten sich seine Augen an die Helligkeit an und nahmen einen schmalen, verschwommenen Ausschnitt des Raums wahr, in dem er sich befand. Es handelte sich um eine Krankenstation mit Geräten und Regalen voll Bedarfsmaterial an den Schotten.

Auf der gegenüberliegenden Seite standen zwei Gestalten an einer Luke, doch er sah sie nur undeutlich und konnte ihre Züge nicht erkennen.

War er zurück an Bord der *Hive?* War es Magnolia und X gelungen, ihn von dem Schiff zu retten?

Mühsam versuchte er, sich zu bewegen, aber sein Körper reagierte immer noch nicht. Jeder Quadratzentimeter seiner Haut fühlte sich taub an wie ein eingeschlafener Fuß.

»M-Mags?«, stammelte er. »Ma? Pa?«

Wenn er sich an Bord der *Hive* befand, würden bestimmt seine Eltern in der Nähe sein.

Er blinzelte mehrmals, bis sich die zwei Gestalten schärfer abzeichneten.

»Nein«, flüsterte er. »Das kann nicht sein.«

Er befand sich *nicht* an Bord der *Hive*. Milizsoldaten trugen keine Körperpanzerung.

Durch die Taubheit drang nach und nach ein Gefühl – ein kalter Klumpen Angst, der sich in seinen Eingeweiden einnistete. Außerdem nahm er eine schaukelnde Bewegung unter sich wahr.

Begreifen setzte ein. Er war nicht zurück am Himmel. Sondern auf dem Wasser.

Endlich verschwand das Gewicht, das seine Lider nach unten zog, und er blickte auf seinen halb nackten Körper hinab. Lederriemen fesselten seine Arme und Beine. Ein weiterer Riemen spannte sich über seinen Hals, hielt seinen Kopf zurück und schränkte dadurch sein Sichtfeld ein. Eine Flüssigkeit sickerte durch transparente Leitungen in die Venen seiner Arme.

Fühlte er sich deshalb so betäubt?

Die zwei gepanzerten Wächter an der Tür sprachen miteinander. Metall kreischte, als einer der beiden die Luke öffnete. Der größere Mann verließ den Raum. Der andere trat vor und sprach auf Spanisch zu Rodger. Ein Atemgerät dämpfte dabei seine Stimme.

Rodger kämpfte gegen den Riemen an seinem Hals an und hob den Kopf gerade weit genug, um einen flüchtigen Blick auf den grob genähten Schnitt in seinem unteren Brustbereich zu erhaschen.

Einen Moment lang starrte er auf die hässliche Wunde. Ein grauenhafter Gedanke schoss ihm durch den Kopf: Vielleicht hatte man ihm einen Teil entnommen und gegessen. Aber dann hätte man sich wohl kaum die Mühe gemacht, ihn an Schläuche anzuschließen.

Irgendjemand wollte ihn retten, zumindest vorerst. Die Wunde wirkte frisch, was bedeutete, dass seit seiner Gefangennahme nur wenige Tage vergangen sein konnten.

Als er sich auf dem Tisch hin und her wand, setzte das Brennen wieder ein.

Wie immer. Er fühlte sich tief in einem Universum greller, sengender Schmerzen gefangen.

Sein Kopf fiel auf den Tisch zurück und er blinzelte unablässig, als weitere Erinnerungen über ihn hereinbrachen. Der Kampf auf dem Deck des Schiffes zwischen X und den Cazadores-Soldaten. Miles, der gekläfft hatte, Magnolia, die geschrien hatte.

Und dann El Pulpo, der Rodger von hinten gepackt hatte.

Rodger hatte nie gesehen, was ihn durch den Rücken gepfählt hatte, aber es hatte ihn durchstoßen und war durch seine Brust wieder ausgetreten. Was bedeutete, dass der rote Schnitt unter seinem Brustbein nicht die einzige Wunde sein konnte.

Er wandte den Blick davon ab und versuchte, sich daran zu erinnern, was zwischen damals und jetzt geschehen war. Aber so angestrengt er es versuchte, es fiel ihm nicht ein. Er wusste weder, wo sich Magnolia und X oder die anderen Springer befanden, noch was aus der *Hive* geworden war.

»Bitte«, presste Rodger erstickt hervor. »Bitte lass mich gehen.«

Der Wächter kehrte zur Luke zurück und öffnete sie für den anderen Soldaten. Diesmal hatte er Gesellschaft.

Zwei andere Männer traten ein. Einer erwies sich als klein und kahl. Er besaß einen hellen Teint, trug eine braune Robe und hatte einen üppigen Bart. Der Mann hielt die Hände hinter dem Rücken verschränkt. Der andere hatte olivfarbene Haut und eine Brille. Über das wilde silbrige Haar hatte er eine Stirnlampe hochgeschoben, um seinen Hals hing lose eine weiße Maske.

Keiner der beiden sah wie ein Soldat aus. Hätte Rodger raten müssen, er hätte den Kerl mit der Maske als irgendeinen Arzt eingestuft.

Anscheinend kamen die Männer nicht allein.

Aus dem Gang drang das Poltern schwerer Stiefel herein. Im trüben Licht draußen erhaschte Rodger einen undeutlichen Blick auf eine massige Gestalt, die sich der offenen Luke näherte. Aber er musste den Neuankömmling nicht deutlich sehen, um zu wissen, dass es sich um den König der Cazadores höchstpersönlich handelte.

El Pulpo bewegte sich herein. Die Sirenenschädel auf seinen Schultern schrammten dabei über den Rahmen der Luke. Unbekümmert schritt er direkt neben Rodgers Bett und betrachtete mit dem verbliebenen Auge die unverheilte Wunde.

Dann drehte er sich dem Mann mit der Maske zu und erteilte ihm auf Spanisch Anweisungen.

Der Mann schaltete seine Stirnlampe ein, zog Chirurgenhandschuhe an und beugte sich über Rodger.

So verharrte er mehrere Sekunden lang und neigte leicht den Kopf, um den Lichtstrahl auf die Wunde zu richten. Rodger hatte sich noch nie zuvor im Leben so geschändet gefühlt.

»Bitte«, flüsterte er. »Bitte nicht …«

El Pulpo schnupperte, dann wischte er sich über die knollige Nase. Der Mann in der braunen Robe ging auf die andere Seite des Bettes, die Hände nach wie vor hinter dem Rücken verschränkt.

»Hab keine Angst, mein Freund«, ergriff er mit leiser, beruhigender Stimme das Wort. »Wir haben dich von den Toten zurückgeholt.«

»Wer bist du?«, fragte Rodger krächzend und blinzelte die Sternchen weg. Das graubärtige Gesicht wies die runzlige Stirn und die freundlichen Augen eines weisen alten Mannes auf. Jedenfalls sah dieser Bursche nicht wie einer der grobschlächtigen Cazadores-Soldaten aus.

»Ich bin Imulah«, antwortete er mit einem herzlichen Lächeln, das allerdings ein wenig gezwungen wirkte. »Ich diene El Pulpo als Schriftgelehrter.«

Rodger hielt sich für gut darin, Menschen zu deuten, und irgendetwas an diesem »Schriftgelehrten« kam ihm falsch vor.

»Warum erzählst du mir nicht etwas über dich, da du jetzt wach bist?«, schlug Imulah vor. »El Pulpo wartet seit Tagen auf die Gelegenheit, mit dir zu reden.«

Rodgers Blick schnellte von dem Schriftgelehrten zum Kriegerkönig der Cazadores. Er trug keine Klappe über der entzündeten Höhle des Auges, das X zerstört hatte.

»Hab keine Angst«, wiederholte Imulah. Er bewegte die Hände hinter dem Rücken hervor und trat näher ans Bett. »Dr. Javan kümmert sich sehr gut um dich.«

Der Mann mit der Stirnlampe nickte Rodger zu, begegnete jedoch immer noch nicht seinem Blick. Sowohl der Arzt als auch der Schriftgelehrte wirkten eindeutig angespannt, und Rodger vermutete, dass es an der Gegenwart ihres Königs lag.

Unwillkürlich fragte er sich, ob diese Leute El Pulpo aus freien Stücken folgten oder ob sie Sklaven waren. Und er überlegte, was ihr barbarischer Anführer mit ihm vorhaben mochte.

Javan sprach auf Spanisch mit Imulah, der übersetzte.

»Hast du Schmerzen?«, erkundigte sich der Schriftgelehrte.

Ich hab ein verfluchtes Loch in mir, durch das man den Stiel einer Harke stecken könnte, also ja, ich hab verdammt noch mal Schmerzen, hätte Rodger gern erwidert, doch er hielt lieber den Mund. Seine Eltern hatten ihm stets eingebläut: »Je weniger du sagst, desto weniger musst du kitten.« Vor allem in Situationen wie dieser.

»Wir wollten nicht, dass du leidest, und wenn du willst, geben wir dir mehr Medizin, die deine Schmerzen lindert.« Als Rodger immer noch nichts erwiderte, entfuhr Imulah ein kurzes Seufzen.

Auch El Pulpo schien nicht allzu erfreut zu sein. Er wischte sich den Schweiß von der Tätowierung eines Kraken auf seiner Stirn und grunzte zwischen angespitzten Zähnen hindurch.

»Fangen wir mit etwas Einfachem an«, meinte Imulah. »Wie ist dein Name?«

Nach kurzem Zögern entschied Rodger, dass es nicht schaden könnte, zumindest so viel zu verraten. »Ich bin Rodgeman.«

»Und du kommst wie deine Freunde vom Himmel? Wir haben euer Luftfahrzeug gesehen, also lüg bitte nicht. Lügen ist sehr schlecht und führt nur zu noch mehr Schmerz. Das willst du doch nicht, oder?« Imulah zog eine Augenbraue hoch.

Rodger bremste sich, bevor er etwas über seine Freunde am Himmel ausplaudern konnte. Darüber wollte er nicht mal diesem vergleichsweise netten Kerl etwas preisgeben.

»Nun?«, hakte Imulah nach.

»Ich bin Rodgeman«, wiederholte Rodger.

Das freundliche Lächeln in Imulahs Gesicht verkam zu einem stirnrunzelnden Ausdruck. »Muss ich dich daran erinnern, dass wir dir das Leben gerettet haben und dass wir …?«

Rodger fiel dem Mann ins Wort. »Ja, *nachdem* mir der da in den Rücken gestochen hat.« Ein unverhoffter Anflug von Schmerzen ließ ihn mit den Zähnen knirschen.

Imulah versteifte den Körper, korrigierte seine schlaffe Haltung.

Schweiß lief Rodger übers Gesicht, und er schloss die Augen, um gegen die sich ausbreitenden Schmerzen anzukämpfen. Was immer man ihm in die Venen pumpte, die Wirkung ließ allmählich nach.

Javan spürte Rodgers Unbehagen und entfernte sich vom Bett, um die Flüssigkeiten und medizinischen

Geräte zu überprüfen. Nachdem er die Anzeigen einige Sekunden lang überwacht hatte, meldete er seine Erkenntnisse El Pulpo, und Imulah übersetzte anschließend für Rodger.

»Javan sagt, du wirst gesund, und es gibt keine Anzeichen für eine Infektion. Du kannst ihm dafür danken, dass er dir das Leben gerettet hat.«

Rodger schaute zum Doktor, der zu einem Spülbecken getreten war, wo er sich mit irgendeinem Schaum die Hände wusch. Javan spähte über die Schulter zurück und nickte in Rodgers Richtung. Allerdings wirkte es nicht wie eine freundliche Geste, eher wie das emotionslose Nicken eines Roboters, was Rodger verriet, dass dieser Mann lediglich Befehle befolgte.

»Warum habt ihr mich gerettet?«, wollte Rodger wissen, als er den Blick wieder auf Imulah und schließlich El Pulpo richtete. »Damit ihr mich *essen* könnt?« Ein weiteres Aufflammen von Schmerzen ließ Rodger zusammenzucken. »Das tut ihr doch, oder?«

Javan kam zurück und überprüfte die Flüssigkeitsleitung, die in Rodgers linken Arm verlief. Er sagte etwas zu El Pulpo, der darüber nachzudenken schien und dann nickte.

Der Arzt ging zur Wand mit Schränken und zog eine Schublade auf.

»Wieso?«, hakte Rodger nach, obwohl er nicht sicher war, ob er die Antwort hören wollte. Die Fragen machten ihn nervös. Sein Blutdruck stieg und brachte eines der Geräte zum Piepen.

Javan bedachte Imulah mit einem besorgten Blick, und der Schriftgelehrte trat näher ans Bett.

»Beruhig dich, mein Freund«, sagte Imulah. »Deine Fragen werden schon bald beantwortet.«

Javan holte eine Spritze hervor und drückte den Kolben, bis ein wenig klare Flüssigkeit durch die Nadel austrat.

»Was … Was ist das?«, wollte Rodger wissen und versuchte, sich zu bewegen.

Sein Herz hämmerte heftiger, das Gerät piepte schneller.

Javan erteilte den beiden Cazadores-Soldaten auf Spanisch eine Anweisung. Sie rückten an und hielten Rodger fest, der sich unter den Riemen hin und her wand.

»Lasst mich los!«, grollte er. »Lasst mich *los!*«

Er beobachtete, wie Javan die Nadel in ein Ventil eines der Schläuche einführte. Sofort durchströmte Rodger ein warmes Gefühl der Erleichterung.

»Schlaf, mein Freund«, sagte Imulah.

Schläfrig kämpfte Rodger gegen die Euphorie an.

»Schon bald wirst du dein neues Zuhause sehen«, fügte Imulah hinzu, als die Dunkelheit Rodger übermannte.

Neues Zuhause?

Er dachte an das einzige Zuhause, das er je gekannt hatte, und an seine Eltern, Magnolia und seine anderen Freunde.

Ein letztes Bild tauchte noch auf, bevor sich sein Verstand verabschiedete.

Die Rückblende zum Schiff erwies sich als die bisher lebhafteste Erinnerung. Sowohl Magnolia als auch X waren an seiner Seite gewesen. Beide hatten mit ihm geredet und ihn gehalten, nachdem ihn El Pulpo durch den Rücken aufgespießt und anschließend auf das nasse Deck fallen gelassen hatte.

Danach jedoch hatten sie ihn zum Sterben zurückgelassen.

Die Erinnerung daran betrübte Rodger zutiefst. Seine Freunde hatten ihn aufgegeben, ihn einem Leben in Gefangenschaft bei diesen Monstern ausgesetzt.

1

Heute

Xavier Rodriguez tunkte den Lappen in den Eimer mit Wasser, dann legte er ihn sich auf die Stirn. Als er den Stoff entfernte, hatte er sich rot verfärbt.

Er blutete noch immer.

Weil du genäht werden musst.

Allerdings brauchte er nicht nur das. Er brauchte auch etwas, das die Menschen früher als *Urlaub* bezeichnet hatten.

Am schlimmsten waren nicht die offenen Wunden. Am schlimmsten war das Atmen. X wusste, wie sich angeknackste Rippen anfühlten, und was er im Augenblick empfand, war entschieden heftiger. Gegen eine angeknackste Rippe konnte er ohnehin nicht viel unternehmen.

Er senkte den Blick und begutachtete die hässliche Verletzung am Rand seines Fußes, wo ihn ein Projektil gestreift hatte. Tat immer noch höllisch weh. Und als wäre das nicht schlimm genug, hatte er beim Pinkeln nach wie vor das Gefühl, Nadeln zu pissen.

Aber er musste zugeben, dass er schon in übler Verfassung gewesen war, seit er seine Laufbahn als Hell Diver begonnen hatte. Etliche Male hatte er auf der Erdoberfläche Schlimmeres erlitten, für das er seinen gegenwärtigen Zustand mit Freuden eingetauscht hätte.

Er würde genesen. Sein Körper würde die frühere Kraft zurückerlangen.

Und er würde weiterkämpfen.

X spuckte einen Schleimpfropfen auf den Boden seiner Gefängniszelle und zuckte zusammen, als prompt Schmerzen durch sein Brustbein und seine Rippen schossen. Nachdem sie sich gelegt hatten, bewegte er sich zu den Gitterstäben seiner Zelle.

Seit mittlerweile drei Tagen stellte der Ort sein neues Zuhause dar. Er hatte diese Zeit in nahezu völliger Abgeschiedenheit verbracht, und er hatte keine Ahnung, ob Miles, Magnolia oder Rodger noch lebte.

»Lasst mich …« Seine Stimme kippte, und er verstummte.

X massierte sich die Kehle. Vom stundenlangen Schreien fühlte sich sein Hals wund an. Er hatte brüllend verlangt, freigelassen zu werden, damit er El Pulpo und jeden Soldaten der Cazadores auf den Metallinseln umbringen könnte.

Nur schienen sich die Barbaren einen Scheißdreck um seine Forderungen zu scheren.

Reagiert hatte auf sein Geschrei bislang nur ein junger Sklave, der ihm zweimal am Tag Wasser und ein paar Brocken Essen brachte. Sofern seine innere Uhr richtig tickte, würde der Junge sehr bald zurückkehren, um die Cazadores-Version einer Kackkiste der *Hive* zu leeren – einen Eimer, der sich nicht von dem unterschied, in dem das Wasser gebracht wurde.

X hoffte nur, sie wuschen die Dinger zuerst aus. Das Letzte, was er brauchen könnte, wäre die Ruhr, vor allem ohne Zugang zu den lebensrettenden Medikamenten, die er an Bord der *Sea Wolf* gehabt hatte.

X wartete an den Gitterstäben, den Blick auf die Luke am Ende des Gangs gerichtet, wo der Junge hereinkommen würde. In diesem Gefängnis gab es Dutzende weitere Zellen, aber keine anderen Gefangenen. Aus irgendeinem Grund hielt man ihn in Einzelhaft fest.

Nein, nicht aus *irgendeinem* Grund. Es war ein bewusstes, beschissenes Psychospielchen. Sie wollten ihn so zermürben, dass er wie ein willensschwacher Feigling mit Freuden zustimmen würde, El Pulpo zu dienen, sobald sie ihn endlich wieder Tageslicht sehen ließen.

Allerdings wusste El Pulpo nicht, dass X bereits den Großteil des letzten Jahrzehnts bei seinem Marsch durch die Ödnis der Erdoberfläche in völliger Einsamkeit verbracht hatte. Jene Jahre waren wirklich hart gewesen. Im Vergleich dazu nahm sich das hier wie ein Spaziergang im Park aus.

»Mit Einsamkeit komm ich klar«, brummte er mit kratziger Stimme. »Ich hab Einsamkeit praktisch *erfunden!*«

Jeder, der seine Sprache verstand, würde ihn für verrückt halten, doch genau darum ging es ihm. Das war sein Plan. Er wollte sie zu dem Glauben verleiten, er wäre verrückt, damit sie ihn hinausließen.

X drehte sich dem kleinen Fenster in der Zelle zu – nur ein Schlitz, nicht breiter als die Klinge eines Schwertes. Sehen konnte er nur einen Teil der Ölplattform und ein daran angedocktes Containerschiff. Ein

Kran entlud Fässer vom Deck. Zwei Männer in dunkler Kluft und mit Strohhüten schienen die gelöschte Fracht zu zählen. X wusste immer noch nicht, woher die Cazadores verwertbaren Treibstoff bezogen, aber sie hatten irgendwo einen Vorrat davon gefunden. Nachdem er das Treiben draußen einige weitere Minuten lang beobachtet hatte, setzte er sich zurück auf den Boden seiner Zelle und begutachtete wieder seine Wunden. Als er sie bestmöglich gereinigt hatte, legte er sich hin und verschränkte die Hände unter dem Kopf.

Mit dem Wissen, dass sich Miles und seine Freunde irgendwo in der Nähe befanden, fiel es ihm schwer, sich zu entspannen, aber er brauchte seine mentale und körperliche Kraft.

Also tat X, was er am besten konnte: Er sperrte den Rest der Welt aus und konzentrierte sich ausschließlich darauf zu überleben.

Einige Zeit später öffnete sich quietschend die Metalltür.

Er rappelte sich auf und kehrte zu den Gitterstäben zurück, spähte mit zusammengekniffenen Augen ins Licht, das aus dem Gang hereinströmte. Seine Augen brauchten einige Sekunden, um sich an die Helligkeit anzupassen. Als es ihnen gelang, erblickte er draußen vor den Gitterstäben keinen Jungen, sondern einen Mann.

Auch keinen richtigen Mann, wie X feststellte, sondern einen Sklaven, einen Feigling.

Imulah, den Schriftgelehrten, der El Pulpo diente.

»Hallo, Xavier«, grüßte der Schleimer in geselligem Ton.

Zwei Cazadores-Soldaten kamen herein und gingen links und rechts der offenen Luke mit Speeren in den gepanzerten Händen in Stellung. Sie trugen keine Helme. Ihre Augen, in denen Wut und Mordlust funkelten, fixierten X.

Er konnte ihnen keinen Vorwurf daraus machen, dass sie offenbar Rache wollten. Immerhin hatte er ganz allein eine ganze Wagenladung dieser Kannibalen getötet. Für eine Kriegergesellschaft hatten sich die sogenannten »Krieger« nicht besonders gut gegen einen einzigen, kampferprobten Hell Diver geschlagen.

Als X nichts erwiderte, bewegte sich Imulah näher zu den Gitterstäben und erkundigte sich: »Wie fühlst du dich?«

Diesmal reagierte X, indem er einen Schleimpfropfen hochräusperte und vor die Füße des Lakaien spuckte.

Imulah wich einen Schritt zurück und seufzte dann. »Du und deine Freundin sind nicht so höflich wie Rodger. Das ist sehr enttäuschend.«

»Im Gegensatz zu dir sind wir nicht dran gewöhnt, Sklaven zu sein«, gab X zurück.

Der kahle, bärtige Mann bückte sich und begutachtete X, als wäre er ein wildes, hinter Gittern gefangenes Tier, und genauso starrte X zu ihm zurück.

»Normalerweise spreche ich zurückhaltend, wenn meine Aufpasser zuhören«, verriet Imulah. »Aber die zwei Aufpasser, die du hier siehst, beherrschen deine Sprache nicht, daher will ich sehr ehrlich zu dir sein, Xavier Rodriguez.«

»Irgendwie bezweifle ich das.«

Imulah sah X finster an. »Du hast keine andere Wahl, als in El Pulpos Armee zu kämpfen. Tust du es nicht, foltert er Magnolia und Rodger zuerst und isst sie dann zusammen mit deinem Hund vor deinen Augen.« Kurz verstummte er, bevor er den Gedanken zu Ende brachte. »Er hat gesagt, vor dem Hauptgang würde dein Hund einen guten *aperitivo* abgeben – ich glaube, *Vorspeise* ist das Wort, das du vermutlich verstehst.«

X packte die Gitterstäbe und fletschte die Zähne, wie es Miles getan hätte.

Überraschenderweise wich Imulah nicht zurück.

»Ich war einst wie du«, sagte er leise. Eine wehmütige Note schlich sich in den Klang seiner Stimme. »Ich war einst ein Krieger. Meine Leute haben sich gegen die Cazadores gewehrt, als sie unseren kleinen Außenposten auf der Insel Ascension gefunden haben. Wir waren nicht viele, aber diejenigen von uns, die kämpfen konnten, haben es getan.«

X verengte die Augen zu Schlitzen.

»El Pulpo und du stammen vom selben Ort?«

»Ganz recht, so ist es«, bestätigte Imulah. »Wir sind Nachkommen der Himmelsmenschen, die auf der Insel gelandet sind und für über 200 Jahre in einer ITC-Anlage Zuflucht gesucht haben. Lang bevor El Pulpo zum König der Cazadores wurde, war er bloß ein Junge namens Maximus, der Sohn eines Mannes, der im Kampf um unseren Außenposten gefallen ist. Auch ich habe an dem Tag gekämpft und verloren. Ich musste den Anblick ertragen, wie der Großteil meiner Freunde und Familie abgeschlachtet wurde, und ich werde nie vergessen, wie Maximus …«

Imulah schüttelte den Kopf. »Obwohl er damals ein erst neunjähriger Junge war, hat er drei Krieger der Cazadores getötet und dem die Nase abgebissen, der ihn schließlich gefangen hat. Er war zum Kämpfen geboren.«

X hatte Mühe, die Geschichte zu glauben. War das bloß eine List, damit er seine Meinung änderte?

»Wie ich wurde Maximus zum Sklaven, als unser Volk erobert wurde. Sie haben ihn in die Kriegsmaschinerie der Cazadores gesteckt, wo er sich den Weg an die Macht erkämpft hat. Er ist vom einfachen Speerträger zum König aufgestiegen – über einen Berg von toten Kriegern.«

Grundsätzlich klang die Geschichte einleuchtend, wenngleich X nicht sicher war, warum El Pulpo dann nicht fließend Englisch sprach. Es sei denn, er hatte vergessen, was er als Kind gewusst hatte, und war Spanisch sprechend aufgewachsen.

»Er hat uns zum größten Fund von allen geführt«, fuhr Imulah fort. »Zu einem Ort mit Millionen Litern Benzin, konserviert durch einen Zusatzstoff von ITC, durch den der Treibstoff so frisch wie am Tag geblieben ist, an dem er die Raffinerie verlassen hat.«

»Also bezieht ihr euer Öl gar nicht über die Plattformen?«, fragte X.

Imulah schmunzelte. »Natürlich nicht.«

X schaute erneut zu den zwei Männern, die Wache hielten und ihn mit zornigen Blicken bedachten. Der Kleinere der beiden bleckte die Zähne in X' Richtung, und X zeigte ihm prompt den Mittelfinger, obwohl er keine Ahnung hatte, ob der Kerl die Geste überhaupt verstand.

Imulah offensichtlich schon. »Deshalb respektiert dich El Pulpo«, merkte er an. »Er sieht in dir eine Stärke, die er bisher nur in wenigen Männern gesehen hat. Er versteht, warum dich Magnolia und deine Leute ›den Unsterblichen‹ nennen.«

Der Schriftgelehrte richtete sich auf und zuckte zusammen, als seine Gelenke knackten.

»Vielleicht wirst ja eines Tages du König der Cazadores«, meinte er und verschränkte die Hände wieder hinter der Robe. Damit wandte er sich ab und entfernte sich. Kurz vor der offenen Luke blieb er stehen, um den Dienstjungen hereinzulassen.

Der Bursche trug in einer dreckigen Hand einen Eimer mit Wasser, in der anderen eine orangefarbene Brotkruste und ein paar Brocken Dörrfisch.

»Trink besser und iss«, riet Imulah. Er fasste in die Tasche und holte ein kleines Glas hervor, das er dem Jungen reichte, der es X geben sollte.

»Benutz das für deine Wunden«, fügte Imulah hinzu. »Dadurch heilen sie schneller. Du wirst alle Kraft brauchen, die du zusammenkratzen kannst. Morgen Nacht ist dein erster Kampf in der Himmelsarena.«

Captain Katrina DaVita stand allein auf der Brücke des mit Tarnkappentechnologie ausgestatteten Kriegsschiffes USS *Zion* und starrte hinaus zum dunklen Horizont. Blitze schnellten durch die Wolken und zogen bläuliches Restlicht hinter sich her, das sich auflöste, bevor der darauffolgende Donnerschlag ihre Ohren erreichte. Das Schiff wurde unverändert von Wellen bestürmt.

Die Metallinseln befanden sich dort draußen, genau wie ihre Freunde – irgendwo hinter der dichten, trüben Front elektromagnetischer Stürme.

Zum wiederholten Mal widerstand sie dem Drang, den Autopiloten des Kriegsschiffes auszuschalten und auf volle Kraft zu beschleunigen. Als Kapitänin trug sie in erster Linie eine Verantwortung gegenüber der Bevölkerung der *Hive* und der *Deliverance,* erst danach gegenüber X, Magnolia und Miles.

Dennoch suchte das Wissen, dass sie sich irgendwo dort draußen befanden und gefangen oder vielleicht sogar noch Schlimmerem ausgesetzt waren, sowohl Katrina selbst als auch den Rest der Mannschaft heim. Vorerst jedoch mussten sie einen Weg finden, den Monstersturm zu umschiffen, der ihnen den Weg versperrte. Gleichzeitig versuchten sie ständig, den Kontakt mit den Luftschiffen wiederherzustellen, damit sie ihren Angriffsplan konkretisieren konnten.

Die von dem Gewittersturm ausgehenden Interferenzen hinderten Katrina mittlerweile seit Tagen daran, mit ihrem Chefingenieur Samson oder ihrem Stellvertreter, Lieutenant Mitchells, zu reden. Das Unwetter brachte alles durcheinander, auch den Radar und die sonstigen Instrumente.

Die Anzeigetafeln auf der Brücke des Kreuzers piepten, als Katrina den Blick über die Daten wandern ließ. Normalerweise gefiel ihr die Einsamkeit, wenn sie allein arbeitete, doch in dieser Nacht lastete ihr zu viel auf der Seele. Die offene See barg unzählige Gefahren: mutierte Meeresbewohner, abtrünnige künstliche Intelligenzen, die sich irgendwo herumtrieben, potenzielle Piratenschiffe der Cazadores und ein Monstersturm, der mit einer Front von 80 Kilometern eine Fläche von mindestens 5000 Quadratkilometern abdeckte.

Der Regen prasselte in Strömen auf Trey Mitchells und Jaideep Abhaya herab, die auf dem Deck unten patrouillierten. Ihre Batterieeinheiten tünchten ihre Gestalten in einen schwachen, blauen Schein. Die Wolken gerieten im grellen Licht eines verästelten Geflechts von Blitzen in Sicht. Wenige Sekunden später folgte ein Donnerschlag, der die Schotten erzittern ließ.

Katrina übermittelte eine Botschaft über die Sprechverbindung, um Jaideep und Trey wieder hereinzuholen.

Während das Kriegsschiff durch die heranbrandenden Wellen pflügte, änderten die Gestalten auf dem Deck unten die Richtung und kehrten in die Sicherheit im Inneren des Schiffes zurück.

Als Nächstes überprüfte Katrina das Radar. Die Anzeige war immer noch ein einziges Chaos.

»Mistding«, fluchte sie leise.

Sie griff sich das Handteil des Funkgeräts und nahm Verbindung mit der Kampfeinsatzinformationszentrale auf, wo Eevi Corey und ihr Ehemann Alexander eine Waffenbestandsliste zusammenstellten.

»Wie läuft's da unten?«, fragte Katrina.

»Gut, fast fertig«, antwortete Alexander.

»Wir treffen uns in 15 Minuten auf der Brücke.«

»Aye, aye, Ma'am.«

Katrina überlegte, ob sie die Krankenstation anfunken sollte, um sich nach Edgar Cervantes zu erkundigen. Er erholte sich noch von seinen in Red

Sphere erlittenen Verletzungen. Aber sie wollte ihn nicht wecken, falls er gerade schlief.

Das Funkgerät piepte, und sie trat näher hin, um den Ruf von Sandy Bloomberg und Jed Snow entgegenzunehmen. Die zwei jüngsten Besatzungsmitglieder hatten die Aufgabe, die Kabinen unter Deck nach Vorräten zu durchforsten.

»Captain, hier Sandy, hören Sie mich?«

»Höre dich. Schieß los, Sandy.«

»Wir sind fertig mit der Durchsuchung der verschlossenen Kabinen und haben etwas Trockennahrung und eine Wasseraufbereitungsanlage entdeckt.«

»Hervorragende Arbeit«, lobte Katrina. »Was ist mit Waffen?«

»Negativ«, antwortete Jed.

Katrina stieß einen leisen Fluch aus. Sie hatte gehofft, sie würden weitere der Lasergewehre entdecken, die von den künstlichen Intelligenzen der DEF-9-Einheiten in Red Sphere mit so katastrophalen Folgen eingesetzt worden waren. Selbst eine Handvoll der fortschrittlichen Waffen wäre für die Hell Divers im Kampf ein Segen, sobald sie die Metallinseln erreichten.

Sie konnte nur beten, dass die Cazadores keine davon hatten.

»Meldet euch in 15 Minuten auf der Brücke«, befahl sie Sandy und Jed.

Als mehrere weitere Pieptöne erklangen, eilte Katrina zurück zur Brücke, um die Meldungen zu überprüfen. Ein Schiff dieser Größenordnung sollte eigentlich eine Besatzung von 100 Mann aufweisen. Ihr standen nur acht zur Verfügung, und die meisten, sie selbst eingeschlossen, hatten keinerlei Erfahrung mit einem so alten Betriebssystem.

Zum Glück war das Schiff fortschrittlich genug, um es fast ausschließlich mit dem Autopiloten zu steuern, obwohl sie es grundsätzlich dennoch vorzog, einen Menschen am Ruder zu haben.

Vielleicht hätte sie Les und Layla nicht zurück an Bord der *Hive* schicken sollen.

Katrina schüttelte die Zweifel ab. Mit ihrer Entscheidung zu hadern, brachte niemandem etwas. Um die anderen anzuführen, musste sie auch nach den tragischen Todesfällen, die sie in den vergangenen Tagen erlitten hatten, weiterhin Zuversicht ausstrahlen.

Der Verlust von Erin Jenkins und Ramon Ochoa in Red Sphere hatte das Team hart getroffen, zusätzlich erschwert durch Michael Everharts verheerende Verletzung. Er würde zwar überleben, aber seine Tage als Springer waren vermutlich gezählt. Und wie hilfreich konnte er wirklich im bevorstehenden Krieg sein?

Und obwohl sie Layla und Les wirklich hätte brauchen können, waren die beiden genau dort, wo sie sein mussten. Katrina brauchte eine Kampftruppe, und Les besaß als einziger Offizier genug Diplomatie, um eine zusammenzustellen.

Die Luke öffnete sich flüsternd, und die Grünschnäbel betraten einer nach dem anderen die Brücke für ihre Besprechung.

Katrina musterte das einzige Team von Hell Divers, das sie noch hatte. Die jugendlichen Gesichter von Jed, Sandy, Vish, Jaideep und Edgar erinnerten sie an Fotos von Soldaten aus der alten Welt. Es hatte einen Grund gegeben, warum das Militär immer junge Menschen wollte, und der lautete nicht nur, dass sie schneller und stärker waren. Sie hielten sich außerdem für unbesiegbar.

Den Unterschied zwischen einem Hell Diver und einem Soldaten der alten Welt konnte man mit dem Unterschied zwischen einem Gladiator und einem Preisboxer vergleichen – wie ein Gladiator wussten alle, die sich den Hell Divers anschlossen, dass der Tod sie früher oder später einholen würde.

Katrina verdrängte den Gedanken. Sie hatten viel zu besprechen.

»Da draußen ist es echt übel«, meinte Trey.

Jaideep schüttelte das lange Haar und ließ sich auf einen Stuhl plumpsen.

»Trey, versuch mal die Luftschiffe zu erreichen«, sagte Katrina.

»Ja, Ma'am«, erwiderte er höflich. Er bahnte sich einen Weg durch das Labyrinth der Stationen zu einer Reihe von Kommunikationsgeräten, setzte sich und legte seinen Helm aufs Deck.

Draußen vor den Bullaugen flimmerten Blitze und warfen ihr Licht auf die Brücke, als die Springer Platz nahmen und weitere Frischlinge den Raum betraten. Edgar Cervantes hinkte hinter den anderen her und bemühte sich, den Rücken bestmöglich zu straffen.

»Du hättest in der Krankenstation bleiben können«, merkte Katrina an.

»Geht mir gut, Cap.«

Katrina erkannte deutlich die Schmerzen, die der junge Mann so wacker zu verbergen versuchte.

»Keine Chance«, meldete Trey, nachdem er an der Ausrüstung herumgeregelt hatte. »Samson antwortet immer noch nicht. Zu Lieutenant Mitchells komme ich auch nicht durch.«

»Wegen des Sturms«, kommentierte Vish.

Eine weitere Runde von Pieptönen setzte ein, und Eevi setzte sich in Bewegung, um die Wetterstation zu überprüfen. Die ehemalige Ermittlerin der Miliz schaute zurück zu Katrina.

»Das ist nicht gut, Cap«, sagte Eevi.

Katrina nickte und ergriff im Befehlston das Wort. »Also gut, alle Mann hinsetzen und Essen fassen. Ich habe einige Neuigkeiten für euch und muss eine Entscheidung treffen.«

Alle nahmen um den Metalltisch Platz und machten sich über die frischen Lebensmittel her, die sie von der *Deliverance* herunterbefördert hatten. Das Obst fing bereits an, zu verderben, aber die Tomaten waren noch fest, rot und saftig. Außerdem hatten sie ein bisschen mehrere Tage altes Brot und Dörrfleisch übrig, aber damit hatte es sich.

Sobald sie diese Mahlzeit beendet hätten, würden sie gezwungen sein, auf gefriergetrocknete Nahrung und Proteinriegel zurückzugreifen, die an Bord der Luftschiffe hergestellt wurden.

»Sandy, Jed, was habt ihr unter Deck gefunden?«, fragte Katrina und leckte sich Tomatensaft von den Fingern.

»Nicht wirklich viel«, antwortete Jed. »Wir haben noch ungefähr für zwei Wochen Proviant, den wir von der *Deliverance* heruntergeholt haben. Die neuen Vorräte von hier … ich bin mir nicht sicher, ob die noch genießbar sind. Gefriergetrocknet zwar und gut verpackt, aber steinalt.«

Sandy nickte. »Und die Wasseraufbereitungsanlage funktioniert leider nicht. Ohne sie haben wir bestenfalls für zwei Wochen Wasser.«

Ursprünglich hatte Katrina gedacht, sie würden nicht mehr brauchen – bis ihnen der Sturm dazwischengefunkt hatte. Ihr Blick folgte dem grellen Bogen eines Blitzes draußen vor dem Bullauge, während sie über ihre Möglichkeiten nachdachte. Das Unwetter zu umschiffen konnte eine Woche oder länger dauern, und sie bezweifelte, dass X und Mags so viel Zeit blieb.

»Wie sieht's mit den Waffensystemen aus?«, fragte die Kapitänin. »Wissen wir darüber schon mehr?«

Eevi überließ die Erklärung Alexander. Er begann mit einem Seufzen, was Katrina verriet, dass keine erfreuliche Meldung folgen würde.

»Wie die Lebensmittel sind die Waffen an Bord alt. Ich schätze, nur ungefähr die Hälfte der Raketen lassen sich überhaupt abfeuern, und einige könnten eher eine Gefahr für *uns* sein. Vier der fünf Kaliber-50-Maschinengewehre funktionieren, aber nur eine der MK-65-Kanonen. Und zwar die, mit der Layla in Red Sphere gefeuert hat …«

»*Funktionieren* würde ich das nicht gerade nennen«, warf Eevi ein.

Alexander seufzte. »Ich glaub schon, dass sie feuert, aber der Geschützturm reagiert nicht auf Befehle.«

»Na großartig«, brummte Katrina. »Ich hatte gehofft, die Kanone einzusetzen, um ein hübsches Loch in El Pulpos Palast zu pusten.«

»Mal sehen, was ich da machen kann«, meinte Alexander grinsend. »Ich arbeite weiter dran, Cap. Vielleicht bekomme ich ja auch die andere wieder hin.«

»Wir haben immer noch das Lasergewehr aus Red Sphere, vergessen wir das mal nicht«, merkte Eevi an.

Katrina nickte. Eine der Laserwaffen hatte sie mit Les für den Angriff der *Deliverance* auf die Metallinseln nach oben geschickt, die andere hatte sie an Bord der USS *Zion* behalten. Der Kolben der Waffe ragte aus einer Tasche wenige Meter von ihrem Stuhl entfernt.

»Sonst noch was?«, fragte sie.

»Wir haben zwei alte Schlauchboote, die als Zodiacs bezeichnet werden«, berichtete Eevi. »Die Motoren sind batteriebetrieben, und ich hab beide aufgeladen. Ob sie die Ladung auch halten, kann nur die Zeit zeigen.«

Das Schiff schwankte, und Katrina streckte die Hand aus, um sich an einer Station abzustützen. Sie war an das heftige Stampfen und Schlingern auf dem offenen Meer nicht gewöhnt. Dem würde sie jederzeit den Himmel vorziehen.

»Gute Arbeit, Leute«, lobte Katrina und machte sich über ihre Mahlzeit her.

Die nächsten Minuten aßen sie alle schweigend. Katrina lauschte, wie Jaideep und Vish miteinander scherzten und ihr Essen teilten. Jed und Sandy taten es ihnen gleich.

Ihre Verbindung war in der vergangenen Woche enger geworden. Die beiden Teenager saßen nahe beisammen, so nahe, dass sich ihre Arme berührten – nahe genug, um Katrinas Verdacht zu bestätigen. Und wie sie sich gegenseitig ansahen, räumte die letzten verbleibenden Zweifel aus. Sie dachte daran zurück, wie sie selbst einst Xavier angesehen hatte. Es hatte sich nicht wesentlich davon unterschieden, was sie bei den zwei jungen Springern vor ihr beobachten konnte. Sandy lächelte, als ihr Jed sein letztes Stück Brot von der *Hive* anbot.

»Tauscht irgendjemand Brot gegen dieses leckere Meerschweinchen-Dörrfleisch?«, fragte Trey. Er öffnete eine Konservendose und hielt sie hoch.

»Klar«, sagte Vish. Er brach ein Stück von seiner Scheibe ab und warf es zu Trey, der seinerseits einen Streifen Dörrfleisch zu Vish warf.

»Wann stoßen die Luftschiffe eigentlich bei den Metallinseln zu uns?«, fragte Vish, während er auf dem ledrigen Fleisch kaute. »Und was passiert dann?«

»Was zum Teufel glaubst du wohl, was dann passiert?«, gab Jaideep zurück und warf einen Seitenblick zu ihm.

»Das hängt davon ab, ob El Pulpo kapituliert«, ergriff Katrina das Wort.

»Ich hoffe für ihn, dass er's tut«, meinte Trey. »Sonst lässt mein Pa Raketen auf ihn regnen.«

Katrina spähte zu Edgar Cervantes, der stumm in seinem Essen stocherte. Er schaute zwar auf, steuerte aber seine Gedanken nicht bei. Seit dem Verlust seines Cousins Ramon hatte er kaum ein Wort verloren.

»Wie fühlst du dich?«, fragte sie ihn.

»Ich bin bereit zum Kampf, Captain, aber ich hoffe, wir können die Cazadores zum Aufgeben bringen, ohne die Ölplattformen zu beschädigen. Unsere Leute brauchen einen Ort, an dem sie leben können.«

»Ich kann immer noch nicht glauben, dass es die Metallinseln wirklich gibt«, sagte Sandy mit einem breiten Lächeln, bei dem ihre schiefen Zähne zum

Vorschein kamen. »Ich hab immer nur davon geträumt, wie die Sonne aussehen würde.«

»Und das Meer«, fügte Jaideep hinzu. »Ich kann's kaum erwarten, schwimmen zu lernen.«

Vish meldete sich zu Wort. »Ich werd fischen und Boot fahren. Mann, das wird …«

Katrina stand auf und ließ den Blick über all die jugendlichen Gesichter voll Angst und Hoffnung wandern. Aber sie konnte ihre Mannschaft nicht belügen – sich schönen Illusionen darüber hinzugeben, was sie vorfinden würden, wäre gefährlich.

»Das wird die Hölle«, stellte sie klar. »Vergesst nicht, diese Leute sind der Feind, und sie halten unsere Freunde gefangen. Auf die eine oder andere Weise werden wir kämpfen müssen.«

Die Kapitänin ging zu den Bullaugen hinüber. In der brodelnden Masse der Wolken blitzte es, und die glühenden Ranken leckten am Horizont über das Wasser. Katrina beobachtete, wie der Sturm tobte, als wäre er eine Armee, die nach einer Schwäche in der Verteidigung des Feindes sucht.

Im Augenblick stellte das Unwetter eine größere Bedrohung dar als sämtliche Kannibalen auf den Metallinseln.

Aber es war an der Zeit, sich von dem Wunschdenken zu verabschieden, der Sturm würde nachlassen. Es war an der Zeit, eine Entscheidung zu fällen.

»Wir haben zwei Möglichkeiten«, erklärte sie ihrem Team. »Wir können entweder weiter nach einem Weg suchen, diese Unwetterfront zu umschiffen, um die Metallinseln zu erreichen, oder wir pflügen mitten hindurch.«

Sie erinnerte sich an die Worte von Captain Maria Ash, als Katrina selbst noch ein Neuling als Springerin war.

Alles hat eine Schwäche, hatte Ash vor einer Gruppe von Hell Divers erklärt. *Sogar Mutter Natur. Eure Aufgabe besteht darin, sie zu finden. Euer Leben und das Leben aller, die ihr kennt, hängen davon ab, dass ihr euch euren Ängsten stellt.*

Im Verlauf der Jahre hatte sich Katrina ein eigenes Repertoire an Sprüchen zugelegt. Einer davon schien zur aktuellen Lage zu passen.

»Der Weg ins Paradies führt durch die Hölle«, sagte Katrina. »Esst auf und geht dann auf eure Posten. Wir kreuzen durch das Ungetüm durch.«

2

Michael Everhart saß auf einem Bett in der Krankenstation an Bord der *Hive* und blickte auf den Stumpf seines Arms hinab. Dr. Huff löste vorsichtig den Verband.

»Wir müssen die Wunde ein wenig atmen lassen«, meinte der Mediziner mit seiner brüchigen, greisen Stimme. »Außerdem will ich sie auf eine Infektion untersuchen.«

Der älteste Arzt an Bord des Schiffes – in Michaels Augen praktisch ein Fossil – kauerte auf einem Hocker und schob sich eine Brille die Nase hoch. Nach drei Tagen starker Sedierung wurden die schweren Medikamente bei Michael endlich abgesetzt. Die Schmerzen waren übel, dennoch konnte er nur an seine Freunde denken.

X, Mags und Miles befanden sich irgendwo da draußen, und Michael konnte es kaum erwarten, sich zurück ins Gefecht zu stürzen. Allmählich fing er an, sich an Bord des Schiffes wie ein Tier in einem Käfig zu fühlen.

Dr. Huff murmelte vor sich hin, während er den Blick langsam über die gerötete Haut des Stumpfs wandern ließ. Den Großteil der verbrannten Stellen hatte er bereits entfernt, und um die offenen Wunden hatten sich Schorfe gebildet.

Michael versuchte, die Reaktion des Arztes abzuschätzen. Er fühlte sich bereit, die Krankenstation schleunigst zu verlassen und in das Quartier zurückzukehren, das er sich mit Layla teilte.

»Hmmm. Keine Anzeichen einer Infektion zu sehen, aber …«

»Aber was?«, fragte Michael ungeduldig.

Behutsam drehte der Arzt den Stumpf. »Na ja, das … ist nicht …«, murmelte er in sich hinein. Sein Doppelkinn waberte, als er den Kopf bewegte. »Scheint alles gut zu verheilen.«

»Na prima! Wann kann ich also zurück an die Arbeit?«

Huff schaute auf. Seine Brille beschlug von seinem warmen Atem. »Das ist jetzt ein Scherz, oder?«

»Äh, nein.«

Darüber lachte der Arzt nervös und nahm die Wunde weiter in Augenschein. »Commander, wir müssen einplanen, das hier zweimal täglich zu säubern, außerdem werden Sie für die nächste Zukunft täglich eine Dosis von dem Gel brauchen, das Ihr Team von der Erdoberfläche mitgebracht hat. Dazu Schmerzmittel nach Bedarf. Die werden verhindern, dass die Phantomschmerzen Sie noch verrückter machen, als Sie anscheinend schon sind.«

»Damit komme ich klar, Doc. Ich *muss* zurück an die Arbeit.«

Huff baute sich vor dem Tisch auf, verschränkte die Arme vor der Brust und sah Michael an, wie es ein missbilligender Vater vielleicht tun würde.

»Im Moment haben Sie keine Infektion, aber wenn Sie sich unbedingt eine einhandeln wollen, dann nur zu, gehen Sie zurück an die Arbeit. Ist Ihre Entscheidung. Ich kann Sie nicht aufhalten.«

»Verbinden Sie mich einfach wieder, Doc.«

Huff seufzte und ergriff eine Ampulle der nanotechnischen Arznei, die Team Raptor in einer ITC-Anlage gefunden hatte. Michael erinnerte sich an den Beutezug vor zwei Jahren, bei dem sie die kostbaren Medikamente ergattert hatten. Nur hätte er nie gedacht, dass er selbst zum Empfänger werden würde.

Der Arzt drückte die gelartige blaue Salbe aus der Tube und massierte sie mit den behandschuhten Fingern in den Stumpf. Nachdem er die Haut großzügig beschichtet hatte, brachte er einen frischen Verband darüber an. Michael musste die Zähne zusammenbeißen, während der Arzt die Salbe auftrug, die höllisch brannte.

»Alles erledigt«, verkündete Huff. »Ich sehe später noch mal nach Ihnen. Falls Sie Phantomschmerzen haben, geben Sie Bescheid, dann erhöhe ich Ihre Schmerzmitteldosis.«

Kaum war der Arzt gegangen, griff sich Michael sein Shirt vom Stuhl. Das untätige Herumsitzen und Warten hatte er gründlich satt. Ihm standen keine zwei Wochen zur Verfügung, die laut Dr. Huff trotz Einsatz dieser Nanotechnologie nötig wären, um vollständig zu genesen.

Zwei Wochen waren entschieden zu lang, und die Phantomschmerzen linderte das Gel überhaupt nicht.

Er zog sich das Shirt über den Kopf und streifte es über den schlanken, muskulösen Oberkörper. Man musste sich erst daran gewöhnen, alles mit nur einer Hand zu erledigen, aber allmählich wurde er besser darin, allein zurechtzukommen.

Es war an der Zeit, aus der Krankenstation zu verschwinden und Layla einen Besuch auf der Brücke abzustatten. Danach wollte er die Aufzeichnungen nach jeglichen Informationen durchforsten, die er über die abtrünnigen künstlichen Intelligenzen ausgraben konnte. Nachdem er einen Arm an die Maschinen verloren hatte, wollte er so viel wie möglich über sie herausfinden.

Ohne Aufmerksamkeit zu erregen, verließ er den medizinischen Trakt des Luftschiffes. Das diensthabende Pflegepersonal und Dr. Huff waren mit anderen Patienten beschäftigt. Und selbst wenn sie es versuchten, sie würden Michael nicht davon abhalten können zu gehen.

Er mochte einen Arm weniger haben, trotzdem war er nach wie vor ein Hell Diver.

Nicht gerechnet hatte er mit dem Gaffen und den Kommentaren, die ihn begleiteten, als er sich den Weg durch die *Hive* zu dem Tunnel bahnte, der das Luftschiff mit der *Deliverance* verband. Alle, die er passierte, blieben stehen und glotzten ihn an oder wendeten, liefen ihm nach und riefen ihm Fragen hinterher.

»Hat's die *Sea Wolf* wirklich zu den Metallinseln geschafft?«

»Kämpft der Unsterbliche gegen die Kannibalen?«

»Haben sie deinen Arm gegessen?«

Schnaubend beschleunigte Michael die Schritte und versuchte, zumindest zu joggen. Da ihm von den

Medikamenten schwindlig wurde, musste er das Tempo schon bald auf einen schnellen Marsch durch die frisch bemalten Korridore herunterdrosseln. Die Kunstwerke empfand er als beruhigend. Captain Jordans Vermächtnis wurde gründlich vom Schiff beseitigt. Alles, was er zerstört hatte, wurde nach und nach zurückgebracht: Aufzeichnungen wurden wiederhergestellt, neue Malereien zierten die Schotten und die allgemeine Stimmung hob sich durch Hoffnung.

Am Himmel ist Hoffnung etwas Gefährliches.

Für Michael jedoch war es das erste Mal im Leben, dass er Hoffnung länger als einen flüchtigen Moment verspürte. X hatte die Metallinseln tatsächlich gefunden – einen realen Ort, der die Bevölkerung beider Luftschiffe beherbergen konnte.

Eine Heimat für die Zukunft der Menschheit.

Die Frage lautete nur: Wie viel würde es kosten, sie den Cazadores abzunehmen? Oder konnten diese beiden so grundverschiedenen Gruppen einen Weg zu friedlicher Koexistenz finden?

Sein Bauchgefühl verriet ihm, dass beides nicht einfach und mit hohen Kosten verbunden sein würde.

Weitere Stimmen folgten Michael durch die Gänge. Als er Phyl Mitchells sah, hielt er an. Das Mädchen trug eine kleine Kreidetafel unter dem Arm.

»Hi, Commander Everhart«, grüßte ihn Phyl höflich.

»Hallo, Phyl. Wie läuft's in der Schule?« Er bückte sich und warf einen Blick auf das Gekritzel auf der Tafel. »Ist das Algebra?«

Sie nickte, sah ihm jedoch nicht in die Augen. Ihr Blick verharrte auf seinem Armstumpf.

»Was … Was ist da passiert?«

»Ich wurde verletzt, aber ich werd wieder gesund.«

»Das freut mich«, erwiderte das Mädchen. »Aber wissen Sie, wann Trey zurück nach Hause kommt?«

»Bald. Er ist auf einer wirklich wichtigen Mission.«

Neugierige Augen begegneten Michaels Blick. »Mission?«

»Das bedeutet, er hat eine Aufgabe zu erledigen.«

»Oh.«

»Mach dir keine Sorgen um deinen großen Bruder, ihm passiert nichts.«

»Okay«, erwiderte Phyl. »Hoffentlich geht's Ihnen bald wieder gut.«

Michael sah ihr nach, bis sie um die nächste Ecke verschwand. Wie die meisten anderen Menschen an Bord hatte die Kleine noch keine Ahnung, was gerade vor sich ging.

Den restlichen Weg trabte Michael. Als er die Brücke der *Deliverance* erreichte, war er außer Atem und schwitzte. Sein Stumpf pochte mit jedem Herzschlag.

Zähneknirschend hielt er ihn mit der heilen Hand an sich gepresst.

Ensign Ada Winslow, eine junge Frau, schaute von ihrer Station auf, als er die beiden Milizgardisten passierte und durch die offene Luke eintrat. Aus ihrem sommersprossigen Gesicht sprach Besorgnis.

»Commander Everhart. Ich hätte nicht damit gerechnet, dass …«

Layla schnitt ihr mit einem Ruf quer durch den Raum das Wort ab. »Stan! Was zum Hades machst du hier?«

Michael lächelte. »In dem Rattenkäfig ist es mir zu eng geworden.«

Die Ensigns Dave Connor und Bronson White standen an ihren Stationen auf und musterten Michael mitfühlend – vor allem Dave, der bei einem Unfall mit der Technik vor einigen Jahren ein Bein verloren hatte.

»Willkommen zurück«, sagte Bronson mit seiner weichen Stimme.

»Schön, Sie zu sehen, Commander«, kam von Dave.

»Schön, wieder hier zu sein«, erwiderte Michael. Er durchquerte den runden, offenen Raum. Über die Bildschirme der Stationen um die zentrale Insel flimmerten Daten und Berichte.

Michael erinnerte sich noch daran, wie er das erste Mal auf einem der bequemen Lederstühle Platz genommen hatte, nachdem Pipe und Commander Rick Weaver in der Hügelbastion ums Leben gekommen waren.

Die traurigen Verluste tauchten aus Michaels Gedächtnis auf, und er zuckte zusammen, als ihnen andere schmerzliche Erinnerungen folgten. Erin Jenkins, Rodger Mintel, sein eigener Vater … Die Liste ließ sich ellenlang fortsetzen.

»Stan?«, sagte Layla. »Alles in Ordnung?«

Er nickte und sank auf den Stuhl neben der Radarstation, die sie überwachte.

»Ich muss dir was sagen«, ließ er sie wissen. »Aber wie wär's davor mit einem Update? Haben wir schon was von der USS *Zion* gehört?«

Ihre Grübchen säumten eine verkniffene Miene.

»Ich fürchte, nein. Auch nichts von Timothy Pepper an Bord der *Sea Wolf*.«

»Verdammt …«

»Wahrscheinlich stört der Gewittersturm, der die USS *Zion* von den Metallinseln trennt, die Signale.«

»Hoffen wir, dass es bloß daran liegt«, meinte Michael.

Er schwenkte den Stuhl zum Monitor herum und tippte einhändig auf das Display.

»Was wolltest du mir sagen?«

»Einen Moment«, gab Michael zurück und tippte weiter.

Eine neue Stimme betrat die Brücke. Beide schauten auf und erblickten die groß gewachsene Gestalt von Les Mitchells, der sich unter dem Sturz der Luke ducken musste.

»Commander Everhart!«, rief Les. »Das freut mich aber, dass Sie wieder auf den Beinen sind.«

»Schön, Sie zu sehen, Lieutenant«, erwiderte Michael.

Les durchquerte die Brücke und stellte sich zu Michael und Ensign Winslow an die Radarstation.

»Wie geht's mit der Rekrutierung voran?«, erkundigte sich Michael.

»Schleppend«, antwortete Les. »Alle wollen etwas über die Metallinseln wissen. Wenn ich sie erwähne, hören alle nur Sonnenschein und laue Meeresbrisen. Jedes Wort von menschenfressenden Barbaren, die derzeit dort hausen, ignorieren sie.«

»Ja, davon kann ich ein Lied singen«, meinte Michael. »Mich haben sie auf dem Weg hierher bestürmt.«

»Vielleicht ist es an der Zeit, den Leuten die Wahrheit zu sagen«, schlug Layla vor.

Les steckte die Hände in die Taschen. »Ich warte

auf Anweisungen von Katrina, bevor ich etwas anderes unternehme als zu rekrutieren.«

»Außerdem finde ich, es wäre an der Zeit, sich mit Samson zusammenzusetzen und darüber zu reden, Timothy Pepper an Bord der *Hive* wieder online zu holen«, fügte Layla hinzu. »Ich denke, wir werden ihn brauchen.«

Michael ließ den Stumpf sinken und betrachtete den Verband. »Da wir mittlerweile wissen, dass Timothy Pepper an Bord der *Sea Wolf* dazu beigetragen hat, dass X die Metallinseln erreichen konnte, finde ich, wir können seinem Pendant an Bord der *Hive* vertrauen.«

Les sah Michael verunsichert an. »Sie haben einen Arm an eine künstliche Intelligenz in Red Sphere verloren, trotzdem wäre es für Sie in Ordnung, eine andere künstliche Intelligenz wieder online zu schalten?«

Michael und Layla wechselten einen Blick.

»Ich bin ihrer Meinung«, bestätigte er. »Pepper ist kein Überläufer. Und ich denke, beim aktuellen Stand der Dinge haben wir gar keine andere Wahl. Wir sind unterbesetzt und brauchen Hilfe.«

Les schürzte die Lippen, bevor er erwiderte: »Na schön, ich rede mit Samson, und wenn er einverstanden ist, geht Pepper wieder online.«

Magnolia suchte den Himmel vor ihrem Fenster nach Anzeichen für die *Hive,* die *Deliverance* oder die blau leuchtenden Batterieeinheiten von durch die Wolken fallenden Hell Divers ab. Vor ihrem geistigen Auge malte sie sich aus, wie sich die Fallschirme öffneten und wie die Mündungsblitze von Sturmgewehren gleich mutierten Glühwürmchen flimmerten, während die Himmelsoldaten zu ihrer Rettung herabschwebten.

Wo steckten sie?

Am vierten Tag ihrer Gefangenschaft fing sie allmählich an, sich zu fragen, ob die verbliebenen Springer überhaupt kommen würden.

Sehen konnte sie nur die glänzenden, glatten Konturen des Luftschiffes über ihr. Sie hatte es mehrere Stunden lang studiert, nach einer Kennzeichnung oder irgendwas gesucht, das helfen könnte, es als die von Captain Marcus Bolter befehligte ITC *Ashland* zu identifizieren.

Aber was spielte es für eine Rolle? Wer immer das Schiff geflogen haben mochte, war längst tot. Nur noch Knochen oder Fragmente wie der Großteil der alten Welt.

Stimmen und ein Klopfen an der Tür lösten ihre Aufmerksamkeit vom Fenster. Magnolia eilte hinüber zu ihrem Bett, setzte sich hin und legte die Hände auf den Schoß.

Die Tür zu ihrer kleinen Kammer führte hinaus auf einen Balkon, wo zwei Soldaten mit olivfarbigem Teint Wache hielten. Der Ältere der beiden gestikulierte mit seinem Speer.

»Komm«, befahl er.

Der andere, kaum mehr als ein Teenager, glotzte auf Magnolias Brust, als versuchte er, einen Blick unter ihr zerrissenes Shirt zu erhaschen.

Sie stand auf, bedeckte sich mit den Armen und folgte den Männern hinaus. Unwillkürlich hob sie die

Hand, um die Augen vor der Sonne abzuschirmen. Nach vier Tagen in einem schwach erhellten Raum war sie nicht gewappnet für Tageslicht.

Der ältere Wächter führte sie den Laufsteg entlang, der jüngere folgte ihr. Beide Männer trugen eine ausgebleichte Latzhose und zusätzlich zum Speer eine Machete und ein Messer. Eine Schusswaffe besaßen sie beide nicht, doch Magnolia zweifelte nicht daran, dass sie mit dem Speer umzugehen verstanden.

Sie blieb dicht am Geländer, das sie vom Meer zehn Stockwerke tiefer trennte. Im Westen kreuzten drei Boote durch das Wasser. Eines wirkte merkwürdig vertraut.

Magnolia blieb stehen, um mit zusammengekniffenen Augen die Aussicht zu betrachten.

Die *Sea Wolf.*

Zwei andere Boote zogen das Doppelrumpfgefährt auf den Turm zu, in dem man sie gefangen gehalten hatte.

»*Rápido*«, drängte der Mann hinter ihr und versetzte ihr mit dem Holzstiel seines Speers einen Stoß.

Magnolia schleuderte dem jungen Krieger über die Schulter einen finsteren Blick zu. Er bleckte die Zähne. Sie erwiderte die Geste, fletschte die eigenen Zähne.

Das schien ihm zu gefallen. Schmunzelnd gestikulierte er zu seinem bärtigen Gefährten. Sie wechselten ein paar Worte auf Spanisch, dann traten sie näher, keilten Magnolia zwischen sich ein.

»Gefällt dir das?«, fragte sie den Jüngeren. Sie entfernte die Hand von der Brust und gewährte ihm einen Einblick. »Was ist mit dir?« Ihr Blick schwenkte zum Älteren.

Sein Bart teilte sich, zum Vorschein kamen kaputte, braune Zähne. Er streckte sich nach Magnolia, während sein Kamerad sie mit dem Schaft seines Speers triezte. Magnolia schlug die Waffe weg, und der Ältere stieß sie gegen das Geländer zurück.

Als sie das Gleichgewicht zurückerlangte, deutete sie mit der erhobenen rechten Faust einen Haken an und erwischte ihn mit der Linken satt am Kinn.

Dem jüngeren Soldaten entlockte sie damit ein Kichern.

Magnolia verlor keine Zeit, sondern legte das gesamte Körpergewicht hinter einen Tritt gegen den Solarplexus des Getroffenen, womit sie ihn wuchtig zum gegenüberliegenden Geländer beförderte. Er kippte darüber.

Ein langer Schrei ertönte und wurde jäh von einem lauten Klatschen und Platschen abgeschnitten. Der verbliebene Soldat stürmte zum Geländer und spähte in die Tiefe. Als er sich umdrehte, diesmal mit zorniger Miene statt mit einem Grinsen, musste er feststellen, dass Magnolia den fallen gelassenen Speer aufgehoben hatte und auf seinen Adamsapfel richtete.

Nun war sie es, die grinste … bis sie das Klicken eines Hahns hörte, der gespannt wurde.

Der junge Soldat ließ wieder die scharfen Zähne aufblitzen, aber Magnolia zielte mit der Speerspitze weiter auf seine Kehle. Ein schneller Blick nach hinten offenbarte vier aus der offenen Luke auf sie gerichtete Gewehre.

So viel zu ihrer Flucht.

Ein eher kleiner, kahler Mann in einer braunen Kutte schob sich durch die Wand aus gepanzerten Körpern und Waffen. Als er ins Licht geriet, erkannte ihn Magnolia als den Schriftgelehrten Imulah. Er verschränkte die Hände hinter dem Rücken und bedachte sie mit einem Kopfschütteln.

»Das ist kein guter Beginn für dein Leben hier«, meinte er. Vier gepanzerte Soldaten folgten ihm auf den Balkon. Sie zielten mit ihren Gewehren und Speeren auf Magnolia, während der Schriftgelehrte zum Geländer ging und nach unten schaute, wo der schlaffe Körper des Abgestürzten aus dem Wasser in ein Boot gehievt wurde.

»Gehört zu den ersten Dingen, die man bei der Ausbildung zum Hell Diver lernt – dass Wasser einen nicht rettet, falls sich der Fallschirm nicht öffnet«, sagte Magnolia. »Wenn man tief und schnell genug fällt, ist es, als würde man auf Beton aufschlagen.«

Imulah legte den Kopf schief, als versuchte er zu bestimmen, ob sie scherzte.

Was sie nicht tat.

»Mein Ausbilder – übrigens der Mann, dem El Pulpo den Verlust seines Auges verdankt – hat gesagt, man soll die Beine steif halten und sich abrollen, wenn der Fallschirm versagt.«

Magnolia deutete mit dem Kinn zum Geländer. »Oder wenn man über ein Balkongeländer stürzt. Pech aber auch, dass der Spast da offenbar keine Ausbildung zum Hell Diver hatte.«

»Lass den Speer fallen, Magnolia«, forderte Imulah sie auf. »Du willst König Pulpo sicher nicht noch einmal verärgern. Er ist zwar ein nachsichtiger Mann, aber auch seine Geduld hat Grenzen.«

»Scheiß auf diesen Pulpo-Arsch!«, fauchte sie. »Bring mich zu meinen Freunden, oder ich füttere mit dem Adamsapfel von dem Arschloch hier die Fische.«

Der plötzlich verängstigte Soldat der Cazadores schwenkte den Blick von Magnolia zu Imulah.

»Wenn du das tust, wird dein Freund Rodger Futter für die Schweine«, konterte Imulah. Er zog eine Braue hoch. »Habt ihr Schweine in diesen Luftschiffen? Hat dir dein Ausbilder je erzählt, was passiert, wenn man ein Schwein aushungert und ihm dann Menschenfleisch anbietet?«

Er schüttelte den Kopf. »Ist kein schöner Anblick, Magnolia. Sie nagen die Knochen blitzsauber.«

Der Schriftgelehrte wich in die Gruppe der Soldaten zurück, die ihrerseits vortraten. Ihre Stiefel polterten über den Metallrost, als sie Magnolia umzingelten.

»Lass den Speer fallen, und wir vergessen den Zwischenfall«, schlug Imulah vor.

»Und was ist mit ihm?«, fragte sie mit einem Blick hinunter zum Wasser.

»Ein bedauerlicher Unfall. Bei Weitem nicht der erste«, antwortete Imulah. »Komm, wir haben einen großen Tag geplant.«

Magnolia ließ sich ihre Möglichkeiten durch den Kopf gehen. Diese Penner würden sie vielleicht in dem Moment töten, in dem sie den Speer fallen ließe. Andererseits konnten sie Magnolia ebenso gut auf der Stelle töten.

Die andere Möglichkeit war, sich zu fügen und auf eine bessere Gelegenheit zu warten. Das würde ihr Zeit verschaffen, um herauszufinden, wo Rodger und Miles festgehalten wurden – und X. Der legendäre Hell Diver hatte zwar sagenhaft gekämpft, doch gegen eine derart überwältigende Streitmacht konnte ein Einzelner nichts ausrichten.

»So ist's gut. Schön sachte«, sagte Imulah, als sie den Speer schließlich sinken ließ.

Magnolia gab dem jungen Soldaten den Speer zurück und wischte ihm die Schulter ab. Dann lächelte sie herzlich – und versetzte ihm einen Schlag ins Zwerchfell.

»Das dafür, dass du mich vorhin angemacht hast«, erklärte sie.

Prompt richteten sich die Gewehrläufe wieder auf sie, doch mittlerweile wusste sie, dass die Soldaten den Befehl hatten, sie für ihren König am Leben zu lassen – und idealerweise ohne Löcher, blaue Flecke oder sonstige Verletzungen.

Während der junge Soldat vornübergekrümmt nach Luft schnappte, trat sie ans Geländer und schaute zum blaugrünen Wasser hinab, als die *Sea Wolf* unter dem Turm hindurch zum Verwahrungshafen geschleppt wurde.

Einen flüchtigen Moment lang spielte Magnolia mit der Idee, dem Mann, den sie getötet hatte, hinunter ins Wasser zu folgen. Wenn sie sich daran hielte, was X ihr beigebracht hatte, würde sie den Sturz vielleicht überleben. Allerdings würde sie sich aus dieser Höhe mit ziemlicher Wahrscheinlichkeit etwas brechen.

Nein, es war nicht der richtige Augenblick für einen weiteren Fluchtversuch.

Magnolia holte tief Luft und schritt an Imulah vorbei.

»Wohin?«, fragte sie.

Die Soldaten senkten die Waffen, und Imulah ging voraus. Er steuerte auf die offene Luke zu und bedeutete Magnolia, ihm in einen fensterlosen, von Wandleuchten erhellten Gang zu folgen.

Es überraschte sie immer noch, dass es auf diesen Stahlplattformen Strom gab. Andererseits konnte sie nun, da sie für mehr als ein paar Sekunden die Sonne gesehen hatte, nichts mehr wirklich verblüffen.

Die Soldaten setzten den Weg durch die schmalen Korridore fort. Sämtliche Luken standen offen und boten flüchtige Einblicke in das Leben der Menschen, die hier hausten. Einige wenige Eindrücke genügten, um zu erkennen, dass es auf den Metallinseln eine mehrschichtige Gesellschaft gab, in der manche etwas hatten und andere nicht, genau wie an Bord der *Hive.*

Hier befand sich eindeutig das Pendant der Oberdecks.

Frauen in bunten Kleidern und mit Schmuck hüteten Kinder, die sich auf den gefliesten Böden mit Spielzeugbooten und Muscheln vergnügten. In einem Raum aß eine Familie an einem Holztisch Dörrfisch. In einem anderen saß ein Mann mit grauem Jackett und dazu passender Hose an einem Tisch und tippte auf den Tasten irgendeines Geräts, aus dem Papier ragte und das offenbar aus der alten Welt stammte.

Beim Passieren der Unterkünfte fielen Magnolia weitere Menschen mit denselben grauen Anzügen und demselben Zubehör auf, bis hin zu braunen Lederhüten mit einer weißen Feder. Und sie waren nicht als Einzige gut gekleidet. Die Frauen trugen gemusterte Kittel, Muschelhalsketten und goldene Armbänder. Einige schauten auf, als sie vorbeiging. Manche mieden ihren Blick, andere lächelten mit unangespitzten Zähnen, denen man keine Fäulnis ansehen konnte.

Die Menschen hier wiesen verschiedenste Hautfarben auf und erinnerten an die Bewohner der *Hive*. Aber anders als an Bord der *Hive* hörte Magnolia mehrere unterschiedliche Sprachen.

Waren die Cazadores etwa zivilisierter, als sie gedacht hatte?

Imulah bog in einen anderen Gang. In einem großen offenen Raum auf der rechten Seite deckten Dutzende Diener mehrere lange Tische. Kelche, Teller, Besteck und Schüsseln wurden ordentlich serviert. Anscheinend wurde ein Festmahl vorbereitet. Der Anblick erinnerte Magnolia an die ausschweifenden Mahlzeiten an Bord der *Hive* am Abend vor einem Absprung.

Der Schriftgelehrte setzte den Weg vorbei an dem Raum fort und öffnete eine Luke zu einem Treppenhaus, das mehrere Stockwerke nach oben führte.

»Wohin gehen wir?«, fragte Magnolia schließlich.

Der Schriftgelehrte musterte sie von oben bis unten, bevor er antwortete: »Wir müssen für dich etwas Passendes zum Anziehen für die Festlichkeiten heute Abend finden.«

3

X beobachtete, wie der Junge frische Kleidung vor den Gitterstäben seines Käfigs ablegte. Das höchstens acht Jahre alte Bürschchen war mit seinen großen, unschuldigen braunen Augen irgendwie süß. Anfangs hatte er X ein wenig an Stan als Kind erinnert – bis das kleine Ungeheuer ihn zu beißen versucht hatte.

Das war kein anständiger, kluger Junge, wie es Stan gewesen war. Der Racker schien praktisch verwildert zu sein.

Der Kleine schnalzte mit der Zunge und wich vom Käfig zurück. Dabei betastete er den Haifischzahn, der an einer Schnur um seinen dürren Hals hing. Er schnalzte erneut mit der Zunge und zeigte auf die Kleidung.

»Die wollen, dass ich *das* anziehe? Scheiße, nein, Kleiner.« Der Lendenschurz erinnerte an eine Windel aus Leder. »Ich bin vielleicht ein alter Sack, aber *so* alt auch wieder nicht.«

Die zwei draußen postierten Wachen öffneten die Luke, betraten den Gang und bedeuteten dem Kind mit einem Wink zu verschwinden. Mit der Zunge schnalzend rannte das Bürschchen aus dem Gefängnis.

»Kleine Ratte«, brummelte X. Den Namen des Jungen kannte er immer noch nicht, er wusste nur, dass er X nicht wirklich zu mögen schien. Das tat niemand, vor allem nicht die Wachleute.

Die beiden Männer gaben den Weg für zwei halb nackte Soldaten frei, die den Gang ebenfalls betraten, und zogen ihre Schwerter aus Scheiden an den Gürteln. Die Neuankömmlinge trugen kaum mehr als einen Lederlendenschurz wie jenen, den der Junge für X zurückgelassen hatte. Abgesehen davon nur einfach gekreuzte Lederriemen, die einen Schild aus Tierhaut auf dem Rücken befestigten.

Beide hatten Bärte und rasierte Köpfe.

»Anziehen«, sagte einer auf Englisch. Als X zögerte, fügte er hinzu: »Du willst doch nicht, dass wir dich vor deinem ersten Kampf verprügeln, Unsterblicher, oder?«

X bückte sich, ergriff die Kleidung und zog sie zwischen den Gitterstäben hindurch zu sich. Er streifte sein Hemd ab und drehte dem Jungen und den Wachleuten den Rücken zu, während er sich umzog.

»Verdammt! Du hast ja mehr Narben als ein alter Wal«, merkte einer der Soldaten an.

X selbst nahm die Narben an seinem Körper kaum noch wahr. Für ihn glichen sie einer Art Tagebuch, einer Chronik von Kämpfen, Absprüngen und Nahtoderfahrungen.

Irgendwie hatte er das Gefühl, dass die Geschichte bis zum Ende der Nacht um ein, zwei weitere Verletzungen ergänzt werden würde.

Aber wenigstens heilten allmählich die zuletzt erlittenen Wunden. Die Flasche mit Gel, die er von

Imulah bekommen hatte, enthielt eine qualitativ hochwertige, aus einer ITC-Einrichtung geborgene Medizin. Vor Jahren hatte X bei seinem langen Marsch über die Erdoberfläche selbst etwas davon gefunden. Das Zeug wirkte wahre Wunder.

Sämtliche einst offene Wunden waren bereits verschorft, die Blutergüsse verblasst, und er konnte ohne schmerzende Rippen atmen. Nur noch die Schussverletzung am äußeren Rand seines Fußes schmerzte, aber sogar sie verheilte gut.

X bückte sich und trug den Rest des Gels auf die noch offene Verletzung auf. Dann stieg er aus der Hose und warf das verdreckte Kleidungsstück auf den Boden.

Nackt hob er den Lederlendenschurz auf und legte ihn an, indem er die Enden vorne und hinten durch den Taillenriemen fädelte. Als er das Teil an sich gesichert hatte, zog er die abgewetzten Stiefel an und trat an die Gitterstäbe.

Die zwei Soldaten stellten sich zu beiden Seiten auf, während die Wachen das Tor aufschlossen. Alle vier wichen zurück, als die Tür aufschwang, um X aus dem Käfig zu lassen.

Er hob die Arme, streckte sie und gähnte.

Alle vier Männer beobachteten ihn aufmerksam und mit den Händen an den Waffen.

»Also gut«, sagte X. »Gegen wen kämpfe ich?«

Der Soldat, der Englisch beherrschte, sah seine Kameraden an und übersetzte. Gelächter folgte.

»Hammerhead«, antwortete der Mann schließlich, nachdem er zu Ende gelacht hatte. »Und er ist unbesiegt.«

X schmunzelte, trat einen Schritt vor und blieb unmittelbar vor dem Soldaten von Angesicht zu Angesicht stehen. »Bin ich auch, Arschfresse.«

Die USS *Zion* erklomm eine zwölf Meter hohe Welle, wodurch sich Katrina eine schier endlose Aussicht auf noch höhere Wellen bot, die wie dunkle Dünen in einer Wüste anmuteten.

Allmählich fing Katrina an, das Meer aufrichtig zu hassen. Sie umklammerte die Armlehnen und wappnete sich, als das Kriegsschiff mit dem Bug abwärtstauchte und leicht nach Steuerbord schlingerte.

Ein Warnton dröhnte durch die Brücke, und mehrere Stimmen riefen Meldungen. Blitze gleißten über den Horizont, weitere Blitze gleißten in der Wolkendecke. Für den Bruchteil einer Sekunde vermeinte Katrina, im Nachglühen eine riesige Käferform auszumachen. Die optische Täuschung verblasste zusammen mit dem blaustichigen Restlicht.

Als sie zurück auf den Monitor blickte, stellte sie fest, dass sie nicht mit Sicherheit zu sagen vermochte, wo sie sich befanden – nur dass sie einen steten Kurs nach Ostnordost hielten. Seit mittlerweile zwei Stunden befanden sie sich in dem Sturm und waren dem Ungetüm auf Gedeih und Verderb ausgeliefert.

Die Daten auf den Bildschirmen glichen einem heillosen Chaos.

»Ich bin nicht sicher, wie viel davon wir noch vertragen«, sagte Eevi.

Katrina war mit der *Deliverance* und der *Hive* bereits durch etliche Unwetterfronten geflogen, und jedes Mal war dabei die Zukunft der Menschheit bedroht gewesen. Allerdings ging es auf dem Meer anders zu als am Himmel. Hier unten musste man sich nicht nur über Blitze den Kopf zerbrechen, man musste auch den Wellengang berücksichtigen. Hier unten konnte man nicht über einen Sturm hinwegfliegen oder darunter hindurchtauchen – man konnte nur mitten hindurchpflügen.

Eine weitere Monsterwelle erfasste den Bug auf der Backbordseite. Katrina spürte, wie sich Übelkeit in ihr anbahnte.

»Wenn die Messungen hier richtig sind, scheint sich der Sturm auszuweiten«, kam von Alexander, der als ihr Meteorologe diente. »Außerdem wird mir hier ein Anstieg der Blitzeinschläge angezeigt, aber … keine Ahnung, ob die Daten stimmen.«

Katrina richtete den Blick zurück auf den eigenen Monitor. Die 80 Kilometer umspannende Front schien sich um sie herum vergrößert zu haben, doch sie hatte immer noch keine Ahnung, wie lange es dauern würde, sie zu durchbrechen.

Die Wellen hatten sie vom ursprünglichen Kurs abgelenkt. Es konnte ohne Weiteres Stunden oder gar Tage dauern, den Weg hinaus zu finden – und unter diesen Bedingungen würde das Schiff nicht lange durchhalten.

Eine Umkehr hatte Katrina bereits in Erwägung gezogen, aber sie waren mittlerweile zu weit vorgedrungen für diese Möglichkeit, zumal die Instrumente verrücktspielten.

Ich hab keinen Schimmer, wo wir sind.

Die Erkenntnis jagte ihr einen kalten Schauder über den Rücken. Hatte sie ihr Team durch die Entscheidung, die Durchquerung zu wagen, dem Untergang geweiht?

Sie konnte nur hoffen, dass es das für harte Einsätze gebaute Kriegsschiff durch den Sturm schaffen würde. Andererseits war es uralt und seit über zweieinhalb Jahrhunderten nicht gewartet worden.

Ein Blitzeinschlag züngelte über den Bug und besprühte das Vorderdeck mit Funken.

»Heilige Sirenenscheiße!«, entfuhr es Vish.

»Alle ruhig bleiben.« Katrina spähte über die Schulter.

Trey, Vish, Jaideep, Eevi, Alexander, Jed, Sandy und Edgar saßen an ihren jeweiligen Stationen angeschnallt auf der Brücke. Alle hatten die Blicke auf das gesprungene Bullauge gerichtet, durch das schwallweise Regen eindrang.

Sie richtete die Aufmerksamkeit wieder auf den Monitor. Während sie die Daten überflog und nach einer Lücke im Unwetter suchte, ertönte eine andere Stimme.

»Was ist das?«, kam von Edgar.

Katrina schaute auf und betrachtete die Dünung. Das Gleißen von Blitzen erhellte eine Wasserwand.

Nein, keine Wand. Ein Berg.

»Großer Gott«, flüsterte Katrina, als sich die gewaltige Welle weiter und weiter auftürmte.

Sie musste um die 20 Meter hoch sein.

Hastig schaltete sie den Autopiloten aus und eilte zwei Stationen weiter zur manuellen Steuerung. Das Kriegsschiff besaß kein Steuerrad aus Eichenholz wie die *Hive*. Zumindest darüber war Katrina froh. Sie hasste das sperrige Ding. Die kleineren, schwarzen

Steuerknüppel des Kreuzers waren ihr wesentlich lieber.

»Festhalten«, ordnete sie an, als sie sich anschnallte. »Das wird jetzt ziemlich heftig.«

Katrina bearbeitete die Steuerung, um das Schiff so schnell wie möglich zu wenden und der Welle frontal zu begegnen. Wenn sie vermeiden könnten, längsschiffs davon getroffen zu werden und stattdessen mit ihr aufzusteigen, würden sie vielleicht …

Scheiße, wir werden's nicht schaffen …

Die Zeit reichte nicht, um das Schiff auf die Welle auszurichten. Die kolossale Wand ragte hoch über ihnen auf, und Katrina beobachtete voll Grauen, wie sich der Kamm auf das Schiff zu senken begann.

Sie wendete weiter und schaffte es, den Kreuzer in eine geringfügig bessere Position zu manövrieren. Mehrere Schreie ertönten auf der Brücke, als die Welle das 50.000-Tonnen-Kriegsschiff wie ein Spielzeug anhob. Der Bug stieg schwindelerregend steil empor. Wasser spritzte auf die gesprungenen Fensterscheiben und versperrte Katrina die Sicht auf den Wellenkamm, dem die Triebwerke sie entgegenbeförderten.

Und dann fielen sie rasant wie eine geflügelte Sirene im Sturzflug.

Katrina war nicht sicher, was als Nächstes geschah, doch es gelang der USS *Zion* irgendwie, auf der Rückseite der Welle aufrecht zu bleiben. Aber der Winkel … Er fühlte sich nicht richtig an …

Katrina spürte, wie ihr Magen aufstieg. Dann krachte der Bug mit voller Wucht in das Wellental. Die bereits gesprungenen Scheiben barsten. Wasser flutete die Brücke, Alarme und Schreie ertönten überall.

Katrina spürte das Brennen von Salzwasser in den Augen, aber das Gurtzeug hielt sie an Ort und Stelle. Sie schirmte das Gesicht gegen die Gischt ab, spähte durch die Öffnung, wo sich das Fenster befunden hatte, und rechnete mit dem Anblick einer weiteren Monsterwelle, die das Schiff zu verschlingen drohte wie ein Wal eine Ladung Plankton.

Allerdings erkannte sie im unregelmäßigen Licht der Blitze etwas anderes. Weder eine Monsterwelle noch ein Meeresungeheuer – eine Landmasse.

Sofort steuerte sie das Schiff auf die Insel zu. Regen prasselte in die mittlerweile vollkommen fensterlose Brücke herein und ergänzte das zentimeterhoch über das Deck schwappende Meerwasser. Die Kapitänin tippte auf den Monitor, um die Stahlklappen der Fenster zu schließen und die Ausrüstung zu schützen. Die Läden senkten sich herab und versperrten ihr den Blick auf die Insel.

Katrina hatte keine Ahnung, wo sie sich befinden mochten, aber um die Metallinseln handelte es sich eindeutig nicht. Es fehlte jede Spur von der Sonne, weit und breit beherrschten nur Sturmwolken den Himmel.

Eine von mahlenden Geräuschen begleitete Vibration erschütterte das Deck unter ihren Stiefeln und die Lichter flackerten.

Ihr Blick schnellte zurück zum Monitor, ihr Herzschlag beschleunigte sich, als sie den Ursprung des Geräuschs erkannte.

Das uralte Schiff hatte zu viele Prügel eingesteckt, und nun gingen der USS *Zion* letztlich die Lichter aus. Der Energiepegel sank rapide, die Monitore schalteten sich flimmernd abwechselnd ein und aus. Das mahlende Geräusch setzte sich auf der Brücke fort.

Mittlerweile hatten sie die Leeküste erreicht, und die Sturmwellen wurden erheblich kleiner. Katrina löste ihren Sitzgurt, um nach ihrer Besatzung zu sehen.

»Geht es allen gut?«, fragte sie.

Mehrere Stimmen antworteten, jedoch konnte man die Worte durch die metallisch klickenden Laute der vom Wind gepeitschten Fensterläden kaum verstehen.

»Jaideep – er ist übel verletzt«, meldete jemand.

Katrinas Stiefel platschten durch das stehende Wasser, als sie den Raum durchquerte, bis sie bei dem jungen Springer eintraf, der erschlafft auf dem Stuhl neben seinem Bruder hing. Vish öffnete seinen Gurt und wollte auch Jaideep daraus befreien, aber Katrina hielt ihn davon ab.

»Nein, beweg ihn nicht«, sagte sie. »Dadurch könntest du es verschlimmern.«

Vish schaute mit Angst in den Augen zu ihr auf.

Die anderen Springer liefen inzwischen aufgescheucht und planlos herum, bis Katrina sie nacheinander mit Befehlen bedachte.

»Jed, Sandy, Lagebericht über alle entscheidenden Systeme. Edgar, versuch herauszufinden, wo zum Geier wir sind. Trey und Alexander, rein in eure Ausrüstung. Ich will euch für den Fall auf Patrouille haben, dass die Insel bewohnt ist. Vish, Eevi, ihr helft hier bei Jaideep mit.«

Während sich die anderen den ihnen zugeteilten Aufgaben widmeten, beugte sich Katrina zu Jaideep hinab. Offenbar war er mit dem Kopf gegen das Schott geknallt, denn er hatte eine üble Platzwunde an der Stirn. Das Blut strömte nur so aus der hässlichen Verletzung, aber eine Berührung am Hals bestätigte, dass er einen Puls hatte. Außerdem atmete er.

Ihre Hauptsorge galt einem gebrochenen Rückgrat oder, Gott bewahre, gar einem gebrochenen Genick. Die Wunde sah wirklich heftig aus. Trotz des Risikos mussten sie ihn verlagern.

»Helft mir mit ihm«, forderte sie Vish und Eevi auf.

Zu dritt beförderten sie ihn behutsam zu dem Tisch, an dem sie zuvor gegessen hatten.

Donner grollte am Himmel, brachte die Fensterläden aus Stahl zum Rattern, und das Schiff ächzte und zitterte weiter, während es sich durch die Wellen kämpfte. Die Energieversorgung hatte sich vorübergehend eingependelt und hielt.

Von der Kommunikationsstation drang ein Knistern herüber.

»Versucht da jemand, uns anzufunken?«, fragte Edgar.

»Wir kümmern uns um Jaideep«, sagte Eevi. »Gehen Sie und überprüfen Sie das Funkgerät.«

Katrina nickte Eevi zu und bahnte sich den Weg zu Edgar. Das Wasser war durch die Speigatts abgeflossen, trotzdem blieb das Deck nass und rutschig. Katrina ergriff das Handteil des Funkgeräts und drückte die Ruftaste.

»USS *Zion,* hier Lieutenant Les Mitchells von der *Deliverance*. Hört mich jemand? Over.«

Beinahe hätte Katrina gelächelt, als sie die Stimme ihres Stellvertreters hörte. Endlich hatten sie auch mal Glück.

»Dad!«, rief Trey und eilte herbei.

»Höre Sie, Lieutenant, hier spricht Captain DaVita«, sagte Katrina ins Handteil. »Wie ist Ihr Status?«

»Tut verflucht gut, Ihre Stimme zu hören, Captain«, antwortete Les. »Wir haben vor zwei Tagen an die *Hive* angedockt und warten seither auf Befehle.« Eine kurze Pause entstand. »Wie ist die Lage bei Ihnen, Captain?«

Wieder flackerten die Lichter, und mehrere Monitore erloschen.

»Nicht gut«, antwortete Katrina. »Wir sind durch einen Sturm gepflügt und haben einiges an Schaden erlitten.«

»Wie sind Ihre Koordinaten?«

»Ich … bin mir nicht sicher«, erwiderte Katrina.

»Haben Sie Wasser gefasst?«

»Nicht viel, aber wir sind noch nicht sicher, wie schlimm die Schäden sind. Wir arbeiten gerade an den Berichten.«

Wieder folgte eine Pause, dann ein statisches Knistern.

»Nein, nein, nein, nein, nein«, redete Katrina auf das schwächelnde Funkgerät ein.

Dann festigte sich die Verbindung, und sie übermittelte rasch eine weitere Botschaft.

»Was ist mit den Luftschiffen? Und wie geht's mit der Rekrutierung für die Kampftruppe voran, die ich angefordert habe?«

Eine weitere Pause.

»Les, hören Sie mich?«

»Mit den Schiffen ist alles in Ordnung, aber die Verbreitung von Gerüchten erweist sich als Problem«, antwortete der Lieutenant. »Das Gerede über die Metallinseln breitet sich wie ein Lauffeuer aus. Ich arbeite mit Sergeant Sloan daran, Ihre Kampftruppe aus der Miliz zusammenzustellen, aber es sind nicht genug Soldaten. Und irgendwie fühlt es sich nicht richtig an, unter den zivilen Bewohnern zu rekrutieren, solange wir nicht allen die Wahrheit über die Cazadores gesagt haben.«

Das hatte Katrina von Anfang an befürchtet, doch ihr graute vor der Vorstellung, alle in die Tatsachen einzuweihen. Das konnte eine Panik auslösen. Klang allerdings so, als hätten sie keine andere Wahl.

»Außerdem sollten Sie wissen, dass wir Samson die Empfehlung übermittelt haben, Timothy Pepper auf der *Hive* zu reaktivieren.«

»Was?«, blaffte Katrina. »Mit welcher Begründung?«

»Wir brauchen seine Hilfe. Und da wir erfahren haben, wie sein Pendant X und Mags dabei unterstützt hat, die Metallinseln zu erreichen, glauben wir, dass wir ihm vertrauen können.«

»Na schön, dann überlasse ich die Entscheidung Samson«, beschloss Katrina.

»Roger. Und was soll ich wegen der Kampftruppe unternehmen?«, fragte Les.

»Welche Möglichkeiten stehen denn zur Wahl, Lieutenant?«

»Ich könnte Einzelne handverlesen auswählen, wie ich's für die Hell Divers gemacht hab. Oder ich könnte den Leuten die Wahrheit sagen und darauf hoffen, eine kleine Armee für unsere Sache zu begeistern …«

Wieder drangen das Knistern und das Knacken statischer Interferenzen über die Leitung.

»Les«, sagte sie. »Les, hören Sie mich?«

Aus den Lautsprechern dröhnte ein unregelmäßiges Rauschen.

Draußen begleitete ein Donnerschlag den Beinahe-einschlag eines Blitzes. Der Gewittersturm störte die Funkverbindung wieder massiv, zudem verloren sie weiter rasant Energie. Katrina wusste, dass ihr nicht mehr lange Zeit blieb, um eine Entscheidung zu treffen.

Mit einem schweren Seufzen hob sie das Handteil zurück an die Lippen.

»Les, falls Sie mich noch hören, hiermit erteile ich Ihnen den Befehl, allen an Bord der *Hive* und der *Deliverance* mitzuteilen, was hier unten wirklich los ist. Danach geben Sie allgemein bekannt, dass wir Soldaten brauchen.«

Die Bewohner der Luftschiffe nicht einzuweihen, war die Strategie der Kapitäne vor ihr gewesen, doch sie würde letztlich mit der Tradition brechen. Die Menschen am Himmel verdienten es zu erfahren, mit welchem Übel sie auf den ehemaligen Ölbohrinseln konfrontiert sein würden, wenn es an der Zeit wäre, für ihre neue Heimat zu kämpfen.

4

Frustriert knallte Les Mitchells das Handteil des Funkgeräts zurück in die Halterung.

»Scheiße, wir haben sie verloren.«

Nachdem sie tagelang versucht hatten, Captain DaVita und die USS *Zion* zu erreichen, war die Verbindung mittendrin abgerissen. Und dabei hätte Les noch ein Dutzend anderer Dinge gehabt, die er mit Katrina besprechen musste.

»Hat sie wirklich gesagt, was ich glaube gehört zu haben?«, fragte Layla.

Die Anordnung hatte sie alle überrascht. Aber wenigstens konnte Les nun bedenkenlos die Wahrheit verkünden und in größerem Maßstab rekrutieren.

»Jemand hat die Bombe über die Metallinseln ohnehin bereits platzen lassen«, warf Michael ein. »Jetzt geht's nur noch darum zu erklären, was diese Inseln in Wirklichkeit sind – und was wir dort vorfinden werden.«

»Wer könnte etwas ausgeplaudert haben?«, fragte Layla.

Les ließ den Blick über die kleine Besatzung der Ensigns Dave Connor, Bronson White und Ada Winslow wandern. Er vertraute ihnen und bezweifelte, dass jemand von ihnen dafür verantwortlich zeichnete. Nicht viele Menschen hatten erfahren, dass X und Magnolia die Metallinseln gefunden hatten. Noch weniger Personen wussten, was die Metallinseln waren und wer dort lebte.

Chefingenieur Samson gehörte zu den wenigen. Aber es bestand durchaus die Möglichkeit, dass ein Bewohner mit einem Funkgerät eine Übertragung abgefangen hatte.

Spielte inzwischen keine Rolle mehr. Die Gerüchte kursierten bereits, und sie würden sich ausbreiten und wuchern wie ein Gewittersturm über einer roten Zone. Sogar seine Frau und seine Tochter löcherten ihn mit Fragen nach Einzelheiten.

Bei einem plötzlichen Gedanken zog sich ihm alles zusammen. Hatte etwa Phyl oder Katherine jemandem von den Metallinseln erzählt? Bisher hatte er ihnen nicht mehr verraten, als dass es sie gab, aber er würde ihnen vor der Bekanntgabe reinen Wein einschenken.

In wenigen Stunden würde jede Seele an Bord der Luftschiffe die Wahrheit über den einzigen bewohnbaren Ort kennen, den sie in über 260 Jahren auf der Erdoberfläche gefunden hatten.

»Ich berufe heute Abend eine Versammlung im Handelsposten ein und sage es über die Lautsprecheranlage durch«, entschied Les. »In der Zwischenzeit setze ich mich noch mal mit Sergeant Sloan zusammen und mache mich schlau, wie viele Milizsoldaten wir schon für die Kampftruppe haben.«

»Das wäre ein ziemlich günstiger Zeitpunkt für immer noch unzufriedene Unterdeckbewohner, um etwas zu versuchen«, meinte Layla warnend und strich nervös mit einem Daumen über das Ende eines ihrer Zöpfe.

»Vielleicht heben sie sich die Wut ja für die Cazadores auf«, warf Michael ein, »und kämpfen mit uns, wenn die Zeit reif dafür ist.«

»Vielleicht«, erwiderte Layla, eindeutig nicht überzeugt.

»Sergeant Sloan hat mir versichert, dass Recht und Ordnung an Bord der Luftschiffe ihre oberste Priorität bleiben«, sagte Les, obwohl er selbst nicht recht wusste, wie sie das bewerkstelligen wollte. Sie konnten keine Kampftruppe für die Metallinseln abstellen, ohne die Sicherheitsmannschafen der Luftschiffe schwer unterbesetzt zurückzulassen.

Michael stand auf und hielt sich mit der Hand den Armstumpf. »Sonst noch was, Lieutenant?«

Les schüttelte den Kopf. »Es sei denn, Sie wollen sich später Sergeant Sloan und mir anschließen.«

»Michael sollte sich ausruhen«, merkte Layla an.

»Was anderes habe ich in letzter Zeit nicht gemacht. Außerdem muss ich wohin.«

Layla warf ihm einen skeptischen Blick zu. »Und wohin?«

»In die Archive. Ich will sehen, ob die Aufzeichnungen irgendwas über Red Sphere hergeben.«

Les hatte das Gefühl, dass mehr als eine belanglose Recherche dahintersteckte.

»Du bist noch am Genesen«, erinnerte ihn Layla. »Und wahrscheinlich ist es bald Zeit für Schmerzmedikamente. Weiß Dr. Huff überhaupt, dass du gegangen bist?«

»Ich nehme vom Doc keine Befehle entgegen. Ich bin allein unserer Kapitänin unterstellt, und ich bin sicher, sie hätte gern mehr Informationen darüber, womit wir es in Red Sphere zu tun hatten. Weißt du, die Cazadores sind da draußen nicht der einzige Feind.«

Les war nicht gewöhnt daran, Michael mit Layla diskutieren zu sehen, schon gar nicht vor anderen. Irgendetwas an seinem gesamten Verhalten wirkte merkwürdig, und nicht nur, weil er durch einen der Roboter einen Arm verloren hatte. Sie alle wollten Vergeltung für den Tod von Erin und Ramon durch die abtrünnigen künstlichen Intelligenzen. Aber im Augenblick zählte allein die Bedrohung der Cazadores.

Plötzlich ertönte Samsons raue Stimme auf der Brücke. Ein unangekündigter Besuch des Chefingenieurs bedeutete wahrscheinlich, dass etwas nicht stimmte. Den Weg zur *Deliverance* trat er selten an. Nur dann, wenn es wirklich wichtig war.

»Lieutenant, würden Sie mir wohl erklären, warum ich diese künstliche Intelligenz wieder einschalten soll?«, sagte er.

Ah ja. Die Diskussion darüber, ob man Timothy Pepper vertrauen kann. Les hätte wissen müssen, dass ihm das nicht erspart bleiben würde.

Er seufzte, als sich der stämmige Mann den Weg durch die Brücke bahnte und sich unterwegs die Stirn mit einem ölfleckigen Taschentuch tupfte.

»Ich will ehrlich sein: Ich halte das für eine lausige Idee, vor allem nach dem, was in Red Sphere passiert ist.« Samson spähte flüchtig zu Michael, erwähnte dessen Verwundung jedoch nicht.

»Du hast die Berichte darüber gehört, was Pepper getan hat, um X und Mags dabei zu helfen, die Metallinseln zu erreichen«, warf Michael ein. »Allein aus dem Grund halte ich es für ausgeschlossen, dass er sich mit den mordlüsternen Maschinen aus Red Sphere verbündet hat.«

»Sehe ich auch so«, pflichtete Les ihm bei. »Aber Katrina hat gesagt, es ist Ihre Entscheidung.«

»Brauchst du seine Hilfe nicht?«, fragte Layla. »Wir jedenfalls sind unterbesetzt, und Timothy kann mit Sicherheit die eine oder andere Lücke auffüllen.«

Samson stopfte das Tuch in die Brusttasche seines Overalls. »Klar könnte ich seine verfluchte Hilfe brauchen. Die *Hive* ist wie immer dabei, auseinanderzufallen. Trotzdem gefällt mir die Vorstellung nicht, er könnte eine Fehlfunktion haben und uns als flammendes Wrack zum Absturz bringen … oder Schlimmeres.«

»Das ist ausgesprochen unwahrscheinlich«, meinte Les.

»Aber wenn auch nur der Hauch der Möglichkeit besteht …« Samsons blutunterlaufene Augen hefteten den Blick nacheinander auf jeden im Raum. Dann gab er einen Laut zwischen einem Schnauben und einem Seufzen von sich.

»Also?«, fragte Les.

Samson zuckte mit einer Schulter. »Ich könnte seine Hilfe bei ein paar technischen Problemen brauchen, und wir alle brauchen seine Unterstützung bei Captain DaVita, wenn wir uns vor den Metallinseln treffen – vorausgesetzt wir hören überhaupt je wieder von ihr.«

»Haben wir gerade«, verriet Les.

Samson grummelte. »Mir sagt ja echt nie jemand was.«

»Dazu hatten wir keine Gelegenheit – der Kontakt ist nach kürzester Zeit wieder abgerissen«, erklärte Les. Er berichtete von den Schäden an der USS *Zion* und Katrinas Anweisung, eine Versammlung an Bord der *Hive* einzuberufen, bei der über die Metallinseln diskutiert und Kämpfer in größerem Maßstab rekrutiert werden sollten.

»Verdammt, jetzt hat sie den Verstand verloren«, brummte Samson. »Aber ich kann nicht behaupten, dass ich ihr 'nen Vorwurf daraus mache. Hätte nie gedacht, dass ich den Tag erleben würde, an dem wir ein bewohnbares Fleckchen auf der Erdoberfläche finden.«

»Damit sind wir zu zweit«, sagte Les. »Und deshalb finde ich auch, dass es das Risiko wert ist. Deshalb lasse ich meinen Jungen dort unten bleiben.«

Einen Moment lang stand der Chefingenieur da und starrte auf die Flicken an seinen Stiefeln. »Na schön, ich lasse Pepper wieder einschalten. Aber sobald er aufmuckt, röste ich seine Schaltkreise wie 'n Gewittersturm 'nen Hell Diver.«

»Nicht witzig!«, klagte Michael.

»Ach was, wir brauchen hier oben ein bisschen Humor«, widersprach Samson und klopfte Michael auf den heilen Arm.

»Wenn du Timothy reaktiviert hast, dann sag ihm, dass ich mit ihm reden will«, bat Michael.

»Geht klar, Commander.«

Ada, Bronson und Dave standen auf, als Samson ging. Immerhin war er der amtierende Kapitän der

Hive. Als er weg war, setzte sich Les wieder und massierte sich die Schläfen.

»Ich hoffe, Katrina weiß, was sie tut«, murmelte er vorwiegend zu sich selbst. Sein Sohn befand sich dort unten, auf einem Kriegsschiff mitten im Meer. Und er steuerte auf die Metallinseln zu.

Der Gedanke bewog Les, sich auf die Beine zu rappeln. Es gab noch viel zu erledigen.

Er fragte Michael: »Sind Sie sicher, dass Sie nicht mit zu meiner Besprechung mit Sergeant Sloan kommen wollen, Commander?«

Ungeachtet der Proteste, zu denen Layla erneut ansetzte, nickte Michael bestätigend.

»Na schön, aber ich möchte … nein, ich *erwarte* Sie beide heute Abend bei der Bekanntgabe an meiner Seite. Wird gut für alle sein, wenn sie Veteranen der Hell Divers bei mir auf dem Podium sehen.«

»Wir werden zur Stelle sein«, versprach Layla.

Magnolia hatte noch nie ein so schickes Kleid getragen. Sie stand vor einem gesprungenen Spiegel und drehte sich hin und her, um das lose sitzende, weiße Kleidungsstück zu begutachten, das ihr bis knapp über die Knie reichte und sich passgenau an ihre Brüste schmiegte.

»El Pulpo wird das *sehr* gefallen«, lobte Imulah.

Die zwei Cazadores-Frauen, die ihr mit dem Kleid und beim Make-up halfen, nickten zustimmend. Beide waren wunderschön, und beide beherrschten sowohl Englisch als auch Spanisch.

Eine der zwei, ein zierlicher Rotschopf, lächelte herzlich.

Die andere war mit olivfarbener Haut und einem geflochtenen Zopf schwarzer Haare auf dem Rücken noch umwerfender.

Sie richtete die dunklen Augen auf Magnolia und befand: »Imulah hat recht. Darin wirst du El Pulpo gefallen.«

»Scheiß drauf, was ihm gefällt«, gab Magnolia mürrisch zurück.

Imulah fuhr sich mit einer Hand über den kahlen Schädel – Magnolia erlebte ihn zum ersten Mal nervös. Ihre Art setzte ihm zu, und genau das bezweckte sie damit.

»Wie heißt ihr zwei?«, fragte Magnolia die Frauen.

»Entschuldige, dass ich sie nicht schon früher vorgestellt habe«, ergriff Imulah das Wort. »Das ist Inge«, sagte er und nickte in Richtung der Rothaarigen. »Und das Sofia.«

»Und wer genau sind sie?«, wollte Magnolia wissen.

»El Pulpos Lieblingsfrauen natürlich«, antwortete Imulah.

Magnolia kam es beinahe hoch. Inge sah aus, als wäre sie noch ein Teenager, und Sofia schien kaum älter zu sein. Magnolia konnte sich mühelos vorstellen, wie schrecklich dieser Barbar sie behandelte. Sie nahm sich vor, ihnen das eine oder andere darüber beizubringen, wie man mit Männern wie El Pulpo umzuspringen hatte.

Vorerst jedoch wollte sie nur raus aus diesem Kleid. Sie wusste nicht mal, wieso um alles in der Welt sie es anziehen sollte.

»Die blauen Strähnen müssen weg«, entschied Sofia und streckte sich Magnolia mit einer Schere entgegen.

Magnolia packte das zierliche Handgelenk der jungen Frau und quetschte es. »Nein, müssen sie *nicht*.«

Sofia schaute zu Imulah, der seufzte und nickte.

»*Lo siento*«, sagte sie. »Tut mir leid.«

Magnolia lockerte den Griff und drehte sich wieder dem Spiegel zu. Die Frau, die sie darin stehen sah, erkannte sie kaum. Das Kleid saß an ihrem muskulösen Körper wie angegossen, und das von Sofia und Inge aufgetragene Make-up verlieh ihrer blassen Haut ein Leuchten.

Das war nicht der Mist vom Schwarzmarkt, den Magnolia regelmäßig an Bord der *Hive* gekauft hatte. Es handelte sich vielmehr um das echte Zeug, das Frauen in illustrierten Büchern aus früheren Zeiten getragen hatten. Es verdeckte hervorragend ihre blauen Flecke und Wunden.

Imulah zog eine Taschenuhr hervor. »Wir müssen uns sputen«, verkündete er und klappte den Deckel mit dem Daumen wieder zu.

Sofia und Inge blieben vor dem Spiegel stehen, als Magnolia die beengte Unterkunft verließ. An der Luke hielt sie inne und drehte sich zurück zu den beiden jungen Ehefrauen. Sie fühlte sich schuldig, weil sie so grob gewesen war.

»Das mit dem Handgelenk tut mir leid«, entschuldigte sich Magnolia. »Hoffentlich gibt das keinen blauen Fleck. Aber falls doch, habt ihr ja das Make-up.«

Die zwei jungen Frauen starrten sie nur an. Inge wirkte verängstigt, Sofia hingegen wütend. Vielleicht besaß diese Frau ja doch ein wenig Stahl im Rückgrat.

»Früher war ich wie du«, verriet Sofia. »Stolz und aggressiv. Und *das* passiert, wenn man Widerstand leistet.« Sie drehte sich um und ließ ihr Kleid zu Boden gleiten.

Dann fasste sie über die Schulter und zog den langen Zopf beiseite. Auf dem Rücken offenbarte sich ein regelrechtes Netzwerk von Narben.

Magnolia atmete scharf ein, obwohl die Spuren von Peitschenhieben sie nicht wirklich überraschten. Sie kannte das Monster, das dafür verantwortlich war. Dasselbe Monster, das auch *sie* heiraten sollte.

Magnolia musste schleunigst raus aus dieser Hölle.

»Gehen wir«, sagte Imulah freundlich. Er legte Magnolia zart eine weiche Hand auf den Rücken. Sie zuckte bei seiner kalten Berührung zusammen.

»Fass mich gefälligst nicht an«, fauchte sie.

Prompt ließ Imulah die Hand sinken und deutete zu einer Treppe, an der zwei Cazadores-Soldaten warteten. Einer setzte sich die Stufen hinauf in Bewegung. Seine Sandalen verursachten kaum ein Geräusch auf dem Metall.

Magnolia kletterte, bis sie außer Atem geriet, dennoch hielt sie nicht an, um sich auszuruhen. Als sie endlich oben im Turm ankamen, öffneten die zwei Soldaten eine Luke, die nach draußen führte.

Diesmal musste Magnolia nicht die Augen gegen die Sonne zusammenkneifen oder abschirmen. Bald würde es dunkel sein – ein weiterer auf den Metallinseln verbrachter Tag.

Am Himmel kreisten Vögel – und nicht die mutierten Geier von den Turks- und Caicosinseln. Bei diesen Vögeln handelte es sich nicht um Monster und bei der über dem Wasser in der Ferne schimmernden Sonne nicht um eine Illusion.

Wie konnte die Hölle so wunderschön sein?

Magnolia folgte den zwei Soldaten und Imulah über einen Trampelpfad in das Luftschiff, das sie von den Decks unten gesehen hatte. Außen herum wuchs ein Dschungel. Die Bäume wurzelten tief in Erde, die von weiß Gott wo hergeschafft worden sein musste.

Magnolia hielt inne, als sie ihr Ziel erkannte: eine aus der Mitte des Luftschiffdaches geformte Arena mit Sitzreihen um eine zentrale Grube aus weißem Sand. Hunderte Menschen hatten bereits Platz genommen oder standen in der Nähe der Grube. Über den Stehplätzen befanden sich mehrere erhöhte Logen, in denen Ventilatoren auf die Personen darin bliesen.

Imulah winkte Magnolia zu einer über dem Erdreich errichteten Plattform, umgeben von üppigen Tropenpflanzen und Blumen. Die zwei Soldaten vor ihnen blieben an der größten die Arena überblickenden Loge stehen und rammten die Speerschäfte in den Boden. In steifer Haltung starrten sie geradeaus, bereit, ihren König zu beschützen, der auf einem Thron mit Aussicht auf die Arena saß.

Magnolia betrachtete El Pulpo, der vorgebeugt eine Mahlzeit genoss. Als sie sich näherte, schaute er auf, dann ließ er einen Knochen auf den Boden fallen und erhob sich. Die Oktopus-Tätowierung glänzte auf seiner schweißfeuchten Stirn. Er wischte mit einem Ärmel darüber und stellte mit einem dümmlichen Grinsen seine angespitzten Zähne zur Schau.

»Willkommen«, begrüßte er sie. *»Tú eres muy*, muy *bonita.«*

Magnolia blieb mit Imulah am Eingang stehen. Die zwei Soldaten hinter ihr überkreuzten die Speere zu einem X und versperrten ihr den Weg zurück.

»Gehen wir«, forderte Imulah sie auf.

Magnolia betrat die Loge und setzte sich auf einen Stuhl unter einem Deckenventilator. Die Brise fühlte sich zwar gut an, verwehte aber ihr Kleid und entblößte ihre Beine. Sie drückte den Stoff zurück nach unten.

El Pulpo grinste erneut, dann trat er zum Geländer, das die Sandarena überblickte. Magnolia musste jedes Quäntchen Selbstbeherrschung aufbieten, um ihm nicht die Schere in den Hinterkopf zu rammen, die sie unbemerkt aus der Unterkunft mitgenommen hatte, als sie unbeobachtet gewesen war. Vorerst musste sie auf Geduld setzen und mitspielen.

Jubel erhob sich von den Stehplätzen, als sich eine breite Luke im Schott des ausgehöhlten Luftschiffes öffnete. Die Tore des Frachtraums erinnerten stark an die Startbucht der *Deliverance*. Konnte es sich um dieselbe Schiffsklasse handeln?

Ein Mann mittleren Alters in einer ausgebleichten blauen Hose und einem blutroten Hemd trat hinaus in die Sandarena. Er legte den Kopf mit der Igelfrisur in den Nacken und hob sich ein Megafon an den Mund. Alle standen auf und jubelten, als er auf Spanisch zu sprechen begann. Als er fertig war, wiederholte er die Worte auf Englisch.

»Heute Abend kehrt Hammerhead mit *99* Siegen in die Himmelsarena zurück.« Er streckte den anderen Arm in die Luft und schnalzte mit der Zunge. »Noch nie in der Geschichte der Himmelsarena hat ein

Krieger 100 Tötungen geschafft. Wird es heute Abend vollbracht?«

Mit einer ausholenden Geste zeigte er auf einen riesigen Krieger, der durch das offene Tor eintrat. Der Hüne marschierte zum Ansager und ermöglichte der Hälfte der Zuschauer in der Arena einen Blick auf die Oktopus-Tätowierung, die sich über seinen gesamten Rücken erstreckte. Die acht violetten Tentakel verliefen gekrümmt über seine muskelbepackten Arme und Oberschenkel.

Hammerhead blieb stehen und ragte hoch über den komisch aussehenden Ansager auf. Dann stieß er durch das Atemgerät über seinem Mund ein lang anhaltendes Geheul aus.

Die Menge tobte und schrie begeistert, als er zwei gekrümmte Äxte emporstreckte. Mit in die Luft erhobenen Waffen drehte er sich langsam, bis er sich der Loge zuwandte, in der Magnolia saß und das Geschehen beobachtete.

Der Krieger trug nicht viel – nur eine kurze schwarze Hose mit einer Kette als Gürtel. Seine mächtigen Brustmuskeln zierte die Tätowierung eines Hammerhais.

El Pulpo lächelte und spähte zu Magnolia herüber, als wollte er abschätzen, wie beeindruckt sie war. Für sie sahen sowohl der Ansager als auch der Gladiator wie Clowns aus, doch sie behielt ihre Meinung für sich.

Eine weitere Gestalt betrat die Arena, und es überraschte sie nicht, dass es sich um den grau melierten Xavier Rodriguez handelte. Allerdings war sie nicht darauf gefasst gewesen, ihn nur mit einem Lederlendenschurz und Stiefeln bekleidet zu sehen.

»Was haben sie dir da bloß zum Anziehen gegeben?«, murmelte Magnolia bei sich.

Sie stand auf und beobachtete, wie X die Arena durchquerte. Mit einer Hand schirmte er die Augen gegen die am Horizont versinkende Sonne ab. Wie bei seinem Gegner übersäten auch seinen Körper Male, doch sie rührten nicht von Tinte her. Seine bestanden aus den Narben, die er sich in den Kämpfen eines gesamten Lebens zugezogen hatte.

Er zog an einer um seine Taille gewickelten und mit einem Schloss gesicherten Kette. Aber wo war seine Waffe? Erwartete man etwa von ihm, dass er mit bloßen Händen kämpfte?

Magnolia zweifelte nicht an seinen Kampffähigkeiten, aber das wäre schlichtweg nicht fair. Es sei denn, an der Kette hinge eine dornenbewehrte Metallkugel.

Gepanzerte Cazadores-Soldaten strömten auf eine Plattform, die den Kampfbereich der Arena säumte, etwa drei Meter unter den niedrigsten Sitzreihen. Einer der Krieger warf ein Kurzschwert ungefähr sechs Meter von X entfernt auf den Boden. Die Klinge blieb im Untergrund stecken.

Ein tiefes Knurren drang von der anderen Seite der Loge zu Magnolia, und sie drehte sich um, als Miles von einem Cazadores-Soldaten hereingezogen wurde. Der Hund trug ein innen mit Dornen besetztes Halsband und jaulte vor Schmerz, als sein Führer an der Kette zerrte.

»Tu ihm nicht weh!«, fauchte sie den Mann an.

Sie wollte zu ihm stürmen, aber El Pulpo versperrte ihr den Weg. Der König der Cazadores stank nach Schweiß und gegrilltem Fleisch.

»Sitz«, befahl er.

Magnolia begegnete seinem Blick. Es wäre ihre Gelegenheit gewesen, ihm in das noch heile Auge zu stechen, doch sie konnte sich nicht dazu durchringen. Es käme einer Todesstrafe gleich, nicht nur für sie, sondern auch für Miles, X und Rodger.

Also setzte sie sich wieder auf den Stuhl, schlug die Beine übereinander und übte sich weiter in Geduld. Als sie wieder hinunter in die Arena blickte, stellte sie fest, dass sich am Ende von X' Kette keine dornenbewehrte Metallkugel befand, sondern ein halb nackter Mann.

Die Menschenmenge johlte aufgeregt, als X an der Kette zog.

Magnolia stand erneut auf und ging nach vorn zum Geländer. Sie kniff die Augen zusammen und musterte im schwindenden Sonnenlicht einen weiteren Gladiator mit einer hässlichen Narbe auf der Brust, der in die Arena stolperte. Rodger Mintel blieb wenige Schritte von X entfernt stehen, hob eine Hand, um die Augen abzuschirmen, und schaute zur Loge hoch. Der Blick seiner großen braunen Augen heftete sich auf Magnolia.

El Pulpo stupste sie und grinste. »Zeit für Blut, *mi amor.*«

5

»Hör auf, Mags anzuglotzen, und komm her!«, rief X. Er zog Rodger vom Tor weiter in die Arena. Sie befanden sich immer noch drei bis vier Schritte von dem Schwert entfernt, das der Cazadores-Soldat heruntergeworfen hatte. X brauchte die Waffe, wenn er auch nur eine Chance haben wollte, den Riesen zu besiegen, der ihm über das halbe Kampfgelände hinweg entgegenbrüllte.

»Komm schon, Mann!«, blaffte er.

Rodger zog die Kette zurück. »Ich kann … kann nichts sehen …«

Die Zuschauer tobten, als der Ansager die zwei Hell Divers durch sein kegelförmiges Gerät ankündigte.

»In der Himmelsarena als Gegner von Hammerhead haben wir heute Abend den Himmelsspringer Rodger Mintel alias Rodger Dodger und Xavier *Rodri-i-i-igue-e-e-ez,* bei seinen eigenen Leuten und seinen Feinden gleichermaßen bekannt als der *Unsterbliche.*«

Dieser Schwachkopf erinnerte X an die Ansager der alten Welt aus den Kampfvideos, die er sich als Junge angesehen hatte. Damals war er begeistert von den Mixed-Martial-Arts-Kämpfen gewesen. Allerdings hätte er nie gedacht, dass er selbst einmal als Star in einem antreten würde.

Du wirst kein Star sein, wenn du nach Strich und Faden verdroschen wirst …

Langsam drehte sich X im Kreis und ließ den Blick über die Hunderte Cazadores wandern, die auf sie herabschauten. Hinter den Kriegern standen die Bürger der Metallinseln vor ihren Sitzen, brüllten und klatschten, stellten ihre angespitzten Zähne zur Schau.

Die Menschen kauten auf Fleischstreifen, die ein Junge anpries und aus einem Bauchladen verkaufte, den er an einem Seil um den Hals trug. Von all den seltsamen und gefährlichen Situationen, in denen sich X im Verlauf der Jahre befunden hatte, war diese die vielleicht bizarrste.

»Mach ihn alle, X!«, brüllte eine Stimme, die er kannte.

X schaute auf und erblickte Magnolia mit an den Mund gelegten Händen. Dann drehte er sich um und musterte seinen Gegner, einen Hünen, tätowiert mit Bildern eines Kraken und eines Hais. Der Koloss hob zwei gewaltige Äxte an. Seine mächtige Brust weitete sich, als er durch ein Atemgerät tief die Luft einsaugte.

Außerdem trug er irgendeine optische Vorrichtung, die an eine Nachtsichtbrille aus der alten Welt erinnerte. Hammerhead drehte sich X und Rodger zu und stimmte erneut ein heulendes Gebrüll an. Dazu klopfte er auf den Oktopus in der Mitte seiner Brust.

X hatte auf der Erdoberfläche gegen alle möglichen Monster gekämpft, von Sirenen und riesigen Raubvögeln über gigantische Wasserschlangen und Kraken bis hin zu Steinungeheuern. Aber er hatte noch nie gegen einen Mann gekämpft, dessen Haut Monster bedeckten. Würde interessant werden.

Hammerhead stieß den Ansager beiseite und trat den Weg über das Schlachtfeld an. Der wesentlich kleinere Kerl landete hart auf dem Boden, und die Zuschauer lachten grölend, als er auf allen vieren davonkrabbelte.

So viel zum Handschlag vor dem Kampf, dachte X, als er losrannte, um das Schwert zu holen. Rodger entfuhr ein spitzer Aufschrei, als X an der Kette zerrte, die sie miteinander verband.

»Bleib hinter mir!«, rief X.

Er packte das Schwert und zog es aus dem Sand. Hammerhead befand sich noch ungefähr zehn Meter entfernt und kam auf sie zugerannt, schnaubend wie eines der albtraumhaften Schweine auf den Turks- und Caicosinseln.

Im Zurückweichen versuchte X, die Kette durchzuhacken, aber die stumpfe Klinge trieb die verschweißten Glieder nur in den Sand. Er würde an Rodger gekettet gegen dieses Ungetüm kämpfen müssen.

Endlich kam Rodger zu X gelaufen und blieb wie befohlen knapp hinter ihm.

»Was … Was machen wir?«, stammelte der jüngere Hell Diver.

»Hilf mir, diesen Pisser zu Fall zu bringen, und hör auf, zu Mags zu gaffen«, erwiderte X. »Ach ja, und bemüh dich, nicht zu verursachen, dass wir abgeschlachtet werden.«

X hob das Schwert an. Es erwies sich als solide Waffe mit robustem Griff, nur war die Klinge rostig und stumpf. Er würde sie Hammerhead schon ins Gesicht rammen müssen, um ihn damit zu töten.

Rodger hob die Fäuste, und X wappnete sich, während sich ihr Gegner schwerfällig über den Sand näherte, brüllend wie ein Monster aus dem Hades. Hammerhead hielt ungefähr drei Meter vor X an, der Rodger weiter hinter sich winkte. Die Menge brüllte begeistert, als der riesige Gladiator herausfordernd die Äxte hob und wieder senkte.

»Halt dich von dem Arsch fern«, sagte X zu Rodger, »und versuch, ihm den Durchhang der Kette um den Hals zu wickeln, wenn ich angreife.«

»Ist d-das dein Ernst?«

X blieb keine Gelegenheit zum Antworten.

Hammerhead war fertig mit dem Posieren und stapfte auf sie zu. X stieß Rodger weg, der schreiend wie ein Mädchen die Beine in die Hand nahm und den Durchhang der Kette in beiden Händen hielt.

Wäre X nur ein Zuschauer oben auf den Rängen gewesen, er hätte gelacht. Mitten im Geschehen war ihm weniger danach zumute. Immerhin handelte es sich um einen Kampf auf Leben und Tod – daran war nichts komisch.

Er folgte Rodger, und sie versuchten, hinter Hammerhead zu gelangen, doch der Kerl erwies sich als nicht nur riesig, sondern auch als schnell. Der Hüne lief diagonal, um ihnen den Weg abzuschneiden.

X hielt an und drehte das Schwert in der Hand. »Hier drüben, du riesiger Haufen Haifischdung.«

Hammerheads Optik schwenkte von Rodger, dem schwachen Glied, zurück zu X. Der Laut, der aus der Atemmaske drang, ähnelte einer Kreuzung aus Husten und Grunzen. Mit rudernden Armen fuchtelte der Gladiator mit den Äxten durch die Luft, um X zu verwirren. Es ließ sich unmöglich abschätzen, wann und aus welchem Winkel er zuschlagen würde.

X wich zurück und wartete auf den geeigneten Moment. Aufmerksam beobachtete er die durch die Luft zischenden Axtblätter. Als Hammerhead in Angriffsreichweite gelangte, schwang er die linke Axt, und X riss das Schwert hoch, um das Blatt abzuwehren.

Stahl prallte auf Stahl, Funken sprühten.

X sprang zurück, um einem für seine Brust gedachten Hieb auszuweichen.

Hammerhead entpuppte sich als noch größer, als er aus der Ferne aussah. Er ragte fast einen Kopf höher auf als X und wog gut und gern 50 Kilo mehr. Wieder schwang er die Axt und bewegte sich mit, rammte X mit der Brust und stieß ihn zurück.

Mit der anderen Hand packte Hammerhead die Kette und riss Rodger von den Beinen, der nach einer harten Landung mehrere Meter über den Boden geschleift wurde.

X fand rasch das Gleichgewicht wieder und stach auf die Hand seines Gegners ein, die er um eine Fingerbreite verfehlte. Hammerhead ließ die Kette los und schwang beide Äxte horizontal von rechts nach links im Versuch, X den Kopf abzuhacken. Die Axtblätter kamen X so nahe, dass er ihren Luftzug spüren konnte.

Sofort setzte Hammerhead nach. Diesmal ließ er eine der Äxte herabsausen, als wollte er Holz hacken. X rollte sich nach links, um nicht gespalten zu werden, und sichtete Rodger, der sich aufgerappelt hatte und mit zwei Metern des Kettendurchhangs dastand.

Allerdings galt X' Aufmerksamkeit nicht seinem unfähigen Mitstreiter, sondern den vier Cazadores-Soldaten, die hinter Rodger durch ein anderes Tor in die Arena gerannt kamen. Jeder war mit einem Speer mit Doppelspitze bewaffnet und mit einer schweren, klirrenden Panzerung gerüstet. X rollte sich in die Hocke und heftete den Blick auf den Anführer, der einen Schild mit aufgemaltem Oktopus trug.

»Rodger, hinter dir!«, rief X. Er sprang auf die Beine und zuckte zusammen, als durch den Druck ein jäher Stich durch seinen verletzten Fuß schoss. Ohne auf die Schmerzen zu achten, rannte er auf Rodger zu, der sich endlich umdrehte.

Der Cazadores-Soldat mit dem Schild setzte sich vor die anderen und griff Rodger mit dem Speer an. X sah keine andere Möglichkeit: Er bremste ab und schleuderte sein Schwert.

Er hatte gut gezielt – die Klinge durchdrang den Brustpanzer des Soldaten, bevor der Mann den Schild anheben konnte. X überraschte es beinahe, dass es dem rostigen Schwert gelungen war.

»Sein Speer!«, brüllte X, als der tote Cazadores-Krieger zu Boden sackte.

Rodger schnappte sich die Waffe und warf sie zu X. Die beiden schlossen zueinander auf, als die drei restlichen Speerkämpfer von rechts anrückten, während sich Hammerhead von links näherte.

Durch den Lärm der Menge gestaltete es sich schwierig, irgendetwas deutlich zu hören, dennoch vermeinte X, eine gebrüllte Warnung von Magnolia aufzuschnappen. Er schaute gerade noch rechtzeitig über die Schulter, um verschwommen eine rotierende Axt durch die Luft rasen zu sehen. Ihm blieb gerade mal ein Blinzeln, um den Kopf zur Seite zu reißen. Die Waffe schnellte so nahe an ihm vorüber, dass er das Zischen des Blatts auf dem Weg vorbei an seinem Ohr hörte – gefolgt von einem Übelkeit erregenden Knirschen, als es hinter ihm in einen Körper einschlug.

Rodger! Ein erstickter Aufschrei ließ X' Mut sinken. Doch bevor er herumwirbeln und nach seinem Kampfgefährten sehen konnte, erreichte ihn Hammerhead. Ein Tritt in die Brust ließ X rückwärts durch die Luft segeln. Schmerzen blitzten durch Rippen, die noch angeknackst von dem Gefecht in El Pulpos Thronsaal waren. X landete hart auf dem Rücken, die Luft wurde ihm aus der Lunge gepresst.

Trotz der Schmerzen gelang es dem Veteranen der Hell Divers, den Speer weiter festzuhalten, mit dem er um sich stach, um sich Hammerhead vom Leib zu halten, während er sich japsend auf die Beine mühte.

Zuerst erblickte er Rodger – noch mit allen Gliedmaßen und ohne aus dem Leib ragende Axt. Er hob gerade den Speer eines weiteren gefallenen Cazadores-Soldaten auf. Die Axt, die an X vorbeigerast war, hatte dem Mann das Gesicht wie eine Wassermelone gespalten. Die Füße des Toten zuckten noch einmal, dann lagen sie still.

Hammerhead schrie den verbliebenen zwei Cazadores etwas auf Spanisch entgegen, und sie zogen sich langsam zurück. Da kam X der Gedanke, dass die Axt ihr Ziel vielleicht gar nicht verfehlt hatte. Offenbar wollte der hünenhafte Gladiator den Ruhm, die Hell Divers zu erledigen, allein einheimsen.

»Zu mir!«, rief X zu Rodger.

Mit gezückten Speeren gingen sie Rücken an Rücken in Position. Es war an der Zeit, diesen großen Mistkerl allezumachen.

Tief geduckt nahm X mit dem Speer die Haifischtätowierung auf Hammerheads Brust ins Visier, doch der Gladiator schlug den Schaft mit der Flachseite seiner verbliebenen Axt weg. Und schon griff er wieder an, schwang wild die Waffe.

X hechtete aus dem Weg, aber der Hüne traf ihn mit einem Tritt in den Oberschenkel und bekam seinen Arm zu fassen. Mit einem Ruck zog er X zurück zu sich und schlug ihm wuchtig seitlich gegen den Schädel.

X' Sicht verschwamm, ein Bienenschwarm summte in seinen Ohren und er schmeckte Blut aus einer Lücke, wo sich eben noch ein Zahn befunden hatte. Er spuckte den Lebenssaft in den Sand und riss den Ellbogen hoch, traf seinen Gegner unter dem Kinn. Unwillkürlich lockerte sich Hammerheads Griff, und es gelang X, sich freizuwinden, bevor der Koloss die Axt in seiner anderen Hand benutzen konnte, um X einen Körperteil abzuhacken.

X hastete von seinem Gegner weg und hörte, wie das Axtblatt an der Stelle in den Sand einschlug, an der er noch vor einem Herzschlag gestanden hatte. Reflexartig stach er mit dem Speer nach hinten und spürte zu seiner Überraschung, wie die Spitze etwas traf.

Als er sich umdrehte, stellte er fest, dass er Hammerheads Atemgerät beschädigt hatte. Darunter kam eine seit einem früheren Kampf fehlende Wange zum Vorschein. Außerdem offenbarte sich eine Doppelreihe schiefer, vergilbter Zähne. Hammerhead stieß einen gequälten Schrei aus, stolperte rücklings und hielt sich das Gesicht.

Die Menschenmenge brüllte so laut, dass X kaum Rodgers Ruf nach Hilfe hören konnte. Seine Aufmerksamkeit schwenkte zurück zu den beiden Cazadores-Soldaten, die ungläubig auf ihren verwundeten Champion starrten.

»Runter, Rodgeman!«, brüllte X.

Er nutzte die Gunst des Augenblicks, packte den Speer in der Mitte des Schafts und schleuderte ihn über Kopfhöhe. Die Speerspitze traf einen geschockten Cazadores-Soldaten in die Kehle. Der Mann ließ die Waffe fallen und umklammerte mit beiden Händen die Wunde, aus der das Blut nur so hervorspritzte.

Der andere der Cazadores stach mit dem Speer in Rodgers Richtung, aber Rodger und X nahmen ihn gemeinsam in die Zange. Der Mann verlagerte die Position von links nach rechts und duckte sich, doch er konnte nirgendwohin.

Rodger traf ihn mit einem Hieb, der die Panzerung durchdrang, tief in die Brust. Der Cazador umklammerte den Schaft, fiel rücklings in den Sand und krümmte sich vor Schmerzen.

»Hab ihn erwischt!«, rief Rodger hämisch.

Er schaute zu X, und sein Lächeln verpuffte, als sich sein Blick auf den Bereich direkt über X' Schulter heftete.

X drehte sich um, als ein gewaltiger Schatten auf ihn fiel.

Hammerhead packte ihn am Hals und hob ihn vom Boden.

Rodger griff an, doch der Gladiator stieß ihn ziemlich mühelos mit der freien Hand weg. Rodger landete im Sand, schlitterte auf dem Rücken über den Boden, und die Kette zwischen X und ihm straffte sich.

Die Zuschauer johlten und lachten, ihr Lärm füllte die gesamte Arena aus. Vom Ansager kam auf Spanisch ein Zwischenruf, der für noch mehr Gelächter sorgte.

X zappelte im Griff des Ungetüms, das ihn in der Luft hielt. Die an Insektenaugen erinnernde Optik glotzte ihn so eindringlich an, als wäre er eine Laborprobe, die unter einem Mikroskop untersucht wird. Er schnappte nach Luft, als Hammerhead den Griff um seinen Hals verstärkte. Der Gestank faulender Zähne löste Brechreiz in X aus, dennoch sog er an Luft ein, so viel er konnte.

Gleichzeitig drosch er wieder und wieder auf Hammerheads Ohr ein, aber es kam dem Angriff einer Mücke auf einen Elefanten gleich. Der hünenhafte Gladiator stieß einen wutentbrannten Schrei aus. Spucke spritzte X ins Gesicht.

Seine Sicht wurde schmaler, und er spürte, wie seine Lebenskraft aus ihm abfloss. Ihm blieben nur noch Sekunden, bis ihm dieser Pisser entweder die Luftröhre zerquetschte oder das Genick bräche. Noch einmal schwang er die Faust, diesmal auf die käferähnliche optische Vorrichtung über Hammerheads Augen. Der erste Treffer bewirkte nicht viel, der zweite jedoch löste sie. Vorquellende, blutunterlaufene Augen starrten X an. Hammerhead ließ ihn zu Boden fallen und riss die Hände hoch, um die Augen gegen die untergehende Sonne abzuschirmen.

Einen Herzschlag lang lag X keuchend im Sand.

»Ich komme!«, rief Rodger. Damit sprang er auf Hammerheads Rücken, schlang die Kette um den dicken Hals des Kolosses und umklammerte sie. X spürte, wie das andere Ende der Kette an ihm zog, doch er konnte vorerst nichts tun, außer nach Luft zu schnappen.

Hammerhead krallte mit einer Hand an Rodger, während er mit der anderen weiter die Augen abschattete. Er bäumte sich auf und verrenkte sich, aber Rodger klammerte sich mit den Beinen an ihm fest.

Schließlich gelang es X, sich auf ein Knie hochzustemmen. Allerdings ließ ihn ein unverhoffter Schwindelanfall prompt auf den Bauch plumpsen. Er bekam nicht genug Luft, zudem spürte er glitschiges Blut im Stiefel, wo die Schussverletzung an seinem Fuß wieder aufgebrochen war.

Steh auf, alter Mann.

»Hilf mir!«, rief Rodger.

X sichtete einen halb von Sand bedeckten Speer mit Doppelspitze. Er packte die Waffe und rappelte sich erneut auf. Leicht wankend lauschte er dem Gebrüll und Geheul der Zuschauer. Alle in der Arena waren aufgesprungen – sogar El Pulpo, der das Geschehen vom Balkon seiner Loge verfolgte. Magnolia stand an seiner Seite, und an ihr Bein schmiegte sich ein Hund.

Miles, ich komm dich holen, Junge.

X zerbrach den Speerschaft über seinem Knie und brachte die beiden Hälften in Anschlag.

Hammerhead gelang es letztlich mit einer Hand, Halt an Rodgers Bart zu finden.

»He, Sonnenschein!«, rief X. »Ich hab was für dich!«

Die breite, potthässliche Visage drehte sich X in dem Moment zu, in dem er die Spitze einer zerbrochenen Speerhälfte in Hammerheads Bauch rammte und darin stecken ließ. Der Hüne heulte vor Schmerz auf und ließ Rodger los, der seinerseits weiter hartnäckig an der Kette zog.

X stieß die zweite Speerhälfte knapp über dem Herzen in Hammerheads Brust. Die Haifischtätowierung verschwand rasant unter einem sich ausbreitenden roten Fleck. Der Koloss fiel erst auf die Knie, dann auf den Rücken, und Rodger hielt ihn auf dem Boden.

Keuchend schleppte sich X hinüber.

Die Menschenmenge war schlagartig verstummt. X schaute auf und beobachtete, wie El Pulpo die Hände auf das Geländer legte und darüber hinweg in den Sand heruntersprang. Durch die Arena ging das Geräusch Zehntausender aufeinanderklackender Zähne.

Dutzende Krieger duckten sich unter sich öffnenden Toren hindurch und schwärmten auf das Schlachtfeld, wo sie ihren König umringten. X zerrte die beiden Speerhälften aus Hammerheads erschlafftem Leib und wandte sich den nahenden Kriegern zu, die einen Kreis um ihn und den toten Gladiator bildeten.

»X«, ertönte eine gedämpfte Stimme. »Hiev den Kerl von mir runter.«

Schwerter und Speerspitzen richteten sich auf X, ein Mann zog eine Handfeuerwaffe. X zögerte und spähte zu Magnolia hinauf. Sie nickte ihm zu – eine Bestätigung, dass es nicht der richtige Zeitpunkt und Ort für Widerstand war. Nach einer weiteren kurzen Pause ließ er die beiden Speerhälften fallen. Dann bückte er sich und schob den gigantischen Kadaver von Rodger runter.

»Alles gut?«, fragte er, als sich sein Kamerad aufzurappeln versuchte.

Der Lärm der Menschenmenge setzte wieder ein, und ein Sprechgesang hob an. X achtete nicht auf das Getöse um sich herum. Stattdessen streckte er sich nach unten, um seinem Freund aufzuhelfen. Rodger war gerötet, aber anscheinend unverletzt. Nach einem tiefen Atemzug ergriff er X' ihm entgegengereichte Hand.

Der Sprechgesang wurde lauter, und schließlich erkannte X, was die Menschen brüllten.

»Unsterblicher! Unsterblicher! Unsterblicher!«

»Commander Everhart, ich habe Sie nicht auf meiner Zugangsberechtigungsliste«, sagte Monk. Der Milizwachmann stand zusammen mit einem Kameraden namens O'Toole vor der Luke zur Startbucht und zum Arsenal der *Deliverance*.

»Ich hab meine Schlüsselkarte«, erwiderte Michael und kramte die Karte aus der Tasche.

»Tut mir leid, Sir, aber das Protokoll hat sich geändert«, erklärte O'Toole. Der fitte, sympathische Milizsoldat hatte sich einen Bart wachsen lassen, seit Michael ihn zuletzt gesehen hatte.

»Ich bin nicht wegen Waffen hier«, sagte Michael. »Ich muss nur noch mal in die zugangsbeschränkten Archive.«

Nachdem sich Monk geräuspert hatte, entgegnete er: »Tut mir leid, Sir, aber dafür brauchen Sie die Freigabe von Sergeant Sloan oder Lieutenant Mitchells.

Unsere Befehle lauten, niemanden in diesen Bereich zu lassen, der keine ausdrückliche Freigabe dafür hat.«

Die beiden Wachleute nahmen ihre Aufgabe, das Nukleararsenal und die Waffenschränke zu beschützen, äußerst ernst. Und wenngleich Michael das respektierte, verlor er allmählich die Geduld, vor allem als Monk auf seinen Armstumpf glotzte. Er hatte die starrenden Blicke inzwischen wirklich satt.

»Nur zu, funken Sie Lieutenant Mitchells an«, forderte Michael die beiden auf. »Ich hab gerade mit ihm geredet – nur wusste ich da noch nicht, dass ich eine spezielle Erlaubnis für die Archive brauche.«

»Geben Sie uns eine Minute, Sir«, erwiderte O'Toole.

Monk holte sein Walkie-Talkie hervor und gab eine Anfrage ein. Nachdem er mehrere Minuten auf und ab gelaufen war, kam endlich eine Antwort von Ensign Ada Winslow, und sie lautete, dass Les gerade eine Besprechung mit Sergeant Sloan habe.

Michael schüttelte frustriert den Kopf. Phantomschmerzen setzten ein und er spielte mit dem Gedanken, zur Krankenstation zurückzukehren, um sich auf pharmazeutischem Weg ein wenig Erleichterung zu verschaffen.

Du verkraftest das, schon vergessen, Michael?

Er knirschte mit den Zähnen. In Gedanken zu zählen half ihm, sich auf etwas anderes als die schier unerträglichen Schmerzen zu konzentrieren. Allerdings erinnerte es ihn auch an die Zeit, die nutzlos verstrich.

So weit er zurückdenken konnte, hatte in seinem Unterbewusstsein immer eine Endzeituhr getickt. Im Augenblick tickte sie für X, Mags und Miles, und

Michael konnte vorerst nur eine einzige Sache für sie tun.

»Lass ihn einfach durch«, schlug O'Toole seinem Kameraden vor.

»Was? Wir haben ausdrückliche Befehle«, gab Monk leise zurück und drehte Michael den Rücken zu.

»Er ist ein Hell Diver.«

Von der Luke ging ein Klicken aus, und die beiden Männer traten einen Schritt zurück. Von der anderen Seite drang ein weißlicher Schimmer herein, der sich zu einer menschlichen Form verdichtete. Eine dunkelhäutige Gestalt in makelloser, knitterfreier Hose und Jackett stand am Eingang zur Startbucht. Der Mann besaß einen ordentlich gestutzten Bart und kurz geschorenes Haar.

Der Anblick des Mannes – oder vielmehr des Hologramms, um genau zu sein – entlockte Michael ein Lächeln.

»Was zum ...?«, entfuhr es Monk. »Ich dachte, der wäre ...«

»Captain DaVita hat seine Reaktivierung angeordnet«, fiel Michael dem Mann ins Wort. »Schön, dich zurückzuhaben, Timothy.«

»Danke, Commander. Ist auch schön, Sie wiederzusehen. Samson hat gesagt, dass Sie mich sprechen wollen.«

»Richtig. Komm mit.« Da sich die Luke geöffnet hatte, wartete Michael nicht länger auf eine Erlaubnis. Er nickte O'Toole und Monk nur zu. Die beiden traten beiseite und ließen ihn in die Startbucht. Die Luke schloss sich hinter ihm mit einem lauten Klicken, das durch den gewölbeartigen Raum hallte.

»Ich bin derzeit nur zu 59 Prozent funktionstauglich«, erklärte Timothy. »Aber innerhalb einer Stunde sollte ich zu 100 Prozent hochgefahren sein, dann habe ich Zugriff auf Tausende neue Dateien auf dem Mainframe.«

»Genau darüber wollte ich mit dir reden. Was war die letzte Kommunikation, die du mit deinem Pendant an Bord der *Sea Wolf* hattest?«

»Einen Moment, ich durchsuche die Übertragungsaufzeichnungen.«

Michael ging voraus zur Kampfeinsatzinformationszentrale unter Deck. Er stieg die Treppe zu dem Ort hinunter, an dem Layla und er vor einer Woche ihr »Date« hatten. Die Geräusche seiner Stiefel auf den Stufen erinnerten ihn an die letzte persönliche Mitteilung von X.

Wenn du das hörst, sind wir wahrscheinlich schon tot. Aber wenn ihr herkommt, dann bereitet euch auf einen brutalen Feind vor – schlimmer als die Sirenen. Rächt Miles. Rächt Magnolia. Und versprich mir, dass ihr nicht die Barbarei der Cazadores annehmt, falls ihr hier die Zukunft der Menschheit ansiedelt. Ich bin gesprungen, damit die Menschheit überlebt. Ich bin für diesen Ort gesprungen. Ich liebe dich, Stan. Sei gut, kämpfe hart und vergiss nicht, was du zu mir gesagt hast: Akzeptiere deine Vergangenheit ohne Bedauern. Geh zuversichtlich mit deiner Gegenwart um. Stell dich der Zukunft ohne Angst. In Gedanken werd ich immer für dich da sein, Junge.

Die Botschaft erfüllte Michael zugleich mit Stolz und Beklommenheit. Als er die Instrumententafel der Computeranlage erreichte, hatte Timothy seinen Suchlauf beendet.

»Die letzte Übertragung von meinem Pendant ist vor drei Tagen erfolgt«, meldete er. »Soll ich die Aufzeichnung für Sie abspielen?«

Michael nickte.

»Hier spricht Timothy Pepper von der Sea Wolf. *Ich werde derzeit mit Notstrom versorgt und werde demnächst ausfallen. Mein Schiff wurde von den Cazadores beschlagnahmt und wird gerade zu einem Turm gebracht, bei dem es sich um das Kapitol der Metallinseln zu handeln scheint. Ich habe seit mittlerweile 36 Stunden nichts von X oder Magnolia gehört und muss davon ausgehen, dass sie entweder in Gefangenschaft geraten oder tot sind …«*

Michael ließ sich auf den Stuhl plumpsen.

»Ich habe die Cazadores an Bord auf Informationen über ihr Schicksal abgehört, aber bislang haben sie nur von einem Krieger gesprochen, der einfach nicht totzukriegen ist. Ich habe versucht, ihre Funkübertragungen anzuzapfen, allerdings gibt es davon nicht viele. Diese Menschen scheinen sich fast ausschließlich mündlich zu verständigen.«

Eine Pause entstand. Dann: *»Die an Bord des Schiffs arbeitenden Mechaniker reden weiter von einem Mann aus dem Himmel – demselben Mann, von dem sie sagen, er würde einfach nicht sterben.«*

»X!«, rief Michael. »Das muss X sein.«

Das Hologramm von Timothy Pepper an Bord der *Deliverance* kratzte sich am Bart. »Das wäre eine logische Annahme, Commander.«

»Ist das die letzte Übertragung?«, fragte Michael.

Ein Nicken von Timothy.

»Verdammt.« Michael hatte gehofft, Timothy könnte

auf etwas zugreifen, das Les und die anderen Offiziere auf der Brücke nicht aufrufen konnten.

Er holte seine Schlüsselkarte hervor und hielt sie vor den Monitor, um den Computer online zu bringen.

»Du musst was für mich recherchieren«, sagte Michael. »Du musst für mich jede Datei ausgraben, die du über die abtrünnigen künstlichen Intelligenzen und Red Sphere finden kannst.«

»Einen Moment, Sir.« Timothys Hologramm flimmerte, während er arbeitete, und Michael nutzte die Gelegenheit, um die Abdeckungen der Bullaugen zu öffnen. Außerhalb der *Deliverance* brodelten Sturmwolken – dieselbe entmutigende Ansicht, an die er sich längst gewöhnt hatte. Aber eine Gänsehaut bescherte ihm der Anblick der *Hive*.

Oder vielleicht lag es auch an den Schmerzen, die ihm über die Schulter und den Hals in die Schläfe krochen. Er schloss die Lider und atmete tief durch.

Als er die Augen wieder aufschlug, erblickte er Hunderte Bullaugenabdeckungen aus geborgenen Luken an der Seite der *Hive*. Die meisten davon hatten die Menschen mit flauschigen Wolken und blauen Himmeln bemalt. Einige jedoch hatte man noch nicht ersetzt.

Durch mehrere Bullaugen schimmerten Lampen und sonstige Lichtquellen heraus und boten flüchtige Blicke in die Unterkünfte, in denen die Familien der Oberdecks lebten. Michael befand sich zu weit entfernt, um die Menschen darin zu erkennen, aber als er sie in ihren Wohnräumen sah, fühlte er sich allein. Sein gesamtes Erwachsenenleben lang hatte er dafür gekämpft, diesen Ort zu retten.

Nun bot sich eine Möglichkeit, eine neue Heimat zu erschaffen – eine Heimat, in der die Sonne schien. Ein Teil von ihm konnte es immer noch nicht glauben, aber die Metallinseln waren real, und Michael wusste, dass es ihnen nicht gelingen würde, den Cazadores dieses Paradies nur mit Luftschiffen, einem Kriegsschiff im Wasser, den Hell Divers und den Milizsoldaten abzuknöpfen. Sie brauchten etwas anderes – etwas, womit ein gewaltiges Risiko einherging. Aber wenn es ihm gelänge, seine Idee über die Bühne zu bringen, barg sie das Potenzial, alles, wirklich alles zu verändern.

»Ich habe den Suchlauf abgeschlossen und aus dem Archiv 102 Dateien wiederhergestellt, die von der *Sea Wolf* über Red Sphere und die abtrünnigen künstlichen Intelligenzen, auch als Modell DEF-9 bekannt, übermittelt worden sind«, gab Timothy bekannt. »Was möchten Sie wissen?«

»Ich will ihre innere Zusammensetzung und ihre Programmierung sehen.«

»Dann rufe ich die Daten auf. Aber, Commander, wenn ich mir die Frage gestatten darf: Wieso interessiert Sie das?«

Michael schwieg einen Moment lang und dachte daran zurück, wie er in seiner alten Unterkunft an dem Staubsaugerroboter herumgebastelt hatte, als X mit einer Tüte voll Nudeln nach Hause gekommen war, nicht lange nach dem Tod von Michaels Vater bei einem Absprung.

»Als Kind hab ich an Robotern herumgebastelt, während sich andere Kinder mit Spielen vergnügt haben«, sagte Michael. »Hab welche gebaut, hab andere zerlegt.«

»Bei allem Respekt, Commander, aber DEF-9-Einheiten – oder abtrünnige künstliche Intelligenzen, wie Sie dazu sagen – sind keine Reinigungsroboter. Sie sind Tötungsmaschinen.«

»Und wie alles von Menschen Konstruierte werden sie eine Schwachstelle haben. Die hast sogar du, Timothy.«

»Touché, Sir.«

Michael drehte sich auf dem Sitz herum und fügte hinzu: »Ich muss sie nur finden, und wenn ich recht behalte, dann kann ich vielleicht, nur vielleicht eine Möglichkeit finden, sie zu kontrollieren.«

6

»Alle Bewohner sind aufgefordert, sich in einer Stunde im Handelsposten einzufinden«, ertönte die beruhigende Stimme von Ensign Ada Winslow über die Lautsprecheranlage. »Lieutenant Les Mitchells hat etwas über die Zukunft der Luftschiffe bekannt zu geben.«

Les stand vor der Luke seines Quartiers und gab seiner Frau einen Schmatz auf die Wange. Seine Tochter Phyl hielt eine Puppe in den Händen und lauschte der Durchsage mit schief gelegtem Kopf, als verstünde sie die Ankündigung nicht.

»Zukunft?«, fragte sie langsam.

»Die neue Heimat, von der man ständig hört«, erklärte Les.

»Du hast uns nicht alles darüber gesagt, nicht wahr?«, hakte Katherine nach. In ihrer Stimme schwang Verärgerung mit – das hatte Les schon länger nicht mehr von ihr gehört. »Du hast uns nicht verraten, was aus X oder den anderen geworden ist.«

»Richtig, habe ich nicht«, räumte er ein. »Tut mir leid, aber ich habe … *hatte* strikte Anweisungen.«

Katherine verengte die Augen. »Du hast versprochen, dass du Trey nicht allein lassen würdest. Du hast versprochen, bei ihm zu bleiben.«

Sie löste sich aus seinem Griff und ließ ihm einen Moment Zeit, um über seine Worte nachzudenken. Sein Vater hatte ihm in jungen Jahren beigebracht, nie Versprechen abzugeben, die er nicht halten konnte, und bei diesem Versprechen war sich Les nicht sicher.

Trey fühlte sich so weit weg an …

Er ist *auch weit weg.*

Sie wurden praktisch von einer ganzen Welt getrennt, von einem Meer, auf dem Gewitterstürme tobten.

»Papa, mir fehlt Trey«, sagte Phyl. »Commander Everhart hat gesagt, er ist auf einer *Mission,* und er war nicht sicher, wann Trey zurückkommen wird.«

Les schaute von seiner Frau zu seiner Tochter und wünschte, er könnte den beiden ihren Schmerz nehmen. Aber er fürchtete, was immer er sagen konnte, würde ihr emotionales Leiden nur verschlimmern.

Sein Vater hatte ihm eingebläut, niemals zu lügen, schon gar nicht gegenüber zwei der drei Menschen, die er bedingungslos liebte.

»Als ich letzte Woche mit Trey abgesprungen bin, haben wir in Red Sphere ein anderes Schiff gefunden«, sagte Les. »Kein Luftschiff. Ein altes Kriegsschiff der Vereinigten Staaten von Amerika. Captain DaVita kreuzt damit zu den Metallinseln, um X, Mags und Miles vor den Cazadores zu retten und um …«

Les verstummte, als Phyl erneut den Kopf schief legte. Vermutlich war sie noch nicht alt genug, um den Rest zu hören. Womöglich würde sie sich ängstigen und Sorgen um Trey machen.

Andererseits verdiente sie zu erfahren, wohin ihr Bruder unterwegs war, und die Kinder an Bord des

Luftschiffes waren abgehärtet. Sie hatten bereits mehr durchgemacht, als ein Kind durchmachen sollte.

»Ich bin mit der Aufgabe betraut, eine Kampftruppe zusammenzustellen, die Captain DaVita helfen soll, die Metallinseln von den dort lebenden Barbaren zu erobern. Trey ist unterwegs, um auch bei der Mission zu helfen.«

Katherine hob eine Hand an den Mund und zog die Augenbrauen hoch. »Du hast unseren Sohn in den *Krieg* geschickt?«

Les widerstrebte zutiefst, wie sich das anhörte. Aber die harte Realität sah so aus, dass sich die Menschheit die vergangenen 260 Jahre im Krieg befunden hatte.

Einem Kampf ums nackte Überleben.

»Ja«, antwortete Les. »Und wenn es so weit kommt, werde ich mich ihm im Kampf anschließen.«

Katherine zog Phyl zu sich. »Das … Das glaub ich jetzt nicht! Keine Ahnung, wen ich gerade vor mir habe!«

Die schmerzenden Worte überraschten Les ein wenig. Er war nicht daran gewöhnt, dass er Befehle dagegen abwiegen musste, was er seiner Familie erzählte. Aber indem er Katherine nicht von Anfang an eingeweiht hatte, war ihm ihr Vertrauen abhandengekommen.

Plötzlich vermisste er die Tage als einfacher Elektriker. Damals bestanden seine einzigen Sorgen aus heißen Tunneln und stromführenden Kabeln.

»Es tut mir leid, Katherine, ich wollte dich nicht verletzen. Ich …«

Sie wich zurück, als er ihr seine Hände entgegenstreckte. »Ist mir egal, was du wolltest. Du hast unseren Sohn in den *Krieg* geschickt, Les.«

Aus der Lautsprecheranlage drang ein Rauschen, dann wurde die Ankündigung von Ensign Winslow erneut abgespielt. Die Zeit lief ab, er durfte nicht länger trödeln.

»Ich muss los«, sagte er. »Tut mir leid. Bitte kommt zum Handelsposten und hört euch an, was ich zu sagen habe.«

Katherine erwiderte nichts, und Les wandte sich ab, damit die beiden nicht sahen, wie ihm Tränen in die Augen traten. Er öffnete die Luke und ging, ohne noch einmal zu seiner Frau und seiner Tochter zurückzuschauen.

Die Gänge füllten sich bereits mit Menschen, die ihre Unterkünfte und Arbeitsplätze auf dem Weg zum Handelsposten verließen. Alle wollten hören, was Les bekannt zu geben hatte – alle außer Katherine.

Er drängte sich durch die Massen und hastete zu dem einen Zwischenstopp, den er vor der Bekanntgabe einlegen musste. Sergeant Sloan stand mit dem Rücken am Schott vor der Milizzentrale an Bord der *Hive,* die Arme vor der schwarzen Körperpanzerung verschränkt.

»Wird auch langsam Zeit, Lieutenant«, sagte sie.

»Tut mir leid.«

Sloan führte ihn durch eine Luke in die Zentrale der Miliz, die aus mehreren Büros, einem Umkleideraum, einer kleinen Waffenkammer und einem Besprechungszimmer bestand. Sämtliche Räume waren verwaist.

Sie setzten den Weg durch eine Verbindungsluke zur Startbucht der *Hive* fort. Dort standen um die 30 Milizsoldaten in schwarzen Kampfanzügen. Einige trugen noch die Körperpanzerung und Helme von ihren Patrouillengängen. Schlagstöcke hingen an ihren Einsatzgürteln.

Les fuhr sich mit der Hand durch den Schopf roter Haare. Die meisten dieser Leute waren im Ruhestand nach anderen Jobs und bewachten nun zugangsbeschränkte Einrichtungen. Jedenfalls handelte es sich nicht um kampferprobte Krieger – davon gab es kaum noch welche. Und es blieb keine Zeit, um Leute auszubilden.

»Das sind alle«, erklärte Sloan. »Ich weiß, viel ist es nicht, aber aus der Miliz ist nicht mehr herauszuquetschen. Alle anderen sind entweder tot oder bei Captain DaVita auf dem Kriegsschiff. Ich habe insgesamt nur 42 Personen unter meinem Kommando, und mindestens zehn müssen an Bord der Luftschiffe bleiben, um die Ordnung aufrechtzuerhalten, falls und wenn wir entscheiden, die Metallinseln anzugreifen.«

Les versuchte, sich vorzustellen, wie diese Leute gegen die gut bewaffneten und ausgebildeten Cazadores-Soldaten kämpften, die Timothy Pepper in einer seiner letzten Übertragungen von der *Sea Wolf* beschrieben hatte.

Vor seinem geistigen Auge sah er, wie die Barbaren die Milizsoldaten zusammen mit allen anderen abschlachteten, die hinunter auf die Erdoberfläche geschickt wurden.

»Wogegen genau sollen wir kämpfen?«, fragte Jack, ein 60-jähriger ehemaliger Elektriker, der Les einst ausgebildet hatte.

Les drehte den Kopf zur Seite und flüsterte: »Sie haben es ihnen noch nicht gesagt?«

Sloan schüttelte den Kopf. »Ich dachte mir, die Ehre überlasse ich Ihnen.«

»Also gut.« Les unterdrückte ein Seufzen. »Folgt mir zum Handelsposten. Dort erkläre ich alles, und dann könnt ihr entscheiden, ob ihr immer noch mit uns kämpfen wollt.«

Die Gruppe der Milizsoldaten trottete hinter Les her aus der Startbucht und hinaus in die dicht bevölkerten Gänge.

»Aus dem Weg«, verlangte Sergeant Sloan im Befehlston.

An den Schotten des nächsten Korridors glänzte frische Farbe – eine Szene exotischer Tiere, die an einer Wasserstelle in einer Wüste tranken. Um die Ecke erstreckte sich ein weiteres Kunstwerk sowohl über das Schott als auch über die Decke. Wellen schwappten an den weißen Strand einer Insel, Palmen neigten sich im Wind.

Ein gefährliches Bild, wie Les erkannte. Das nämlich stellten sich die meisten Menschen vor, wenn sie von den Metallinseln sprachen. Der Strom der Leute bewegte sich durch die bunte Szene, aber Les kannte die Wahrheit über das Grauen, das sie vorfinden würden, wenn sie ihr Ziel erreichten.

Die Schlange setzte sich um die nächste Ecke fort, wo sich vor dem Handelsposten ein Stau bildete. Umhertreibende Gerüche von den Lebensmittelständen vermischten sich mit Körperausdünstungen und dem allgegenwärtigen Mief der nächstgelegenen Kackkisten.

Als Sergeant Sloan in den weitläufigen Raum vorausging, versuchte sich Les daran zu erinnern, wann er ihn zuletzt so vollgepackt gesehen hatte. Man hatte sämtliche Verkaufsstände zurück an die Schotten verschoben. Die normalerweise zum Essen reservierten Tische waren bereits besetzt, und in der Nähe des nördlichen Schotts hatte man eine kleine Bühne aufgestellt.

Les atmete mehrmals durch, um seine Nervosität in den Griff zu bekommen. Er hatte noch nie vor so vielen Menschen gesprochen. Layla und Michael befanden sich bereits auf der Bühne, saßen dort auf Stühlen neben einem Pult. Die Ensigns Ada Winslow, Bronson White und Dave Connor standen in ihren weißen Uniformen hinter ihnen. Ein schimmerndes Hologramm erschien auf der Bühne und verdichtete sich zur Gestalt von Timothy Pepper.

»Hallo, Lieutenant Mitchells«, grüßte die künstliche Intelligenz.

»Willkommen zurück, Pepper.«

Michael und Layla erhoben sich, um Les in Empfang zu nehmen, als er die Plattform betrat. Er ging geradewegs zum Rednerpult und hielt nur kurz inne, um in seine Uniform zu fassen und die vorbereiteten Notizen hervorzuholen.

Hunderte Menschen strömten in den Handelsposten und füllten den Raum mit Unterhaltungen, vereinzeltem Husten und den Schreien von Babys – die Musik der *Hive,* die Klänge des Überlebens.

Les ließ den Blick über Gesichter von Leuten wandern, mit denen er sein gesamtes Leben verbracht hatte. Er kannte alle namentlich, sogar die Unterdeckbewohner. Aber nicht alle hatten sich eingefunden. Katherine und Phyl fehlten. Ihre Abwesenheit brach ihm das Herz. Trotzdem hatte er eine Aufgabe zu erfüllen, eine Pflicht gegenüber diesen Menschen.

Sergeant Sloan griff sich das Mikrofon und tippte dagegen. Ein lautes *Wumm-wumm* drang aus den an der Wand montierten Lautsprechern.

»Ruhe bitte«, brummte sie. Ihre raue Stimme brachte die Versammelten zum Schweigen, und Sloan gab das Mikrofon an Les weiter. »Viel Glück, Giraffe.«

Weitere Menschen quetschten sich herein, und er wartete auf die letzten Eintreffenden. Sloan wies ihre Leute an, auszuschwärmen und die Sicherheit zu gewährleisten, wofür Les dankbar war. Er hatte keine Ahnung, wie seine Bekanntgabe bei den Menschen ankommen würde – vor allem bei den weniger stabilen Zeitgenossen, die nach wie vor unzufrieden mit den Lebensumständen waren. Bei so großen, öffentlichen Versammlungen gab es eine Vorgeschichte gewalttätiger Auseinandersetzungen mit Unterdeckbewohnern.

Nachdem die letzten Nachzügler den Handelsposten betreten hatten, nahm sich Les einen Moment Zeit, um den Blick über die Gesichter wandern zu lassen. Ganz vorn stand Cole Mintel mit hochgekrempelten Ärmeln, wodurch man seine neueste Tätowierung in Form des Lebensbaums sehen konnte – ein Tribut an seinen verstorbenen Sohn Rodger. Seine Frau Bernie befand sich zu seiner Rechten, links säumten ihn zwei Farmarbeiter, Moon Lao und ihr Ehemann John. Dom, der lockige Besitzer des Drachenstands mit seinen berühmten Nudeln, und Marv, Eigentümer der Kneipe *Wingman,* hatten sich ebenfalls in der vordersten Reihe eingefunden.

An den Tischen saßen Familien. Les sah die Waisengeschwister Chloe und Daniel unter anderen Kindern und Eltern mit zerlumpter Kleidung und Löchern in den Schuhen.

An den Anblick hatte er sich sein Leben lang gewöhnt. Sogar die Offiziere und jene Zivilisten mit erstrebenswerteren Berufen wie Techniker und Farmarbeiter wirkten abgerissen und niedergeschlagen. Alle schienen der Bekanntgabe bange entgegenzublicken.

Und Les sollte zu freiwilligen Meldungen für den Kampf in einem Krieg aufrufen?

Neue Hell Divers zu rekrutieren war eine Sache, aber Menschen für den ausdrücklichen Zweck auszuwählen, andere Menschen zu töten, war eine völlig andere.

Im Raum wurde es still. Sämtliche Augenpaare richteten sich auf Les.

Er räusperte sich, während er den Zettel mit seinen Notizen auseinanderfaltete.

Dann faltete er ihn wieder zusammen und steckte ihn zurück in die Tasche. Er wusste längst auswendig, was er sagen wollte.

»Wie ihr alle wisst«, begann er, »bin ich Lieutenant Les Mitchells. Einige von euch kennen mich wahrscheinlich als Giraffe. Heute stehe ich als Offizier und Himmelsbürger vor euch. Ich habe mein gesamtes Leben unter euch verbracht, an eurer Seite gearbeitet, meine Kinder neben euren großgezogen. Immer in der Hoffnung, dass wir eines Tages auf die Erdoberfläche zurückkehren könnten. Bis vor Kurzem habe ich nicht mehr geglaubt, dass es noch zu meinen Lebzeiten dazu kommen könnte. Ich dachte mir, dass vielleicht die Kinder unserer Enkel dieses Glück haben würden.«

Als er bemerkte, dass sich weitere Menschen in den Handelsposten pferchten, verstummte er kurz, da er hoffte, es wären Katherine und Phyl. Sie waren es nicht.

»Viele von euch wissen vielleicht auch, dass Commander Xavier Rodriguez und Magnolia Katib einen bewohnbaren Ort namens *Metallinseln* entdeckt haben.«

Wie vorherzusehen, brachen im Raum geflüsterte Unterhaltungen und Gemurmel aus. Les schaute zu Sloan, die herüberkam, unterwegs ihren Schlagstock zückte und damit seitlich gegen das Pult schlug.

»Lasst Lieutenant Mitchells sprechen!«, rief sie.

Nach einem weiteren Hieb des Schlagstocks verstummten die Anwesenden wieder.

»Die Metallinseln liegen in der Nähe der Jungferninseln, einer in der alten Welt von Menschen bevölkerten Inselkette. Aber das sind nicht die eigentlichen Metallinseln. Die Metallinseln sind Ölplattformen und werden von einem Kriegervolk namens Cazadores kontrolliert. Diese Leute haben die Besatzung der *Sea Wolf* gefangen genommen.«

Les sprach schneller, bevor er erneut unterbrochen werden konnte. »Captain DaVita kreuzt derzeit mit einem Kriegsschiff dorthin, der USS *Zion,* die wir an einem anderen Ort gefunden haben …«

Er ließ seine Worte nachklingen, während im Handelsposten Stille herrschte, abgesehen von einem sporadischen Hüsteln oder weinenden Babys. Les graute davor, was er als Nächstes zu sagen hatte.

»Captain DaVita hat vor, dem Anführer der Cazadores die Chance zu bieten, uns unsere Leute zurückzugeben und uns diesen bewohnbaren Ort mit ihnen teilen zu lassen. Wird das Angebot jedoch ausgeschlagen, sind wir gezwungen, in den Krieg zu ziehen.«

»Krieg?«, rief jemand.

Weitere Stimmen erhoben sich. Sloan klatschte sich den Schlagstock in die Hand, wirkte bereit, damit Schädel zu verbeulen.

Les schluckte, bevor er erklärte, weshalb er in Wirklichkeit am Pult stand. »Ich bin damit beauftragt, eine Kampftruppe zusammenzustellen, die uns hilft, die Metallinseln zu erobern, falls keine diplomatische Lösung zustande kommt. Mir ist bewusst, was ich damit verlange. An diejenigen von euch, die mit dem Gedanken spielen, sich freiwillig zu melden: Gebt euch keinen Illusionen hin, es wird ein brutaler Kampf. Aber zugleich ist das die Chance, auf die wir alle gewartet haben, und ich für meinen Teil bin bereit, für diese neue Heimat zu sterben.«

Michael und Layla kamen herüber und stellten sich an seine Seite.

»Ich möchte was loswerden«, sagte Michael.

Les reichte ihm das Mikrofon. Statik knisterte aus den Lautsprechern.

»Wir springen, damit die Menschheit überlebt. Und jetzt ersuchen wir euch, unter einem Banner vereint zu kämpfen, um unsere Freunde zu befreien und die Metallinseln zu unserer Heimat zu machen«, erklärte Michael.

Er biss die Zähne zusammen, hatte eindeutig Schmerzen.

Layla streckte die Hand aus, aber Michael schüttelte den Kopf. »Ich bin noch nicht fertig.«

Sie zog sich zurück, und er fügte hinzu: »Niemand hat im Verlauf der Jahre mehr Schmerz und Leiden überstanden als X. Nachdem er sich über ein Jahrzehnt lang für die *Hive* eingesetzt hatte, wurde er vom Tyrannen Leon Jordan für tot erklärt und auf der Erdoberfläche zurückgelassen – obwohl Jordan wusste, dass er dort unten noch gelebt hat. X war gezwungen, sich etliche Jahre lang in der verseuchten Umgebung durchzuschlagen – völlig allein. Als wir ihn schließlich in Florida gefunden haben, war er ein gebrochener Mann. Aber er hat nicht aufgegeben. Er ist in See gestochen und hat die Metallinseln gefunden.«

Wieder legte Michael eine Pause ein. »In Florida dachte ich, wir würden ihn retten. In Wirklichkeit aber hat er uns gerettet. Jetzt haben wir die Gelegenheit, X *tatsächlich* zu retten, um ihm für seine Dienste und Opfer zu danken. Ich weiß, dass es schrecklich ist, in einem Krieg zu kämpfen – aber ich werde direkt an der Front sein und hoffe, dass sich mir ein paar von euch anschließen.«

Damit gab er Les das Mikrofon zurück. Les spähte mit zusammengekniffenen Augen zu zwei weiteren Personen, die den Raum verspätet betraten. Sein Herz schlug schneller, als er erkannte, dass es sich um Katherine und Phyl handelte. Sie blieben in der Nähe der offenen Türen im hinteren Bereich, als hätten sie Angst.

»Lieutenant«, sagte Layla.

»Danke, Commander Everhart«, ergriff Les das Wort, konzentrierte sich und legte die Hände an die

Seiten des Rednerpults. »An diejenigen von euch, die wollen und können: Nach dieser Bekanntgabe findet in der Startbucht eine Informationsveranstaltung statt, um über den bevorstehenden Kampf zu reden.«

Sloan gestikulierte mit ihrem Schlagstock. »Also, Freiwillige vor.«

Zuerst blieb es still im Raum. Sogar das Baby hatte zu weinen aufgehört. Eine gefühlte Minute verstrich, bevor die erste Person vortrat.

»Sind das die Leute, die meinen Jungen umgebracht haben?«, fragte Cole Mintel.

Les nickte.

»Ich halte zwar nicht viel vom Kämpfen, aber ich kann mich meiner Haut wehren«, sagte Cole.

»Ich bin dabei«, kam von Marv. Er grinste. »Hab's ohnehin allmählich satt, euch Säufern ständig Schwarzgebrannten zu servieren.«

Von mehreren Stellen ertönte ein nervöses Kichern. Einige weitere Leute schlossen sich den beiden Männern an. In allen Richtungen brachen gedämpfte Unterhaltungen aus, und es kam Bewegung in die Menge. Nach wenigen Minuten hatten sich 50 Personen vorn eingefunden.

Nicht viel, aber ein Anfang.

Michael beugte sich zu Les, während Sloan begann, die Gruppe zu organisieren.

»Ich hab da 'ne Idee, Lieutenant«, sagte Michael. »Eine, bei der vielleicht nicht so viele dieser Menschen ihr Leben aufs Spiel setzen müssen, falls wir wirklich in den Krieg ziehen.«

Les bedachte ihn mit einem fragenden Blick. »Was meinen Sie?«

Michael gab Timothy ein Zeichen.

»Wir fliegen zurück zu Red Sphere. Besorgen uns mehr Lasergewehre und hacken einige der abtrünnigen Roboter, damit sie uns helfen, die Metallinseln zu übernehmen.«

Les musterte eingehend Michaels Miene, suchte nach Anzeichen für einen Scherz. Aber der verwundete Springer, der in der verfluchten Anlage einen Arm verloren hatte, wirkte todernst.

»Ich führe die Mission an«, fügte Michael hinzu. »Hab dort noch 'ne Rechnung offen.«

»Ich brauche dringend den Schadensbericht, Eevi«, sagte Katrina.

»Ich arbeite daran, Captain.« Die ehemalige Milizermittlerin saß an einer Station und tippte auf ihrer Tastatur.

Katrina wusste, dass sie viel verlangte, aber sie war nervös, und um die Dinge am Laufen zu halten, musste sie ihre Leute beschäftigen. Sie mussten alle hoch konzentriert bleiben. Es gab aber auch gute Neuigkeiten: Jaideep würde sich wieder erholen. Zwar hatte er eine Gehirnerschütterung und würde in nächster Zeit nicht kämpfen können, doch das war um Längen besser als ein gebrochenes Genick.

Katrina tippte für eine Frontalansicht des Meeres auf ihren Monitor. Sie befanden sich in tiefen Gewässern, sofern die angezeigten Werte stimmten.

Aber die Insel lag nicht weit entfernt, und bis sie sicher sein konnte, dass die Instrumente funktionierten, durfte sie nicht das Risiko eingehen, in Untiefen zu geraten.

Um sie herum tobte immer noch der Gewittersturm und verhinderte eingehende oder ausgehende Funkübertragungen. Außerdem brachte er ihre Ausrüstung durcheinander. Jede Abtastung auf Lebensformen, der sie die Insel unterzogen, lieferte ein unschlüssiges Ergebnis.

»Jed, Sandy, habt ihr schon herausgefunden, wo wir sind?«, fragte Katrina.

Die beiden jungen Leute schauten von dem gedruckten Kartenmaterial auf, das sie in einer Offiziersunterkunft gefunden hatten. Da kein GPS-Signal funktionierte, ließ Katrina sie versuchen, ihre Position auf altmodische Weise zu bestimmen.

»Meine beste Schätzung ist, dass wir irgendwo zwischen der Dominikanischen Republik und Puerto Rico sind«, sagte Jed.

»Wenn das so ist, wie weit sind wir dann von den Jungferninseln entfernt?«, wollte Katrina wissen.

»Um die 160 Kilometer«, antwortete Sandy.

Nicht allzu weit. Und sie hatten den ärgsten Sturm hinter sich. Vorläufig.

Allerdings regnete es immer noch in Strömen, und die Tropfen prasselten laut auf die Metallläden ein. Katrina hatte die Abdeckung eines Bullauges geöffnet, um durch die gesprungene Scheibe hinauszuspähen – die einzige Scheibe, die den Ansturm der Monsterwelle überlebt hatte. Alle anderen waren zerbrochen und hatten gefährliche Scherben im stehenden Wasser auf dem Deck hinterlassen.

»Okay, sieht so aus, als hätten wir's.« Eevi lächelte im Schein des Monitors, als sie die Daten betrachtete. »Der Rumpfschaden beschränkt sich auf den Bug –

nur zwei Schotten sind geflutet. Nichts Ernstes, Captain.«

»Energieversorgung?«, hakte Katrina nach.

Eevi überprüfte den Monitor erneut und antwortete: »Die neue Brennstoffzelle, die wir von der *Deliverance* mitgebracht haben, ist noch bei 98 Prozent, die Triebwerke laufen im Optimalbereich.«

»Das sind gute Neuigkeiten«, befand Katrina. »Eevi, du übernimmst die Brücke. Jed, Sandy, versucht weiter herauszufinden, wo genau wir sind. Ich geh nach oben.«

Die Hell Divers wandten sich alle wieder der Arbeit zu.

Hoch konzentriert, dachte Katrina.

Vorsichtig bahnte sich die Kapitänin den Weg durch die Scherben und das Wasser zum Niedergang, der zur Kommandozentrale für Flugeinsätze führte. Die rechteckigen Fenster dort boten ihr eine Aussicht auf das Deck draußen, das Meer und die Insel.

Sie hob das Fernglas an die Augen und vergrößerte die Ansicht, schaltete außerdem die Nachtsichtoptik dazu, um nach Feindkontakt Ausschau zu halten. Die Bioscanner mochten nicht richtig funktionieren, aber auf ihre Augen konnte sie sich verlassen.

Auf der Insel gab es definitiv Flora. Jenseits der felsigen Küste bedeckten mutierte Dschungel in den Schattierungen von Blut und Blutergüssen das Gelände. Bestimmt beherbergte die Insel auch Tiere, wenngleich sie vorerst keine sichtete.

Da sie mittlerweile bestätigt hatten, dass ihr Schiff nach wie vor seetauglich war, musste Katrina nur noch abwarten, bis Sandy und Jed ermittelt hätten, in welche Richtung sie mussten.

Mehrere weitere Rundumblicke förderten nichts Wesentliches zutage, nur das Fundament und Ruinen aus Stein eines alten Gebäudes an der Küste. Ranken hatten die Mauern überwuchert und das Dach zum Einsturz gebracht.

Weiter unten am Ufer erregten einige Trümmer ihre Aufmerksamkeit, die wie die Überreste eines Schiffswracks aussahen. Katrina vergrößerte die Ansicht darauf und stellte fest, dass es sich um einen von Seepocken verkrusteten Rumpf handelte, der ohne Weiteres so alt sein konnte wie die *Hive.* Nichts, was sie sah, ließ auf menschliche Aktivitäten in jüngerer Vergangenheit schließen.

Demnach hielten sich keine Cazadores in dieser Gegend auf.

Sie schwenkte das Fernglas über das Deck der *Zion* und sichtete Alexander, der am geschlossenen Geschützturm des MK-65 arbeitete. Trey befand sich mit einem Gewehr bewaffnet am Heck.

Eine Stimme rief vom Niedergang herauf.

»Captain, wir bekommen gerade eine Übertragung rein«, berichtete Eevi. »Das sollten Sie sich besser anhören.«

Katrina eilte hinunter zur Brücke, wo aus der Funkanlage eine von Knistern überlagerte Stimme drang.

»Hört … mich jemand?«, fragte eine vertraute Stimme.

Sie ergriff das Handteil. »Hier Captain DaVita. Mit wem spreche ich?«

»Timothy Pepper.«

Demnach musste Samson entschieden haben, die künstliche Intelligenz wieder in Betrieb zu nehmen.

»Schön, von dir zu hören, Timothy. Wo ist Lieutenant Mitchells? Ich muss mit ihm reden.«

»Ich weiß nicht, wo er ist, Captain.«

»Was soll das jetzt heißen?«

»Captain, hier spricht Timothy Pepper von der *Sea Wolf*.«

Um ein Haar hätte Katrina das Handteil fallen gelassen.

»Die *Sea Wolf* wurde unter den Turm des Kapitols der Metallinseln verlagert, wo X, Magnolia und Miles gefangen gehalten werden«, berichtete Timothy. »Das ist mein ers…«

Die statischen Interferenzen überlagerten seine Stimme.

»Timothy«, sagte Katrina. »Timothy, hörst du mich?«

»Ja, ich bin noch hier, Captain.«

»Timothy, bist du sicher, dass X und die anderen noch am Leben sind?«

»Ich habe mehrere Unterhaltungen meiner Entführer übersetzt und kann bestätigen, dass X im Moment definitiv noch lebt. Anscheinend hat er gerade einen großen Sieg in der Himmelsarena errungen.«

»*Himmelsarena?*«, fragte Eevi mit hochgezogenen Augenbrauen.

Schüsse rissen ihre Aufmerksamkeit jäh vom Funkgerät weg. Alle auf der Brücke eilten hinüber zum einzigen verbliebenen Fenster, das zum MK-65-Turm hinauswies, wo Alexander mit seinem Sturmgewehr feuerte. Katrina konnte seine Mündungsblitze und den Schimmer seiner Batterieeinheit sehen, nicht jedoch, worauf er schoss. Und sie konnte Trey nicht entdecken.

Eevi stieß einen Schrei aus und zeigte in den Himmel, wo ein zweiter blauer Schimmer davonzuschweben schien.

Katrina hob das Fernglas an und richtete es auf die Batterieeinheit, die zu Trey gehörte, der sich in den Klauen eines riesigen Vogels befand. Ein weiteres Dutzend der Tiere hielt im Sturzflug auf das Schiff zu, mitten hinein in das Automatikfeuer, das der zurückweichende Alexander auf sie entfesselte.

Einen Moment lang stand Katrina wie erstarrt da und beobachtete voll Grauen, wie der Vogel mit Trey davonflatterte. Sie dachte an Les und den Schmerz, den der Lieutenant erleiden würde, wenn sie seinen Jungen nicht zurückholte.

Zwei Sekunden verstrichen, bevor sie zur Tat schritt.

»Greift euch eure Waffen!«, befahl sie. »Wir verfolgen ihn!«

7

Magnolia hatte noch nie in ihrem Leben so viel Essen auf einem Haufen gesehen. Sie folgte Imulah in einen Raum mit Banketttischen, gedeckt mit weißem Leinen und goldenen Tischdecken, Porzellangeschirr und Gläsern aus der alten Welt an jedem Platz. Vier Leuchter erhellten das üppige Festmahl, das von Dienern in sauberen weißen Gewändern hereingebracht wurde.

Sie trugen verschiedenste Gerichte auf: Schalen, die vor Obst überquollen. Teller mit Fleisch und Fisch, teilweise samt Köpfen, Augen und Kiemen.

Das Einzige aus dem Meer, was Magnolia je gegessen hatte, war Hai, und sie war nicht scharf drauf, etwas zu probieren, das sie anglotzte. Dafür knurrte ihr Magen beim Anblick der mit knusprigen Speckstreifen und saftigen, glänzend glasierten Schinken beladenen Teller.

Nach dem Spektakel in der Himmelsarena hatte sie Übelkeit verspürt, denn nach X' und Rodgers Sieg über den Hünen war sie gezwungen gewesen, sich noch ein weiteres Dutzend Kämpfe anzusehen.

Bei einem traten zwei männliche Krieger gegen eine Frau mit fast bis zum Hintern reichenden Dreadlocks an. Den ersten Gegner erledigte sie schnell mit dem

Schwert, den zweiten jedoch ließ sie zappeln. Nachdem sie ihm die Achillessehne durchtrennt hatte, kauerte sie sich rittlings auf ihn und pulte seine Augäpfel mit bloßen Händen aus dem Schädel. Das ließ die Menge aufspringen und brachte Magnolia beinahe zum Kotzen.

Dabei war es noch gar nicht der schlimmste Teil. Bevor Magnolia den Blick abwenden konnte, hatte die Kriegerin ihrem Opfer die Hoden abgeschnitten, sie hoch in die Luft gestreckt und geheult wie eine Wölfin.

Am Himmel galt das Leben als kostbar. Jede einzelne Seele zählte. Hier anscheinend nicht. Auf den Metallinseln gehörte das Kämpfen und Töten zum täglichen Leben. Es wurde sogar verherrlicht. Und soweit es Magnolia beurteilen konnte, fürchteten diese Menschen den Tod nicht.

Nach allem, was sie bisher bezeugt hatte, war sie gar nicht mehr sicher, ob sie wollte, dass ihre Freunde kamen, um sie zu retten, es sei denn, sie entfesselten zuerst einen Hagel aus Raketen und Bomben auf die Metallinseln. Die Menschen, die an Bord der *Hive* lebten, konnten unmöglich einen Kampf gegen dieses Kriegervolk gewinnen.

»Heute Abend sitzt du neben El Pulpo«, teilte ihr Imulah mit und deutete zu einem langen Bankett-tisch am vorderen Ende des Raums. Entlang einer Seite hatte man etliche Stühle aufgestellt, von denen die meisten bereits von El Pulpos Ehefrauen besetzt waren. Zwei große Ohrensessel, beide mit einem eingravierten Oktopus, blieben leer.

»Lass mich raten: Das ist mein Platz«, sagte Magnolia.

Imulah nickte höflich. »Nur zu, trink etwas, während wir warten.«

Magnolia zog den Sessel vom Tisch zurück, womit sie die Aufmerksamkeit der neun anderen Frauen erregte. Sofia und Inge saßen ihr gegenüber, beobachteten jede ihrer Bewegungen, als wäre sie eine potenzielle Feindin, wogen sie mit ihren jungen Augen skeptisch ab. Und sie waren nicht die Einzigen.

Eine ältere Frau mit geflochtenem dunklem Haar verengte den Blick, als sie Magnolia anstarrte. Dann leckte sie sich über die Lippen und klackte scharfe Zähne aufeinander, als Magnolia Platz nahm.

Wieso zum Teufel sollte irgendeine dieser Frauen sie darum beneiden, wo sie sitzen musste? Sie konnten El Pulpo unmöglich lieben oder auch nur mögen.

Oder?

Magnolia griff sich ein Glas und trank. Die fruchtige Flüssigkeit schmeckte überraschend gut. Sie stellte das Glas wieder ab, als Cazadores-Soldaten in Körperpanzerungen, aber ohne Helme im Gänsemarsch den Raum betraten.

Auf sie folgte eine Gruppe von Männern in makellosen grauen oder dunkelblauen Anzügen ähnlich der Aufmachung der alten Welt, die Timothy Pepper trug. Zwei der Männer hatten zurückgegelte Haare und ordentlich gestutzte Bärte. Einer trug eine Sonnenbrille und ein Klemmbrett unter dem Arm. Es war derselbe Kerl, an den sie sich vom Dock bei ihrer Ankunft erinnerte. Damals hatte er mit einem Stift in der Hand dort gestanden und alle paar Striche über seine Brille gespäht, während er die Vorräte und Boote oder Menschen gezählt hatte – oder was auch immer sonst.

Die anderen Männer erwiesen sich als glatzköpfig und frisch rasiert. Magnolia schnappte Worte in Spanisch, Englisch und einer Sprache auf, die sie nicht erkannte. Alle nahmen Platz, aber niemand begann zu essen. Anscheinend besaßen diese Leute doch Manieren.

Da sie nicht widerstehen konnte, schnappte sie sich ein Stück Speck und verschlang es mit knuspernden Bissen. Wieder zog sie die Aufmerksamkeit der anderen Frauen auf sich. Inge schnalzte mit der Zunge und schaute angewidert weg. Sofia setzte ein belustigtes Halblächeln auf.

Magnolia zuckte mit den Schultern und aß weiter.

Diener brachten noch mehr Essen herbei und füllten Gläser mit dem beerenfarbigen Getränk auf. Die Beleuchtung wurde gedämpft, als ein Mann eine Fackel brachte und damit weitere Fackeln in Wandhaltern anzündete. Das orangefarbene Flackern von Flammen tänzelte über die Schotten.

Magnolia drehte sich auf dem Sessel, um zu dem Bullauge hinter ihr zu spähen. Die Scheibe bot eine Aussicht auf einen Himmel, der wie mit Juwelen besetzt wirkte – so schön, wie sie ihn noch nie zuvor gesehen hatte.

Eine Sternschnuppe raste durch die Dunkelheit.

Einen Moment lang verspürte Magnolia ein Aufblitzen von Freude. Aber sie unterdrückte das Gefühl rasch – sie wollte sich nicht gestatten, etwas anderes als Wut zu empfinden. Sich für den Pomp und Prunk zu erwärmen hieße ihre Freunde zu verraten. Außerdem hielt sie es für gefährlich, sich einlullen zu lassen und unachtsam zu werden. Sie musste auf der Hut und bereit bleiben, jederzeit die Gelegenheit zur Flucht beim Schopf zu packen, wenn sie sich zeigte.

Als sie sich zum Tisch zurückdrehte, setzte ein lauter Sprechgesang ein. Alle Soldaten standen auf und klopften sich auf die Brust, als sich El Pulpo unter dem Sturz eines offenen Durchgangs hindurchduckte und den Raum mit einem selbstgefälligen Grinsen in der narbenübersäten Visage betrat. Sein Auge schwenkte von einem Gesicht zum anderen, bis es den Blick auf Magnolia heftete. Prompt wurde sein Grinsen noch breiter.

Ein dunkelhäutiger Krieger, einer der gewaltigsten Kerle, die Magnolia je gesehen hatte, folgte dem König herein. Der Soldat hielt eine Kette mit Miles am anderen Ende.

Der Hund trottete mit hängendem Kopf und eingezogenem Schwanz hinter seinem Führer her.

Alle hatten sich erhoben, um König Pulpo zu begrüßen. Nur Magnolia blieb sitzen und trank einen weiteren Schluck. Sie wischte sich mit dem Unterarm über den Mund und stellte das Glas wieder ab.

»Das ist der Moment, in dem du aufstehst«, raunte ihr Imulah zu. Er kam herüber, beugte sich zu ihr herab und flüsterte ihr ins Ohr. »Du fängst besser an, ein wenig Respekt zu zeigen, sonst endest du mit einem schlimmeren Rücken als Sofia.«

Als Magnolia an die kreuz und quer unter dem langen Haar der jungen Frau verlaufenden Narben dachte, tat sie letztlich, wie ihr geheißen.

El Pulpo durchquerte den Raum in leichter Panzerung – nur Schützer an den Unterarmen und Schienbeinen. Ein offenes rotes Seidenhemd brachte seine breite Brust und eine lange Muschelkette um seinen Hals zur Geltung. Den Haarstreifen über der Oktopus-Tätowierung auf der Stirn hatte er sich mit irgendeiner Schmiere zurückgekämmt.

Der Krieger, der den König begleitete, zerrte Miles zum Tisch und wies ihn an, sich neben den für El Pulpo reservierten Sessel zu setzen. Der Hund gehorchte, ließ sich auf die Hinterbeine nieder.

»Ist schon gut, Junge«, murmelte Magnolia.

Miles schaute auf und ließ ein leises Winseln vernehmen.

Ich weiß. Mir fehlt X auch.

»Magnolia«, sagte El Pulpo beinahe höflich. Dann deutete er auf den gewaltigen Krieger, der hinter ihm aufragte. »Das ist Rhino«, stellte er vor.

Der Mann streckte Magnolia die Hand entgegen. »Lieutenant Rhino«, sagte er mit rauer Stimme.

Magnolia drehte sich, um den massigen Leibwächter und anscheinend auch Offizier von Kopf bis Fuß zu mustern. Er verkörperte den mit Abstand muskulösesten Menschen, den sie je gesehen hatte. Das dunkle Haar war kurz geschoren. Oberhalb des Bizeps trug er an jedem Arm glänzende Silbermanschetten in Oktopus-Form. Von seinen Ohren und zwischen seinen Nasenflügeln hingen Ringe. Sein langer Kinnbart endete in einer Silberperle.

»Bist nicht besonders höflich, was?«, fragte Rhino.

»Nicht zu Kannibalen – nicht mal zu solchen, die meine Sprache beherrschen.«

Er ließ eine Hand auf das Heft des Schwerts an seiner Hüfte sinken und nahm eine steife Haltung ein, als sich El Pulpo setzte.

Der König streckte die Hände aus und bedeutete seinen Untertanen zu schweigen. Als die gedämpften Unterhaltungen verstummt waren, erhob er sein Glas. Imulah dolmetschte für Magnolia, während El Pulpo sprach.

»Heute Nacht bringen wir den Oktopus-Lords aus den Tiefen ein ganz besonderes Opfer dar. Heute Nacht schicken wir ihnen den Körper eines der wildesten Krieger in der Geschichte unseres Volkes.«

Zuerst fürchtete Magnolia, er redete davon, X ins Meer zu werfen. Dann jedoch sah sie, wie zwei Soldaten den Leichnam von Hammerhead in den Raum schleiften.

Sie schleppten den Körper in einen Bereich, den man frei gelassen hatte, unmittelbar vor einer Luke. Imulah öffnete sie. Dahinter kam ein zum Meer weisender Balkon zum Vorschein.

Mondlicht strömte herein und tünchte Hammerheads bleiche Haut in einen weißen Schein. Aus den Oberschenkeln und Armen hatte man Fleischstreifen geschnitten. Glänzende Wunden klafften an den Stellen.

Magnolia ließ das Stück Speck in ihren Fingern fallen und würgte. Sie hatte zwar Schweinepferche gesehen, aber aß sie überhaupt Schweinefleisch?

Imulah kehrte an Magnolias Seite zurück und dolmetschte weiter, als El Pulpo erneut das Wort ergriff.

»Bevor wir schmausen und unsere Opfergabe vorbereiten, sollt ihr alle den Mann kennenlernen, der dafür bekannt ist, dass er Hammerhead getötet hat. Sein Himmelsvolk nennt ihn den ›Unsterblichen‹, und jetzt verstehe ich, warum.«

Zwei weitere Soldaten führten X in den Raum, indem sie ihn mit Schwertern vor sich hertrieben. Man hatte ihm Fußfesseln und Handschellen angelegt. Er trug eine lange Hose und ein zerrissenes Hemd, durch dessen Lücken man die Verletzungen und blauen Flecke von seinem Kampf sehen konnte.

X schlurfte herein und blieb in der Nähe der Leiche des Gladiators stehen, den er mit Rodgers Hilfe getötet hatte. Alle Stimmen im Raum verstummten, als sich alle Augenpaare auf den legendären Hell Diver richteten.

»Was zum verfluchten Aasgeier glotzt ihr so dämlich?«, stieß er mit knurrendem Unterton hervor. Als er Magnolia und Miles erblickte, wurden seine Züge milder, und er lächelte. Dabei entblößte er eine Lücke, wo er in der Arena einen Zahn verloren hatte. Das Lächeln wirkte zwar herzlich, zugleich jedoch traurig, und Magnolia brach beim Anblick ihres Freundes in Ketten beinahe das Herz.

El Pulpo wandte sich an Rhino und erteilte ihm auf Spanisch eine Anweisung.

»*Sí, su Majestad.*« Der Cazadores-Offizier ging zur Leiche hinüber und zog ein langes Messer von seinem Gürtel. Er bückte sich und schnitt einen Streifen Fleisch vom Körper. Dann richtete er sich auf und wandte sich an X.

»El Pulpo sagt, du hast dich erneut eines Cazadores-Kriegers als würdig erwiesen. Aber der letzte Test vor deiner ersten Mission besteht darin, einer von uns zu werden.« Er streckte ihm das Fleischstück entgegen.

X lehnte sich zurück. »O Scheiße, nein«, sagte er.

»Um einer von uns zu werden, musst du das Fleisch eines gefallenen Cazadores-Kriegers essen.« Rhino hielt ihm das Fleisch nach wie vor hin und schaute zu El Pulpo.

Der König sagte etwas zu den beiden Soldaten, die X hereingebracht hatten. Sie packten ihn unter den Achseln, und einer der beiden trat ihm in die Kniekehlen, wodurch sie ihn zu Boden zwangen.

»Nein!«, brüllte X. »Mach ich nicht!«

Miles knurrte, aber El Pulpo schnippte mit den Fingern, und der Hund kuschte, wandte sich ab.

»Rühr ihn nicht an, du einäugiger Scheißhaufen!«, schrie X.

Rhino packte seine Kieferpartie und keilte einen runden Holzklotz zwischen seine Zähne. X schnaubte und setzte sich zur Wehr, doch es war nur eine Frage der Zeit, bis der riesige Krieger ihm das Fleisch in den Rachen stopfen würde.

»Lasst ihn in Ruhe!«, brüllte Magnolia und sprang aus ihrem Sessel auf.

El Pulpo erhob sich ebenfalls, ragte über ihr auf.

»Sitz«, verlangte er.

Entsetzt beobachtete Magnolia, wie Rhino letztlich X' Kiefer aufzwängte, aber X wehrte sich weiter, wand und krümmte sich wie besessen im Griff der zwei Soldaten. Einer schlug ihm in eine Niere. X wölbte den Rücken durch und verzog gequält das Gesicht.

»Aufhören!«, kreischte Magnolia.

El Pulpo packte sie so am Handgelenk wie sie zuvor Sofia, nur war sein Griff wesentlich stärker. Wenn er wollte, konnte er ihr mühelos den Arm brechen.

»*Vas a aprender*«, sagte er. »Du … lernen.«

Er stieß sie zurück auf den Sessel, dann durchquerte er den Raum. Die Männer in Anzügen und die Frauen blieben auf ihren Plätzen, die gepanzerten Soldaten hingegen erhoben sich von ihren Sitzen und folgten El Pulpo zu dem Bereich vor der offenen Luke. Einer nach dem anderen bückten sie sich mit ihren Messern, und jeder nahm sich ein Stück Fleisch.

Imulah flüsterte Magnolia zu: »Ich habe dir gesagt, du sollst tun, was dir befohlen wird. Nächstes Mal wird er nicht so nachsichtig sein.«

Magnolia zitterte vor rasender Wut und vor Grauen.

»Sie glauben, das Fleisch eines gefallenen Kriegers verleiht ihnen Stärke«, erklärte Imulah. »Sie glauben, wenn sie es essen, gehen das Können und der Mut des Toten auf sie über. Ich muss mich nicht an dieser Tradition beteiligen, weil ich kein Krieger bin, aber falls du dazu aufgefordert wirst, rate ich dir dringend, den Befehl zu befolgen. Was X gerade tut, ist ein Zeichen gewaltiger Respektlosigkeit.«

Nachdem die Männer damit fertig waren, das Fleisch des toten Helden zu essen, ergriff El Pulpo den Kadaver und hievte ihn mit Rhinos Hilfe hinaus auf den Balkon. Ein Diener wickelte ein langes Seil um die Fußgelenke des Leichnams und band das andere Ende am Geländer fest. Sobald es gesichert war, stießen sie den Kadaver über den Rand, und er landete platschend unten im Wasser.

Als die Männer wieder hereinkamen, wand und krümmte sich X immer noch im Griff der anderen Krieger.

»Letztlich wirst du essen, Unsterblicher«, prophezeite Rhino. »Oder vielleicht laben wir uns eines nahen Tages an *deinem* Fleisch. Aber zuerst haben wir eine Mission für dich.«

»Nein«, rief Magnolia, als er aus dem Raum geführt wurde. Miles sprang auf und bellte. Diesmal trat ihn ein Soldat.

Magnolia schoss aus ihrem Sessel und trat ihrerseits den Soldaten, schleuderte ihn zu Boden. Dann schnappte sie sich ein Messer vom Tisch.

»Wenn du ihn noch mal anrührst, schneid ich dir die winzigen Glocken ab und opfere sie euren Scheiß-Oktopus-Lords aus den verfickten Tiefen«, fauchte sie wutentbrannt.

Miles knurrte, als ein Schatten an den Schotten erschien. Als sich Magnolia umdrehte, sah sie El Pulpo hinter sich aufragen. Er schlug ihr mit dem Handrücken ins Gesicht, schleuderte sie gegen den Tisch zurück.

»Rühr sie nicht an!«, brüllte X von der offenen Tür. »Ich werd dich verdammt noch mal umbringen! Ich werd euch alle umlegen!«

Die Soldaten prügelten ihn mit Schlägen und Tritten windelweich, trotzdem brüllte er weiter, als sie ihn wegschleiften.

»Ich werd dich umbringen, El Pulpo! Verlass dich drauf!«

X rechnete damit, zurück zu seinem Quartier geführt zu werden und eine weitere Tracht Prügel zu erhalten. Stattdessen jedoch brachten ihn Rhino und die zwei anderen Cazadores-Soldaten über eine Außentreppe hinunter zu den Docks.

»Du bist nicht besonders schlau, was?«, meinte Rhino.

X benutzte die Schulter, um sich das Blut von der aufgeplatzten Unterlippe zu wischen. Sein gesamter Körper schmerzte von den Tritten und Schlägen. Mehrere Soldaten hatten sich in dem Bankettsaal daran beteiligt, aber er würde es ihnen schon bald mit selber Münze heimzahlen – samt Zinsen.

Die Drecksäcke würden alle draufgehen.

Er hoffte nur, seine Freunde würden lange genug überleben, damit er sich die Chance erarbeiten könnte, sie zu befreien. Wie er Magnolia und ihre Einstellung kannte, war es nur eine Frage der Zeit, bis El Pulpo bei ihr wieder die Beherrschung verlöre, und beim nächsten Mal würde er vielleicht mehr tun als sie nur zu schlagen.

Auf halbem Weg die 40 Stockwerke hinunter blieben sie stehen. Rhino verschwand durch eine Luke ins Innere des Turms und ließ X mit den Wachen draußen zurück.

Wäre X nicht an den Hand- und Fußgelenken gefesselt gewesen, er hätte die zwei Pisser getötet und wäre hinunter ins Wasser gesprungen. Aber das war nicht seine große Chance, und wenig später kehrte Rhino mit einem anderen Mann zurück.

Rodger trat mit nacktem Oberkörper barfuß ins Mondlicht und wankte herüber. »Verdammt, X, deine Unterlippe ist total …«

»Bewegung«, schnitt ihm Rhino das Wort ab und versetzte Rodger einen Stoß.

»He, sachte!«, protestierte der Rodgeman.

»Wohin bringt ihr uns?«, wollte X wissen.

»Das findest du noch früh genug heraus«, erwiderte Rhino.

Während sie die Stufen hinabstiegen, ließ X den Blick suchend über den Himmel wandern. Wo zum Henker blieb Katrina? Die anderen müssten doch schon längst unterwegs sein. Worauf also warteten sie? Allmählich fing er an, sich zu fragen, ob sie überhaupt kommen würden.

Klar kommen sie. Soweit wir wissen, ist das der einzige bewohnbare Ort weltweit.

Michael und die anderen würden schon bald hier sein. Die Frage lautete nicht *ob,* sondern *wann.* Bis dahin konnte X nur weiterhin versuchen zu überleben. Allerdings war er nicht sicher, mit wie vielen weiteren Hammerheads er es noch aufnehmen könnte.

Eins stand jedenfalls fest: Er war keineswegs unsterblich, sondern hatte bloß unverschämtes Glück. Seine hohe Schmerztoleranzgrenze half zusätzlich.

Rodger hingegen knickte schon bei einem kräftigeren Klopfer auf den Rücken ein. Er zeterte und stöhnte hinter X, klagte über dies und jenes.

»Ich hab dir gesagt, du sollst tun, was sie dir sagen, X«, kam von ihm. »Wär für uns alle einfacher.«

Aus dem Bankettsaal schrillte ein Pfiff herab. El Pulpo stand dort an einem der Fenster. Er blies in die weiße Muschelkette.

Plötzlich traten die zwei Wachmänner vor ihnen zum äußeren Geländer der Treppe, um hinunter zum Wasser zu schauen.

Rhino blieb hinter X und Rodger, beobachtete die beiden Hell Divers aufmerksam.

»Was ist da los?«, fragte Rodger.

»Die Oktopus-Lords sind gekommen, um sich ihre Opfergabe zu holen«, erklärte Rhino.

»Heilige Scheiße!«, stieß Rodger hervor. »Diese Kreaturen gibt's *wirklich?*«

Scheinwerfer von verschiedenen Ebenen des Turms wurden hinunter auf die Stelle gerichtet, an der Hammerheads Leichnam am Seil hing, halb im Wasser.

Der Pfiff hielt an, da El Pulpo nach wie vor in seine Halskette blies. Kurz darauf ließ er sie sinken, als die Strahlen der Scheinwerfer unter der ruhigen Meeresoberfläche eine Bewegung erfassten.

Auf einmal schossen mehrere Fangarme mit Saugnäpfen aus dem Wasser und schlangen sich um Hammerheads verstümmelten Kadaver. Ein Soldat schnitt das Seil durch und ließ es fallen, als das Ungeheuer seine Mahlzeit mit sich in die Tiefe zog. Blasen stiegen zur Oberfläche auf, bevor sich das Wasser wieder beruhigte.

»Heilige Scheiße«, murmelte X.

»Ein Pfiff aus der Hölle«, sagte Rodger. »Die beten die Oktopusse an, als wären sie Götter.«

X lachte über die Vorstellung. »Ziemlich halb gare Götter. Hab auf dem Weg hierher einen erledigt.«

Rhino verengte die Augen zu Schlitzen und griff nach dem Heft seines Schwerts. »Blasphemie!«

X hörte Wut im Ausruf des Mannes und wich einen Schritt zurück. »War bloß Spaß. Aber einen Hai hab ich wirklich gekillt. Die betet ihr doch nicht etwa auch an, oder?« Innerlich krümmte er sich, als er an die Tätowierung auf der Brust des toten Gladiators dachte.

Anscheinend huldigten diese Typen allen möglichen Monstern.

Rhino beließ die Hand auf dem Schwertgriff. »Bewegung.«

»Schon gut, schon gut«, sagte Rodger.

Er ging vor X die gewundene Treppe hinab. Schließlich erhaschte X den ersten Blick auf die Docks unten – dieselben Docks, an denen er vorbeigekommen war, als er mit dem WaveRunner angelegt und sich in den Turm geschlichen hatte.

Diesmal lagen an der Stelle Dutzende Boote vertäut. Dockarbeiter in kurzen Hosen und Sandalen verluden Kartons und Kisten auf die Wasserfahrzeuge. Sah so aus, als würden sie auf eine Reise vorbereitet.

Am liebsten hätte X geschrien. Ohne diesen Vorrat an nutzbar gebliebenem Benzin von ITC würde El Pulpo nur eine bunt zusammengewürfelte Gruppe von Wildbeutern anführen, die sich irgendwie durchschlagen würden. Es wäre ihm nie gelungen, Rodger, Magnolia und X zu versklaven.

Andererseits hätte X dann nie den Weg zu den Metallinseln und vielleicht zu einer neuen Heimat für sein Volk gefunden.

Wenngleich ihn auch dieses Geschenk nicht davon abhalten würde, den Drecksack zu töten.

Als sie unten ankamen, blieb X stehen und drehte sich zu Rhino um.

»Ich geh nicht ohne meinen Hund und Magnolia.«

Der Krieger zog das lange, gekrümmte Schwert aus der Scheide und hob es hoch über den Kopf. »Du wirst tun, was man dir sagt, oder ich beweise diesen Schafsköpfen, dass du *nicht* unsterblich bist – indem ich dich in zwei Hälften hacke.«

Die Klinge funkelte im Mondlicht. Trotz der Drohung trat X einen Schritt näher. Er reichte Rhino gerade mal bis ans Kinn und musste steil nach oben schauen, um dem Blick des Kriegers zu begegnen. Der Ring zwischen Rhinos Nasenlöchern bebte unter einem geräuschvollen Schnauben.

»Bring mich verdammt noch mal nicht in Versuchung«, warnte Rhino. »Ich hätte Hammerhead das Herz in der Hälfte der Zeit herausreißen können, die ihr zwei Idioten gebraucht habt, um ihn zu erledigen.«

»Ich will meinen Hund und Magnolia sehen«, beharrte X. »Wenn wir irgendwohin fahren, dann will ich mich zumindest verabschieden.«

»Du hast sie gerade gesehen und es – wieder mal – verabsäumt, El Pulpos Befehle zu befolgen.«

X grunzte. »Du raffst es nicht, oder? Ich bin kein Cazador und werde nie einer sein.«

»Dasselbe hab ich auch mal gesagt. Und jetzt sieh mich an. Wenn man gehorcht, kann man hier ein gutes Leben führen.«

X fiel ein gewisses Zögern in seiner Stimme auf – nur eine kaum merkliche Pause, dennoch entging sie ihm nicht.

X räumte ein: »Du bist nicht wie die anderen, das seh ich dir an. Warum also dienst du ihm?«

»Weil ich wie du keine andere Wahl habe. Und im Gegensatz zu dir habe ich mich mit der Tatsache abgefunden.«

X wich einen Schritt zurück. Er wurde aus dem Kerl nicht schlau. War er ein Diener? Ein loyaler Soldat? Oder vielleicht etwas anderes?

»Deinem Hund und Magnolia passiert nichts, solange *du* tust, was man von dir verlangt«, versprach Rhino. »Und jetzt bleib in Bewegung und komm mit. Das Schiff sticht bald in See.«

Der Cazadores-Offizier wartete, bis X weiter zurücktrat, bevor er das Schwert wieder in die Scheide steckte. Einige der Dockarbeiter schauten von ihrem Schaffen auf, als X und Rodger den Weg über die Piers fortsetzten. Soldaten patrouillierten in dem Bereich, säumten den Rand des Wassers mit Speeren und Gewehren.

Als X hinter sich ein Kurbelgeräusch hörte, schaute er über die Schulter die Seite des Turms hinauf, wo der Fahrstuhl von den oberen Ebenen herabsank. Der Schein einer Fackel erhellte darin einen Mann in einer braunen Robe.

Kaum hatte sich die Tür geöffnet, eilte Imulah auf X und Rodger zu, aber Rhino ging weiter. Er hielt erst an, als sie die Boote erreichten.

Am Heck des größten Kahns standen Cazadores-Soldaten mit Maschinenpistolen. Drei andere arbeiteten an einem großen Triebwerk. Rhino sprach mit ihnen allen, dann gab er X und Rodger ein Zeichen.

»Einsteigen«, befahl er.

Rodger zierte sich. »Wohin fahren wir?«

»Wartet!«, rief Imulah.

»Was ist, alter Mann?«, fragte Rhino.

Imulah blieb stehen und schnappte japsend nach Luft. Er hob die Fackel an und schwenkte den Blick von X zu Rodger.

»El Pulpo will, dass der da bleibt. Er sagt, er kann nicht kämpfen und wäre nur eine Last bei der Mission.«

»Ich kann sehr wohl kämpfen«, widersprach Rodger.

»Gut, behaltet ihn hier«, willigte X ein. Wohin dieses Boot auch kreuzen mochte, es wäre besser, wenn er allein fuhr. El Pulpo hatte tatsächlich recht damit, dass Rodger eher eine Belastung wäre.

»Ist schon in Ordnung, Rodge«, sagte X. »Geh mit Imulah. Pass für mich auf Magnolia und Miles auf. Okay?«

Rodger überlegte kurz, dann nickte er.

X streckte die Hand aus. »Es tut mir leid, dass ich dich damals auf dem Schiff in Florida zurückgelassen hab. Ich schwöre, Miles und ich dachten, du wärst tot.«

»Schon gut.« Rodger schüttelte ihm die Hand. »Ich weiß, du hast versucht, mich zu retten, aber diesmal musst du dran denken, dich selbst zu retten, Xavier. Tu, was sie dir sagen. Überlebe. Rhino hat schon recht mit dem Gehorchen.«

X musterte mit verengten Augen einen Mann, der sich anscheinend mit seinem Schicksal als Sklave abgefunden hatte. Er machte Rodger nicht unbedingt einen Vorwurf daraus oder mochte ihn deshalb weniger, aber für X kam Versklavung nicht infrage. Nach allem, was er allein durchgestanden hatte, konnte er sich nicht mehr dazu überwinden, Befehle eines anderen zu befolgen.

Rhino ging an Bord, und X stieg nach ihm ein. Die Mechaniker beendeten die Arbeit an den Motoren. Einer von ihnen nickte Rhino zu, der dem Cazadores-Soldaten am Steuer einen Befehl erteilte.

Grollend erwachte der Motor zum Leben, und sobald die Vertäuung gelöst war, steuerte der Pilot weg vom Dock. Kielwasser spritzte auf. Mehrere andere, mit Vorräten beladene Boote folgten.

X setzte sich auf eine Kiste und beobachtete den Verlauf der Heckwellen zurück zu den Piers der

Ölbohrinsel. Der Aufzug des Turms fuhr bereits wieder nach oben. In der Kabine erhellte der Schein einer Fackel die Gesichter von Rodger und Imulah.

»Pass auf sie auf«, flüsterte X bei sich.

Dann zwang er sich, den Blick von der riesigen Konstruktion zu lösen und ihn wieder aufs Wasser zu richten. Die von den anderen Ölplattformen ausgehenden Lichter funkelten. Die Solarkollektoren und die kraftstoffbetriebenen Generatoren gewährleisteten eine schier unerschöpfliche Energieversorgung. X ertappte sich beim Gedanken, was Samson wohl von dem Ort halten würde.

Der alte Mistkerl wäre total aus dem Häuschen.

X fuhr mit der Zunge über die Lücke, die sein fehlender Zahn hinterlassen hatte. Durch die neuen Verletzungen und die alten fühlte er sich ausgelaugt, alt und kaputt.

Trotzdem steckte noch Kampfgeist in ihm, und er klammerte sich weiter an die Hoffnung, dass die Luftschiffe aufkreuzen würden. In der Zwischenzeit würde er diese unbekannte Mission erfüllen, worin sie auch bestehen mochte.

Vielleicht wollte El Pulpo jemanden auf einer der anderen Bohrinseln tot sehen. Oder vielleicht wurde X zu einer anderen Arena geschickt, um gegen einen weiteren Gladiator anzutreten. Wie die Aufgabe auch aussehen mochte, er würde tun, was er musste, um am Leben zu bleiben.

Das Boot beschleunigte, als sie sich weiter vom Turm des Kapitols entfernten. Nach etwa einer halben Stunde Fahrt hatten sie alle östlichen Ölbohrinseln hinter sich gelassen.

Am dunklen Horizont schimmerte etwas anderes. Etwas Langes und Niedriges. Keine Bohrinsel. Ein Schiff.

Als sie näher hingelangten, erkannte er, dass es sich um ein Kriegsschiff wie jenes handelte, das er damals in Florida entdeckt hatte. Am Bug und am Heck hatte man Harpunenkanonen montiert. Die Läufe von Flammenwerfern und Maschinengewehren wiesen aus gepanzerten, von Cazadores-Soldaten bemannten Gefechtstürmen gen Himmel.

Dieses Schiff war für einen Krieg gerüstet. Man hatte sogar die Relings um Stacheldraht ergänzt, genau wie X bei der *Sea Wolf*.

Allerdings waren diese Krieger bei ihrer Planung einen Schritt weitergegangen. Zusätzlich zu den Gefechtstürmen mit Flammenwerfern und Harpunenkanonen hing über die Seite des Schiffes ein Speer der Länge eines Ruderboots. Etwas Vergleichbares hatte X noch nie gesehen.

Die Erinnerung an das Schiff in Florida jagte ein Kribbeln durch seine alten Knochen. Dann sichtete er leere Käfige, die sich im Bereich des Bugs stapelten, und eine weitere Erinnerung tauchte aus X' Gedächtnis auf.

Nein … O nein, gottverdammt noch mal.

Das Boot kreuzte nicht zu einer anderen Bohrinsel. Er würde sich nicht mit einem weiteren Gladiator duellieren oder jemanden ausschalten, der El Pulpo nicht gehorcht hatte.

Xavier Rodriguez wurde zurück ins Ödland geschickt, um gegen die Dämonen zu kämpfen.

8

Katrina gelang es nicht, ihr wild schlagendes Herz zu beruhigen. Es wummerte wie das kleine Schlauchboot, das über die Wellenkämme holperte, während es von der USS *Zion* wegraste. Katrina hielt das Gewehr in den Himmel gerichtet, wo die Monstervögel kreisten.

Anfangs hatte sie gedacht, es wären Sirenen, aber es schienen eher die Geier zu sein, mit denen es X, Magnolia und Miles auf den Turks- und Caicosinseln zu tun bekommen hatten.

Im grünstichigen Sichtfeld ihrer Nachtsichtbrille zählte sie nur noch sechs davon. Die anderen waren zur Insel zurückgekehrt, einer davon mit Trey in den Klauen.

Über eine Stunde war vergangen, seit sich ihn das Ungeheuer vom Deck geschnappt hatte – so lange hatte es gedauert, dieses Boot zu Wasser zu lassen.

Ein Blick auf das Head-up-Display in ihrem Helm – kurz als HUD bezeichnet – bestätigte, dass Trey noch lebte. Man konnte nur allen Göttern danken, dass er auf dem Deck seine Körperpanzerung getragen hatte. Ihn ohne seinen Anzug zu finden wäre dem Versuch gleichgekommen, in einer riesigen Apfelplantage nach einer bestimmten Frucht zu suchen – ganz zu schweigen davon, was die Krallen des Vogels ohne die Panzerung an seinem Körper angerichtet hätten. Sogar mit dem Schutz konnte er schwer verwundet sein.

Katrina musste ihn schnell aufspüren, ohne dabei jemand anders zu verlieren. Trotz der Warnungen von den meisten Mitgliedern ihrer Besatzung hatte sie vor, genau das zu tun.

Unter keinen Umständen würde sie Trey zurücklassen. Captain Jordan hatte das X angetan, hatte ihn all die Jahre im Stich gelassen. Es würde nie wieder ein Hell Diver allein zum Sterben in der Ödnis zurückbleiben müssen.

Die Signalanzeige auf ihrem HUD blinkte. Das bedeutete, dass Trey noch atmete und sein Herz nach wie vor schlug.

Ich komme, Trey, ich komme. Halt einfach durch …

Sie betrachtete ihr kleines Team. Hinter ihr an der Steuerkonsole befand sich Alexander. Vish und Jed waren am Heck, wo ihre blauen Batterieeinheiten ihre Körperpanzerung und ihre Waffen erhellten.

Alle waren schwer gerüstet, jeder mit einem Sturmgewehr, einer Schrotpistole und einer gewöhnlichen Pistole. Reservemagazine ragten aus Westen, die sie über der Körperpanzerung trugen, und Patronengurte um ihre Arme und Oberschenkel enthielten zusätzliche Munition. Katrina hatte sich genauso ausgestattet, aber sie hatte zudem entschieden, sich das Kapitänsschwert umzuschnallen, dem eigentlich nur zeremonielle Bedeutung zukam.

Die Waffen und die Munition brauchten sie gegen die Cazadores. Deshalb hatte sie das Lasergewehr nicht mitgenommen. Sie konnten es sich leisten, ein wenig Blei zu erübrigen, nicht aber die kostbare Batterieladung der Laserwaffen.

Der batteriebetriebene Motor des Zodiacs erwies sich als überraschend leise. Sonst hätte sie das Krächzen von oben vermutlich nicht gehört, als einer der furchtloseren Vögel entschied, im Sturzflug auf das Boot herabzustoßen. Katrina hob das Zielfernrohr ihres Gewehrs an und wartete, bis die Kreatur die Schwingen ausbreitete, um abzubremsen. Als sie das Ziel im Fadenkreuz hatte, feuerte sie eine Dreiersalve in die Brust des Ungetüms ab.

Ein widernatürliches Kreischen ertönte, als der Vogel trudelnd abstürzte und platschend links des Boots ins Meer einschlug.

»Schneller!«, rief sie nach hinten zu Alexander.

Er gab mehr Gas, und das Boot holperte über eine weitere Welle.

Der Ladestand der Batterien wurde mit 70 Prozent angezeigt – bereits fast ein Drittel der Ladung verbraucht, die sie über Nacht erhalten hatten. Katrina konnte nur beten, dass sie lange genug halten würden, um diese Mission zu bewältigen.

Die Umrisse der USS *Zion* verblassten in der Dunkelheit hinter ihnen. Eevi, Sandy, Jaideep und Edgar waren vorläufig auf sich allein gestellt.

»Eevi, hörst du mich? Over«, sagte Katrina in die Funkverbindung.

Die Antwort kam wenige Sekunden später. »Höre Sie, Captain.«

»Haltet diese Kreaturen vom Schiff fern«, ordnete Katrina an.

»Verstanden, Captain. Wir verfolgen bereits mit den 50er-Kalibern jegliche Feindkontakte in der Umgebung. Aber es gibt auch gute Neuigkeiten. Der Sturm scheint nachzulassen. In Kürze sollten wir in der Lage sein, Fernübertragungen zu senden und das GPS zu nutzen.«

Katrina seufzte vor Erleichterung über diesen kleinen Segen. Aber zum Feiern blieb keine Zeit.

»Riff voraus!«, brüllte Jed.

Alexander steuerte um eine Gruppe scharfkantiger Felsen herum, die aus dem Wasser ragten, und visierte den Strand an. Die Überreste des Gebäudes, das Katrina von der Kommandozentrale aus gesichtet hatte, lagen nicht weit entfernt, und sie konnte auch den Rumpf des Schiffswracks ausmachen.

Von der USS *Zion* ertönte eine Salve Maschinengewehrfeuer, als die 50er-Kaliber Leuchtspurgeschosse in den Himmel entfesselten und einen Geier ausknipsten, der sich zu nahe ans Schiff gewagt hatte. Das Waffensystem wieder in Betrieb zu haben, war ein weiterer kleiner Glücksfall, den Katrina begrüßte.

Sie drehte sich wieder dem Heck des Zodiac-Boots zu, energiegeladen und bereit für die Mission. Das kleine Gefährt wurde von den letzten Wellen durchgerüttelt, bevor sie mit der Brandung an den Strand trieben, an den sie mit einem mahlenden Geräusch rutschten, bevor sie zum Stehen kamen.

Katrina sprang über die Seite und packte einen Griff. Zusammen mit den drei anderen Hell Divers zog sie das Boot über die Flutmarke hinauf. Am Rand des Dschungels legten sie es ab, und Katrina nahm sich einen Moment Zeit, um sich zu orientieren. Trey befand sich irgendwo im Norden – der Signalanzeige auf ihrer Karte nach nicht weit entfernt. Vielleicht knappe anderthalb Kilometer. Wieder ein Glücksfall.

»Mir nach, und aufpassen, wo ihr hintretet«, sagte Katrina.

Alexander reihte sich sofort hinter ihr ein. Vish und Jed hingegen zögerten.

»Wir gehen echt da rein?«, fragte Vish. Mit schief gelegtem Helm betrachtete er das festungsartige Blätterdach der Bäume, das in Richtung der Sturmwolken ragte. In der Ferne ertönte ein Donnerschlag, der sich wie eine Warnung anhörte.

»Du kannst auch gern hierbleiben und unser Boot bewachen«, schlug Alexander vor.

Jed schlang sich das Gewehr auf den Rücken und stellte sich zu Katrina und Alexander. Vish schaute über die Schulter zum Wasser, brummelte einen leisen Fluch und schloss sich dem Rest an.

Katrina verlor keine Zeit und brach in den Dschungel auf, stieg über Ranken hinweg, die sich über den Boden schlängelten. Ein Stück weiter vorn kauerte ein Käfer der Größe eines Kaninchens auf einem Stein. Der Chitinpanzer des Insekts erinnerte an die Außenhülle der *Hive.*

In der Ferne hallten lärmend die Rufe von Vögeln durch die Luft, doch im Geäst über ihnen und in der näheren Umgebung sichtete sie keine – vermutlich wegen der Dornen an den Ästen. Die Unheil verheißenden Baumfortsätze schwankten in einer heißen Brise.

Katrinas HUD zeigte 29 Grad Celsius an. Ohne die Warnung vor Strahlenbelastung hätte sie mittlerweile den Helm abgenommen.

Vor ihnen leuchtete ein Gebüsch. Katrina schaltete kurz die Nachtsichtoptik aus, weil sie das diamantweiße Funkeln mit eigenen Augen sehen wollte.

»Haltet euch von dem Gewächs da fern«, warnte sie. »Die Kristallblütenblätter enthalten ein Gift, das beim kleinsten Kratzer tödlich ist.«

»Super«, brummte Vish. »Einfach nur super.«

Katrina schaltete die Optik wieder ein, hängte sich das Gewehr über die Schulter und zog ihr Schwert, als sie sich einem Bereich näherten, in dem ein dichter Vorhang aus Schlingpflanzen den Weg versperrte. Eine solche Flora war ihr auf der Erdoberfläche noch nie untergekommen, und es schien keine Möglichkeit zu geben, sie zu umgehen. Als die Kapitänin versuchte, mit dem Schwert mittendrein zu hacken, verfing sich die Klinge in dem klebrigen Material. Nach mehreren weiteren Hieben entstand endlich ein schmales Portal durch das rote und violette Geflecht.

Bäume ragten auf ihrem Weg hoch empor und streckten ihnen blattlose Zweige wie Skelettfinger entgegen. Ein weiterer Käfer krabbelte über den Erdboden und verschwand im dornigen Unterholz. Das Blätterwerk rechts leuchtete auf, als Katrina sich näherte, und die violetten Blütenblätter begannen, sich zu öffnen.

»Davon müsst ihr euch auch fernhalten«, sagte Katrina. »Eigentlich fasst ihr am besten gar nichts an.«

»Hatte ich auch nicht vor«, erwiderte Vish.

Katrina hielt sich links und folgte weiter einem schmalen Pfad. Das Zirpen von Insekten und das Krächzen einer anderen, unbekannten Kreatur blieben hinter ihnen zurück, als sie eine Lichtung erreichten.

Vorsichtig setzte Katrina die Schritte zwischen die roten Ranken, die kreuz und quer über den Dschungelboden verliefen.

Nach einer halben Stunde Fußmarsch endete der Weg an einem felsigen Hang. Im Norden wuchsen dunkle Bäume auf dem Gipfel des Höhenzugs, den Katrina von der Kommandozentrale aus gesehen hatte.

Sie steckte das Schwert zurück in die Scheide, zog das Gewehr von der Schulter und überprüfte erneut die Anzeige auf ihrem HUD. Merkwürdigerweise schien das Signal nicht von der anderen Seite der Erhebung oder aus dem Dschungel um den Hügel zu kommen, sondern aus dem *Inneren* des Hügels.

Befand sich oben ein Nest?

»Bleibt hier«, befahl sie den anderen.

Nach einem kurzen Rundumblick über den Himmel erklomm Katrina den Hang mit dem Gewehr im Anschlag. Ihr Herz hämmerte wild, als sie sich fragte, was sie auf dem Gipfel antreffen mochte.

Aber als sie dort ankam, sah sie nur weiteres Gestein, einen Haufen Dung und verstreute Knochen. Käferpanzer und Fischköpfe übersäten das Gelände. Der Wind fegte pfeifend über Katrinas Körperpanzerung, in der Ferne ertönten die Schreie der jagenden Vögel.

»Trey, hörst du mich?«, flüsterte Katrina. Sie versuchte mehrmals, ihn zu erreichen, erhielt aber keine Antwort. Was bedeutete, dass er entweder bewusstlos war oder …

Sie drehte sich im Kreis, sah sich um. In nördlicher Richtung setzte sich der Dschungel fort, im Süden schwappte das Meer an die felsige Küste. Die USS *Zion* lag weiter draußen wartend und mit verstummten Geschützen vor Anker.

Verdutzt überprüfte sie die Signalanzeige – die ihr einreden wollte, dass sich Trey direkt unter ihren Füßen befand.

Mit dem Gewehr in der Armbeuge trat sie den Rückweg den Hang hinunter an. Loses Gestein schlitterte unter ihren Stiefeln, geriet in Bewegung, und Vish wich beiseite, als ein faustgroßer Kiesel neben ihm auf dem Boden einschlug.

»Was gefunden, Cap?«, fragte Alexander.

»Nein, aber ich glaub, ich hab 'ne Idee.« Mit einem Handzeichen dirigierte sie das Team nach rechts. Sie folgten der Baumlinie um den Fuß des Hügels herum, bis sie an der Nordseite auf eine kleine Schlucht stießen.

Katrina schaltete die am Lauf ihres Gewehrs montierte Lampe ein, schwenkte den Strahl über die Felsen unter ihr und entdeckte, was sie erwartet hatte. Der Eingang der Höhle lag etwas zurückversetzt. Sie musste sich bücken, um einen Blick hinein zu erhaschen.

»Trey, hörst du mich?«, fragte Katrina erneut.

Sie wartete mehrere Sekunden und lauschte aufmerksam den statischen Interferenzen, um sich zu vergewissern, dass sie nicht raue Atemgeräusche mit dem Knistern verwechselte.

Nein … das geht nicht von ihm aus.

»Vish, Jed, haltet Wache. Ich will mir das mal ansehen.« Sie bedeutete Alexander, ihr in die Höhle zu folgen.

Nachdem sie die Nachtsichtoptik deaktiviert und die Lampe an ihrem Gewehr eingeschaltet hatte, duckte sie sich unter einem schrägen Felsüberhang hindurch in eine feuchte Kammer. Katrina hielt inne und sah sich nach Bedrohungen um.

Mit dem Finger am Abzugsbügel schwenkte sie das Licht über den sie umgebenden Fels, entdeckte jedoch nur schwammiges rotes Moos, das die unebenmäßigen Wände und den Boden bedeckte. Alexander rückte hinter ihr nach, und sie setzten sich über den merkwürdig weichen Untergrund in Bewegung.

Die Kammer verschmälerte sich zu einem Gang, der gewunden abwärts verlief und schließlich in eine weitere Kammer mündete. Katrinas Stiefel knirschten wegen etwas unter dem Moosteppich. Als sie sich bückte, ertastete sie unter dem weichen Gewächs die Formen von Knochen. Wieder schwenkte sie das Licht um sich und schluckte, als ihr etwas klar wurde: Sie befanden sich in einem Friedhof.

Katrina richtete sich auf und schwenkte den Strahl der Lampe in einen Gang, der an einer Wand aus weißlichen Ranken zu enden schien, ähnlich jener, durch die sie sich anfangs in den Dschungel gehackt hatte.

»Glauben Sie, dieses Vieh hat ihn *hier* runtergebracht?«, flüsterte Alexander.

Es klang verrückt, dass ein Vogel in einer Höhle leben sollte – aber von dort ging Treys Signal aus.

Alexander zeigte in einen anderen Gang, der sich nach ungefähr sechs Metern gabelte. Katrina gab ihm mit einer Geste zu verstehen, dass er ihr folgen sollte. Sie duckte sich unter einer zerklüfteten Decke aus Kalkstein und rückte in einen anderen Tunnel vor. Der Gang wurde zunehmend schmaler, je tiefer sie gingen.

Katrinas Blick schwenkte zwischen dem Tunnel und ihrem HUD hin und her.

Wenige Minuten später betraten sie eine weitere Kammer, wo sie innehielt und einem tropfenden Geräusch lauschte. Dann setzte sie den Weg in einen anderen Tunnel fort.

Alexander blieb stehen und hob die Faust. »Was zum …?«

Um ein Haar hätte Katrina eine Salve auf den riesigen Vogel abgefeuert, der gespreizt in der weißen Wand am Ende des Gangs hing, die Flügel ausgebreitet. Der Kopf baumelte zur Seite. Der Rumpf und die Beine fehlten – geblieben waren davon nur Fleischstreifen und Sehnen, von denen Blut auf den moosigen Boden troff.

Der Ursprung des tropfenden Geräuschs …

Langsam schwenkte sie den Lichtstrahl nach links – und schnappte nach Luft. An derselben Wand klebte eine menschliche Gestalt.

»Trey«, flüsterte Katrina.

Als sie sich in Bewegung setzen wollte, hielt Alexander sie zurück.

»Hier stimmt was nicht«, sagte er. »Wenn der Vogel ihn gefangen hat, was hat dann *den Vogel* gefangen?«

Katrina hielt inne und betrachtete den Kadaver. Irgendetwas hatte die Kreatur in Stücke gerissen. Etwas *Großes*.

Wie zur Antwort auf ihre Gedanken zerriss das Knallen von Schüssen die Stille.

Alexander schaute zurück in die Richtung, aus der sie gekommen waren.

»Ich hab so das Gefühl, wir werden's gleich rausfinden«, flüsterte er.

»Vish, Jed, hört ihr mich?«, fragte Katrina über die Funkverbindung.

Statik.

Weitere durch die Ferne gedämpfte Schüsse.

Dann folgte ein Kreischen, wie es Katrina sogar in ihren Tagen als Hell Diver nie gehört hatte – eine Mischung aus dem Quieken eines verletzten Schweins und den Schreien eines menschlichen Babys.

»Schnell, holen wir ihn runter«, sagte sie.

Alexander setzte das Gewehr an der Schulter an und wich zurück, gab Katrina Deckung, als sie sich der Wand näherte. Sie schwang das Schwert und hackte auf die weißen Stränge ein, die Trey fixierten. Beim dritten Hieb verkeilte sich die Klinge, und sie musste sie mit einem Ruck befreien.

»Trey«, sagte sie. »Ich bin's. Katrina.«

Seine Lider zuckten, und er versuchte den Kopf zu drehen, aber sein Helm klebte fest. Und dann ereilte Katrina eine Erkenntnis: Das war keine Rankenwand, sondern ein Spinnennetz.

Draußen vor der Höhle setzten sich die Schüsse fort, aber Alexander und sie befanden sich zu tief unter der Erde, um verständliche Übertragungen zu senden oder zu empfangen. Wahrscheinlich hatte Trey deshalb nicht geantwortet.

Ein weiteres, wütend klingendes Kreischen hallte durch den Tunnel, während sie daran arbeitete, Trey zu befreien. Mittlerweile war Alexander herübergekommen, ging ihr zur Hand und sägte mit seinem Messer an den robusten Fasern, als plötzlich der felsige Untergrund erzitterte. Es folgte ein knirschender Laut, und Katrina spürte weitere Schwingungen unter ihren Stiefelsohlen. Der gesamte Hügel um sie herum schien zu erzittern.

Als sie Trey zu zweit von dem Geflecht zogen, tauchte plötzlich einer der anderen Hell Divers auf. Er sprang durch den Eingang des schmalen Gangs und schien mitten in der Luft zu schweben. Ein blaues Licht pulsierte, als er auf sie zugeflogen kam.

Alexander setzte das Gewehr an der Schulter an und drückte den Abzug, bevor Katrina ihn davon abhalten konnte.

Dann sah sie den gekrümmten schwarzen Dorn, der durch Jeds Batterieeinheit ragte. Die Unterbrechung des Schaltkreises erschuf einen Stroboskopeffekt, durch den es sich schwierig gestaltete zu erkennen, was ihn gepfählt hatte. Dennoch konnte Katrina genug ausmachen, um zu sehen, dass es sich um eine Art Spinne handelte.

Das Ungetüm musste den dreifachen Umfang eines Menschen haben und genauso hoch sein. Jedenfalls besaß es genug Masse, um Mühe zu haben, sich überhaupt in die Kammer zu quetschen.

Katrina zog das Gewehr von der Schulter und richtete das Licht der Lampe auf die Kreatur, als behaarte Beine durch die Luft fegten.

»Töten wir es!«, brüllte Alexander. Er zielte und feuerte auf die unförmigen Augen, bespritzte die Decke mit grünem Glibber. Die Bestie brüllte und versuchte, weiter in die Kammer vorzudringen. Die krallenbewehrten Beine kratzten über den felsigen Boden und schleuderten Moosbrocken durch die Luft.

Als Katrinas Gewehr nur ein leeres Klicken von sich gab, zog sie ihr Schwert. Sie wartete einen Moment, bis

Alexander sein Magazin wechselte, dann preschte sie durch den Tunnel los.

Jeds Körper rutschte zu Boden, und der Kreatur gelang es letztlich, sich durch den Eingang zu zwängen. Das Ungetüm krabbelte auf Katrina zu. Sie holte mit dem Schwert aus, schaltete die Stirnlampe ab und die Nachtsichtoptik ein, um einen umfassenderen Blick auf das Monster zu werfen.

Zwei Arme mit Zangenklauen fegten durch die Luft, als ihr das Ungeheuer angriffslustig entgegenkam. Das albtraumhafte Spinnentier wies auch Eigenschaften eines Skorpions auf, besaß nur vier Beine, zwei zangenbewehrte Arme und einen dornigen Schwanz, der mit dem gekrümmten Stachel endete, der Jed durchbohrt hatte.

»Achtung!«, brüllte Alexander.

Katrina parierte mit dem Schwert den Angriff eines der Arme. Die Kneifzangen klackten wild. Dann duckte sie sich, als Alexander das frische Magazin abfeuerte und mit seinen Schüssen mehrere der Augäpfel vorn und seitlich am Kopf des Ungeheuers zerplatzen ließ.

Dadurch ergab sich ein blinder Fleck für die Kreatur, und Katrina nutzte die Gelegenheit, um auf ein Bein einzuhacken. Mit einem einzigen, kräftigen Streich durchtrennte sie das hornige Exoskelett und das verwundbare Gewebe darunter.

Das Vieh plumpste zu Boden, stemmte sich jedoch sofort wieder hoch und ließ den Stachelschwanz auf sie zuschnellen. Katrina wich nach links aus. Die Stachelspitze schlug in den Boden ein, traf nur das matschige Moos. Katrina reagierte mit einem schnellen Aufwärtsschwung des Schwerts und trennte die letzten 30 Zentimeter des Schwanzes ab, bevor die Bestie ihn zurückziehen konnte.

Ein Schwall grünen Blutes spritzte auf Katrina. Sie rollte sich von dem um sich schlagenden Schwanz weg, kam wieder auf die Beine und schwang das Schwert gegen ein anderes Bein, wodurch sie die Bestie auf den Bauch plumpsen ließ. Mit nur noch zwei Beinen und den Armen versuchte die Kreatur, Katrina mit den Kneifzangen zu fassen zu bekommen. Eine falsche Bewegung, und das Vieh würde sie zerreißen wie den Vogel.

Der nächste Angriff kam Katrina ziemlich nahe, aber sie duckte sich rechtzeitig und schwang das Schwert über den Kopf. Die Klinge prallte auf den gepanzerten Fortsatz, doch bevor sie reagieren konnte, schnappte sich die andere Zange die Waffe und schleuderte sie weg. Das Schwert schlitterte über den Höhlenboden.

Das Spinnenungetüm schob sich mit den verbliebenen Hinterbeinen vorwärts und riss beide Arme mit geöffneten Zangen hoch. Katrina taumelte rücklings, stolperte und fiel, hob schützend einen Arm, als sich die Kreatur näherte, um sie zu erledigen.

»Captain!«, rief Alexander. Er feuerte von der Seite auf die zangenbewehrten Arme und den Schädel.

Weitere Schüsse ertönten vom Eingang des Tunnels. Die Kreatur bäumte sich auf und schwenkte zu dem Lärm herum. Katrina nutzte die Gelegenheit, sprang auf die Beine und hastete zu ihrem Schwert.

Als sie es aufhob und herumwirbelte, war das Monster bereits zusammengebrochen. Die verbliebenen Augäpfel starrten die Hell Divers an, die es zu Fall gebracht hatten.

»Leute!«, rief eine Stimme. »Leute, ich glaub, ich hab es allegemacht!«

Keuchend wankte Katrina zu dem gefallenen Ungeheuer. Sie stach mit dem Schwert in das letzte nach vorn gerichtete Auge und stemmte das gesamte Gewicht auf den Griff, drückte die Klinge so tief hinein, dass sie sich mit dem Stiefel am gepanzerten Rumpf abstützen musste, um die Waffe wieder herauszuziehen.

Die Kneifzangen klackten noch einmal zusammen, dann klappten sie auf, als das Monster letztlich erschlaffte.

Katrina wischte sich Glibber vom Visier, wankte weg und versuchte sich zu beruhigen, atmete tief durch. Dann eilte sie zu Alexander, der neben Jed kniete. Die Anzeige auf ihrem HUD bestätigte, dass Jed bereits tot war, dennoch zog sie ihm einen Handschuh aus und tastete nach einem Puls, um sich zu vergewissern.

Sie ließ den Kopf hängen, als sich bewahrheitete, was sie bereits geahnt hatte. Er war tatsächlich tot, und es gab nichts, was sie noch tun konnten, um ihm zu helfen.

»Captain«, sagte Alexander. Er legte ihr eine Hand auf die Schulter, und sie richtete sich auf, um nach Trey zu sehen.

»Mein Gott, das Vieh ist einfach aus dem Nichts aufgetaucht!«, sagte Vish. Das Gewehr zitterte in seinen Händen. Er blieb dicht an der Wand, bahnte sich außen einen Weg um das tote Albtraumwesen. »I-i-igitt, das Ding ist ja so was von eklig …«

Dann verstummte Vish, als er Jed auf dem Boden erblickte.

Trey rührte sich und hob eine Hand an den Helm.

»Alles in Ordnung?«, fragte Katrina.

»Ich … Ich glaub, schon.«

Katrina gab ihm etwas Zeit, sich zu orientieren, und gestikulierte in Jeds Richtung. »Vish, Alexander, helft mir, ihn hochzuheben.«

»Sie wollen ihn mitnehmen?«, fragte Alexander.

Katrina war nicht klar gewesen, dass es überhaupt ausgesprochen werden musste. »Wir lassen nie einen Springer zurück.«

»X ist noch am Leben«, sagte Katrina über die Funkverbindung.

Michael hätte triumphierend die rechte Faust in die Luft gestreckt, wenn er sie noch gehabt hätte – und wenn nicht sofort schlechte Neuigkeiten gefolgt wären. Aber so schien es neuerdings immer zu sein, und er hatte das Gefühl, dass die weiteren Neuigkeiten nur umso schlimmer ausfallen würden.

»Jed?«, fragte Michael.

»Ja. Es tut mir leid, Michael«, sagte Katrina. »Ich weiß, dass ihr befreundet wart. Er hat dich sehr respektiert.«

Michael biss die Zähne zusammen, als ihn ein frischer Anflug von Phantomschmerzen überkam. »Er war ein anständiger Bursche«, sagte er. »Hat sich immer um seine Mutter gekümmert.«

Die Besatzung der *Deliverance* scharte sich um die Funkstation und hielt eine Gedenkminute für den gefallenen Hell Diver ab. Alle Offiziere waren anwesend: Les, Layla, Michael, Dave, Bronson und Ada. Trotz der schlimmen Nachricht wollten alle unbedingt hören, was Katrina vorhatte und was Timothy Pepper von der *Sea Wolf* übermittelt hatte.

»Ich spiele die letzte Übertragung ab, damit ihr sie alle selbst hören könnt«, kündigte Katrina an.

Gleich darauf knisterte die Stimme des Timothy Pepper an Bord der *Sea Wolf* über die Leitung. Michael beugte sich näher zum Lautsprecher.

»Ich habe mehrere Unterhaltungen meiner Entführer übersetzt und kann bestätigen, dass X im Moment definitiv noch lebt. Anscheinend hat er gerade einen großen Sieg in der Himmelsarena errungen.«

»Die Übertragung wurde unterbrochen, als sich der Geier Trey vom Deck der *Zion* geschnappt hat«, erklärte Katrina. »Aber da ist noch mehr …«

Sie spielte die nächste Botschaft des Timothy Pepper von der *Sea Wolf* ab.

»Wenn meine Übersetzung richtig ist, soll die Himmelsprinzessin El Pulpo heiraten, und der Himmelhund ist sein persönliches Haustier geworden.«

»Himmelsprinzessin?«, sagte Layla.

»Himmelhund?«, fügte Les hinzu.

»Das müssen Magnolia und Miles sein«, meldete sich Michael zu Wort. »Also *sind* sie noch am Leben.«

»Ja«, bestätigte Katrina. »Und das bedeutet außerdem, wir haben Zeit gewonnen, was uns zugutekommt. Hört euch das an.«

Eine weitere alte Übertragung drang aus den Lautsprechern.

»Laut meinen Berechnungen gibt es mehrere Hundert Cazadores-Soldaten, wahrscheinlich an die 1000. Sie haben Dutzende Ölbohrinseln und Hunderte Boote,

und das nur an diesem Standort. Es könnte noch mehr geben, von denen ich nichts weiß …«

»Lasst mich mit ihr reden«, verlangte Les. Er stellte sich vor Michael, der beiseitetrat, um den Mann zum Funkgerät zu lassen.

»Captain, ich konnte bisher nur 30 Milizsoldaten rekrutieren, dazu 50 Zivilisten, von Landarbeitern bis hin zu Ladenbesitzern. Wie sollen wir damit gegen solche Zahlen gewinnen können?«

Am anderen Ende entstand eine Pause.

»Können wir nicht«, räumte Katrina letztlich ein. »Wir werden unsere Waffen einsetzen und hoffen müssen, dass El Pulpo kapituliert.«

»Und wenn er's nicht tut?«, hakte Les nach.

»Dann fangen wir an, sein Zuhause zu zerstören, bis er einknickt.«

Ihre Worte klangen schärfer als üblich, und Michael wechselte einen Blick mit ihrem Stellvertreter. Seit Les von der Entführung seines Sohns durch einen Geier erfahren hatte, war seine Stimmung gedrückt. Obwohl sich Trey mittlerweile in Sicherheit befand, hatte ihm die knappe Rettung vor Augen geführt, wie gefährlich diese Mission in Wirklichkeit war.

»Ich teile ihr meine Idee mit, in Ordnung?«, meinte Michael zu ihm.

Mit gerunzelter Stirn kratzte sich Les an den roten Haaren an der Schläfe. Schließlich nickte er.

Michael schloss die Augen und drängte einen weiteren Anflug von Phantomschmerzen zurück. Sie fühlten sich so echt an, als wäre sein Arm noch vorhanden und stünde in Flammen – nicht nur die Haut, sondern auch die Knochen bis hin zum Mark.

»Commander«, sagte Ada.

»Tut mir leid«, entschuldigte sich Michael. Er kehrte zurück zum Funkgerät. »Captain, ich hab da eine Idee, durch die wir vielleicht vermeiden könnten, bei diesem Kampf unsere eigenen Leute, Bomben oder Raketen einzusetzen.«

»Ich bin ganz Ohr«, erwiderte Katrina.

»Die vergangenen Tage hab ich nur hier rumgesessen und mich erholt, also hab ich die Zeit genutzt, um über Red Sphere und die abtrünnigen künstlichen Intelligenzen dort zu recherchieren. Nach einer ausgiebigen Unterhaltung mit Timothy Pepper hab ich rausgefunden, dass sie eine Schwäche haben.«

»Ich bin nicht sicher, ob ich verstehe, worauf das hinauslaufen soll«, gab Katrina zurück. »Was interessieren mich diese abtrünnigen Roboter?«

»Die Erklärung überlasse ich Timothy«, kündigte Michael an.

Die Hologrammgestalt der künstlichen Intelligenz erschien flackernd vor der Funkanlage. Timothy faltete die Hände vor seinen Lippen zu einem Dreieck, beinahe so, als betete er.

»Captain, hier spricht Timothy Pepper«, sagte er. »Die Abtrünnigen gehören zu den fortschrittlichsten künstlichen Intelligenzen, die je von der Industrial Tech Corporation erschaffen wurden. Sie wurden dafür konstruiert, in Krisenzonen abgeworfen zu werden, einen Feind auszuschalten und den Ort des Geschehens nach einer Massenvernichtung zu verlassen. In der Regel ging damit einher, dass bei dem Vorgang auch Zivilisten ausgelöscht wurden.«

»Habe ich gehört«, sagte Katrina.

»Im Krieg haben die Abtrünnigen menschliche Überlebende an Orten wie Red Sphere aufgespürt.«

»Warum sind sie dann nicht weg von dort?«, fragte Katrina.

»Weil sie damit ihre letzte Mission erfüllt hatten«, antwortete Michael. »Bis wir aufgekreuzt sind.«

»Nur weiter.«

»Captain, Timothy glaubt, wir könnten von der *Deliverance* eine EMP-Bombe auf Red Sphere abwerfen, um die Abtrünnigen auszuschalten. Nachdem wir sie deaktiviert haben, programmieren wir sie so um, dass wir sie bei den Metallinseln als Bestandteil unserer Armee einsetzen können.«

Layla bedachte Michael mit einem weiteren ungläubigen Seitenblick. Sie hatte ihre Meinung dazu bereits kundgetan und war strikt dagegen.

»Zurück zu dem Ort, an dem du fast gestorben wärst?«, hatte sie gesagt. »In deinem Übereifer, X zu retten, bringst du dich noch um. Vielleicht sogar uns *alle.*«

Michael räusperte sich. »Captain, ich ersuche um Erlaubnis, mit der *Deliverance* zurück zu Red Sphere zu fliegen, die EMP-Bombe einzusetzen und Timothy Pepper mit hinunter auf die Erdoberfläche zu nehmen, um die Abtrünnigen umzuprogrammieren und so viele Lasergewehre zu bergen, wie wir finden können.«

»Sie sind verwundet, Commander«, gab Katrina zu bedenken. »Wie wollen Sie kämpfen, wenn Sie nicht mit einem Gewehr zielen können?«

»X hat in weit schlimmerer Verfassung als meiner gekämpft, Captain.«

»Richtig, hat er. Da gebe ich Ihnen recht.«

Eine ausgedehnte Pause entstand, während Katrina den Vorschlag mit ihrem Team an Bord der USS *Zion* besprach.

»Du musst dich ausruhen, nicht kämpfen«, sagte Layla. Zart legte sie Michael eine Hand auf den Rücken und flüsterte: »Stan, ich mach mir echt Sorgen um dich.«

Schließlich drang wieder ein Knistern aus dem Funkgerät.

»Also gut«, sagte Katrina. »Nehmt nur eine Rumpfbesatzung mit nach Red Sphere und seid vorsichtig mit dem Schiff. Ich brauche es voll funktionstüchtig.«

»Verstanden, Ma'am«, bestätigte Les.

»Sie haben vier Tage, Lieutenant. In der Nacht des fünften Tags treffen wir uns in der Dunkelheit vor den Metallinseln. Dann unterbreiten wir El Pulpo unsere Bedingungen für seine Kapitulation. Falls er nicht annimmt, möge sich Gott unserer Seelen erbarmen.«

9

Zwei Tage waren vergangen, seit X mit der Cazadores-Besatzung an Bord des Frachters gegangen war. Zumindest schätzte er das. Aber an der Erdoberfläche hatte die Zeit die Eigenheit, dass sie verflog, ohne eine Erinnerung zu hinterlassen, sodass er sich nie sicher sein konnte.

Er hätte nie gedacht, dass er je wieder so empfinden würde.

X ballte die Hand zur Faust und hätte am liebsten gegen die Metallwand seiner schrankgroßen Zelle gedroschen, aber da die alten Verletzungen endlich verheilten, konnte er keine neuen gebrauchen.

Stattdessen hob er das Bein und überprüfte die Schussverletzung an seinem Fuß. Das Gel hatte wahre Wunder gewirkt. Der Schorf der Wunde war der einzige, den er noch am Körper hatte. X streifte die löchrige Socke wieder über den Fuß, zog die Knie an die Brust und versuchte, es sich gemütlich in einem Raum zu machen, der so klein war, dass er sich nicht mal hinlegen konnte.

Der Rumpf ächzte, während das Schiff durch die Wellen pflügte. Zuvor waren sie in raue See geraten, die in ihm die Sorge erweckt hatte, sie könnten kentern. Er schlang die Arme um den Körper, um sich zu wärmen, schloss die Augen und döste ein.

Schritte aus dem Gang vor seiner Zelle weckten ihn. Er stellte die Füße aufs Deck, stand auf und rechnete mit demselben Cazadores-Mann, der nur noch drei Zähne im Mund hatte und ihm immer seine Mahlzeiten brachte.

Stattdessen öffnete Rhino die Luke, duckte sich und spähte zu X herein.

Eine eng anliegende Panzerung, die ihn von den Stiefeln bis zum Hals bedeckte, betonte die Muskeln an seinem Körper. Unter dem Arm trug er einen Helm.

»Mach dich bereit«, sagte Rhino. »Wir sind fast da.«

X sparte sich die Frage, wo. »Ich bin schon bereit.«

»Dann komm mit.« X trat hinaus in den schmalen Gang, der zwischen rostigen Schotten verlief. Mehrere von der Decke baumelnde Lampen flackerten, warfen Schatten und offenbarten einen anderen Cazadores-Soldaten vor einer geöffneten Luke. Er sah X durch mandelförmige, verspiegelte Linsen im Visier seines Helms an.

»Da rein«, befahl Rhino.

Ein in den Helm des Wachmanns eingebautes Atemgerät knisterte, als der Mann zackig salutierte. Rhino quittierte die Geste mit einem Nicken, bevor er X einen Stoß in den Rücken versetzte und ihn in ein Arsenal schob.

Mit Seilen gesicherte Waffengestelle säumten die rechte Wand. Über einer Reihe von Spinden hingen Banner und Flaggen, die verschiedene Fische und natürlich einen riesigen Oktopus zeigten.

Auf einer Bank saßen zwei muskulöse Kerle, die gerade Körperpanzerung über engen Strahlenschutzanzügen anlegten. Ein anderer Mann, der sich bereits gerüstet hatte, beobachtete aufmerksam, wie X den Raum betrat.

»Unsterblicher«, sagte einer der Kerle auf der Bank. Als er mit dem Anlegen seiner Panzerung fertig wurde, stand er auf und klopfte sich mit der Faust auf die Brust. Der andere folgte seinem Beispiel. Der etwas abseitsstehende Mann hingegen stand nur da wie eine Salzsäule.

»Glaub bloß nicht, dass sie dich deswegen mögen«, warnte Rhino.

»Schon klar«, gab X zurück.

Rhino zeigte auf die zwei Männer an der Bank. »Das sind Luke und Ricardo.« Dann deutete er auf den anderen Mann. »Das ist Wendig. Mit Hammerhead verwandt.«

X kratzte sich am dichten Stoppelwuchs an seinem Kinn und verkniff sich den Drang, eine bissige Bemerkung anzubringen. In dem Raum befanden sich entschieden zu viele Waffen, um unbedacht die Klappe aufzureißen.

»*Lo siento*«, rief er sich stattdessen die spanischen Worte für »Tut mir leid« in Erinnerung.

Wendig stapfte auf ihn zu, die gepanzerte Brust vorgestreckt wie ein Gockel. X hörte das Schnauben seines Atems aus dem Helm.

Rhino trat zwischen die beiden.

»Schön locker bleiben«, sagte X.

Wendigs Helm drehte sich von Rhino zu X, dann zurück zu Rhino. Schließlich trat Wendig einen Schritt zurück, drosch gegen einen Metallspind und verbeulte ihn.

»Das sind drei der Soldaten, mit denen du kämpfen wirst«, erklärte Rhino. »Ich führe die Expedition an. Du hörst auf meine Befehle und tust, was ich sage, oder ich versprech dir, es wird dir nicht gut ergehen, wenn wir zurück auf den Metallinseln sind.«

X kratzte sich erneut am grau gesprenkelten Bart.

»Deine Panzerung ist in dem Spind da drüben.« Rhino zeigte hin.

X ging hinüber, öffnete die Tür und entdeckte seine alte Springerausrüstung. Die Cazadores mussten sie beim WaveRunner gefunden haben.

Rhino nickte stolz. »Jeder Mann sollte mit der Rüstung in den Kampf ziehen, in der er sich wohlfühlt.«

»Und warum habt ihr mich dann in der Himmelsarena gezwungen, diesen albernen Lederfummel anzuziehen?«, fragte X, weil er nicht widerstehen konnte.

Rhino setzte ein breites Grinsen auf, dann stimmte er ein grölendes Lachen an – das erste Mal, dass X den Mann überhaupt irgendeine Emotion zeigen sah.

»Das war bloß ein Test.«

»Und das hier ist keiner?«, hakte X nach.

»Das ist eine Mission. Und ein Test. Zieh dich an.«

X legte rasch erst die für ihn bereitgelegte Kleidung an, dann die Körperpanzerung. Als er fertig war, schnürte er seine Stiefel zu, den linken lockerer wegen seines verletzten Fußes.

»Hast du auch meine Waffen?«, fragte X.

Rhino lachte erneut, diesmal nicht ganz so ausgelassen. »Denkst du, wir geben dir Schusswaffen, damit du uns von hinten abknallen kannst?«

Er trat zu einem Schott mit einem Gestell voll Speeren, Schwertern, Messern und den Elektrostöcken, die X damals in Florida gesehen hatte.

Rhino griff sich einen Speer von dem Gestell und zerbrach den Schaft, als wäre es ein Kräuterstäbchen. Die kürzere Hälfte des Schafts warf er X zu.

»Nur für den Fall, dass du auf die Idee kommst, einem von uns in den Rücken zu stechen«, erklärte Rhino. »Auf die Weise musst du dafür sehr nah ran.«

»Wenn ich auf einen von euch einsteche, dann in die Augen, wie ich's bei El Pulpo gemacht hab«, konterte X.

Rhinos Nasenflügel blähten sich. Er nahm sich ein Schwert aus einer Halterung, doch statt X damit den Schädel zu spalten, drehte er die Klinge und blickte an ihr entlang.

»Das sollte reichen«, meinte er. »Ist 'ne solide Klinge, die Fleisch und Knochen teilt, wenn sie richtig geführt wird.«

X streckte die andere Hand aus und nahm die Waffe entgegen. Rhino warf ihm noch eine Lederscheide mit einem Riemen zu, den sich X über die Schulter hängte.

Die anderen drei Soldaten, mittlerweile alle vollständig gerüstet, drehten ihm die Helme zu, die Hände an den Griffen ihrer Karabiner. Wendig richtete den Lauf eines Gewehrs aufs Deck, allerdings nicht weit von X weg.

»Aufpassen, Kumpel«, warnte X.

Rhino setzte den Helm auf und griff sich seinen kleinen runden Schild. In der Mitte prangte eine Gravur eines länglichen Strahlenflossers mit weit aufgerissenem Maul und fangartigen Zähnen.

Die anderen Männer hatten denselben Fisch in ihre Panzerung geritzt. Musste eine Art Mannschaftsabzeichen sein wie der Raubvogel bei Team Raptor.

Rhino warf sich den Schild über die Schulter, schnappte sich einen Speer mit Doppelspitze, duckte sich und verließ den Raum. Die anderen drei Soldaten reihten sich hinter X ein.

Sie stiegen einen Niedergang hinauf in eine andere Ebene, dann folgten sie einem zweiten Niedergang zu einer offenen Luke. Ein schwarzer Himmel hatte den grellen Sonnenschein abgelöst, und X offenbarte sich ein Anblick, wie er ihn sein Leben lang gekannt hatte.

Blitze durchzuckten die Dunkelheit, als er auf das Wetterdeck hinauskletterte. Ein Teil von ihm hatte das Gefühl, dass er es nicht anders verdiente und der Sonnenschein nicht dazu bestimmt gewesen war, von Dauer zu sein. Dafür hatte er über die Jahre hinweg zu viele Versprechen gebrochen und zu viele Menschen, die er geliebt hatte, nicht gerettet.

Seufzend wappnete er sich dafür zu tun, was er am besten konnte: kämpfen.

Lieutenant Rhino ging auf ein Labyrinth großer, rechteckiger Kisten zu, das die Sicht sowohl über die Steuerbord- als auch über die Backbordseite versperrte. Über die Kisten ragte in der Mitte des Schiffes eine Kommandozentrale auf. Durch deren verdreckte Fenster sah X den Piloten und mehrere andere Männer. Über den Bug erhoben sich geschlossene Geschütztürme, bemannt von Cazadores-Soldaten, die mit Flammenwerfern und Harpunenkanonen Ausschau nach Feindkontakt hielten.

Zwischen den Donnerschlägen hörte X das Klacken von Körperpanzerung, das Poltern von Stiefeln auf dem Deck und das Schwappen von Wellen gegen den Schiffsrumpf. Er blickte auf seinen Handgelenkscomputer und schaltete mit dem Daumen das Display ein. Es zeigte einen Batterieladestand von 51 Prozent.

Als Nächstes überprüfte er sein HUD. Die Temperatur lag bei milden 29 Grad Celsius, der Strahlungspegel im gelben Bereich. Zum Glück war sein Anzug dicht, und alle Systeme schienen zu funktionieren.

Laute Stimmen ertönten, als sie einen offenen Bereich des Decks betraten.

Hinter der nächsten Kiste sichtete X die Quelle des Lärms. Am Bug zwischen den Reihen leerer Käfige standen um die 100 Cazadores-Soldaten, alle in Panzerung und schwer bewaffnet. Ein Mann hielt eine Minikanone mit einem Munitionsgurt, der aus einem Rucksack zugeführt wurde. An der Seite des Rucksacks baumelte zusätzlich eine Axt. Die Panzerhandschuhe hatte der Krieger um Schlagringe ergänzt. Ein anderer Mann trug einen Flammenwerfer mit einem Brennstofftank auf dem Rücken.

Hinter ihnen konnte X das Schlachtfeld ausmachen: eine Stadt der alten Welt, die an eine geschützte Bucht grenzte. Gebäude, darunter einige, die sein Volk beinahe als Wolkenkratzer bezeichnen würde, ragten dem Gewitterhimmel entgegen. Blitze erhellten die verfallenen Bauwerke und die Schemen, die darüber durch die Luft flogen.

Handelte es sich um Geier wie jene, die X auf den Turks- und Caicosinseln gesehen hatte? Oder um etwas Vertrauteres?

Rhino gab X mit einem Handzeichen zu verstehen, dass er sich vor die kleine Armee der Cazadores-Soldaten zu ihm stellen sollte. X kam der Aufforderung nach und ging an der Seite des Anführers der Expedition in Position. Der Mann mit dem Flammenwerfer und der mit der Minikanone traten ebenfalls vor und flankierten Rhino und X.

Jeder Helm schien sich auf den blauen Schimmer von X' Batterieeinheit zu richten.

Rhino hob beide Hände und rief etwas auf Spanisch.

Er wiederholte die Mitteilung auf Englisch und in einer anderen Sprache, die X nicht erkannte. Die Cazadores-Krieger hämmerten mit den Fäusten gegen ihre Brustpanzer.

»Heute gehen wir auf große Jagd nach den Missgebildeten – die erste Jagd seit vielen Monaten. Unsere Trophäen nehmen wir mit zu den Metallinseln, wo ihr Fleisch unserem Volk weiterhin große Stärke verleihen wird.«

Was für eine beschissene Ehre.

Über den mechanischen Geräuschen zeichnete sich das unverkennbare, elektronisch klingende Geheul der Bestien ab, die X während all seiner Jahre auf der Erdoberfläche gejagt hatten. Die männlichen Sirenen kreischten, als sie sich in den Himmel erhoben und mit ihren ledrigen Flügeln durch die Luft flatterten.

»Wer die meisten Trophäen erntet, bekommt die Belohnung, wenn wir zu den Metallinseln zurückkehren«, fuhr Rhino fort. »Diesmal bietet El Pulpo dem Gewinner sein ältestes Eheweib, um den Weg für seine neue Braut zu bereiten.«

Die Soldaten flippten angesichts der Prämie aus, und Rhino sah X an. »Der König hat nur begrenzt Platz, also muss er welchen für seine neue Braut schaffen, die Himmelskönigin.«

X starrte Rhino durch sein Visier finster an, schluckte den Köder jedoch nicht. Als er nichts erwiderte, fügte Rhino hinzu: »Vielleicht gewinnst ja du seine alte Ehefrau, Unsterblicher.«

»Oder vielleicht gehst du drauf und wirst von den Missgebildeten gefressen und ausgeschissen«, warf der Kerl mit dem Flammenwerfer ein.

Der Soldat mit der Minikanone stimmte ein Lachen an, das blechern durch sein Atemgerät dröhnte.

Ihre Gesichter konnte X hinter den Helmen mit den mandelförmigen, verspiegelten Linsen zwar nicht sehen, aber er hatte das untrügliche Gefühl, dass sie darunter potthässlich waren. Eins stand mit Sicherheit fest: An Proteinen mangelte es ihrer Kost nicht. Beide Männer waren Hünen, fast so groß und massig wie Rhino.

Vielleicht wurde man so, wenn man Menschen fraß.

Das Gelächter verhallte, und Rhino wandte sich wieder seiner kleinen Armee zu. Er streckte die Hände in die Luft und rief mit dröhnender Stimme: »Geht! Holt euch Trophäen!«

Das Gebrüll, das darauf folgte, schien das Deck des Schiffes zu erschüttern. Mehrere in militärisches Grün gekleidete Matrosen warfen Seile ins Wasser, in das man bereits Ruderboote hinabgesenkt hatte.

X blieb neben Rhino stehen, während sich die Fußsoldaten zur Steuerbordseite bewegten. Sie schienen es kaum erwarten zu können, mit der Jagd zu beginnen.

X konnte schwer nachvollziehen, wie Menschen so versessen darauf sein konnten, Kreaturen zu jagen, die ihrerseits im Lauf der Zeit so viele Hell Divers gejagt, in Angst und Schrecken versetzt und getötet hatten.

Er schaute zu ihrer über der Stadt kreisenden Beute auf – den Sirenen, die mit ihren elektronisch klingenden Misstönen kreischten, während sie ihrerseits nach eigener Beute suchten.

Ein Licht blitzte am Horizont auf und erhellte ein siloförmiges Gebäude an der Küste. Die Sirenen änderten den Kurs und flatterten auf etwas zu, das wie ein Leuchtturm aussah. Die Cazadores hatten die Signalleuchte eingeschaltet.

Die Jagd war eröffnet.

In dieser Ödnis verkörperten nicht mehr die Monster die Jäger. Das waren die Menschen, und X würde gleich erfahren, warum sie sich *Cazadores* nannten.

»Wir sind über unserem Ziel«, verkündete Timothy Pepper. Das Hologramm stand am Steuer der Brücke an Bord der *Deliverance,* die Hände an den Seiten. »Keine nennenswerten Störungen am Himmel, Sir.«

»Gut. Halt uns ruhig«, sagte Michael.

»Zu Befehl, Sir.«

Les blickte durch die Bullaugen hinaus. Zwar wirbelten Sturmwolken über den Horizont, aber es schien nur sporadisch zu blitzen, und die modernen Sensoren der *Deliverance* verzeichneten laut der künstlichen Intelligenz eine ungefährliche Sinkflugzone.

»Bist du dir sicher, Timothy?«, hakte Les nach. »Als wir zuletzt hier waren, hatten wir's da draußen mit einem Meer von Blitzen zu tun.«

»Laut den Anzeigen hat der Sturm nachgelassen und sich nach Westen verlagert«, erwiderte Timothy. »Aber ich nehme noch weitere Überprüfungen vor, bevor ich uns über dem Ziel absenke.«

»Wenigstens springen wir diesmal nicht ab«, meinte Michael.

Les spähte durch die Bullaugen zum Meer hinunter, konnte jedoch in der Dunkelheit nichts erkennen. Der Gedanke, an den Ort zurückzukehren, an dem sowohl Erin als auch Ramon das Leben lassen mussten, machte ihn nervös. Dabei stand er bereits wegen anderer Sorgen unter Nervenanspannung.

Zum ersten Mal seit Jahrzehnten war er von allen Mitgliedern seiner Familie getrennt. Katherine hatte ihm nur einen höchst verhaltenen Abschiedskuss gegeben, als er gegangen war, und sogar Phyls Umarmung war flüchtiger als sonst ausgefallen.

Du bist bloß paranoid, Les. Sie lieben dich, und sie wissen, dass du sie liebst.

Schon bald würden sie wieder vereint sein, sofern Commander Everharts verrückter Plan funktionierte. Einen Moment lang versuchte Les, sich auszumalen, wie das Leben sein würde, wenn ihnen sämtliche Glückssterne hold wären und sie es schafften, die Metallinseln zu erobern.

Würde es die dafür nötigen Verluste wert sein?

Würde er sich opfern, damit seine Familie den Rest ihrer Tage auf der Erdoberfläche verbringen könnte?

Ein Leben in Sonnenschein mit kristallklarem Wasser und frischer Luft. Es kam ihm wie ein Traum vor. Und um dorthin zu gelangen, würde er sich durch einen Albtraum kämpfen müssen.

So darfst du nicht denken. Versagen beginnt immer mit Zweifeln. Trey und du werden überleben. Ihr müsst *überleben – für das Schicksal der Menschheit.*

»Lieutenant, kommen Sie und sehen Sie sich das ein letztes Mal an«, sagte Michael.

Les durchquerte die Brücke, war froh über die Unterbrechung. Er stellte sich hinter eine Station, an der Layla und Michael die Konstruktionspläne der Abtrünnigen studierten, die Timothy heruntergeladen hatte. Michael glaubte, dass sie die Maschinen zu dritt umprogrammieren könnten, sobald sie abgeschaltet wären, Les jedoch war davon weniger überzeugt. Immerhin kam er aus der Elektrotechnik, aber er hatte nicht viel Ahnung von künstlichen Intelligenzen.

Schätze, dafür ist Timothy zuständig.

»Das ist ihr zentrales Nervensystem«, erklärte Layla, den Blick auf den Bildschirm gerichtet.

Les nahm Platz und betrachtete die Konstruktion. Die humanoiden Maschinen besaßen harte, biegsame Rückgrate, genau wie Menschen, und ein Geflecht von Drähten bildete das Pendant zu menschlichen Adern.

»Wir haben sie so gebaut, dass sie wie wir aussehen«, stellte er fest.

»Aber sie sind nicht annähernd wie wir«, erwiderte Layla. »Sie sind für einen einzigen Zweck programmiert: Töten.«

»Richtig, und genau deshalb brauchen wir sie.« Michael tippte auf den Bildschirm und rief eine Innenansicht des von Metall umhüllten Gehirns auf. »Die Frage ist: Wie programmieren wir sie so um, dass sie nur Cazadores-Soldaten töten?«

»Da kommt Timothy ins Spiel«, sagte Layla.

»Ich werde sie so programmieren, dass sie nur Menschen vernichten, die eine Bedrohung darstellen und Waffen tragen.«

»Und wenn sich ein Kind eine Waffe schnappt?«, fragte Michael.

»Ich kann einbauen, dass sie niemanden unter einem bestimmten Alter angreifen sollen«, erwiderte Timothy, »aber es gibt keine Garantie, dass es funktioniert.«

Niemand sprach ein Wort, bis Michael die Stille durchbrach, indem er abermals auf den Bildschirm tippte. »Die Abtrünnigen haben einen Supercomputer der Größe eines Fingernagels als Hirn, umhüllt von einem Schädel aus einer Titanlegierung. Der Rest des Endoskeletts ist eine im Labor kreierte Hyperlegierung.«

»Das erklärt, warum unsere Kugeln in Red Sphere einen Dreck ausgerichtet haben«, meinte Layla. »Gut, dass wir das Lasergewehr haben.«

»Mit etwas Glück werden wir's nicht brauchen«, sagte Michael. Er schloss die Augen, kämpfte zweifellos gegen einen neuen Anflug von Schmerzen in einem Arm, den er gar nicht mehr hatte.

Layla war die ganze Zeit an seiner Seite gewesen. »Bist du sicher, dass du dem Einsatz gewachsen bist?«, fragte sie.

Michael nickte mit leicht verzogenem Gesicht. »Der Arm ist dank der Nanotechnologie fast vollständig verheilt. Sind bloß diese verdammten Phantomschmerzen.« Er blickte auf den Stumpf, dann schaute er wieder zu Les und Layla auf. »Seid ihr bereit?«

Layla nickte.

»So bereit, wie ich je sein werde«, antwortete Les. »Aber ich hab noch eine Frage an Timothy über die EMP-Bombe. Ich bin gelernter Elektriker, also erklär mir bitte, wie wir die Maschinen wieder online bekommen, nachdem wir sie gegrillt haben.«

»Gute Frage, Lieutenant«, meinte Timothy. »Das Exoskelett schützt ihre inneren Bauteile vor EMP-Waffen, aber ihre Batterien sind verwundbar. Theoretisch sollte die EMP-Bombe sie daher abschalten, und bevor wir sie neu starten, programmieren wir sie um.«

»Ist ein guter Plan«, befand Michael.

Les war nicht sicher, ob Commander Everhart Zustimmung wollte oder sich selbst zu überzeugen versuchte. Les persönlich schmeckte eine Mission mit einem so theoretischen Ergebnis zwar ganz und gar nicht, allerdings sah er keine besseren Möglichkeiten. Wenn die abtrünnigen Roboter menschliche Soldaten davor bewahren konnten, in die Schlacht zu ziehen, dann sollte es ihm recht sein.

»Timothy, bereite dich vor, die EMP-Bombe auf meinen Befehl hin zu zünden«, sagte Michael. »Wir brechen auf.«

»Roger, Sir. Und viel Glück.«

Michael ging hinüber zur Kommunikationsstation. »Durchsage an alle, hier spricht Commander Everhart. Wir bereiten uns auf den Sinkflug über dem Ziel vor. Bitte begeben Sie sich an Ihre jeweiligen Stationen.«

Die drei Springer ließen Timothy in der Mitte der Brücke zurück. Ihren ersten Halt legten sie im Arsenal ein, wo sie ihre Ausrüstung vorbereiteten und ihre Anzüge anlegten.

Anders als bei sonstigen Sprüngen würden sie diesmal keine Versorgungskisten hinunterschicken. Alles, was sie brauchten, würden sie am Körper tragen. Ein Großteil bestand aus Elektrowerkzeugen und Waffen, wenngleich Les bezweifelte, dass Kugeln bei den Abtrünnigen diesmal mehr Wirkung als beim letzten Mal zeigen würden, sollten sie einem der Roboter begegnen, bei dem der EMP-Stoß seine Wirkung verfehlte.

Das Anlegen der Anzüge dauerte länger als normal, da Michael dabei Hilfe von Layla brauchte. Zum Abschluss gab sie ihm noch zwei Schmerztabletten. Er spülte sie mit einem Schluck Wasser hinunter.

»Alles gut«, beteuerte Michael zuversichtlich, als er bemerkte, dass ihn Les skeptisch musterte.

Der Commander verstaute seinen Pferdeschwanz unter der Körperpanzerung, griff sich seine Tasche und ging voraus in den Gang zum Frachtraum. Timothys weißer Schimmer erhellte den düsteren Bereich.

»Die letzte Wetterüberprüfung hat nur eine geringe elektrische Störung in der Abstiegszone ergeben«, meldete er. »Mit anderen Worten, der Sinkflug sollte gefahrlos möglich sein.«

Dein Wort in Gottes Ohr, ging Les durch den Kopf. Als er durch die Luke den Frachtraum betrat, dachte er an Timothys Fehlfunktion beim Anblick seiner toten Familie zurück.

Die Erinnerung trug zusätzlich zu Les' Anspannung bei. Er zögerte, als er sich den Türen der Startbucht näherte. Michael und Layla standen bereits dort und warteten mit ihren Taschen voll Ausrüstung auf der Plattform.

Les schlang sich den Karabiner über die Schulter und trug sein Zeug hinaus.

Du springst, damit deine Familie überlebt, hielt er sich vor Augen.

»Systemcheck«, sagte Michael.

»Raptor 2 online«, antwortete Layla.

Les überprüfte sein HUD und seine Systeme ein letztes Mal. »Raptor 4 online.«

Timothy schloss sich den Hell Divers am Ausstieg an und blickte auf das Hubtor hinab, auf dem sie standen. Seine Gestalt flackerte, und einen Moment lang versteifte Les den Körper, weil er fürchtete, Timothy könnte ein weiterer Anfall ereilen.

Dann jedoch festigte sich die Erscheinung der künstlichen Intelligenz, und Timothy zupfte die Manschetten seines Jacketts zurecht. »Die EMP-Bombe ist bereit zum Zünden, Commander.«

»Ausführen«, ordnete Michael an.

Ein entferntes Klirren ertönte, aber es folgten keine Explosion und kein Knall, nur die dumpfen Schwingungen der Triebwerke des Schiffes unter ihren Stiefeln.

»Wie lange, bis wir wissen, ob es funktioniert hat?«, fragte Layla.

»Meine Infrarotsensoren brauchen nur wenige Minuten für die Untersuchung«, antwortete Timothy.

»Wurden diese Modelle nicht mit Tarnkappentechnologie ausgestattet, die Infrarotsignaturen verringert?«, kam von Michael.

»Guter Einwand, Commander. Und ja, wurden sie. Aber ich habe die Sensoren der *Deliverance* auf die leichten Abgasstrahlen der Batterien der DEF-9-Einheiten angepasst. Das gehört zu ihren wenigen Schwachstellen.«

Klang für Les zwar nicht wirklich idiotensicher, trotzdem fühlte er sich dadurch ein wenig besser.

Schweigend warteten sie, lauschten dem Brummen mechanischer Systeme und dem entfernten Grollen des Donners. Während Les dastand, wollte eine Erinnerung an seinen letzten Besuch in Red Sphere aus seinem Gedächtnis aufsteigen, aber er drängte sie zurück.

»Ich erfasse einen totalen Stromausfall auf und unter der Oberfläche von Red Sphere«, meldete Timothy. »Die EMP-Bombe hat erfolgreich das Netz lahmgelegt und die Abtrünnigen abgeschaltet. Bei keiner meiner Abtastungen wurde eine Spur von Abgasstrahlen erfasst. Das bedeutet, die Maschinen, die sich noch dort unten befinden, sind, wie Sie wahrscheinlich sagen würden, geröstet.«

»Bist du sicher?«, hakte Layla nach.

»Hundertprozentig. Aber wenn Sie sich dadurch besser fühlen, überprüfe ich es noch einmal, sobald wir unten an den Piers sind.«

»Okay, bring uns runter«, sagte Michael.

Die drei Hell Divers gingen hinüber zum Schott, wo sie ihre Ausrüstungstaschen sicherten und sich in den Schalensitzen anschnallten.

Während der nächsten Minuten schaute Les durch die Bullaugen hinaus. Blitze zuckten über den Himmel und hinterließen blaustichige Restbilder auf seinen Netzhäuten. Das Deck ächzte, als sie über Red Sphere sanken. Les beobachtete, wie sich ihre Höhe verringerte.

Bei 300 Metern ließ Timothy das Schiff schweben. »Führe einen letzten Infrarotscan durch«, kündigte er an.

Les zuckte zusammen, als draußen vor dem Frachtraum ein weiterer Blitz gleißte. Als ein Donnerschlag folgte, legte sich seine Befürchtung, der Strahl könnte von einem Lasergewehr abgefeuert worden sein.

»Alles klar, Commander Everhart«, meldete sich Timothy.

Mit einem Klicken öffnete Michael seinen Gurt, und Layla half ihm, sich den Rucksack über die Schultern zu schlingen. Sie griffen sich ihre Waffen und traten den Weg zum Tor des Frachtraums an. Mit metallischen Lauten öffnete es sich. Schwarze Wolken und ein dunkles Meer kamen nach und nach zum Vorschein.

Les trat an den Rand und blickte hinunter zu den Piers, die Red Sphere umgaben. Mehrere Schiffe befanden sich noch an den Docks. Trümmer von einer Explosion umgaben das Bauwerk in der Mitte.

Die *Deliverance* setzte den Sinkflug über der Landezone fort. Die Abluft der Mantelstromtriebwerke erfasste die Betondocks, wirbelte Staub auf und peitschte Geröll umher. Les trat noch näher zum Rand. Er hatte ein Gefühl, als nistete sich ein Bleigewicht in seinem Magen ein.

Layla packte ihn an der Panzerung und zog ihn zurück.

»Vorsicht, Lieutenant«, mahnte sie über die Funkverbindung.

Er trat einen Schritt zurück und betrachtete den baufälligen Beton, hielt in der grünstichigen Ansicht seiner Nachtsichtoptik Ausschau nach Anzeichen von Bewegung. Der vordere Bereich der Anlage war eingestürzt. Die Trümmer lagen quer über einen der Piers verstreut.

Sie würden einen anderen Weg hinein finden müssen.

»Fahre die Plattform aus«, kündigte Timothy an. »Bitte Vorsicht beim Aussteigen.«

Les ging die Rampe mit einem verwundeten, übereifrigen Hell Diver hinunter, mit einer Frau, die jung genug war, um seine Tochter zu sein, und mit einer künstlichen Intelligenz, die schon einmal verrücktgespielt hatte. Ihre Mission: Infiltrieren einer stockfinsteren Anlage, die Killermaschinen beherbergte, um selbige Maschinen so umzuprogrammieren, dass sie Cazadores töten würden.

Was könnte dabei schon schiefgehen?

10

Magnolia erwachte durch Gelächter im Gang vor ihrem Zimmer. Die letzten drei Stunden lang hatte sie sich rastlos hin und her gewälzt. Aber nicht die mit Federn gefüllte Matratze oder die warme Luft hielt sie davon ab einzuschlafen. Es lag vielmehr daran, dass sie nicht aufhören konnte, an X und Rodger zu denken.

Wohin hatten die Cazadores sie gebracht?

Mondlicht strömte durch die offenen Fenster herein, die Läden klickten in der Brise. Das Geräusch irritierte Magnolia. Sie schwang die Beine aus dem Bett und überquerte den kalten Boden, um einen Blick nach draußen zu werfen.

Selbst zu dieser späten Stunde trieben sich noch etliche Leute auf ihren Balkonen herum. Ein Mann in makellosem dunklem Anzug und eine Frau in einem dünnen schwarzen Kleid saßen auf Metallstühlen, tranken und rauchten braune Stängel.

Aus alten Filmen und Büchern erinnerte sich Magnolia, dass es sich um Zigarillos handelte. Die Rauchstängel, wie ihre Leute sie nannten, waren an Bord der Luftschiffe wegen der Brandgefahr verboten, aber es überraschte Magnolia nicht, dass man sie hier hatte. Das bedeutete außerdem, dass man irgendwo auf den zahlreichen Farmen auch Tabak anbaute. Die Cazadores hatten die Ressourcen, um viele Traditionen der alten Welt aufrechtzuerhalten.

Magnolia schaute zum Himmel auf und atmete den süßlich riechenden Rauch ein. Das sternenübersäte Firmament endete in der Ferne, wo immer noch die Sturmwolken tobten. Bei dem Anblick fragte sie sich unwillkürlich, wie Gewitter funktionierten und warum sie nicht über dieses Gebiet zogen. Ebenso kam ihr der Gedanke, dass es vielleicht noch andere Orte wie diesen auf der Welt gab. Wenn es jemand wusste, dann Imulah. Aber vorerst würde sie die Fragen für sich behalten.

Nachdem sie die Fenster geschlossen hatte, kehrte sie zum Nachttisch zurück und schenkte sich ein Glas Wasser ein. Das Gelächter, das sie vor wenigen Minuten gehört hatte, war verstummt. Stattdessen drangen die Geräusche sich nähernder Schritte herein.

Rasch legte sich Magnolia zurück ins Bett. Sie zog sich die Decke zum Kinn hoch und rollte sich zur Wand herum. Ein Schlüssel drehte sich im Schloss, ein Klicken ertönte, und die Tür öffnete sich.

»Magnolia«, sagte eine vertraute Stimme.

Sie drehte sich um und erblickte Rodger am Eingang.

»Rodge?«, entfuhr es ihr. Langsam setzte sie sich auf.

»Ja, ich bin's«, bestätigte er und streckte die Arme aus.

Sie eilte los, um ihn zu umarmen, und achtete darauf, ihn nicht zu fest zu drücken. Den Freund umschlungen zu halten, den sie für tot gehalten hatte, ließ sie beinahe zusammenbrechen, und seine warme Berührung brachte sie zum Schluchzen.

»Wie … Wie kommst du hierher?«, fragte sie schließlich.

Er löste sich von ihr und fädelte die Finger zwischen ihre. »Ich hab nicht viel Zeit, Mags, aber es gibt da etwas, das wir tun müssen.«

Einen flüchtigen Moment lang dachte Magnolia, sie wäre gekommen – ihre Chance zur Flucht.

»Eigentlich eher etwas, das *du* tun musst«, präzisierte Rodger.

»Was immer du willst«, erwiderte Magnolia. »Ich hoffe nur, du weißt, dass ich dachte, du wärst tot …«

Er hielt sie mit einer Hand und streichelte mit den Fingern der anderen über ihre Wange. »Ich weiß. X hat es mir erklärt.«

Spontan umarmte sie ihn erneut. »Es tut mir so leid.«

»Ist schon gut, Mags.«

Sie löste sich von ihm und sah ihm suchend in die Augen. »Also, was kann ich tun? Ganz egal was, Rodge, sag's mir einfach. Ich bin bereit zu kämpfen. Bereit zu fliehen.«

Rodger wirkte enttäuscht von ihrem Enthusiasmus. »Nein«, flüsterte er und schüttelte den Kopf. »Das können wir nicht. Du kannst es nicht. Du musst El Pulpo heiraten.«

Sie befreite sich aus seinem Griff. »Was?«

Rodger bewegte sich auf sie zu, aber Magnolia wich weiter zurück, bis ihre Beine gegen das Bettgestell stießen. Das Mondlicht betonte seine Züge, und ihr Herz zersprang beinahe beim Anblick des gebrochenen Mannes, der vor ihr stand.

Sie hatte nicht mehr den stets zu Scherzen aufgelegten, starken Hell Diver vor sich, den talentierten Holzkünstler. Rodger glich nur noch einem Abklatsch seines früheren Selbst: bärtig, abgehärmt, mit dunklen Ringen unter den Augen.

»Was haben sie mit dir gemacht, Rodger?«, fragte sie leise.

»Sie haben mir das Leben gerettet, und jetzt rette ich deines.«

Magnolia verengte die Augen zu Schlitzen. Der alte Rodger hätte so etwas nie gesagt. Der alte Rodger hatte seine Familie, die *Hive* und Magnolia geliebt.

Hatte sie zumindest geglaubt.

»El Pulpo hätte dich beinahe umgebracht, dann hat er dich ins Leben zurückgeholt, damit du ihm als Sklave dienen kannst«, sagte sie. »Ich würde lieber sterben, als dieses Monster zu heiraten.«

»Mags, du hörst mir nicht richtig zu«, warf Rodger ihr vor. »Du hast keine Wahl.«

Magnolia erstarrte, als sie auf dem Gang eine Gestalt bemerkte. Imulah stand im Halbdunkel. Mit hinter dem Rücken verschränkten Händen beobachtete er das Geschehen.

Plötzlich begriff sie. Rodger hatte sich nicht allein hergeschlichen. Er wurde von dem Schriftgelehrten eskortiert, um sie zu überreden, sich nicht länger wie ein feindseliges Miststück zu gebärden.

Ich werd nie aufhören, feindselig oder ein Miststück zu sein, schon gar nicht gegenüber diesem Arsch El Pulpo.

»Bitte, Mags«, flehte Rodger und packte sie am Arm. »Die bringen dich sonst um – und mich und Miles und …«

Sie riss den Arm aus seinem schwachen Griff. »X ist da draußen«, gab sie mit knurrendem Unterton zurück. »Er kämpft in diesem Moment für mich, und …« Sie tippte Rodger mit dem Finger auf die Brust. »Er wird nie aufgeben, und wir dürfen das auch nicht.«

»Spielt keine Rolle. Er kann uns nicht retten. Gut möglich, dass er dort, wo er hinfährt, nicht mal sich selbst retten kann.«

Magnolia entfernte sich vom Bett, bewegte sich auf Rodger zu. »Wie meinst du das?«

Rodger spähte über die Schulter zu Imulah, der letztlich das Zimmer betrat.

»Er meint damit, dass X auf einer Mission ist, von der er wahrscheinlich nicht zurückkommt«, ergriff Imulah das Wort. »Viele Soldaten werden sterben, aber diejenigen, die zurückkehren, werden gefeiert und in den Hallen der Oktopus-Lords geehrt.«

Magnolia verdrehte beinahe die Augen. *Hallen der Oktopus-Lords? Bitte.*

»Ihr kennt X immer noch nicht so wie ich«, sagte sie. »Aber das ist schon in Ordnung. Ist mir eh lieber, wenn ihr ihn unterschätzt.«

»Wir unterschätzen gar nichts«, entgegnete Imulah. »Du magst vielleicht glauben, er würde dich befreien oder die Himmelsgötter würden kommen und dich retten. Aber falls sie kommen, vernichten wir sie genauso wie die anderen.«

Rodger blickte zu Boden.

»Was soll das heißen, *die anderen?*«, hakte Magnolia nach.

Imulah ging hinüber zum Fenster und steckte den Kopf hinaus. Er schaute nach oben, und plötzlich verstand Magnolia. Sie trat zu ihm und verspürte beim Anblick des Luftschiffes über ihnen eine Gänsehaut – der Schauplatz der Himmelsarena.

»Ihr wart nicht die Ersten, die uns gefunden haben«, verriet Imulah. »Und wahrscheinlich werdet ihr nicht die Letzten bleiben. Wir haben seit vielen Jahren von der *Hive* und der *Ares* gewusst. Wir haben eure Übertragungen mitgehört, aber uns nie gemeldet. Jetzt weißt du, was mit jenen passiert, die versuchen, El Pulpo diesen Ort abspenstig zu machen.«

Magnolia wich vom Fenster zurück und hatte plötzlich das Gefühl, sich übergeben zu müssen. Die Reise hierher mit der *Sea Wolf* war dazu gedacht gewesen, ihr Volk zu retten. Es sollte ein Neuanfang werden – ein Ort, an dem die Menschheit wieder aufleben und in Frieden existieren konnte, ohne die ständige Angst davor, auf eine verseuchte Erde abzustürzen.

Nur hatten sie beim Aufbruch zu den Metallinseln keine Ahnung vom Ausmaß und der wahren Natur des Bösen gehabt, das hier hauste. X vielleicht schon, aber Magnolia hatte nur mit ein paar Piratenschiffen gerechnet.

Mittlerweile kannte sie die Wahrheit.

Während sich die Menschheit am Himmel weiterentwickelt hatte, schien sie sich auf der Erdoberfläche in einen primitiveren Zustand zurückentwickelt zu haben. Hier regierte das Schwert über das Gesetz.

Hier wurden Gewalt und Schmerz verherrlicht und Meeresungeheuer von den Menschen angebetet.

Imulah rückte näher. »Magnolia, ich habe es dir schon viele Male gesagt, aber du hast nicht auf mich gehört. Deshalb dachte ich mir, ich bringe Rodger her, damit er dir Vernunft einredet. Dir läuft die Zeit dafür davon, zur rechten Gesinnung zu finden.«

»Die Zeit läuft immer davon«, erwiderte Magnolia. »Daran hab ich mich längst gewöhnt, und mit deinen Drohungen kannst du mir keine Angst einjagen, falls du's noch nicht gemerkt hast.«

Imulah hob eine Hand und ballte die Finger zur Faust, bevor er sie öffnete, als ließe er etwas zu Boden fallen. »Deine Zeit ist beinahe abgelaufen. Morgen Abend will El Pulpo mit dir in den Gärten speisen, und ich fürchte, er wird bald die Geduld mit deinem Starrsinn verlieren, statt davon fasziniert zu sein.«

Der alte Schriftgelehrte stellte sich zwischen Rodger und Magnolia.

»Bisher erfreut sich El Pulpo an deiner Gegenwart. Dir selbst und deinen Freunden zuliebe solltest du dafür sorgen, dass es so bleibt.« Er klopfte Rodger auf die Schulter und wandte sich zum Gehen. »Und vergiss nicht den Hund. Ich habe El Pulpo erwähnen gehört, wie köstlich er aussieht.«

Magnolia starrte auf den Rücken von Imulahs Kutte und verkniff sich, was ihr auf der Zunge lag. Bevor sie reagieren konnte, lehnte sich Rodger vor und umarmte sie.

Magnolia erwiderte die Geste nicht. Aber sie hörte, was er ihr ins Ohr flüsterte, als sich Imulah mit dem Rücken zu ihnen entfernte.

»Ich hab *nicht* aufgegeben, Mags, aber du musst so wie ich mitspielen, damit wir abhauen können, wenn sich die Chance bietet.«

Damit verschwand er. Die Tür schloss sich mit einem Klicken, das in dem größtenteils leeren Raum widerhallte. Mit wild hämmerndem Herzen ließ sich Magnolia aufs Bett plumpsen. Eine Träne kullerte ihr über die Wange.

Der Regen hatte zwar aufgehört, trotzdem war es im offenen Frachtraum der USS *Zion* nach wie vor rutschig.

Die Innenbeleuchtung schien auf einen gefallenen Hell Diver. Der Leichnam von Jed Snow lag eingehüllt in weiße Decken da, umwickelt von Ketten, die ihn hinab zu seiner letzten Ruhestätte ziehen würden, sobald sie ihn über die Reling schoben.

Das Schiff wogte leicht in der rauen See. Sie ankerten seit drei Tagen an derselben Stelle in Sichtweite einer anderen Insel. Im Gegensatz zu dem gebirgigen Ort, an dem Jed das Leben lassen musste, war diese Landmasse überwiegend flach. Und wenngleich es einige Pflanzen zu geben schien, bestand das Gelände offenbar größtenteils aus schwarzem Gestein. Es handelte sich offenbar um eine geologisch relativ junge Insel, geboren aus einem Meeresvulkan. An einem Ende leuchtete ein Lavastrom.

Katrina hatte das Schauspiel die vergangenen zwei Tage fasziniert verfolgt. Zum ersten Mal in ihrem Leben erlebte sie Mutter Natur in ihrer urgewaltigsten Form. Wenn sie nicht zu dem spektakulären Anblick hinüberschaute, dann plante sie für das Aufeinandertreffen bei den Metallinseln und brachte die Waffen in bestmögliche Einsatzverfassung.

In zwei Tagen würden sie vor ihrer neuen Heimat mit den Luftschiffen zusammentreffen. Zuerst jedoch mussten Michael, Les und Layla ihre Mission in Red Sphere erfüllen, und Katrina wurde allmählich unruhig, weil sie noch keine Neuigkeiten gehört hatte. Sie hob den Handgelenkscomputer, über den sie mit der Kommandozentrale der USS *Zion* verbunden bleiben und eingehende Übertragungen abhören konnte.

Bei ihrem letzten Gespräch mit Les waren er und die anderen gerade bei Red Sphere eingetroffen und bereiteten den Einsatz der EMP-Bombe vor. Es *musste* funktionieren. Das Warten und Hoffen hatte Katrina gründlich satt. Sie wollte endlich handeln.

Ihr Blick schwenkte zurück zum Grund dafür, warum sich die Hell Divers im Frachtraum aufhielten. Die weißen Laken, die Jed bedeckten, flatterten im Wind. Sie hatte mit dem Gedanken gespielt, seinen Leichnam auf die Insel zu bringen, um ihn zu beerdigen, aber obwohl klares Wetter herrschte und die Instrumente keine Strahlung anzeigten, erschien es ihr zu gefährlich. Sie wollte keinen weiteren Angriff irgendeiner mutierten Bestie riskieren.

Stattdessen hatten sie gemeinsam beschlossen, Jed ins Wasser zu verabschieden. Was sich eigentlich kaum von einer Bestattung am Himmel unterschied. Wenn an Bord der *Hive* jemand starb, wurde der Leichnam aus den Startröhren abgeworfen und zurück zur Erde geschickt, wo der Körper naturgemäß hätte sein sollen.

»Wir sind jetzt alle hier«, sagte Trey.

Katrina ließ den Blick über die anderen im Frachtraum versammelten Springer wandern. Trey, Sandy, Eevi, Alexander, Vish, Jaideep und Edgar stellten sich in dem geschlossenen Bereich näher zu ihr, geschützt vor Wind und Regen. Katrina legte Sandy die behandschuhte Hand auf die Schulter.

Der Teenager hatte während der Reise stark gelitten – immerhin war ihre eben erst erblühende Liebe von einer Anomalie der Evolution im Ödland zerstört worden. Katrina fürchtete, durch dieses Hybridmonster auf der Insel in Wirklichkeit gleich zwei Hell Divers verloren zu haben. Sie war nicht sicher, ob Sandy sonderlich nützlich sein würde, wenn sie die Metallinseln erreichten. Seit Jeds Tod hatte die junge Frau vorwiegend geschlafen.

»Ich bin in solchen Dingen nicht besonders gut«, gestand Katrina. »Trotzdem möchte ich ein paar Worte über Jed loswerden, bevor wir ihn verabschieden. Aber zuerst: Möchte sonst noch jemand etwas sagen?«

»Ich.« Sandy wischte sich eine Träne weg und trat näher zu den sterblichen Überresten.

»Als wir jünger waren, hab ich Jed nicht gut gekannt«, begann sie. »Er war in der Schule der Schüchterne. Ist immer für sich geblieben. Hat nach dem Unterricht seiner Mama geholfen und war so ziemlich bis zu ihrem letzten Atemzug an ihrer Seite. Ich hab ihn nie über seinen Vater reden gehört, der als Hell Diver nicht lang nach seiner Geburt gestorben ist.«

Sie holte tief Luft und blies den Atem aus. »Keine Ahnung, ob ihr das wisst, aber er hat mir was über Michael und Layla erzählt, als er sich freiwillig als Hell

Diver gemeldet hat. Eine Erinnerung aus seiner Kindheit.«

»Was für eine Erinnerung?«, fragte Katrina nach.

Sandy setzte ein verhaltenes Lächeln auf. »Er hat gesagt, sie sind im Handelsposten zu seiner Mama und ihm gekommen, als er ungefähr sechs oder so war, und sie haben ihm einen Keks geschenkt.«

Katrina grinste. »Klingt ganz nach Michael und Layla.«

Sandy wischte eine weitere Träne weg. »Jed hat das nie vergessen. Er hat gesagt, daraus hat er gelernt, wie man Menschen behandelt. Diese Freundlichkeit hat er in sein eigenes Leben übernommen, und mich hat er so behandelt wie damals seine Mutter. Er hat sich immer um uns beide gekümmert und dafür gesorgt, dass es uns gut gegangen ist. Hat uns den letzten Schluck Wasser oder den letzten Bissen Essen überlassen oder darauf geachtet, dass wir es gemütlich hatten. Ich glaub, dass ich dabei war, mich in ihn zu verlieben, ist mir eines Nachts klar geworden, als ich aufgewacht bin und er meine Füße zugedeckt hat.«

Katrina spürte, wie ihr selbst Tränen in die Augen traten. Mit den Erinnerungen an einen guten Menschen brodelten die unterdrückten Emotionen in ihr hoch. Von solchen Menschen gab es nicht mehr viele auf der Welt, deshalb schmerzte jeder einzelne Verlust umso mehr.

»Jed hat mir erzählt, dass er sich zwar wegen Michael und Layla freiwillig als Hell Diver gemeldet hat, aber auch deshalb, weil er mich immer gemocht hat und mich beschützen wollte«, fuhr Sandy fort. »Und jetzt ist er meinetwegen tot.«

»Es ist nicht deine Schuld«, widersprach Trey. »Er wäre nie auf der Insel gelandet, wenn ich nicht auf dem Deck unachtsam geworden wäre.«

»Es ist niemandes Schuld«, ergriff Katrina das Wort. »Wir sind wegen der Cazadores hier. Alles, was wir tun können, ist ihn zu rächen, wenn wir die Metallinseln erreichen.«

»Ich *werde* ihn rächen«, gelobte Sandy.

In ihrer Stimme schwang Zorn mit. Gut. Zorn konnte bei richtigem Umgang damit eine mächtige Antriebsfeder sein. Zumindest nutzte Katrina den eigenen Zorn so, und sie hatte jede Menge davon auf Lager.

»Er war ein guter Mann«, fügte Edgar hinzu. »Ramon und Jed sind früher immer Runden in der Startbucht gelaufen. Er hat gesagt, Jed war der Einzige, der ihn bei einem Sprint schlagen konnte.«

»Ich hab seine Mama gekannt«, steuerte Eevi bei. »Sie hat als Näherin gearbeitet. Höchstwahrscheinlich haben alle hier schon mal was getragen, das sie angefertigt hat.«

In der Ferne grollte Donner, Regen prasselte auf das Wetterdeck. Der Sturm kehrte zurück.

Sandy bückte sich zu dem Leichnam hinab und steckte eine handgeschriebene Botschaft zwischen die Laken. Dann legte sie die Hand auf Jeds Brust.

»Ruhe in Frieden«, murmelte sie.

Katrina nickte erst Alexander, dann Trey zu. Anschließend hoben sie Jed zu dritt an und trugen ihn zur Reling auf der Steuerbordseite. Der kalte Regen prasselte schräg auf sie ein, und Katrina zog das Kinn an die Brust, um das Gesicht zu schützen. Niemand von ihnen trug Körperpanzerung, und Katrina wünschte, sie hätte sich wenigstens einen Poncho übergeworfen.

Sandy folgte ihnen zur Reling und half dabei, Jed höher zu heben.

»Auf drei«, sagte Katrina.

Sie zählte, und bei drei hievten sie Jed über die Seite. Alle vier blickten hinab und beobachteten, wie das Meer den Körper verschlang. Blasen blubberten an die Wasseroberfläche, während der weiße Schemen zuerst zunehmend verschwommener wurde und letztlich verschwand.

»Leb wohl, Jed«, flüsterte Sandy.

Katrina legte ihr erneut die Hand auf die Schulter und führte sie von der Reling zurück in den Schutz des Frachtraums. Eevi drückte den Knopf zum Schließen der Luke, und alle Springer außer Trey gingen mit Sandy zum Niedergang, der zu den oberen Decks führte.

Trey wartete auf Katrina, als sich die Luke mit einem Klirren schloss.

»Captain, kann ich mit Ihnen reden?«, fragte er.

»Sicher, Trey. Was hast du auf dem Herzen?«

Er drehte sich um und vergewisserte sich, dass alle gegangen waren. Nach dem Verhallen der letzten Schritte sagte er: »Es tut mir leid, dass ich Sie im Stich gelassen habe, Captain. Jeds Tod geht auf meine Kappe, nicht auf die der Cazadores. Deshalb ersuche ich um Erlaubnis, mit einem Zodiac die Metallinseln auskundschaften zu dürfen, bevor wir uns dort mit den Luftschiffen treffen. Wir haben noch zwei Tage, bevor …«

»Nein«, unterbrach ihn Katrina. »Das ist zu gefährlich, und dein alter Herr würde mich glatt umbringen.«

Trey versteifte den Körper. Er ragte einen guten Kopf höher auf als Katrina. »Captain, eigentlich hatte ich gehofft, Sie würden mich bei dieser Aufklärungsmission begleiten.«

Sie wich ein wenig zurück, damit sie ihm in die Augen sehen konnte, um sich zu vergewissern, dass er es ernst meinte.

»Es wäre mir eine große Ehre«, fügte er hinzu.

Katrina hatte tatsächlich mit dem Gedanken gespielt, vor dem Eintreffen der Luftschiffe etwas Aufklärung zu betreiben, die Idee jedoch als zu riskant verworfen.

»Ich will die Cazadores überraschen, wenn wir auftauchen«, erklärte sie. »Bereits davor gesichtet zu werden, würde die Gesamtmission gefährden.«

»Ma'am, bei allem Respekt, glauben Sie nicht, dass El Pulpo längst damit *rechnet,* dass wir kommen? Er ist nicht dumm und hat X und Magnolia höchstwahrscheinlich verhört, oder? Er weiß mit Sicherheit, dass sie nicht völlig allein waren.«

Auch daran hatte Katrina schon gedacht.

Bevor sie etwas erwidern konnte, gab ihr Handgelenkscomputer einen Piepton von sich. Sie hob ihn in dem Moment an, als eine Durchsage über die Lautsprecheranlage ertönte.

»Captain, bitte sofort auf der Brücke melden«, sagte Eevi über den Funkkanal. »Ich hab etwas auf dem Radar, und es ist unterwegs hierher.«

Trey und Katrina sahen sich gegenseitig an. Und fragten sich vermutlich dasselbe: Hatten die Cazadores sie bereits gesichtet?

11

»Nimm das, und sei vorsichtig damit«, sagte Michael. Er hob die Waffe am gekrümmten Griff an und reichte sie Layla.

Sie tauschte das mit panzerbrechender Munition geladene AK-47 gegen das Lasergewehr aus und drückte ihr Helmvisier gegen das von Michael, bevor sie hinüber zur Leiter trat.

»Keine Sorge, ich pass auf sie auf«, versprach Les. Damit folgte er ihr die Metallsprossen hinauf.

Michael beobachtete die beiden von der Vorderseite des mittleren Bauwerks. Er stand an einer massiven, von einer gewaltigen Explosion verbogenen und verbeulten Stahltür. Die Betonmauern waren zu einem Schuttberg eingestürzt, der gleichsam eine chaotische Schürze für das Hauptgebäude bildete.

Regen wurde seitwärts durch das transparente Hologramm neben ihm geweht. Michael konnte die *Deliverance* weder sehen, noch konnte er das Rauschen der Mantelstromtriebwerke hören, aber das Luftschiff befand sich über ihnen, schwebte 600 Meter über Red Sphere, hielt sich bereit, um auf Zuruf herabzusinken.

»Laut diesen Plänen hat die Anlage nur drei Eingänge und drei Ausgänge«, sagte Timothy und deutete in Richtung der zertrümmerten Türen. »Das war einer davon.«

Michael erinnerte sich an den Schuss von der USS *Zion*, der ihm das Leben gerettet und anscheinend den Haupteingang nach Red Sphere zerstört hatte.

»Welchen Weg außer dem Dach gibt es noch?«, fragte er.

»Das würde ich lieber nicht sagen, Commander, weil der dritte Zugang hochgradig gefährlich ist. Aber wenn Sie es unbedingt wissen müssen, er befindet sich unter Wasser.«

»Tja, dann scheidet er wohl aus«, meinte Michael. Er wandte sich von der künstlichen Intelligenz ab und bückte sich, um den ersten Blick auf die Überreste eines der abtrünnigen Roboter zu werfen.

Die humanoide Maschine lag unter einem Berg von Geröll aus Beton und Stahl vergraben. Der »Schädel« war zerschmettert, auch die Hälfte der Brust und des Rumpfs war geplättet. Aber aus dem Haufen ragte ein unversehrter Arm, dessen Metallfinger sich dem Himmel entgegenstreckten.

Unter den Betonbrocken erspähte Michael unverhofft ein Lasergewehr.

»O Scheiße, ja!«, murmelte er und schlang sich das eigene Gewehr auf den Rücken. Er kniete sich hin und begann, die Laserwaffe freizulegen. Als er sein neues Gewehr schließlich in den Händen hatte, stand er auf und ging ein paar Schritte zurück, um besser aufs Dach zu sehen.

Mittlerweile waren Layla und Les beinahe oben angekommen, aber die Leiter war in übler Verfassung. Mehrere rostige Sprossen sahen nicht so aus, als könnten sie das Gewicht eines Menschen tragen, ohne zu brechen wie ein brennwertverstärktes Kräuterstäbchen.

»Sei vorsichtig, Layla«, warnte Michael über Funk. »Immer auf drei Berührungspunkte gleichzeitig achten.«

Sie schaute hinab. »Du hast ein Lasergewehr gefunden?«

»Ja. War unter Schutt vergraben, sieht aber funktionstauglich aus.« Ihm stockte der Atem, als Layla auf eine instabile Sprosse trat, die unter ihr nachgab. Les streckte einen langen Arm nach oben und packte ihr Fußgelenk.

»Alles gut«, beruhigte sie.

Die zwei Hell Divers blieben in Bewegung, und Michael blies den angehaltenen Atem aus, der die Innenseite seines Visiers beschlug. Als sich der Belag wieder lichtete, war Layla oben angekommen. Sie schwang die Beine über eine Brüstungsmauer und brachte das Lasergewehr in Anschlag.

Les folgte ihr, und die beiden Hell Divers verschwanden außer Sicht.

»Seht ihr was?«, fragte Michael über die Sprechverbindung.

Er hörte erst ein Knistern, dann eine Antwort von Layla. »Alles klar hier oben. Wir gehen jetzt zur Luke.«

Michael sah sich wieder um, suchte die Piers nach möglichem Feindkontakt ab. Das Schiff, auf dem Erin gestorben war, lag links vertäut. Weitere Trümmer übersäten den Pier. Erins Blut war längst vom Regen und vom Meer weggewaschen, das unablässig gegen die Ränder der Docks schwappte.

Michael blinzelte bei dem Anblick, als er an den Mut der jungen Springerin zurückdachte. An jenem Tag hatte Erin ihn gerettet, indem sie ihm Feuerschutz gegeben und ihr Leben für das seine aufgegeben hatte.

Während Michael wartend ausharrte, wurde ihm bewusst, wie glücklich er sich auch ohne einen Arm schätzen konnte. So viele Hell Divers waren im Verlauf der Jahre beim Versuch umgekommen, die Luftschiffe am Himmel zu halten, und ihm würde sich vielleicht die Chance erschließen, etwas zu sehen, das keiner von ihnen je zu Gesicht bekommen hatte: bewohnbares Land.

Er hob das neue Lasergewehr mit der linken Hand an, so kampfbereit, wie es ein einarmiger Hell Diver sein konnte. Nicht nur die Killerroboter sorgten für Anspannung. In den kalten, dunklen Tiefen der See lebten auch Meeresungeheuer.

Da er die Waffe nur einhändig halten konnte, spürte er ihr Gewicht ungewöhnlich deutlich. Innerhalb kürzester Zeit zitterte sein Arm. Aber es waren die Phantomschmerzen, die ihn letztlich dazu brachten, sich das Lasergewehr umzuhängen und den Stumpf unter dem Schulterschutz zu umklammern.

»Commander, geht es Ihnen gut?«, erkundigte sich Timothy.

Der Anfall war so schlimm, dass Michael nur mit einem Zähneknirschen antworten konnte.

»Wir haben die Luke offen«, meldete Layla über die Funkverbindung. »Ich werfe jetzt einen Blick rein, um zu sehen, ob der Eingang blockiert ist.«

»Layla …« Michael stöhnte. »Warte …«

»Stan?«, gab sie zurück. »Stan, ist da unten alles in Ordnung?«

Er schloss die Augen, als ihm ein Schweißtropfen über die Stirn lief.

»Lange, tiefe Atemzüge können helfen«, kam von Timothy.

Sag mir lieber was, das ich noch nicht weiß.

Dr. Huff hatte Michael über mehrere Schmerzbewältigungstechniken aufgeklärt. Dass die künstliche Intelligenz sie für ihn wiederholte, konnte er im Augenblick überhaupt nicht gebrauchen.

»Timothy, was ist da unten los?«, wollte Les wissen.

»Commander Everhart erleidet gerade einen Anfall von Phantomschmerzen und hat darum ersucht, dass Sie beide warten, bevor Sie hineingehen.«

»Verstanden«, erwiderte Les. »Wir warten.«

Als Michael die Lider öffnete, zuckten Blitze durch die wallende, dicke Wolkendecke im Westen. Mit dem blaustichigen Restlicht endeten die Schmerzen endlich.

»Tut mir leid«, entschuldigte er sich. »Layla, ich will, dass ihr die Drohne reinschickt, bevor ihr selbst reingeht. Okay?«

»Bin dir zwei Schritte voraus«, antwortete sie. »Ich übertrage die Bilder auf unsere Handgelenkscomputer.«

Michael hob das Display an, als die Verbindung hergestellt wurde. Körnige Bilder erschienen, als die ferngesteuerte Drohne surrend durch die Öffnung und eine weitere rostige Leiter entlang nach unten schwebte.

Das Licht des kleinen Flugroboters erfasste einen Betongang und Stufen. Weit kam es nicht, bevor es auf eine Sperre aus Schutt stieß.

»Verdammt«, fluchte Layla. »Siehst du das, Stan?«

»Ja.«

Michael stieß ebenfalls einen leisen Fluch aus und schwenkte zu Timothy herum. »Wo ist der andere Eingang?«

»Ich zeige es Ihnen«, erwiderte Timothy.

Layla und Les kamen die Leiter heruntergeklettert und gesellten sich wieder zu Michael und der künstlichen Intelligenz. Timothy holte mit einem durchscheinenden Arm zu einer Geste aus. Die Hell Divers reihten sich mit den Waffen im Anschlag hinter ihm ein und marschierten um das Hauptgebäude herum.

Wind und Regen beutelten sie, als sie sich den Weg hinaus auf einen der Piers bahnten, die sich von der zentralen Plattform nach außen erstreckten.

»Wohin gehen wir?«, fragte Layla.

Timothy bewegte sich am rostigen Rumpf eines Fischerboots vorbei. »Zum anderen Eingang – oder eigentlich eher Ausgang«, antwortete er und gestikulierte mit einer Hand.

Layla schaute zu Michael zurück, der nur mit den Schultern zuckte. Les hatte das Gewehr gezückt. Der Lauf wies nicht auf den Pier oder die Boote, sondern zum Wasser.

»Ich hab ein ungutes Gefühl«, gestand er über die Funkverbindung.

Timothys Hologramm hielt am Ende des Piers inne, schwebte über dem Rand. Wasser schwappte über die Seite und spritzte durch seine Beine.

»Unter jedem dieser Piers befindet sich eine Luke«, sagte Timothy. »Diese Luken waren als Notausgänge gedacht. Man hat sie nur als Fluchtwege konstruiert, nicht als Eingänge.«

»Aber vor ein paar Minuten hast du gesagt, es wäre ein Eingang«, warf Michael ein.

»*Diese* Luke ist auch einer.« Timothy blickte ins Wasser hinab. »Sie wurde in einem der Videos, die ich heruntergeladen habe, von Dr. Julio Diaz' Team benutzt. Sehen Sie auf Ihre Handgelenkscomputer, ich spiele es für Sie ab.«

Die Bilder erschienen auf dem Display. Sie zeigten, wie jemand durch einen Tunnel kroch.

Die Strahlen von Taschenlampen flackerten durch den schmalen Gang und erfassten die Füße und Beine einer anderen Gestalt weiter vorn. Ein zerfetzter Stiefel zog eine Blutspur hinter sich her. Als sich der Mann umdrehte, glich sein Gesicht einer Maske blanken Grauens. Trotz des über die Wangen verschmierten Blutes erkannte Michael auf Anhieb Dr. Julio Diaz, der einst die Labors in Red Sphere geleitet hatte.

»Beeilung«, sagte Julio in dem Video. »Wir sind fast da.«

»Sie sind drin«, erwiderte eine weibliche Stimme.

Die Person, die anscheinend das zittrige Video aufgenommen hatte, drehte sich um und schaute nach hinten. Ein orangefarbener Schimmer flackerte am Ende des Tunnels, und ein elektronisches Geheul ertönte.

Die Frau drehte sich wieder Julio zu, der vorn angehalten hatte. Er gab etwas an einem Tastenfeld an der Wand ein, dann beugte er sich über ein großes Drehrad mit Speichen. Der Wissenschaftler packte die Seiten und versuchte, die Luke zu öffnen.

»Dana, es klemmt«, klagte Julio. »Ich schaffe es nicht.«

Sie zwängte sich neben ihn, um ihm zu helfen. Die Kameraperspektive verlagerte sich, zeigte eine ruckelnde Ansicht des Bodens, der Decke und dann des Tunnels, in dem das orangefarbene Licht heller wurde. Und in dem Schimmer bewegte sich ein abtrünniger Roboter auf allen vieren vorwärts wie ein Hund. Die Hyperlegierung des Exoskeletts klirrte scheppernd.

»Beeilung!«, drängte Dana.

Ein Knirschen ertönte, und die Kameraperspektive schwenkte zurück zu Julio, dem es letztlich gelang, die Luke aufzubekommen.

»Du zuerst«, sagte er und wich beiseite.

Die Frau wollte sich gerade in Bewegung setzen, als ein Blitz an ihr vorbeischnellte und in die Decke einschlug. Splitter regneten herab. Ein weiterer Blitz, und Blut spritzte an die Wand.

Julio stieß einen gellenden Schrei aus. Die Kamera fiel zu Boden und landete in einem Winkel, der Michael einen perfekten Blick auf Dana lieferte – oder auf das, was von ihr übrig war. In dem weiblichen, nur am langen Haar erkennbaren Gesicht klaffte ein Loch mit brutzelnden Rändern, wo sich die Nase und die Augen befinden sollten.

»D-Dana«, stammelte Julio. »Dana, nein …« Er bekreuzigte sich und flüsterte etwas über Gott, bevor er durch die offene Luke hechtete. Wasser spritzte in den blutverschmierten Tunnel.

Das Scheppern von metallischen Gliedmaßen folgte. Gleich darauf erreichte die Maschine Dana, packte sie am Bein und zog sie weg von der Kamera, die unbeirrt weiterfilmte.

Auf den Displays wurden die Bilder von weißem Rauschen abgelöst. Die Springer schauten alle auf, ihre Visiere drehten sich einander zu.

»Das war die letzte Übertragung von Dr. Diaz überhaupt«, sagte Timothy. »Ich habe keine Ahnung, was aus ihm geworden ist, aber anscheinend ist es ihm gelungen, die Luke unmittelbar unter uns zu öffnen.«

Michael ging zum Rand des Wassers.

»Vorsicht, Commander«, warnte die künstliche Intelligenz. »Es lässt sich unmöglich abschätzen, was für Ungeheuer dort unten lauern könnten.«

»Kannst du nicht mit den Instrumenten an Bord der *Deliverance* einen Scan durchführen?«, fragte Layla.

»Kann ich schon, aber dafür müsste das Schiff tiefer herabsinken.«

Michael sah in den Himmel, dann nickte er der künstlichen Intelligenz zu. Die Mantelstromtriebwerke rauschten über ihnen, und die Schubdüsen zündeten. Violette Flammen zeichneten sich in den dunklen Wolken ab.

»Da kommt sie«, kommentierte Les.

Der Bauch des Luftschiffes und die Mantelstromtriebwerke brachen durch den unteren Rand der Wolkendecke.

»Untersuchung läuft«, verkündete Timothy.

Michael benutzte die Nachtsichtoptik, um im Wasser nach Flossen oder irgendeiner Bewegung entlang des Docks zu suchen, entdeckte jedoch nichts.

»Ich verzeichne nichts, das auf irgendwelche organischen Lebensformen oder darauf hinweist, dass die abtrünnigen Roboter wieder online sind«, meldete Timothy.

»Bist du sicher?«, hakte Layla nach.

»Zu 100 Prozent.«

»Das hab ich noch nie gehört«, murmelte Michael und trat erneut zum Rand des Wassers vor.

Les streckte die Hand aus, dann aber ließ er sie sinken.

»Ich geh als Erster«, kündigte Michael an. Er blickte ins dunkle Wasser hinab, aber bevor er hineinspringen konnte, trat Layla mit einem Seil vor ihn hin.

»Bist du irre, Stan?« Sie befestigte das Seil an einem Karabiner an ihrer Taille und begann, ihre Ausrüstung abzulegen. »Du kannst nicht einfach reinspringen, sonst sinkst du wie ein Stein.«

Er wich zurück. Natürlich hatte sie recht. Er würde sich noch umbringen, wenn er sich nicht konzentrierte. Die goldene Regel für Hell Divers lautete: Vorsicht und Geduld.

Als sich Layla aus einem Großteil ihrer Körperpanzerung geschält hatte, sammelte sie die Haare zu einem Zopf zusammen.

»Augen in alle Richtungen auf«, sagte Michael und ergriff das aufgerollte Seil. »Zieh, wenn du auf irgendwelche Probleme stößt, dann kommt sofort Hilfe.«

Layla lächelte, bevor sie ins Wasser sprang.

Rhino zeigte erst auf den Kerl mit dem Flammenwerfer, dann auf den mit der Minikanone. Sie standen mit dem Rücken an den Bug des Ruderboots gelehnt.

»Das sind Fuego und Whale«, stellte Rhino vor.

Fuegos Helm neigte sich, Whale klopfte sich mit den schlagringbewehrten Fingerknöcheln auf die gepanzerte Brust. Das Boot stieg über eine Welle auf und glitt auf der anderen Seite hinab. Die beiden monströsen Krieger schaukelten auf und ab.

X erwiderte nichts. Er zog seine Riemen durchs Wasser und achtete darauf, im Takt mit den drei anderen Ruderern zu bleiben.

»Luke, Ricardo und Wendig kennst du ja bereits«, sagte Rhino. Der Cazadores-Offizier stand in der Mitte des Boots, ging von einem Mann zum nächsten und blaffte etwas auf Spanisch.

»¡Más rápido, Barracudas!«

Und damit wusste X, wofür das Fischsymbol auf der Körperpanzerung der Männer stand.

»Das einzige Team, zu dem ich je gehören werde, ist Team Raptor«, murmelte X in sich hinein.

Die Männer legten sich angestrengter in die Riemen, erhöhten das Tempo. Am Heck befand sich zwar ein Motor, aber X vermutete, dass die Barracudas entweder Treibstoff sparten oder keinen Lärm verursachen wollten.

X saß am vierten Ruder und konnte nur mit Müh und Not mit den anderen mithalten. Wasser sickerte durch den mehrfach geflickten Holzrumpf herein und schwappte X bereits um die Fußgelenke.

»Schneller, Unsterblicher«, trieb Rhino ihn an.

X zog kräftiger, während er den Stiefel auf das größte Leck gestellt ließ.

Eine Welle klatschte gegen die Seite des Boots und ließ noch mehr Gischt hereinspritzen. Rhino forderte lauthals erneut mehr Tempo.

Er war nicht der Einzige. Eine ganze Armee von Cazadores in Booten stürmte die Strände dieser Küstenstadt der alten Welt. Alle brüllten aus voller Kehle, konnten es kaum erwarten, den ersten Abschuss für sich zu beanspruchen und sich einen weiteren Sirenenschädel an die Körperpanzerung zu hängen.

Merkwürdigerweise ließen sie die Gewehre über den Schultern und die Handfeuerwaffen in den Holstern. Sie rückten nur mit gezückten Speeren und Schwertern in Richtung der Stadt vor.

Entweder waren diese Kerle verrückt oder sie wollten Munition sparen, entschied X. Wahrscheinlich beides. Welcher geistig Gesunde würde schon hierherkommen, um die mutierten Menschen zu jagen? Und dann noch in diesem Gebiet. Ein Blick auf das HUD zeigte die Strahlung im roten Bereich an.

X hatte in seinen zehn Jahren auf der Erdoberfläche immer versucht, die Monster zu meiden. Wenn er auf sie gestoßen war, hatte das in der Regel bedeutet, dass er sich in der Nähe einer Anlage der Industrial Tech Corporation befand. Und natürlich gab es dort die wahre Beute.

Sein Leben lang hatten die apokalyptischen Anlagen ihn und alle anderen am Himmel mit ihren Vorräten versorgt.

Er fragte sich, ob die Plünderung einer ITC-Anlage einen weiteren Bestandteil dieser Mission darstellte. Oder waren sie wirklich nur hier, um Sirenen zu töten und zu fangen?

Egal – er würde es demnächst herausfinden.

Die Barracudas erreichten den Strand als Letzte. Fuego und Whale kletterten über den Bug des

Ruderboots und hielten Wache, während die anderen hinaus auf den Sand sprangen.

Wendig, Luke und Ricardo packten Seilgriffe an den Seiten des Gefährts, und X half ihnen, es zu ziehen.

Er folgte dem Team den Strand hinauf. Seine Stiefel sanken tief in den nassen Sand. Rhino übernahm die Spitze. Der Cazadores-Offizier trug nach wie vor den Schild auf dem Rücken und einen langen Speer mit einer Wellenschliffklinge an beiden Enden in einer Hand.

Schließlich blieb er stehen, während sich die anderen Barracudas hinter ihm sammelten. Dann zog er von seinem Einsatzgürtel einen schwarzen Klotz, der wie Seife aussah, und rieb damit die Speerspitzen ein. Nachdem er den Klotz wieder in seinem Beutel verstaut hatte, holte er ein Feuerzeug hervor und zündete die Spitzen an, erschuf Metallfackeln, die er erst einmal, dann noch einmal durch die Luft wirbelte.

Schließlich zog er seinen Schild vom Rücken und setzte sich mit dem Schild in einer Hand und dem flammenden Speer in der anderen in Bewegung. Wendig, Luke und Ricardo schwärmten mit ihren einfachen Speeren aus. X behielt den gekürzten Speer über die Schulter geschlungen und zog das Schwert aus der Scheide.

Zusammen rückten sie den Strand hinauf vor, weg vom Leuchtturm, der in der Ferne immer noch blinkte und die Sirenen anlockte wie der Schein einer Kerze die Motten. In der Vergangenheit hätte X seine Batterieeinheit herausgenommen, um eine Begegnung mit den mutierten Bestien zu vermeiden, aber nicht an diesem Tag. Er war mit einer kleinen Armee unterwegs, und er brauchte die Batterie zur Versorgung seines Anzugs und seiner Nachtsichtoptik.

In der grünstichigen Ansicht ließ er den Blick prüfend über die Reste einer weiteren postapokalyptischen Stadt wandern. Dieser Ort war vermutlich irgendwann ein Touristenziel gewesen, hatte Menschen mit sonnigen Stränden und Tiki-Bars geködert.

Nun glich die Umgebung nur einer weiteren Ödnis auf der Erdoberfläche. Der größte Turm, der irgendwann mindestens 30 Stockwerke besessen haben musste, war auf halber Höhe abgebrochen. Der obere Teil war gekippt und hatte zwei andere Gebäude zertrümmert. Schutt umgab die Kollisionszone.

Andere Bauwerke mit unversehrten Fassaden und Grundmauern sahen noch ziemlich genauso aus, wie sie vor rund 260 Jahren gewesen sein mussten. Aber von den Fahrzeugen der alten Welt, die rostend und mit verrotteten Reifen herumstanden, war kaum etwas übrig – die Fenster fehlten, innen enthielten sie nur noch Staub und ein Metallgerippe.

Mehrere Cazadores-Teams verstopften bereits die erste Straße auf dem Weg in die Stadt aus braunen und grauen Bauwerken. Ranken, die sich quer über die rissigen, bröckelnden Asphaltfahrbahnen erstreckten, versperrten ihnen den Weg. Der vorderste der Männer hackte für den Hauptkörper der Armee eine Schneise durch die Pflanzen.

Die Barracudas setzten den Weg den Strand hinauf fort. Eine durchhängende Bootsrampe verlief vom Sand zu einer schief stehenden Stützmauer aus Beton.

Die meisten Cazadores-Krieger hatten die Rampe benutzt, Rhino hingegen wählte eine andere Route. Er lief auf eine Steintreppe mit mehreren zertrümmerten Stufen und einem verbogenen Handlauf zu. Die Treppe führte einen Hang hinauf.

Oben ragten dicke Tropenbäume hoch empor. Die Brise wehte die roten Wedel der Bäume hin und her. Von etwas, das wie Bissspuren aussah, lief ein rotes Mus die Rinde herab.

Anscheinend fraßen die Sirenen praktisch alles, was sich bewegte. X sah weit und breit nicht mal eine Schabe. Als er die dichte Vegetation betrat, ertönte der erste Schuss. Rhino hob eine Faust. Die Barracudas hielten auf dem radioaktiv verseuchten Trampelpfad inne und schauten nach Osten.

Durch die erhöhte Lage hatten sie eine Aussicht auf die Stadt und die Armee, die durch die Straßen und um die eingestürzten Gebäude herum ausschwärmte. Es folgte ein weiterer Schuss, und eine Sirene stieg über das durchhängende Dach eines rechteckigen Kastenbaus auf. Von ihren Klauen baumelte ein Cazadores-Krieger. Der Mann wehrte sich im Griff des Monsters und feuerte mit einer Pistole auf die Kreatur.

Schließlich ließ sie ihn aus einer Höhe von ungefähr 60 Metern fallen. Er stürzte zurück auf die Erdoberfläche, wo seine Rüstung und seine Knochen weithin hörbar knirschten, als er auf dem Pflaster einer von Ranken überwucherten Straße aufschlug.

Das Geräusch rief bei X die schmerzliche Erinnerung an den Verlust seines besten Freundes und – Michaels Vater – wach, Aaron. Und wie schon bei früheren Gelegenheiten schossen die weiblichen Sirenen, die in den Gebäuden nisteten, daraus hervor und fielen über den Toten her, zerfetzten ihn in handliche Stücke, bevor sie mit Mahlzeiten für ihre Jungen davonhuschten.

Die vordersten Soldaten erreichten die Straße kurz danach und griffen mit ihren Speeren an, vergossen Sirenenblut auf den Asphalt. Einer der Cazadores schlachtete ein Weibchen ab und hievte den Körper in die Luft – die erste Trophäe.

»Und so beginnt es«, murmelte X.

Rhino ließ seinen flammenden Speer rotieren und brach die andere Seite des Hügels hinunter auf. »Der Rest der Barracudas glaubt nicht, dass du den Tag überleben wirst, Unsterblicher«, rief er, »aber ich gebe dir zumindest zwei Tage.«

Sein grölendes Lachen drang blechern aus seinem Atemgerät.

»Wie wär's mit zehn Jahren, Arschloch?«, brummelte X in sich hinein.

Die anderen Soldaten zogen an ihm vorbei. Wendig streckte die Hand aus und versetzte X einen so heftigen Stoß, dass er auf dem Boden landete.

»*Puto*«, spie ihm Wendig mit einem Blick über die Schulter entgegen.

X stemmte sich hoch und hob sein Schwert auf. Als er sich aufrichtete, sah er den blinkenden Leuchtturm, um den die Sirenen kreisten. Ihre riesigen Schwingen flatterten hörbar durch die Luft, während sie um das Gebäude flogen.

»*¡Vámonos!*«, brüllte Rhino. Ricardo, Fuego und Whale verschwanden die Nordseite des Hügels hinunter.

Wendig und Luke beschleunigten die Schritte, um zu ihnen aufzuschließen.

Auf den Straßen im Osten kämpfte die Armee der Cazadores gegen die Horden der Sirenen. Es dauerte nur wenige Minuten, bis die Zahl der Monster von wenigen Dutzenden zu Hunderten anschwoll und die Straßen mit Haut der Farbe von Leichen ausfüllte.

Die Bestien waren hier in den vergangenen zweieinhalb Jahrhunderten fleißig gewesen, hatten sich vermehrt und ihre Zahl beachtlich gesteigert. Sogar Kinder schlossen sich der Masse an, angestachelt von der Aussicht auf frisches Fleisch.

Als X hinter den anderen Männern herlief, wurde ihm plötzlich klar, dass die Barracudas nicht dieselbe Mission verfolgten wie der Rest der Armee. Die Krieger in der Stadt dienten als Ablenkung, befeuert von der Aussicht auf Trophäen, Ansehen und vielleicht sogar eine Frau. Sie hielten die Ungeheuer von Rhinos kleiner Einheit fern.

Die Mission der Barracudas hingegen sah völlig anders aus.

Aus Westen ertönte ein elektronisch klingendes Geheul. X riss das Schwert hoch, als drei der augenlosen Monster über den Nordhang angestürmt kamen und entlang der Kuppe auf Wendig und Luke zusteuerten.

Ein Ruf auf Spanisch wurde ausgestoßen, aber X war zu konzentriert darauf, sein Schwert zu werfen, um mitzubekommen, woher. Die Klinge schnellte an Wendig vorbei und schlug in die vorderste Sirene ein, schleuderte sie von den Beinen.

X zog den kurzen Speer von seiner Schulter und stürmte den zwei anderen Sirenen entgegen, die Luke über den Haufen rannten. Wendig ging gleich darauf zu Boden, weil er den heranrasenden, räuberischen Kreaturen nicht rechtzeitig ausweichen konnte.

Adrenalin durchströmte X beim Anblick einer weiteren Gruppe von Sirenen, die sich den Weg über steiniges Terrain zu seiner Linken bahnte. Lange, von ledriger, runzliger Haut überzogene Gliedmaßen preschten in vollem Lauf über den Boden. Drahtige Muskeln glänzten nass vor Wasser.

Sie waren aus dem Meer gekommen, griffen die Barracudas von der Seite an.

So viel zu Ablenkung und Ködern, dachte X.

Vielleicht waren die Cazadores doch keine so großartigen Jäger.

Er stieß den Speer durch den Bauch einer der Bestien, die auf Wendig kauerten. Als er die Waffe wieder herausriss, hatte sich an der wellengeschliffenen Klinge ein Strang Innereien verfangen. Die kreischende Kreatur umklammerte die Wunde, als Wendig sie von sich zu Boden stieß. Dann zog er seine Pistole und verrenkte sich, um auf die Bestie zu feuern, die nur wenig entfernt an Lukes Körperpanzerung krallte.

Staub stieg in dem Chaos um die Krieger herum auf, aber X erhaschte durch den Schleier einen flüchtigen Blick auf einen Speer mit voller Länge und schnappte ihn sich. Er schwenkte herum und sah sich einem Rudel von sechs Weibchen der Ungeheuer gegenüber. Einen Moment lang spielte er mit dem Gedanken, seine Cazadores-Gefährten sich selbst zu überlassen. Immerhin verkörperten sie ebenso sehr seinen Feind wie die Monster.

Aber wohin sollte er schon? Wenn er flüchtete und ihn die Cazadores wieder einfingen, würden sie ihn wegen Desertion hinrichten. Und der Gedanke, erneut allein in der Ödnis zu stranden, erfüllte ihn mit genug Grauen, um ihn stattdessen kämpfen zu lassen.

Ein widernatürliches Geheul ließ ihn zu einem riesigen männlichen Monster aufschauen, das vom Himmel aus angriff. Weitere Sirenen flogen von der Stadt weg zum Hügel, steuerten auf Rhino und die anderen Männer zu, die sich bereits auf der anderen Seite den Hang hinunterbewegten.

Auf der Kuppe machte sich X mit dem Speer an die Arbeit, stach und hieb um sich, zielte mit der scharfen Klinge auf die leichenhaft aussehende Haut der Sirenen. Blut strömte aus den Wunden, als er eine tödliche Verletzung nach der anderen verursachte.

Ein menschlicher Schrei drang zwischen den fremdartigen Schmerzenslauten hindurch, und X sah, wie sich Luke unter dem Gewicht einer weiteren Sirene hin und her wand. Die Bestie stach eine Kralle in sein Auge und drehte sie herum, während der Cazadores-Krieger unter Höllenqualen aufheulte.

Das Ungetüm zog die Kralle aus der blutenden Augenhöhle zurück. Wendig wirbelte herum und gab drei Schüsse ab, die saubere Löcher in den augenlosen Schädel der mutierten Kreatur schlugen.

Die Sirene sackte auf Lukes mittlerweile erschlafftem Körper zusammen.

X trat an Wendigs Seite, als der Krieger nachlud. Den Speer hielt er im Anschlag, bereit, mit der Waffe auf eine Gruppe Sirenen einzustechen, die sie beide umzingelte. Speichel troff aus weit aufgerissenen Mäulern. Die Monster legten die Köpfe schief, als studierten sie ihre Beute.

Dann setzten sie sich alle gleichzeitig in Bewegung, um die beiden Männer zu überrennen.

Plötzlich dröhnte eine Salve durch die Luft und schlug in drei der Ungetüme ein. Flammen überzogen ihre Haut und sie gingen heulend zu Boden, warfen sich hin und her.

X stieß den längeren Speer ins augenlose Gesicht einer vierten Bestie, die dem Feuer entgangen war. Die Klinge verfing sich in der Seite des Schädels, drang ins Hirn vor.

Das Gebrüll einer automatischen Waffe übertönte die elektronisch klingenden Schreie, und den zwei anderen Monstern wurden Gliedmaßen weggeschossen.

X riss die Klinge des Speers heraus und wich zurück, als Rhino, Fuego, Ricardo und Whale die Hügelkuppe überquerten. Die restlichen von der Seite angreifenden Sirenen beseitigten sie mühelos, dann wandten sie die Aufmerksamkeit den geflügelten Monstern zu.

Rhino stach seinen flammenden Speer in eine herabstoßende Bestie, die prompt Feuer fing. Er zog die Spitze wieder heraus und hackte mit dem nächsten Hieb eine Schwinge ab.

Lodernd warf sich die Kreatur hin und her.

Whale ließ die Minikanone von ihrem Tragegurt baumeln und zog die Axt von den Schlaufen an seinem Rucksack. Er ließ sie auf ein weiteres Ungetüm herabsausen und spaltete den Schädel des Monsters wie einen Holzklotz.

Lachend drehte er sich dem nächsten Gegner zu, schlug erst einen Arm, dann ein Bein ab, bevor er mit dem dritten Hieb den Brustraum öffnete. Er fasste nach unten, holte eine Handvoll Eingeweide heraus und streckte die triefenden Schlingen in die Luft.

Die anderen Männer jubelten, X jedoch starrte nur verblüfft hin. Einige Kadaver brannten noch. Das Fleisch brutzelte, während es förmlich von den Knochen schmolz.

Rhino stach ins Herz einer Sirene, die davonzukriechen versuchte, danach kniete er sich neben Luke. Er zwängte einen Finger in den Spalt zwischen Helm und Halspanzerung, tastete nach einem Puls. Schließlich richtete er sich auf und bedeutete den anderen, sich um ihn zu versammeln.

Sie senkten die Häupter, während Rhino einige Worte auf Spanisch sprach. Dann hämmerten sie sich auf die Brust und nahmen Luke seine Waffen ab. Whale warf eine Faustvoll Sirenengedärme vor X' Füße.

»*Cómelo*«, sagte er. »*Te pondrá pelo en los testículos.*«

Die anderen Männer lachten.

»Was hat er gesagt?«, wollte X von Rhino wissen.

»Er hat gesagt: ›Iss das. Davon wachsen dir Haare an den Eiern.‹«

»Du bist ein ernsthaft kranker Penner«, erwiderte X. Er nutzte die Atempause, während die anderen Soldaten ihre Waffen einsammelten, um sein HUD zu überprüfen. Sein Anzug war zwar nicht beschädigt, aber seine alten Verletzungen machten sich wieder bemerkbar und er spürte frisches Blut im Stiefel.

»Verrätst du mir jetzt vielleicht unsere wahre Mission?«, fragte er Rhino, der sich bereits von ihrem gefallenen Kameraden und dem von Blut und sonstigen Körperflüssigkeiten besudelten Boden entfernte.

»Siehst du noch früh genug«, gab Rhino zurück. »Jetzt bleib in Bewegung, dann verdienst du dir vielleicht einen Platz bei den Barracudas.«

Wendig ging an X vorbei. Diesmal stieß er X nicht zu Boden, sondern klopfte ihm auf die Schulter, bevor er hinter den anderen hereilte.

12

Magnolia saß mit den anderen Frauen in den Gärten. Die Plattform ragte vom Turm des Kapitols, bot eine Aussicht auf das Meer und reichlich Sonne.

Sie verschränkte die Arme vor der durchsichtigen Bluse. Noch nie in ihrem Leben hatte sie etwas so Verführerisches und durch und durch Albernes getragen. Ein labberiger Strohhut schützte ihre helle Haut vor der sengenden Nachmittagssonne, und sie achtete darauf, direkt unter dem Blätterdach eines Tamarindenbaums zu bleiben. Die anderen Frauen schlenderten umher. Einige ließen die Beine in den klaren Teich baumeln.

Blumen blühten um die Ränder des funkelnden Wassers. In dem Hain der Obstbäume unmittelbar dahinter pflückten Diener Apfelsinen in Weidenkörbe.

Mehrere Minuten lang sah ihnen Magnolia bei der Arbeit zu und fragte sich, wie ihr Leben auf den Metallinseln sein mochte. Jeden Morgen kamen sie von anderen Bohrinseln wie jenen, die Magnolia bei der Fahrt zum Hauptturm gesehen hatte, von wo El Pulpo über sein Reich herrschte.

Eins stand fest: Die Diener lebten nicht wie die Ehefrauen dieses einäugigen Mistkerls. Seine Gemahlinnen lebten nämlich wie Königinnen, fläzten sich auf Liegestühlen und tranken aus Kelchen die Beerengetränke, die man als Wein bezeichnete.

Ein Diener brachte ihnen süße Leckereien und Teller voll frischen Beeren. Er trat an Magnolia heran und bot auch ihr etwas an, doch sie griff sich nur ein Glas Wasser und dankte ihm mit einem Lächeln.

Abgesehen von den Soldaten, die in der Nähe Wache hielten, hätte es für einen Außenstehenden wie ein Urlaubsort in der alten Welt gewirkt, in dem Touristen ihre Ferien verbrachten, und der Diener hätte ein Angestellter eines Hotels sein können.

Nur war er das nicht: Er war ein Sklave.

Der Mann erwiderte Magnolias Lächeln zahnlos, bevor er zu Inge weiterging, die ihm gierig eine Handvoll Süßigkeiten entriss, ohne ein Wort oder eine Geste des Danks. Sofia nahm dankbar ein Glas Wein an. Außerdem griff sie sich ein Handtuch und tupfte sich die Stirn. Dann hob sie den Sonnenhut an und schaute zu Magnolia.

»An die Helligkeit gewöhnt man sich«, sagte sie. »Ich wurde in einem Bunker geboren und hab die Sonne überhaupt nie gesehen, bis ich hierhergebracht worden bin.«

Sie schnappte sich eine Flasche vom Tisch und warf sie Magnolia zu.

»Trag das auf. Es hilft, dich vor der Sonne zu schützen.«

Die anderen Frauen hatten sich bereits mit der Salbe eingeschmiert, oder was auch immer es sonst sein mochte. Magnolia lehnte ab, stellte die Flasche weg und blieb im Schatten.

Es fühlte sich wie ein Verrat an.

Warum sollte sie den Sonnenschein und ein kaltes Getränk genießen, während X irgendwo unterwegs war, um zu kämpfen, und Rodger und Miles in Ketten lagen?

Magnolia befand sich bloß deshalb in dieser Lage, weil der König der Cazadores sie wunderschön fand. An Bord der *Hive* hatte sie sich durch ihr Aussehen höchstens Ärger eingehandelt. Aber in dieser Gesellschaft schien das Äußere einer Frau mehr als alles andere zu zählen.

Sie trank einen Schluck Wasser und erhob sich vom Liegestuhl. Nur herumzulungern förderte Langeweile, und Langeweile brachte sie dazu, Dinge zu tun, die sie später vielleicht bereuen würde.

Sie zog sich den Sonnenhut tief ins Gesicht und ging zum Geländer, wo man eine Aussicht auf das Meer hatte. Eine der Frauen setzte sich auf und schleuderte ihr einen finsteren Blick zu, bleckte die scharfen Zähne wie ein wildes Tier, als Magnolia an ihr vorbeiging. Es handelte sich um Alicia, die älteste von El Pulpos Ehefrauen – die Frau, von der Magnolia vor einigen Abenden bei dem Bankett gepiesackt worden war.

Magnolia reagierte mit einem Lächeln und marschierte weiter in Richtung des Geländers. Graue Wolken, die Bäuche schwanger mit Regen, trieben über den Horizont. Zum ersten Mal seit ihrer Ankunft auf den Metallinseln hoffte Magnolia, sie würden die Sonne zumindest eine Zeit lang verhüllen.

Sie legte die Hände auf die Balustrade aus Stahlrohren und schaute zu den Docks hinunter. Dort befand sich eine Gruppe von Männern in Jacketts und dazu passenden Hosen, die beaufsichtigten, wie eine Ladung Kisten von mehreren Booten abgeladen wurde. Magnolia wusste immer noch nicht genau, was sie taten, aber sie schienen so etwas wie Beamte zu sein, die dabei halfen, eine komplexe Tauschwirtschaft zu verwalten, die auf Tabak und Wein als Währungen beruhte.

Magnolia lehnte sich an das Geländer zurück und schaute nach oben. Bunte Gemälde bedeckten die Außenmauern, die man an der uralten Ölbohrinsel errichtet hatte. Sie erwiesen sich als viel schöner und durchdachter als jene an Bord der *Hive.*

»Weißt du, das haben nicht sie gemacht«, sagte eine Stimme.

Sofia kam zum Geländer herüber, nippte an ihrem Wein und bot ihn dann Magnolia an, die entschied, ihn aus Höflichkeit anzunehmen. Nach einem schicklichen Schluck gab sie ihr den Kelch zurück.

»Wie meinst du das?«, hakte Magnolia nach.

»Das Einzige, was El Pulpo je in Auftrag gegeben hat, ist das da.« Sofia drehte den Kopf und schaute zu der über dem leeren Thron verschraubten Metallskulptur eines Oktopus.

Magnolia dachte sofort an Captain Jordan. Anscheinend hatten die menschlichen Monster die Eigenart, überall zur Macht aufzusteigen, sogar in einem Paradies wie diesem.

»Diese Gemälde stammen von den Leuten vor uns«, fügte Sofia hinzu und richtete den Blick aufs funkelnde Meer.

»Vor uns?«, fragte Magnolia.

»Es war nicht immer so wie jetzt«, flüsterte die jüngere Frau. »Friedlich waren diese Menschen nie, aber es war nicht so schlimm, bis El Pulpo die Macht an sich gerissen hat. Nachdem er von Geburt an in Gefangenschaft war, ist er durch die Ränge aufgestiegen und zum skrupellosesten, gefürchtetsten Krieger der Armee der Cazadores geworden.«

»Und weiter?«

»Um dorthin zu gelangen, wo er jetzt ist, hat er einen regelrechten Amoklauf gestartet, den General der Armee und alle ihm loyalen Offiziere umgebracht, bis es niemanden mehr gab, der es gewagt hat, ihn herauszufordern.«

Auch das erinnerte Magnolia an Captain Jordan.

Sofia spähte über die Schulter, als fürchtete sie, belauscht zu werden. Nachdem sie sich vergewissert hatte, dass die Wachen sie nicht hören konnten, fuhr sie fort: »Kaum hatte er die Kontrolle, hat er einen Feldzug unternommen, um verbliebene Bunkerbewohner und Überlebende auf der Erdoberfläche zu finden, die Reihen seiner Truppen aufzustocken und dieses Reich aufzubauen.«

»Wir haben immer nach Überlebenden gesucht, aber nie welche gefunden«, sagte Magnolia. Ich verstehe nicht, warum wir …«

»Es sind nicht viele übrig. Das hat auch El Pulpo erkannt, als er mit den Schiffen aufgebrochen ist und die Leuchttürme für den Versuch benutzt hat, Überlebende anzulocken. Seine Schiffe sind stattdessen überwiegend mit diesen entarteten Bestien beladen zurückgekommen.«

Magnolia schauderte beim Gedanken an die Sirenen in Florida. Sie konnte immer noch nicht fassen, dass diese Leute die Monster *aßen*. Andererseits hatten die Cazadores etliche Traditionen, die für sie wenig bis keinen Sinn ergaben.

»Deshalb hat sich El Pulpo dem Kannibalismus zugewandt«, erklärte Sofia und nippte an ihrem Wein. »Das war die einzige Möglichkeit, seine Armee zu ernähren. Mit dem, was wir anbauen, gibt es nicht genug Proteine, also hat er angefangen, seine Männer mit … anderen Menschen zu ernähren.«

Magnolia wollte nicht glauben, was sie da hörte, obwohl es sie nicht allzu sehr überraschte. An Bord der *Hive* hatte das Potenzial für Kannibalismus viele Jahre lang als große Sorge gegolten.

Sie drehte den Kopf und schaute den hohen Turm hinauf – eine willkommene Ablenkung von dem gruseligen Thema. Das Gemälde zeigte ein großes weißes Schiff mit Hunderten Fenstern und Balkonen. In den archivierten Zeitschriften aus der alten Welt wurden solche riesigen Fahrzeuge als Kreuzfahrtschiffe bezeichnet. Hatte eines davon die Apokalypse überlebt und war hierhergekommen?

»Wer war vor El Pulpo hier?«, fragte Magnolia.

»Die Menschen, die auf den Bohrinseln gearbeitet haben. Dann sind Boote gekommen, die vor der Verwüstung des Krieges geflohen sind. Ehrlich gesagt bin ich mir nicht ganz sicher. Ein Großteil der Geschichte ist im Verlauf der Jahre verloren gegangen.«

»Und du? Wo bist du geboren?«

Sofias Miene wurde traurig. »In einem ITC-Bunker an einem Ort namens Texas. Wir waren insgesamt 30, aber nur wenige von uns sind noch am Leben.«

»Tut mir leid.«

Sofia zuckte resigniert die Schultern.

»Dieses Leben ist zwar hart, aber immer noch besser als ein Dasein unter der Erde. Ich weiß ja nicht, wie es am Himmel war, aber ich könnte mir vorstellen, auch nicht so gut wie hier.« Sie ließ den Blick über das Deck wandern, als wollte sie den Gedanken nicht beenden.

»Dort oben war ich zumindest keine Sklavin, und du warst unter der Erde keine. Und ich vermute mal, du bist dort auch nicht geschlagen oder vergewaltigt worden.«

»Nein, aber wir hatten das hier nicht«, erwiderte Sofia. Sie hob das Glas an. »Das hilft, den Schmerz zu betäuben.«

Damit trank sie einen weiteren Schluck, schlenderte davon und ließ Magnolia zurück, die anfing, über die Vergangenheit und ihre Zukunft nachzudenken.

Katrina dankte ihren Schutzengeln. Die Cazadores hatten ihr mit Tarnkappentechnik ausgerüstetes Schiff nicht gesichtet. Sie hatte die USS *Zion* um die Nordseite der Insel herumgesteuert und in einer Bucht versteckt.

Sie stand im Ausguck und benutzte ein Fernglas mit Nachtsichtoptik, um die beiden Seefahrzeuge zu beobachten. Bei einem handelte es sich um ein langes Containerschiff, beim anderen um ein Fischerboot mit einem an der Seite aufgemalten Oktopus-Symbol. Somit bestand für Katrina kein Zweifel daran, dass sie es mit einem Bestandteil von El Pulpos Flotte zu tun hatte.

Trotz der warmen Luft spürte sie einen kalten Schauder auf dem Rücken. Noch nie zuvor hatte sie mit eigenen Augen einen anderen Menschen gesehen, der nicht an Bord der Luftschiffe lebte. Es waren die ersten Oberflächenbewohner, die sie zu Gesicht bekam. Doch statt den Wunsch zu verspüren, ihnen um den Hals zu fallen und ihnen Fragen zu stellen, konnte sie nur an eins denken: daran, sie zu töten.

Sie schwenkte das Fernglas auf das Fischerboot an der Steuerbordseite des größeren Schiffes. Die Segel waren eingeholt. Das Boot benutzte Motoren, um durch die kabbelige See zu pflügen. Auf dem Deck bewegten sich mehrere Leute, aber niemand schien eine Panzerung oder Waffen zu tragen. Es schien sich lediglich um Fischer zu handeln, die ein Netz aus dem Wasser einholten. Eine Erinnerung daran, dass nicht alle Cazadores Soldaten waren.

Aber sie sind alle Kannibalen.

»Was sehen Sie?«, fragte Trey.

»Zwei Cazadores-Schiffe«, antwortete Katrina und reichte das Fernglas zu ihm nach hinten. Alexander stand zu ihrer Linken und spähte mit zusammengekniffenen Augen in die Dunkelheit.

»Ich glaub nicht, dass sie uns gesichtet haben«, sagte Katrina. »Jedenfalls noch nicht. Ich bringe uns weiter hinter die Insel.«

»Aber das ist unsere Chance, Ma'am«, meinte Trey.

Alexander wischte sich einen Vorhang gewellter Strähnen aus dem Gesicht. »Unsere Chance wofür?«

»Die Schiffe zu kapern und unserer Flotte einzuverleiben«, antwortete Trey aufgeregt. »Denken Sie mal darüber nach, Captain. Wenn wir's schaffen, sie zu überwältigen, können wir uns mit ihrer Ausrüstung tarnen und die Cazadores völlig überraschen, sobald wir die Metallinseln erreichen.«

»Was, wenn sie Funkgeräte haben?«, gab Katrina zu bedenken. »Niemand von uns beherrscht ihre Sprache.«

Trey zuckte mit den Schultern. »Dann machen wir einfach auf stumm und antworten nicht auf ihre Übertragungen.«

Katrina lächelte über seinen Enthusiasmus. »Weißt du, wie du dich anhörst?«

Trey schüttelte den Kopf.

»Wie eine jüngere Ausgabe von mir.«

Trey grinste.

»Wir wissen nicht, wie viele Cazadores an Bord sind«, warf Alexander ein. »Sie könnten uns zahlenmäßig zehn zu eins überlegen sein – oder sogar mehr. Und wenn es uns zwar gelingt, sie gefangen zu nehmen, sie aber einen Notruf absetzen können, sind wir geliefert.«

Katrina nahm von Alexander das Fernglas entgegen und richtete es auf das größere Schiff. Mehrere Gestalten patrouillierten auf dem Deck, wo sich Container drei Stück hoch stapelten.

Katrina konnte nur raten, was sie enthalten mochten, doch sie hatte das Gefühl, die Beute würde sich lohnen. Mehrere bewaffnete und gepanzerte Wachleute patrouillierten über das Deck.

»Wie kann es sein, dass wir diese Schiffe früher nie gesichtet haben?«, flüsterte sie.

Die Antwort war einfach. Die *Hive* war noch nie zuvor so weit gekommen, und Funkübertragungen von der Erdoberfläche wären höchstwahrscheinlich ohnehin von den Gewitterstürmen blockiert gewesen. Es verschlug ihr den Atem, dass tatsächlich die ganze Zeit Menschen hier unten gelebt hatten. Sie wünschte nur, es wäre ein netterer Menschenschlag.

Sie suchte mit dem Fernglas weiter die Decks ab und zählte zehn Soldaten. Zwei weitere machte sie in einer Operationszentrale in einem verglasten Aufbau aus.

Ihr Team wäre eindeutig in der Unterzahl – aber Katrina hatte Waffen, um das auszugleichen, falls sie entschieden anzugreifen.

»Wir können sie überwältigen, Captain«, beharrte Trey.

Sie drehte sich dem Jungen zu und musterte ihn. War ihm eigentlich klar, was für Gewalt er damit vorschlug?

»Du hast noch nie einen Menschen getötet, Trey«, sagte sie. »Das ist nicht so einfach, wie du denkst, auch wenn dir der Hass die Seele verbrennt.«

»Bei allem Respekt, Captain, aber es heißt wir oder sie, und ich bin bereit, dafür zu sorgen, dass am Ende *wir* übrig bleiben.«

Alexander rieb sich die Stoppeln am Kinn. »Ich war die vergangenen zwei Jahrzehnte Vollstrecker bei der Miliz, und am gefährlichsten war es immer dann, wenn ich nicht wusste, womit ich es zu tun bekommen würde.« Er deutete auf die Schiffe. »Wir haben keinen Schimmer, was sich unter Deck befindet.«

»Er hat recht«, sagte Katrina. »Dort unten könnten sich hundert Soldaten aufhalten. Wir können die Boote nicht einfach entern und versuchen, sie alle auszuschalten.«

Seiner Miene nach verabschiedete sich Trey schweren Herzens von der Idee. Gleich darauf jedoch hellten sich seine Züge wieder auf. »Warum versenken wir dann nicht das ganze verfluchte Ding und bergen, was immer nicht untergeht? Je weniger Cazadores, desto besser.«

Bevor Katrina darauf reagieren konnte, rief Eevi von der Brücke: »Captain, zwei kleinere Fahrzeuge bewegen sich um die Südseite der Insel in unsere Richtung. Hab sie gerade auf dem Radar erfasst.«

»An die Waffen«, sagte Katrina zu Alexander. »Trey, komm mit. Alle anderen: Funkstille.«

Sie eilten den Niedergang hinunter zur Brücke, wo Sandy und Edgar an getrennten Stationen standen und Bildschirme voll Daten überwachten.

»Sind das wirklich Cazadores?«, fragte Sandy.

In ihrer Stimme schwang keine Angst mit, sondern etwas anderes, das Katrina gut kannte: Zorn.

»Ja. Macht euch alle gefechtsbereit. Nur für den Fall, dass sie uns sichten«, erwiderte Katrina. »Ich will, dass alle Körperpanzerung und ein Gewehr tragen.«

Sie griff sich vom Kapitänsstuhl ihren Helm, setzte ihn auf und schnürte ihn fest, dann schnappte sie sich das Lasergewehr und folgte Eevi hinaus aufs Wetterdeck.

Der Regen hatte aufgehört, aber es zuckten immer noch Blitze über den Horizont. Als sich Katrinas Nachtsichtoptik einschaltete, erkannte sie im Süden eine Bewegung. Zwei kleinere Fahrzeuge mit darauf sitzenden Fahrern rasten über das Wasser. Sie hatte solche kleinen Gefährte in Zeitschriften aus der alten Welt gesehen. Man nannte sie WaveRunners, und sie waren schnell und wendig.

Katrina rannte die Reling entlang zum Bug des Schiffes. Der geschlossene MK-65-Geschützturm und die zwei Maschinengewehre Kaliber 50 waren bereits auf die sich nähernden Wasserfahrzeuge gerichtet.

Katrina hob das Fernglas und schwenkte es erneut auf den Feind. Die Fahrer lagen tief über den WaveRunners, als sie die Halbinsel umrundeten. In wenigen Augenblicken würden sie die dunklen Umrisse der USS *Zion* in der Bucht erkennen, falls sie es nicht bereits hatten.

Mittlerweile konnte sie durch das Fernglas Einzelheiten der kleinen Fahrzeuge und der Fahrer ausmachen. Beide trugen volle Körperpanzerung und große Rucksäcke. An den WaveRunners hatten sie Waffen und sonstige Ausrüstung verzurrt.

Katrina ertappte sich dabei, die Luft anzuhalten, als sich die Kundschafter den Weg durch einen seichten Bereich bahnten, in dem scharfkantige Felsen wie Zähne aus der Dünung ragten. Es schien sich um geübte Fahrer zu handeln, denn sie bewältigten die Hindernisse, indem sie die Fahrzeuge elegant schwenkten und durch die Gefahrenzone steuerten.

Statt nach rechts in die Bucht abzubiegen, behielten sie die Richtung bei, beschleunigten von der Halbinsel weg und hinaus aufs offene Meer. Keiner der beiden Männer warf einen Blick zurück. Wenn sie keine Nachtsichtbrillen trugen, bestand durchaus die Möglichkeit, dass sie das mit Tarnkappentechnik ausgestattete Kriegsschiff in der Bucht nicht bemerkt hatten.

Katrina ließ das Fernglas sinken und entspannte sich eine Winzigkeit.

Ein Knistern drang aus der Funkanlage, und sie zuckte innerlich wegen des Verstoßes gegen die Funkstille zusammen.

»Captain, wir haben zwei weitere Kontakte im Norden«, meldete Eevi.

Katrina rannte zur Steuerbordseite des Schiffes und schaute aus der Bucht hinaus. Zwei weitere WaveRunners hatten sich der USS *Zion* von der Seite genähert, und diese Fahrer hatten den Kreuzer eindeutig gesichtet. Sie saßen auf ihren Fahrzeugen, schaukelten im Wasser und hatten Ferngläser an die Schutzbrillen gehoben.

Das Maschinengewehr rechts von Katrina schwenkte auf die beiden WaveRunners.

»Alexander, nicht schießen«, ordnete die Kapitänin über Funk an.

Die Fahrer der WaveRunners begannen zu wenden. Katrina setzte das Lasergewehr an der Schulter an und richtete das Visier auf sie. Bevor die WaveRunners beschleunigen konnten, drückte sie den Abzug. Ein Strahl schoss über das Wasser und schlug in das Heck des ersten Fahrzeugs ein.

Der Treffer hievte den Fahrer aus dem Sitz. Sein Körper stand in Flammen. Der zweite WaveRunner raste mit Vollgas über die Wellen davon.

Der Schuss hatte vermutlich ihre Position verraten, daher entschied Katrina, keinen weiteren kostbaren Strahl aus dem Lasergewehr zu vergeuden.

»Schalte ihn aus, Alexander«, befahl sie über Funk.

Sie trat einen Schritt zurück, als das 50er-Kaliber brüllend zum Leben erwachte und Messinghülsen auf das Deck ausspie. Der WaveRunner holperte über die Wellen und beschleunigte weiter, als der Fahrer zu entkommen versuchte. Er schwenkte nach links, dann mit einem Ruck nach rechts, bevor das kleine Gefährt in Flammen aufging.

»Gut geschossen«, lobte sie.

Rauch stieg von den zerstörten Wasserfahrzeugen auf. Katrina hob das Fernglas wieder an die Augen und hielt Ausschau nach den beiden ersten WaveRunners. Sie hatten den Kurs geändert und bereits zwei Drittel des Wegs zum Containerschiff zurückgelegt, das weiterkreuzte und eine lange Heckwelle zurückließ. Auch das Fischerboot schien die Fahrt nicht zu verlangsamen.

Vielleicht hatte man die Schüsse nicht gehört.

Katrina kehrte auf die Brücke zurück, wo der Großteil der Besatzung an den Stationen geblieben war. Sie überprüfte die Radaranzeige auf Anzeichen dafür, dass irgendwelche anderen Boote vom Containerschiff aus starteten. Anscheinend hatten sie noch mal Glück gehabt. Allerdings würden die Kannibalen-Krieger vermutlich umkehren, wenn sie letztlich bemerkten, dass zwei WaveRunners fehlten. Und wenn es so weit wäre, würden die Hell Divers bereit für sie sein.

13

Les starrte auf das dunkle Wasser. Es würde nicht sein erster Sprung ins Meer vor Red Sphere sein. Aber beim anderen Mal hatte er es getan, um Michael zu retten, und er verspürte wirklich, *wirklich* nicht den Wunsch, noch einmal in diese trübe Brühe zu tauchen.

Die meisten Hell Divers hatten in einem kleinen, außer Betrieb gesetzten Becken der Wasseraufbereitungsanlage an Bord der *Hive* schwimmen gelernt. Es gehörte mit zur Ausbildung, weil ein Springer bei manchen Missionen schwimmen können musste. Aber er selbst hatte nicht allzu viele Stunden im Wasser absolviert und war einer der schwächsten Schwimmer seiner Gruppe gewesen.

Layla hingegen schwamm hervorragend, und Les war froh, dass sie bei diesem Einsatz die Führung übernahm. Mit dem an ihrem Gürtel befestigten Seil konnten sie Layla zurück auf den Pier ziehen, nachdem sie festgestellt hatte, dass der von Dr. Julio Diaz zur Flucht aus Red Sphere benutzte Tunnel geflutet war.

Sie tauchte gerade von ihrem vierten Tauchgang auf, nachdem sie zehn Minuten im Meer verschwunden gewesen war. Diesmal hatte sie ihren Anzug und den Helm getragen, damit sie im Tunnel atmen konnte.

Zusammen zogen Les und Michael sie zurück an die Oberfläche. Es war harte Arbeit, vor allem für Michael, der nur mit einer Hand anpacken konnte. Aber nachdem sie eine Weile gezogen hatten, was sich wie das Einholen eines schweren Ankers anfühlte, durchbrach Laylas Helm endlich die kabbelige Wasseroberfläche.

Sie kletterte auf den Pier und saß eine Weile da, während alle drei nach Luft schnappten.

»Alles in Ordnung?«, fragte Michael schließlich.

Ein Nicken.

»Durch den Tunnel braucht man 29 Minuten zu einer Luke, die in die Anlage führt«, schilderte Layla. »Ich hab das zweite Seil als Leitlinie für uns fixiert.«

Beim Gedanken, durch den langen, schmalen Gang zu schwimmen, zog sich Les alles zusammen, auch wenn ein Seil zur Verfügung stehen würde, an dem er sich orientieren konnte. Trotzdem protestierte er nicht.

»Stan wird länger brauchen«, meinte sie. »Aber da wir im Helm eine Sauerstoffreserve für eine Stunde haben, sollte die Zeit locker reichen. Der schwierige Teil kommt, sobald man reingesprungen ist. Das ist der andere Grund, warum ich das Seil angebracht hab.«

»Ist das unser einziger Weg hinein, Timothy?«, fragte Michael.

Das Hologramm der künstlichen Intelligenz erschien flackernd neben ihnen. »Laut den Informationen, die ich den abgerufenen Aufzeichnungen entnehmen konnte, ist das der einzige Zugang in die Anlage.«

»Nehmen wir an, es gelingt uns, die abtrünnigen Roboter zu aktivieren«, sagte Layla. »Wie bekommen wir sie raus?«

»Sie funktionieren unter Wasser«, antwortete Timothy. »Man muss ihnen also nur sagen, wohin sie gehen sollen, und ihnen einen Weg für den Ausstieg geben, was jetzt kein Problem mehr sein sollte.«

Les schauderte bei dem Gedanken. Dieser Plan gefiel ihm von Minute zu Minute weniger. Bei Layla vergewisserte er sich: »Es gibt diesen Weg hinein also definitiv?«

»Ja.« Sie wischte über ihr nasses Visier. »Die Luke in die Anlage ist in der Tunneldecke, und sie ist offen. Ich bin aufgetaucht und hab eine Kammer gefunden. Darin ist eine offene Tür.«

»Okay«, ergriff Michael das Wort. »Hören wir auf herumzutrödeln und bringen wir es hinter uns.«

Les überprüfte für den Tauchgang noch einmal seine Ausrüstung. Fast alles war sicher verstaut, aber seine Neigung zu zwanghaftem Verhalten weckte in ihm dennoch Besorgnis über die Elektronik in dem trockenen Beutel. Kopfzerbrechen bereitete ihm vor allem sein zweiter Minicomputer, den er benutzt hatte, um sich in alte Anlagen wie diese zu hacken, und den sie demnächst brauchen würden, um die abtrünnigen Roboter umzuprogrammieren. Nachdem er sich vergewissert hatte, dass alles wasserdicht war, reihte er sich hinter Michael ein.

Les knotete in Abständen zu je sechs Metern von dem an Layla befestigten Ende zwei Schleifen in das Seil. An einer Schleife hängte er seinen Hüftkarabiner ein, an der anderen den von Michael.

Das entfernte Ende befand sich bereits im Wasser, an irgendetwas innerhalb der offenen Luke unten fixiert.

»Ist das Seil auch wirklich fest verzurrt?«, fragte Les.

»Darauf würde ich mein Leben verwetten«, antwortete Layla. »Sicherheitshalber schwimme trotzdem ich voraus. Sie helfen Michael, Lieutenant. Timothy, wir sehen uns, wenn wir drin sind, in Ordnung?«

»In Ordnung«, erwiderte die künstliche Intelligenz. »Und viel Glück.«

Damit löste sich seine Gestalt in der Dunkelheit auf.

»Tauchen wir«, sagte Michael.

Layla trat zum Rand des Piers vor und sprang ins Wasser. Michael folgte unmittelbar hinter ihr. Les zögerte, bis sich das lose Seil zwischen Michael und ihm straffte, dann murmelte er »Scheiß drauf« und sprang ebenfalls.

Er sank drei Meter, bevor er zu strampeln anfing. Angst erfasste ihn, als die Welt pechschwarz wurde. Seine Körperpanzerung, der Beutel und die Waffe über seiner Schulter zogen ihn nach unten. Mit Händen und Füßen kämpfte er sich zurück nach oben. Sobald er sich direkt unter Michael befand, ergriff er das fixierte Seil.

Nun musste er nur noch nach oben strampeln und sich durch die offene Luke ziehen. Layla hatte sie bereits passiert.

Während Les darauf wartete, an die Reihe zu kommen, blickte er zu den grauen Pfeilern hinab, die wie gewaltige Spinnenbeine anmuteten und den Pier stützten. Zwar konnte er nicht sehen, wo die Pfeiler im Grund vergraben waren, aber er konnte sich vorstellen, was dort unten hausen mochte. Vor seinem geistigen Auge sah er riesige Krabben, Tintenfische, Haie und leuchtende Meereskreaturen.

Eine flüchtige Bewegung, die an seinem Helm vorbeizog, ließ ihn zusammenzucken und das Seil fester umklammern, doch es handelte sich nur um eine große Luftblase, die aus seiner Weste entwichen war. In gewisser Weise erinnerte ihn dieser Einsatz an seinen ersten Absprung aus der *Hive.* Nur hatte man es beim freien Fall durch die Wolken nicht mit Monstern zu tun, die heranschwimmen und einem das Bein abbeißen oder einen am Stück verschlingen konnten.

Er strampelte kräftiger und zog sich auf Michael zu, der zu kämpfen hatte. Aus dem Tunnel streckte sich ein Arm. Layla packte Michaels linke Hand, und Les drückte gegen seinen Hintern, um ihn vorwärtszuschieben.

Layla zog ihn in den Tunnel, dann schwamm sie aus dem Weg, um den Platz für Les freizugeben. Manchmal hasste er es, so groß zu sein.

Als er sich durch die Luke zog, kribbelte es in seinen Beinen und Füßen vor Adrenalin. Den schwierigen Teil hatte er somit überstanden, und sein Herzschlag normalisierte sich allmählich.

Ein Rauschen drang aus den Lautsprechern in seinem Helm, und Michael meldete sich über Funk. »Helmlampen ein«, sagte er.

Les hob die Hand und kam der Aufforderung nach, dann richtete er das Licht zurück hinaus durch die offene Luke. Der Strahl drang vielleicht fünf Meter in die Tiefe vor. Darunter konnte alles Mögliche lauern.

Da er nichts sehen konnte, zog er sich in den gefluteten Tunnel zurück, in dem Michael und Layla kauerten. Die Springerin leuchtete mit der Lampe zum Ende des Seils, das sie am Drehrad der Luke festgeknotet hatte. Sie alle lösten die Karabiner von den Schleifen und setzten sich den Tunnel hinab in Bewegung.

In dem beengten Durchgang konnte man sich kaum rühren, und Les hatte das Gefühl, gegen eine Strömung ankämpfen zu müssen. Das Gewicht seiner Ausrüstung war auch nicht gerade hilfreich. Sein Gewehrlauf stieß gegen die Decke und schabte darüber, also versuchte er, möglichst tief geduckt zu bleiben und sich mit den Stiefeln von der zylindrischen Wand abzustoßen, um sich vorwärtszubewegen.

Das Licht seiner Helmlampe schwenkte über die Wände und hielt an einem langen Einschnitt inne, verursacht von einem Laserschuss, den einer der abtrünnigen Roboter vor über 250 Jahren abgefeuert hatte. Wo der zweite Schuss ein Loch in Danas Schädel geschnitten hatte, fehlte ein weiteres Stück von der Decke.

Die Erinnerung an die grausamen Bilder aus dem Video verursachte Les erneut Beklommenheit, doch er schüttelte das Gefühl ab und zog sich weiter durchs Wasser.

Sie waren erst seit zehn Minuten unterwegs, und schon spürte er das erste Brennen in den ermüdenden Muskeln.

Michael und Layla legten vor ihm eine Pause ein.

»Alles in Ordnung dahinten, Giraffe?«, ertönte Laylas Stimme knisternd.

»Ich …« Er atmete tief durch. »Alles gut.«

Im nächsten Tunnelabschnitt zeigten sich weitere Hinweise auf die abtrünnigen künstlichen Intelligenzen. Von Fingernägeln aus Hyperlegierung hinterlassene Kratzspuren überzogen den Boden. Les stieß auf etwas, das Michael und Layla übersehen haben mussten.

Er zog einen kleinen schwarzen Gegenstand aus der Ritze zwischen zwei Platten des Tunnelbodens und hielt ihn in den Strahl seiner Lampe. Was immer es sein mochte, viel war davon nicht übrig, doch ihn beschlich das Gefühl, dass es wahrscheinlich Julio oder Dana gehört hatte.

Er ließ das Artefakt fallen und schwamm weiter.

Die nächsten 15 Minuten rückten die drei Hell Divers ohne weitere Pause vor, bis sie die Luke in der Decke des Tunnels erreichten.

Über den Funkkanal drang knisternd eine weitere Übertragung. »Ich geh als Erster«, sagte Michael. Er kletterte durch die Öffnung in die Kammer darüber und zog das kurze Lasergewehr aus dem Holster.

Les folgte Layla in einen runden Raum mit einer Kuppeldecke. Ihre Lichter offenbarten Wände, die eine Art grünes und rotes Moos überzog. Les erinnerte sich daran, dasselbe an Bord eines der Schiffe an den Piers gesehen zu haben, wo sie auf den seltsamen Haufen aus Knochen und Maschinen gestoßen waren.

Er stellte den Rucksack ab und holte aus dem trockenen Beutel drei Magazine, die er in seine Weste stopfte.

Michael steuerte bereits auf den Ausgang zu. Die Stahltür lag auf dem Betonboden.

»Ich hole Timothy online«, kündigte Layla an. Sie kramte ein Tablet von der *Deliverance* hervor, durch das die künstliche Intelligenz mit ihnen unter die Wasseroberfläche reisen konnte. Nachdem sie einige

Male auf den Touchscreen getippt hatte, erschien Timothys Hologramm wie ein Geist.

Eine vierte Signalanzeige erschien auf den HUDs der Hell Divers, als die künstliche Intelligenz Gestalt annahm.

»Funktioniert alles ordnungsgemäß?«, fragte Layla ihn.

Timothy blinkte mehrmals, dann ließ er die Hände an die Seiten seines Jacketts sinken. »Ich bin zu 100 Prozent funktionstauglich und immer noch mit dem Luftschiff verbunden – was bemerkenswert ist, wenn ich mir die Feststellung gestatten darf.«

»Gut. Und hast du die Ebenen schon mit den Infrarotsensoren der *Deliverance* abgetastet?«, fragte Les.

»Ich arbeite daran, Lieutenant. Geben Sie mir eine Minute.« Die künstliche Intelligenz verschwand, beinahe so, als wäre Timothy eingeschnappt.

Michael deutete mit dem Helm zur Tür. »Gehen wir, Leute.«

»Findest du nicht, wir sollten warten?«, gab Layla zurück.

»Wir haben keine Zeit, und Timothy hat die Anlage ja schon einmal für sicher erklärt. Komm jetzt, lass uns loslegen.«

Layla nahm ihren Rucksack zur Hand und holte das Lasergewehr hervor. Das Team rückte in einen Flur vor, in dem sich Stromleitungen die Wände entlangschlängelten. Die Leitungen führten zu einer Reihe von Schaltkästen. Dahinter waren mehrere Brocken von der Decke abgefallen und auf dem Boden gelandet.

Mit dem Lasergewehr im Anschlag bahnte sich Michael den Weg durch die Trümmer. Die Strahlen der drei Helmlampen schwenkten hin und her über einen weiteren Schauplatz von Gewalt. Einschusslöcher übersäten die Wände wie Pockennarben, Glasscherben knirschten unter seinen Stiefelsohlen. Les erstarrte und biss bei dem Geräusch die Zähne zusammen. Die anderen zwei Hell Divers schauten zu ihm zurück.

»Vorsicht«, warnte Layla. »Hier ist noch mehr Geröll.«

Les überprüfte erneut sein HUD. Die Strahlung in Red Sphere war zu gering, um angezeigt zu werden, trotzdem wollte er nirgendwo hängen bleiben und sich einen Riss im Anzug oder einem Stiefel zuziehen. Er hob die Waffe wieder an und ging weiter zu einem querenden Korridor.

»Hier nach links«, wies Timothy an.

Michael bog um die Ecke. Sein Lasergewehr erfasste ein durchscheinendes Geflecht, das den Weg versperrte.

»Scheiße. Ich bin …« Mitten im Satz verstummte er und zappelte.

Layla zog das Messer aus ihrem Einsatzgürtel und schnitt durch etwas, das wie ein Spinnennetz aussah, in das Michael getreten war. Während er sich von den klebrigen Fäden befreite, hielten die anderen Ausschau nach der Kreatur, die das Netz gesponnen hatte.

»Ich verzeichne keinerlei Lebensformen«, verkündete Timothy.

»Also ist das Hunderte Jahre alt?« Michael hob die linke Hand. Die weiße Substanz bedeckte den Handschuh noch immer.

»Das bezweifle ich«, meinte Layla.

Michael wischte die Hand an der Mauer ab und setzte sich wieder in Bewegung. Layla schaute zu Les, zuckte mit den Schultern und folgte Michael.

Als sie das nächste Mal abbogen, gelangten sie in ein Treppenhaus. Durch Les' Verstand rasten bei jedem Schritt Fragen. Wie konnte eine Spinne hier so lange überlebt haben? Es sei denn, es gab ein Ökosystem, von dem sie nichts wussten.

Timothy verdichtete sich vor dem Team, schaute zwei Stufen unter Michael zu den Hell Divers hoch. »Commander, ich empfange von unten keinerlei elektrische Impulse, aber ich sehe etwas ziemlich Ungewöhnliches. Abgesehen von Ihren drei Wärmesignaturen erfasst die *Deliverance* jetzt eine schwächere Signatur drei Ebenen unter uns. Es handelt sich aber nicht um die Abgasstrahlen von einem Roboter.«

»Vielleicht ist das die Spinne«, sagte Michael.

»Zweifelhaft, Commander«, entgegnete Timothy. »Diese Signatur hat die Größe eines Menschen.«

Layla hielt auf der Treppe inne. »Vielleicht eine *echt große* Spinne?«

»Vielleicht«, räumte Timothy ein. »Oder es könnte eine falsche Anzeige sein, denn die Chancen, hier unten auf etwas Lebendiges zu stoßen, sind praktisch null.«

»Ich denke, wir müssen uns das ansehen«, fand Michael. »Einverstanden, Lieutenant?«

Les atmete tief durch. Ihm missfiel die Vorstellung zutiefst, nach einem mutierten Insekt der Größe eines Menschen zu suchen. Andererseits juckte es seine wissbegierige Seite herauszufinden, was diese ungewöhnliche Anzeige verursachte.

»Lieutenant?«, hakte Michael nach.

Statt einer Antwort ging Les an Michael und Layla vorbei.

»Diesmal übernehme ich die Spitze«, erklärte er schließlich.

In der Ferne tobte die Schlacht um die Küstenstadt. X und die Barracudas bewegten sich leise die Überreste eines dreigeschossigen Backsteingebäudes mit größtenteils unversehrtem Ziegelsteindach entlang.

Ein gepflasterter Weg verlief gewunden über einen Hof. Springbrunnen und umgekippte Skulpturen von Löwen und anderen Geschöpfen aus der alten Welt übersäten das Gelände.

Rhino hob eine Faust, dann bedeutete er dem Team, runterzugehen.

Zwei Sirenen schwebten über die Dächer und flatterten davon. Ihre augenlosen Gesichter tasteten den Boden mit Echolotung ab, oder was immer sonst sie benutzten, um ihre Beute zu jagen.

Das elektronisch klingende Geheul, das gleich darauf folgte, verriet X, dass ihre Gruppe bemerkt worden war. Rhino wurde anscheinend dasselbe klar, denn mit einem Handzeichen winkte er seine Truppe zu einem Backsteingebäude am Ostrand des Geländes.

Vom Dach, das einst aus Glas für ein Zimmergewächshaus bestanden hatte, waren nur einige wenige, scharfkantige Scherben an den Metallstreben übrig.

Nicht zum ersten Mal betrat X ein Gebäude, das ihn an den offenen Brustkorb eines prähistorischen Ungeheuers erinnerte. Die gekrümmten Metallknochen ragten hoch auf. Einige baumelten in der Mitte durchgebrochen herab – Dolche, die einen Menschen pfählen konnten.

Rhino wies die Mannschaft an, sich zu verteilen, weg von den zerbrochenen Fenstern, durch die man aus der Luft in das Gebäude sehen konnte. X nahm seine Batterieeinheit heraus und schaltete sie ab, damit die Bestien seine Energiesignatur nicht orten konnten.

Er blieb dicht an der Westwand, links eines Gangs, den Hunderte Übertöpfe aus Beton und Stein säumten. Die meisten waren gesprungen und zerbrochen.

Nur eine Pflanze hatte überlebt.

Ein blinkender orangefarbener Stängel stützte einen dornigen, knolligen Kopf aus geschlossenen Blütenblättern in einem Topf zwei Reihen weiter. X näherte sich vorsichtig, nutzte den Schein der Pflanze und die sporadischen Blitze draußen, um sich den Weg durch das zerstörte Gewächshaus zu bahnen. Er hatte auf der Erdoberfläche schon einmal solche Flora gesehen und wusste, dass man sich einen garstigen Biss einhandeln konnte, wenn man sich zu dicht heranwagte, einen Biss, bei dem einem ein Gift injiziert wurde, das für einen noch garstigeren Tod sorgte.

Rhino, Wendig und Whale bewegten sich durch die anderen Gänge, aber Fuego stapfte mit Ricardo mitten durch den Gang der zerbrochenen Töpfe, beide ahnungslos gegenüber der Gefahr. Als sie sich der Pflanze näherten, geriet der Stängel in Bewegung und verstärkte das Pulsieren des orangefarbenen Lichts.

Die Blütenblätter öffneten sich. Zum Vorschein kam ein runder Schlund mit Fängen der Länge eines Fingers. Von jedem troff eine violette Flüssigkeit. Die dornigen Blütenblätter schossen vor und hefteten sich an Fuegos linken Arm. Er stieß einen gedämpften Schrei der Überraschung aus, der in dem weitläufigen Raum widerhallte.

X zog das Schwert und hieb mit der Klinge auf den gestreckten Stängel, durchtrennte ihn. Grüne Flüssigkeit spritzte auf den Boden und auf Fuegos Körperpanzerung.

Ricardo lachte grölend. Der Laut dröhnte gackernd durch das verfallene Gewächshaus. Rhino hingegen fand an der Situation nichts unterhaltsam. Er eilte herbei, packte den dornigen Blütenkopf, der immer noch an Fuegos Panzerung haftete, und riss ihn davon ab.

X hätte vielleicht gelacht, hätte er nicht auf der anderen Seite des Raums eine aufblitzende Bewegung wahrgenommen. Plötzlich erhob sich ein Dutzend der grotesken Blumen auf dicken Stängeln.

Fuego zündete seinen Flammenwerfer und hüllte die mutierten Gewächse in einen Nebel aus Feuer, bevor Rhino ihn davon abhalten konnte. Die Pflanzen bebten, als die Flammen sie verzehrten. Es dauerte nur wenige Sekunden, bis die Stängel und Blütenblätter welkten und abstarben und sich die Töpfe mit Asche füllten.

»*¡Imbécil!*«, raunte Rhino knurrend. Er schaute himmelwärts zu einer Sirene, die in Richtung der Flammen herabstieß. Das an- und abschwellende, widernatürliche Kreischen entfernte sich über ihnen, als die Bestie beidrehte und davonflog, um ihre Gefährten zu verständigen.

X setzte die Batterieeinheit wieder ein, um auf sein HUD und die Nachtsichtoptik zugreifen zu können.

Dann fasste er über die Schulter, ergriff den kurzen Speer und wartete mit dem Schwert in einer Hand und dem Speer in der anderen.

Die Barracudas gingen in Gefechtsabständen in Position, als ein zweites elektronisch klingendes Geheul auf das erste reagierte.

Rhino zeigte mit dem Doppelkopfspeer zum Ausgang am anderen Ende des Gewächshauses.

Vorsichtig bahnten sich die Männer den Weg die Gänge hinab, die Helme gen Himmel gerichtet. Gegabelte Blitze zuckten durch die Wolken. In ihrem Gleißen schnellte ein Geschoss herab.

Mit angelegten Schwingen prallte die Sirene mit dem Metallgerippe der Decke zusammen, durchschlug es, als wären es morsche Zweige, und landete auf dem Boden, wo sie den Körper mit den Flügeln umhüllte und gegen einen Blumentopf in Whales Nähe krachte.

Nach wie vor eingerollt kullerte das Monster durch mehrere weitere Töpfe, zertrümmerte sie und pflügte durch die glimmenden Überreste der giftigen Pflanzen. Whale hechtete beiseite und ließ die Minikanone fallen, als er auf dem Boden aufschlug.

Sämtliche Barracudas rückten an, um ihm beim Erledigen der Bestie zu helfen. Doch wie sich herausstellte, handelte es sich lediglich um ein Ablenkungsmanöver. Als sich Whale mit der Axt in der Hand auf die Beine gemüht hatte, durchbrachen drei weitere schmutzig weiße Torpedos die Metallkonstruktion der Decke.

Ein Luftzug erfasste X, und er schaute auf, als sich ein Monster durch das entstandene Loch näherte, während es mit den Flügeln schlug, um den Abstieg zu bremsen. Der lange, dornige Schwanz peitschte hin und her, im teigigen, runzligen Gesicht öffnete sich das Maul und entfesselte ein lautes Geheul.

X schleuderte den Speer in den Bauch der Kreatur, dann rannte er in Deckung. Beton und Stein zersplitterten um ihn herum, als andere Ungetüme vor den ersten Schüssen Reißaus nahmen.

Rhino stach auf eine der Kreaturen ein und wich mit Wendig zu Whale zurück, der von einer riesigen Sirene zu Boden gedrückt wurde. Er drosch mit dem Schlagring auf das Monster ein, brach ihm den Kiefer und stieß es von sich.

Nach weniger als 30 Sekunden war das Team getrennt: X befand sich mit Ricardo und Fuego abgeschnitten auf einer Seite des Gewächshauses, Whale, Wendig und Rhino auf der anderen.

Eine weitere Sirene durchschlug das Dach, wirbelte suchend herum und bleckte bedrohlich die Zähne.

»Hinter dir!«, rief X.

Fuego richtete den Flammenwerfer auf eine Bestie, die ihm auf allen vieren entgegengestürmt kam. Sie rammte ihn in dem Moment, als er den Abzug drückte. Der Flammenstrahl schoss in X' Richtung, der gerade noch in Deckung hechten konnte.

Ein menschlicher Aufschrei folgte, und als sich X auf die Beine rappelte, stellte er fest, dass Ricardo in Flammen stand. Der Mann krachte gegen ein Regal aus Metall und brach auf den Boden zusammen, rollte sich schreiend hin und her, während seine Körperpanzerung schmolz und in seine Haut sickerte.

X rückte mit gezücktem Schwert gegen eine Kreatur vor, die auf allen vieren angestürmt kam. Er stützte sich mit dem linken Bein ab und stellte das rechte nach vorn, als wollte er zuschlagen. Stattdessen jedoch ließ er das Schwert mit einem Abwärtshieb mitten auf die Stirn der augenlosen Bestie herabsausen.

Rhino behielt recht, was die Waffe anging: Richtig geführt spaltete sie in der Tat sowohl Haut als auch Knochen.

Das Monster sackte schlaff zu Boden. X stemmte einen Stiefel gegen den Hals und zerrte die Klinge mit einem Ruck heraus. Aufspritzendes Blut traf sein Visier.

Er sparte sich die Mühe, es wegzuwischen. Dafür fehlte ihm die Zeit. Eine weitere Sirene legte die Flügel an und wieselte auf ihn zu.

Die Zeit schien sich zu verlangsamen, was X einen flüchtigen Moment verschaffte, um die Szene auf sich wirken zu lassen. Von Atemmasken gedämpfte grunzende Laute und Schreie vermischten sich mit an- und abschwellendem Geheul, das wie mehrere kleine Fliegeralarme klang, während die Cazadores gegen die mutierten Ausgeburten der Hölle kämpften.

Ein weiteres Kreischen holte X zurück in die Gegenwart, und er riss das Schwert hoch. Die Spitze fehlte, steckte anscheinend immer noch im Schädel der Sirene zu seinen Füßen.

Er wollte auf die Kreatur einstechen, die auf ihn zusprang, aber das abgebrochene Ende der Klinge verlangsamte die Sirene nur, als sie mit ihm zusammenstieß. Hart knallte X auf den Boden.

Das Sirenenmännchen wog mindestens 50 Kilo mehr als er. Der Griff des Schwerts prallte gegen die muskulöse Brust, nachdem sich das scharfkantige

Ende tief ins Fleisch gebohrt hatte. Wenn X nur die Hand um das Heft legen und es herumdrehen könnte, würde es ihm vielleicht gelingen, die Kreatur von sich zu stoßen, allerdings drückte das verdammte Ungetüm seine Arme an seinen Seiten nieder.

Ein Fuß klammerte sich um sein Fußgelenk, der andere um sein Knie. Die Schwingen spreizten sich, erhoben sich über den dornigen Rücken der Kreatur. Jeden Moment würden die ledrigen Flügel X umhüllen. Die Sirene lockerte den Griff um seine Hand für eine Sekunde. Das genügte ihm, um sich loszureißen, den Schwertgriff zu packen und ihn hin und her zu drehen.

Die Bestie brüllte vor Schmerz auf. X drosch ihr ins Gesicht, schlug ihr mehrere Zähne aus. Allerdings geriet das Ungetüm dadurch nur noch mehr in Raserei und versetzte seinem Helm mit dem Knochenkamm seines Schädels einen wuchtigen Kopfstoß. Bevor X einen weiteren Treffer landen konnte, packte es seinen freien Arm und hievte das volle Gewicht darauf.

Er wand sich unter dem schweren Ungetüm hin und her – ein nutzloser Versuch, mit dem er nur Energie vergeudete. X lag eingekeilt da wie eine Maus unter einer Katze und würde gleich zu einer Mahlzeit werden.

Das Gewicht der Sirene drückte seinen Helm zur Seite, zwang ihm einen anderen Blickwinkel des Raums auf.

Den restlichen Männern erging es kaum besser. Ricardos Körper lag glimmend einige Schritte entfernt. Auch Fuego war zu Boden gegangen. Zwei Sirenen nagten an der Panzerung seines Beins und Arms, während er verzweifelt versuchte, sich wieder aufzurichten.

Wendig und Rhino befanden sich außer Sicht. Nur Whale stand noch aufrecht. Er warf die Axt auf eine Bestie, verfehlte sie und packte das Ungetüm am Hals, als es ihn ansprang.

Der Hüne hielt die Kreatur mit der linken Hand in der Luft. Mit dem Schlagring an der gepanzerten rechten Faust drosch er das augenlose Gesicht zu Brei, bevor er den Kadaver zu Boden fallen ließ.

Eine unverhoffte Verringerung des Gewichts auf X verschaffte ihm die Gelegenheit, den Kopf der Kreatur auf sich zuzudrehen. Geifer tropfte auf ihn herab und vermischte sich mit dem Sirenenblut auf seinem Helmvisier. Durch die Schlieren beobachtete er voll Grauen, wie sich wurmartige Lippen teilten und ein Schlund voll nadelspitzen Zähnen zum Vorschein kam.

Das Monster stimmte Geheul an und senkte den Kopf auf X' Hals zu. Er riss den Helm nach oben und rammte ihn der Kreatur ins Gesicht. X rollte sich weg, hastete zu dem abgebrochenen, mittlerweile auf dem Boden liegenden Schwert, schnappte es sich und wollte wegrennen, um Abstand zwischen sich und die Kreatur zu bringen und zu Atem zu gelangen. Bevor er entkommen konnte, packten Klauen seinen Stiefel und brachten ihn wieder zu Fall.

Gepanzerte Stiefel stapften auf ihn zu, als ihn die Bestie rückwärtszog. Er fuchtelte mit dem Schwert und tastete mit der anderen Hand nach irgendeinem Halt, fand jedoch nur Scherben von den Pflanzentöpfen.

Plötzlich hörte er ein schmatzendes Knirschen, als Fleisch gepfählt wurde. Der Griff um seinen Stiefel löste sich. X rollte sich auf den Rücken und erblickte Rhino, der gerade seinen Speer aus dem Rumpf der Sirene zog.

»Ein weiterer Punkt für mich, Unsterblicher!«, rief er.

Eine andere Sirene sprang über einen Haufen zerbrochener Töpfe, bekam Wendigs Arm zu fassen, riss ihn herum und brach ihn. Der menschliche Schrei hallte gellend durch den Raum. Bevor die Ausgeburt der Hölle Wendig den Garaus machen konnte, stieß Rhino seinen Speer durch den hässlichen Schädel der Kreatur.

X nahm sich einen Moment Zeit für einen Blick auf sein HUD und betete, dass sich sein Anzug als unversehrt erweisen würde. Eine flüchtige Überprüfung ergab nach wie vor eine Integrität von 100 Prozent. Er wischte sich Blut und andere Flüssigkeiten vom Visier, bevor er sich wackelig auf die Beine mühte.

Whale half Wendig auf, während Fuego und Rhino Rücken an Rücken auf Sirenen einstachen, die ihre Verteidigung zu überwinden versuchten.

»Gib mir ’ne Waffe«, rief X.

Rhino stach auf eine weitere Sirene ein und streifte dabei ihren Hals. Die Bestie wich zurück und erhob sich in die Luft, wo Fuego sie in einen lodernden Meteor verwandelte.

Die beiden letzten Sirenen ergriffen jäh die Flucht, und Rhino hob die Faust, um seine Männer vom Schießen abzuhalten. Er setzte sich in Bewegung, um nach Ricardo zu sehen, aber es war offensichtlich, dass der Mann nie wieder aufstehen würde. Die Hälfte seines Helms war geschmolzen. Heißer Glibber lief blubbernd heraus.

X atmete tief durch, während die anderen Männer ihre Waffen einsammelten. Es blieb keine Zeit, sich auf die Brust zu klopfen oder Worte zum Gedenken an Ricardo zu sprechen, bevor die nächste Bedrohung ertönte.

Eine Vibration grollte durch den Boden und irgendwo außerhalb des Gebäudes ertönte kehliges Gebrüll. Das Geräusch hatte X in der Ödnis nur ein einziges Mal gehört – und er hatte gehofft, es nie wieder hören zu müssen. Ein Geräusch, bei dem er sofort gewusst hatte, dass er flüchten musste, ohne je den Verursacher gesehen zu haben.

Whale und Rhino redeten mit gedämpften Stimmen. Trotz der Atemgeräte und der Sprachbarriere entging X nicht die Angst in ihren tiefen Stimmen.

Erst da wurde ihm klar, dass die verbliebenen Sirenen nicht vor den Barracudas geflohen waren, sondern vor einem Feind einer völlig anderen Ordnung – dem wahren Spitzenprädator dieser Insel.

»Zeit zu sehen, weshalb wir hergekommen sind, Unsterblicher«, sagte Rhino. Er hob die Maschinenpistole auf, die Ricardo fallen gelassen hatte, und streckte sie X entgegen. Als X sie ergreifen wollte, hielt Rhino die Waffe weiter fest.

»Die wirst du für das brauchen, was bei dieser Jagd als Nächstes auf dem Programm steht. Aber lass mich nicht bereuen, sie dir gegeben zu haben. Kapiert?«

X nickte und nahm die Waffe an sich, als in der Ferne dasselbe tiefe Gebrüll erneut ertönte. Was immer diesen Laut verursachte, war ein Monster, wie es X noch nie zuvor gesehen hatte. Und ihn beschlich das Gefühl, er würde wesentlich mehr als eine Schusswaffe brauchen, um es zur Strecke zu bringen.

14

Die Sonne sank hinter den Horizont. Violette Schlieren mischten sich in den orangefarbenen Schein. Magnolia konnte den Rand der Barriere zwischen blauem Himmel und ewiger Dunkelheit nicht sehen. Aber sie konnte sich die schier endlosen Sturmwolken auf der anderen Seite vorstellen – und das Luftschiff, das sie immer als ihr Zuhause bezeichnet hatte.

Ein weiterer Tag war auf den Metallinseln vergangen, und die *Hive* und die *Deliverance* waren nach wie vor nicht aufgekreuzt, um Vernichtung auf El Pulpo und dessen Volk herabregnen zu lassen. Allmählich fing Magnolia an, sich zu fragen, ob Katrina überhaupt kommen würde. An diesem Abend jedoch beschäftigten dunklere Gedanken ihren Geist. Bestand die Möglichkeit, dass den beiden Luftschiffen etwas zugestoßen war? Hatten die Gewitterstürme sie zerstört? Oder waren sie durch Sabotage abgestürzt?

»Bereit?«, fragte Sofia. In der Hand hielt sie eine Make-up-Palette.

Magnolia wandte sich vom Fenster ab und kehrte zu dem Holztisch vor einem langen Spiegel zurück. Inge zog den Stuhl heraus und bedeutete Magnolia, sich zu setzen.

Sie betrachtete ihr nacktes Spiegelbild. Die blauen Flecke auf ihrer hellen Haut waren weiter verblasst, die tieferen Schnitte hatten sich in Narben verwandelt. El Pulpos jüngste Ehefrauen, Inge und Sofia, benutzten Make-up, um das Schlimmste abzudecken. Allerdings konnte die Schminke nicht die Rückstände aller Wunden verbergen, die sich im Lauf der Jahre als Hell Diver angesammelt hatten.

»Woher habt ihr das Zeug eigentlich?«, fragte Magnolia.

»Eine Frau auf einer der Bohrinseln stellt es her«, antwortete Sofia. »Aber frag mich nicht, wie oder woraus.«

Sie beugte sich näher und puderte Magnolias Nase, während Inge an ihrem Hals arbeitete.

»Ich hab gehört, Alicia soll an einen der Krieger verschenkt werden, die von der Jagd nach Hause kommen«, verriet Inge. »Du erinnerst dich vom Bankett an sie, oder?«

»Kein Wunder, dass sie ständig mit den Zähnen nach mir schnappt«, meinte Magnolia.

»Vor die Wahl gestellt würde ich lieber bei El Pulpo bleiben«, meinte Sofia. »Von einigen der jüngeren Krieger weiß man, dass sie ihre Ehefrauen für das geringste Vergehen umbringen.«

»Sie *töten* sie?«, entfuhr es Magnolia ungläubig. Sie verrenkte sich auf dem Stuhl.

»Mach die Augen zu, damit wir dich zu Ende herrichten können«, sagte Sofia.

»Bist du sicher, dass ihr nichts in Schwarz habt?«, fragte Magnolia. »Das hier ist echt nicht mein Stil.«

»Stil?«, hakte Inge nach.

Magnolia seufzte. »Egal, vergiss es.«

Als es an der Tür klopfte, öffnete Magnolia ein Auge. Imulah steckte den kahlen Kopf durch die Tür herein.

»Draußen bleiben!«, fauchte Magnolia und bedeckte mit den Armen die Brüste.

»Sie ist noch nicht ganz bereit«, sagte Inge.

Imulah zog sich zurück, ließ die Tür jedoch angelehnt. »Beeilt euch. Wir wollen den König nicht warten lassen.«

»Wir sind gleich fertig«, versprach Sofia. Sie ging hinüber zum Bett und begutachtete die zwei auf der Matratze bereitgelegten Kleider. Ein langes, grünes trägerloses und ein kurzes pfirsichfarbenes.

»Ich denke, das wird am besten aussehen«, verkündete Inge ihre Meinung über die zweite Option. Sofia ergriff das Kleid und reichte es Magnolia, die sich in das leichte, eng anliegende Ding zwängte. Sie zog die Träger hoch und drehte sich Inge zu, die ihr eine weiße Muschelkette und Ohrringe entgegenhielt. Sofia schnürte ihr zierliche Sandalen an die Füße, während Inge ihr half, den Schmuck anzulegen, bevor sie einen Schritt zurücktrat, um Magnolia zu mustern.

Die beiden Ehefrauen lächelten, als sie das Ergebnis ihrer Bemühungen bewunderten. Magnolia selbst hingegen hielt sich nicht einmal mit einem Blick in den Spiegel auf. Es interessierte sie nicht, wie sie aussah, sie wollte die Sache einfach nur hinter sich bringen.

»Danke«, sagte Magnolia auf dem Weg nach draußen. Imulah führte sie mit raschen Schritten durch die Gänge, hinaus in die Gärten und hinüber zur Fahrstuhlkabine, wo zwei Soldaten Wache hielten.

Sie öffneten das Tor, um Magnolia und den Schriftgelehrten einsteigen zu lassen. Der Käfig senkte sich klappernd zu den Docks hinunter.

In der Ferne entschwand der letzte Schimmer des Sonnenuntergangs. Imulah sah aufmerksam hin, als suchte er nach etwas.

»Ich halte immer Ausschau nach dem grünen Blitz«, verriet er.

Magnolia musterte seine Silhouette, als das Licht durch die Fahrstuhlkabine flackerte. Die Spitze seines grauen Bartes bewegte sich in der Brise. Schweiß lief ihm über die runzlige Stirn in Richtung der hellgrauen Augen. Unwillkürlich fragte sie sich, was diese Augen über die Jahre hinweg gesehen haben mochten.

»Was ist das für ein Blitz?«, fragte Magnolia nach einer Pause.

Imulah zeigte zum Horizont. »Man hat mir gesagt, dass manchmal, wenn die Sonne untergeht, ein ganz kurzer grüner Blitz zu sehen ist. Er tritt nur für den Bruchteil einer Sekunde auf, ist mit bloßem Auge kaum sichtbar. Ich halte immer danach Ausschau, habe ihn aber noch nie gesehen.«

Magnolia folgte der Richtung seines Fingers, doch eine Bewegung an einem der Fenster im Turm lenkte sie ab. Ein höchstens acht Jahre altes Mädchen, halb von einem Vorhang verborgen, beobachtete, wie der Fahrstuhl langsam vorbeifuhr.

»Ich bin mir nicht sicher, ob es ihn wirklich gibt«, fügte Imulah hinzu. »Aber falls ja, würde ich ihn eines Tages gern sehen.«

»Ich hätte nie gedacht, dass ich je einen *Sonnenuntergang* sehen würde«, sagte Magnolia.

Imulah drehte leicht den Kopf und lächelte. Allerdings verblasste das Lächeln schnell, und die Züge des Schriftgelehrten verfinsterten sich.

»Du darfst heute Abend nicht versagen, Magnolia. Ich fürchte, sonst könnte dein Besuch der Metallinseln auf höchst unangenehme Weise kurz ausfallen.«

Der Fahrstuhl sank weiter, und Magnolia wurde klar, dass sie für dieses Abendessen keine andere Ebene des Turms ansteuerten. Sie waren vielmehr unterwegs zu den Docks. Mehrere Soldaten und Arbeiter bereiteten unten ein langes, weißes Schnellboot vor. In der Umgebung lagen keine anderen Boote vertäut.

Wenige Minuten später gingen sie an Bord des Gefährts. Nur ein Arbeiter sprang ebenfalls auf das Deck, gefolgt von zwei Cazadores-Kriegern. Keiner der Männer trug eine Körperpanzerung, sehr wohl jedoch waren sie mit Automatikgewehren und Macheten bewaffnet. Über die Brust des Mannes rechts spannte sich überkreuzt ein Munitionsgurt, der eine lange, von seinem Nabel bis zu den Brustmuskeln verlaufende Narbe fast verdeckte. Tätowierungen prangten an seinen Armen, und er hatte einen perlenverzierten Kinnbart. Auch den anderen Soldaten schmückten Tätowierungen, und er hatte einen roten Irokesenschnitt.

Die beiden sahen aus, als wäre mit ihnen nicht zu spaßen. Magnolia war nicht sicher, ob sie es mit ihnen aufnehmen könnte, sollte sich eine Gelegenheit ergeben.

Imulah stieg an Bord und bedeutete ihr, auf einem der gepolsterten Sitze am Heck Platz zu nehmen. Die zwei Soldaten hockten sich mit den Waffen in den Armen zum Bug.

Bei dem Dockarbeiter handelte es sich um einen älteren Mann mit geschorenem Kopf. Er trug ein weißes Hemd, eine Muschelkette und hellbraune Shorts. Nachdem er das Boot gestartet hatte, drehte er sich zu Imulah um, der ihm zunickte.

Das Gefährt legte von den Docks ab und setzte sich über das Wasser in Bewegung. Am Horizont gingen auf einer Bohrinsel nach der anderen die Lichter an, eine jedoch blieb dunkel.

Zu Magnolias Überraschung schien es sich bei dem finsteren Gerüst um ihr Ziel zu handeln. Sie spannte den Körper an, als das Boot mit grollendem Motor über die Wellengipfel holperte. Beide Soldaten ließen die Blicke während der Fahrt auf Magnolia geheftet. Sie rang sich ein flüchtiges Grinsen für sie ab, obwohl sie sich an diesem Abend nicht besonders keck fühlte.

Auf den Decks der ersten Bohrinsel, die sie passierten, hingen Hunderte Planen und Zelte zwischen Baracken aus Metall und Holz gespannt. Auf jeder Ebene saßen Familien um Kessel und kochten über kleinen offenen Flammen. Magnolia stieg Grillgeruch in die Nase, wovon ihr beinahe übel wurde. Sie versuchte, nicht daran zu denken, was für Fleisch sie essen mochten.

Wie konnten sie nur? Sie hatten Ressourcen, um Make-up und Muschelketten anzufertigen. Warum also mussten sie Menschenfleisch essen? Wegen der kranken Wahnvorstellung, dass es sie stärker machte? Oder weil sie wirklich keine andere Wahl hatten?

Bei dem Gedanken kam es ihr beinahe hoch, und das Auf und Ab des Bootes war auch nicht gerade hilfreich.

Sie verschränkte die Arme vor der Brust, schloss die Augen und versuchte, ihren Geist mit positiven Gedanken zu füllen. Was sie im Augenblick brauchte, war Hoffnung – die Hoffnung, dass die Luftschiffe herabsinken und sie retten würden. Oder dass X zurückkommen und ihr bei der Flucht helfen würde.

Aber mit jeder verstreichenden Stunde schienen diese Szenarien unwahrscheinlicher zu werden.

Als sie die Augen wieder aufschlug, war sie nicht sicher, wie viel Zeit vergangen war. Sie drehte sich um und sah nach, welche Strecke sie inzwischen zurückgelegt hatten. Magnolia konnte kaum noch das Luftschiff auf der obersten Ebene des Kapitol-Turms erkennen.

»Fast da«, sagte Imulah. Magnolia konnte sich nicht entsinnen, die große, dunkle Konstruktion je zuvor gesehen zu haben. Auf den ersten Blick wirkte sie verlassen.

Man konnte keine Farmen, Schlachtereien oder Zeltstädte ausmachen – nur ein paar Funken und Lichter auf den Metallplattformen. Auf der obersten Ebene befanden sich Baumaschinen, darunter ein Kran.

Als sie näher hingelangten, stellte Magnolia fest, dass der Ort doch bevölkert war. Hunderte Gestalten arbeiteten auf den Ebenen. Funken von Schweißgeräten regneten herab und verloschen, bevor sie das Wasser erreichten.

Sie warf einen genaueren Blick hin. Waren das *Käfige?*

Zwei der Plattformen sahen aus, als würden sie in ein riesiges Gefängnis umgebaut. Sie stand auf und drehte sich um, als das Boot abdrehte und auf eine bunt zusammengewürfelte Armada von Wasserfahrzeugen zusteuerte, die mit eingeschalteten Scheinwerfern in der kabbeligen Dünung wogten. Lange Seile vertäuten sie mit den Pfeilern der zig Meter entfernten Bohrinsel.

Magnolia stützte sich ab, indem sie sich am Schandeck festhielt, als das Schnellboot die Fahrt verlangsamte und ihre Sandalen über das rutschige Deck schlitterten. Überrascht stellte sie fest, dass sich die *Sea Wolf* unter den Booten befand. Der Hauptmast war verschwunden, dafür hatte man am Heck drei große Motoren hinzugefügt.

»Wir sind da«, verkündete Imulah.

Das Schnellboot trieb neben Magnolias früheres Wasserfahrzeug, und Männer warfen ein Seil vom Deck herab. Der Pilot schaltete die Motoren ab und verzurrte die Kähne aneinander. Als das Seil gesichert war, gab Imulah mit einem Handzeichen zu verstehen, dass sich Magnolia an Bord der *Sea Wolf* begeben sollte.

Das Boot, auf das sie kletterte, erinnerte kaum noch an jenes, mit dem sie mit X und Miles in See gestochen war. Die Cazadores-Arbeiter hatten es nicht nur mit neuen Motoren ausgestattet, sie hatten es auch frisch lackiert. Und damit nicht genug. Das Bild des Wolfs war ebenfalls weg, ersetzt von der glänzenden Abbildung eines Kraken.

Auf einem Ohrensessel an einem mittschiffs aufgestellten Tisch saß El Pulpo. Miles kauerte neben ihm auf den Hinterbeinen. Die nach innen gerichteten Dornen seines Halsbands bohrten sich in sein Fell und seine Haut. Der Hund stimmte ein Winseln an, als er Magnolia erblickte, stand aber nicht auf, um sie zu begrüßen.

El Pulpo schon. Er breitete die muskulösen Arme zu einer Willkommensgeste aus.

»*¿Te gusta?*«, fragte er.

Am liebsten hätte Magnolia auf das Bild auf dem Deck gespuckt, besann sich jedoch eines Besseren. Der König kam auf sie zu, ergriff eine Strähne ihres kurzen Haars und bückte sich, um daran zu schnuppern. Dann küsste er Magnolia auf die Wange und führte sie zum Tisch, wo er einen Stuhl für sie hervorzog.

Imulah folgte ihnen und stellte sich mit hinter dem Rücken verschränkten Händen hin, während die zwei Soldaten mit den Gewehren vor den tätowierten Brustkörben in der Nähe der mit Stacheldraht umwickelten Reling in Position gingen.

Statt sich wieder zu setzen, drehte sich El Pulpo um und schaute zu der Bohrinsel. Er trug dasselbe offene Seidenhemd und die Halskette mit der Muschelpfeife wie beim Bankett. Panzerung bedeckte seine Unterarme und Schienbeine. In seiner Nase baumelte ein Goldring, und der Haarstreifen über der Oktopus-Tätowierung bildete einen aufgerichteten Kamm.

Er sprach ein paar Worte auf Spanisch mit Imulah, bevor er schließlich Magnolia gegenüber Platz nahm.

»Unser König weiß, wie schwierig diese Reise für dich gewesen ist«, sagte Imulah. »Er versteht, wie sehr du die Himmelsgötter liebst. Deshalb hat er entschieden, sie hier leben zu lassen, wenn sie kommen. Das ist eine große Ehre.«

Magnolia zog sich bei den Worten alles zusammen. *Eine Ehre?*

»Dein Freund Rodger hat sich mit seinem Schicksal bereits abgefunden. Er hat freiwillig angeboten, sein Können als Holzarbeiter einzubringen und beim Bau neuer Eigenheime für dein Volk zu helfen – in dem Turm, den der Unsterbliche zerstören wollte.«

»Was?«, stieß Magnolia erstickt hervor. Sie verließ ihren Stuhl und trat an die Reling, um zu den Bauarbeitermannschaften auf der Ölbohrinsel zu schauen. Sie brauchte nicht lange, um Rodgers hagere Gestalt und sein bärtiges Gesicht unter den anderen, muskelbepackten Männern auszumachen. Er drehte den Kopf in die Richtung des Bootes, als ein Cazadores-Soldat eine Peitsche über seinen Rücken schnalzte.

»Nein«, flüsterte sie. »Nein, das kann nicht wahr sein …«

Imulah gesellte sich an der Reling zu ihr. »Sei froh, dass El Pulpo beschlossen hat, deine Leute hierbleiben zu lassen, wenn sie kommen«, meinte er. »Du kannst sicherstellen, dass sie nicht sterben, indem du ihn heiratest. Ich finde, das ist ein sehr großzügiges Angebot, wenn man bedenkt, was dein Volk bereits getan hat, um die Oktopus-Lords zu beleidigen. Sie ihr Leben hier verbringen zu lassen, ist ein Geschenk.«

Er deutete mit dem bärtigen Kinn zur Bohrinsel.

»In Ketten?«, entgegnete Magnolia mit einem Schnauben. »Ich soll mich ihm hingeben, damit meine Leute in einem *Gefängnis* leben dürfen?«

»Das ist besser als der Tod. Glaub mir. Ich weiß es.«

Magnolia drehte sich dem alten Schriftgelehrten zu und bleckte die Zähne. Sie hatte sein geheucheltes Mitgefühl genauso satt wie seine Worte. Der Mann war genauso schlimm wie sein König.

Eine Träne kullerte ihr über die Wange. Magnolia wischte sie weg. Dann schaute sie zum Tisch, wo man zwei abgedeckte Teller serviert hatte. Allerdings interessierte sie sich nicht für das Essen. Sie hielt vielmehr Ausschau nach einem Messer, einer Gabel oder auch nur einem Löffel, um El Pulpo das verbliebene Auge aus dem Schädel zu holen.

Imulah folgte ihrem Blick, lächelte und bedeutete ihr, sich zu setzen.

»Wähle klug«, riet ihr Imulah murmelnd.

Magnolia ließ sich ihre Möglichkeiten durch den Kopf gehen. An Ort und Stelle sterben oder den Oktopus-König heiraten, ihm ihren Körper hingeben, während Rodger und die anderen Sklaven ein Gefängnis für ihre Leute bauten, in dem sie den Rest ihres Lebens verbringen würden.

Ihr Mut sank, als ihr ein Wunsch durch den Kopf ging, den sie nie für möglich gehalten hätte: Sie wünschte, die Luftschiffe würden wegbleiben und ihre Freunde würden ihr Dasein weiter am Himmel fristen.

Wie von Katrina vermutet verlangsamte das Containerschiff der Cazadores die Fahrt, und das Fischerboot wendete, um nach den fehlenden WaveRunner-Kundschaftern zu suchen. Katrina hatte die Kähne vom Ausguck der USS *Zion* beobachtet, während sie einen Plan für einen Angriff auf die beiden Fahrzeuge geschmiedet hatte – einen Plan, für den sie sehr nahe ranmussten. Zum Glück verschaffte ihnen der lange, träge Wendekreis des feindlichen Schiffes etwas Zeit.

Sie lud eine EMP-Granate in den unten an ihrem Gewehr montierten Granatwerfer. Das erste Ziel bestand darin, die Elektronik des Feindes außer Gefecht zu setzen, damit keine Übertragungen an die Metallinseln abgesetzt werden konnten. Allerdings musste sie dafür zumindest in Rufweite gelangen, was bedeutete, dass sie die relative Sicherheit der USS *Zion* verlassen musste.

Bisher hatte Eevi auf keinem Funkkanal etwas entdeckt. Sie waren nicht mal sicher, ob die Cazadores überhaupt Funk benutzten, aber Katrina wollte kein Risiko eingehen.

»Grillt das nicht auch unsere Systeme?«, fragte Trey, als sie sich darauf vorbereiteten, in das Zodiac zu steigen.

»Die USS *Zion* ist EMP-resistent«, antwortete sie. »Aber das Zodiac nicht. Deshalb haben wir *die hier*.«

Trey blickte auf die drei Paddel am Boden des Bootes, grinste und setzte den Helm auf. Dann legte er ein Magazin in sein Gewehr ein und schlang es sich über den Rücken. Alexander ließ die Strickleiter zum Zodiac hinab.

Wenige Minuten später ging das Einsatzteam an Bord des Schlauchboots und raste vom Tarnkappen-Kriegsschiff weg, überließ es Eevi, Sandy, Edgar und den Abhaya-Brüdern.

Der Plan war einfach: das Containerschiff und Fischerboot der Cazadores in die Bucht locken, wo die USS *Zion* wartete. Katrina würde die feindlichen Fahrzeuge mit dem Zodiac von der Seite angreifen und die

EMP-Granaten verwenden, um ihre Elektronik außer Gefecht zu setzen.

Alexander drehte den Gasgriff, und das Zodiac beschleunigte. Sie fuhren um die Nordseite der Insel und dadurch schräg zu den Wellen, was bewirkte, dass sie seitwärts darüber hinwegschaukelten statt frontal. Das Cazadores-Schiff näherte sich aus Süden.

Katrina hielt das Gewehr schussbereit, während sie die Nordküste passierten. Ein leuchtender Lavastrom ergoss sich vor ihnen ins Meer und ließ eine Dampfwolke aus dem Wasser aufsteigen.

»Weitläufig umfahren«, befahl Katrina.

Alexander passte die Richtung an, beschrieb einen weiten Bogen um das Spektakel. Kaum hatten sie den Lavastrom hinter sich gelassen, beschleunigte er wieder und lenkte sie näher zum östlichen Ufer, das aus Vulkangestein bestand.

Katrina holte ihr Nachtsichtfernglas hervor. Das Cazadores-Schiff hatte seine 180-Grad-Wende beinahe abgeschlossen. Knapp einen Kilometer vor der Südspitze der Halbinsel hielt es zusammen mit dem Fischerboot an.

»Langsam«, sagte Katrina.

Alexander nahm die Hand vom Gashebel, und sie trieben nur noch, wogten hin und her, während Katrina das Schiff und das Fischerboot beobachtete. Es gab nur einen Grund, warum sie angehalten haben konnten: Sie hatten die USS *Zion* gesichtet.

Wie von Katrina geplant ließen die Kräne des Containerschiffes etliche kleinere Boote und WaveRunners über die Seite zu Wasser. Mindestens 50 Cazadores-Soldaten warteten darauf, Strickleitern hinunterzuklettern und an Bord der Fahrzeuge zu gehen.

»O Scheiße«, entfuhr es Katrina leise, als sie mehrere Soldaten mit Raketenwerfern auf den Schultern sichtete. Die USS *Zion* besaß zwar eine dicke, aber keineswegs undurchdringliche Panzerung. Sie war nicht sicher, wie viele direkte Treffer der Kreuzer wegstecken könnte.

Egal, so weit lassen wir es gar nicht erst kommen …

Katrina ersparte es sich, eine Leitung zu Eevi zu öffnen, denn Eevi sah dasselbe wie sie, was bedeutete, dass die Maschinengewehre auf dem Deck der *Zion* gerade auf die feindlichen Boote schwenkten.

»Fahren wir«, sagte sie zu Alexander. Als er zögerte, hob sie die Stimme. »Drück drauf!«

Das Zodiac brauste über die raue See los, blieb zwecks Tarnung dicht am Ufer. Katrina hob sich das mit der EMP-Granate geladene Gewehr an die Schulter. Sie würde nur drei Versuche bekommen.

Mittlerweile stiegen die Cazadores-Soldaten zu den Booten hinunter. Ein paar WaveRunners fuhren bereits los. Falls die Fahrer Nachtsichtbrillen trugen, würden sie nicht lange brauchen, um die Bewegung des Zodiacs vor dem dunklen Hintergrund der Insel auszumachen. Auch die Helligkeit eines ungelegenen Blitzes könnte sie verraten.

Plötzlich fühlte sich Katrina völlig schutzlos, als sie die Inselspitze umrundeten und hinaus aufs offene Wasser rasten.

Trey kam mit dem Lasergewehr zu ihr nach vorn in den Bug.

»Wir dürfen sie nicht nah an die *Zion* ranlassen«, sagte er.

»Dafür werden sie schon rudern oder schwimmen müssen«, gab Katrina zurück. Damit drückte sie den Abzug, und die erste EMP-Granate flog davon, segelte über das Containerschiff hinweg und landete auf der anderen Seite im Wasser. Mit einem gebrummten Fluch lud sie eine weitere Granate.

Die Hälfte der Boote hatte bereits abgelegt und steuerte auf die Bucht zu, wo die USS *Zion* wartete.

»Sucht euch die Ziele vorsichtig aus«, sagte Katrina zu Alexander und Trey.

Die kleine Flotte der WaveRunners und Boote schwärmte aus. Mittlerweile hatten sich fast alle vom Mutterschiff entfernt. Sie hatten die *Zion* definitiv gesichtet. In wenigen Minuten würden sie sich in Schussweite befinden.

Katrina brauchte nur einen Glückstreffer. Wieder hob sie das Gewehr an und wartete auf eine günstige Gelegenheit, während das Zodiac in der kabbeligen Dünung schaukelte.

Das Frachtschiff befand sich höchstens einen Kilometer entfernt. Katrina hörte Gebrüll an Deck. Sie befand sich nahe genug, dass die EMP-Detonation auch den Motor des Zodiacs außer Gefecht setzen würde.

Sie entdeckte die Quelle des Gebrülls. Ein Mann der Cazadores stand auf dem Deck, zeigte in die Richtung des Zodiacs und schrie dabei aus voller Kehle.

Katrina atmete tief ein und stellte sich vor, wie die EMP-Granate in das Deck des Containerschiffes einschlug. Dann drückte sie den Abzug und beobachtete, wie das Geschoss davonflog. Es landete auf dem Wetterdeck und rollte hinter ein Fahrzeug aus der alten Welt mit Raupenketten statt Reifen.

Alexander drehte das Boot parallel zum Containerschiff, um die Kapitänin in eine bessere Schussposition zu bringen. Die Armada der kleinen, auf die Bucht zurasenden Fahrzeuge kam auf dem Wasser jäh zum Stillstand. Allerdings verhinderte die unsichtbare EMP-Detonation nicht die Wirksamkeit der Schusswaffen der Cazadores.

An einem der WaveRunners blitzte etwas auf, und eine Rakete schnellte davon weg.

»Feuer!«, rief Katrina ihrem Team zu.

Sie knirschte mit den Zähnen, als die Rakete hinter einer Felswand verschwand, die ihr die Sicht auf die Bucht versperrte. Besorgt wartete sie, befürchtete das Geräusch einer Explosion. Stattdessen ertönte das wunderbare Krachen der 50er-Kaliber. Grüne Leuchtspurgeschosse rasten übers Meer und zerfetzten die außer Betrieb gesetzten Cazadores-Boote.

Feindliche Soldaten sprangen ins Wasser, um dem Bleihagel zu entgehen, doch in den meisten Fällen zu spät. Detonationen dröhnten über die raue See, Flammen züngelten hoch, Körperteile spritzten durch die Luft.

Gegenfeuer vom Containerschiff schlug um das Zodiac herum ins Wasser ein und löste Katrinas Aufmerksamkeit von dem Gemetzel. Sie richtete das Gewehr auf die Mündungsblitze an Bord des Containerschiffes. Es waren mindestens fünf Schützen, vielleicht auch mehr.

»Schaltet den Feind auf dem Deck aus!«, rief sie.

Alexander und Trey machten sich an die Arbeit und feuerten Laserstrahlen und Projektile auf die Männer ab, die das Zodiac unter Beschuss genommen hatten.

Kugeln durchschlugen die Kammern des Schlauchboots, Luft trat zischend aus.

»Der Motor ist im Eimer!«, brüllte Alexander.

Katrina betätigte den Kinntaster, um eine Leitung zu Eevi zu öffnen. »Trefft nicht das Fischerboot und kommt uns abholen. Unsere Position seht ihr ja.«

Plötzlich sah Katrina ein rotes Geschoss auf sich zurasen. Es blieb keine Zeit zum Blinzeln, keine Zeit, sich zu rühren, geschweige denn das Feuer zu erwidern. Das Projektil traf sie in den oberen Brustbereich und schleuderte sie rückwärts auf den weichen Boden des Boots.

Die Luft wurde ihr aus der Lunge gepresst, in ihrer Sicht tänzelten winzige Sterne. Weitere Geschosse schlugen in das Zodiac ein. Über einen Abschnitt der Außenwand, aus dem die Luft entwichen war, drang Wasser in das kleine Boot.

»Wir müssen …« Katrina röchelte. Sie streckte sich, ergriff Treys Hand. Als er ihr half, sich aufzurichten, erschütterte eine Explosion das Deck des Containerschiffes und löschte die feindlichen Schützen aus.

Zwei Containerstapel flogen auseinander. Stahltrümmer prasselten laut scheppernd auf das Deck. Ein Container rutschte über die Seite und landete mit einem gewaltigen Aufspritzen im Wasser.

Alexander bückte sich und half Trey, Katrina auf den Beinen zu halten, während das Boot unter ihnen sank. Sie blinzelte die Sternchen weg und erlebte einen der schönsten Anblicke ihres Lebens. Nicht die Sonne oder einen Sandstrand mit Palmen – sondern die USS *Zion,* die mit Volldampf aus der Bucht pflügte und mit den 50er-Kalibern auf alles an Bord des

Containerschiffes feuerte, was sich bewegte, während das MK-65 das Deck mit Sprenggeschossen bombardierte.

Trey und Alexander legten Katrina eine Schwimmweste an. Sie saugte Luft ein, doch sosehr sie es auch versuchte, sie bekam einfach nicht genug. Unter der Körperpanzerung spürte sie, wie ihr etwas Warmes die Rippen hinablief. Damit bestätigte sich ihre Befürchtung, dass die Kugel die Panzerung durchschlagen hatte.

Mit verschwommenem Blick beobachtete sie, wie Menschen vom Deck des Containerschiffes sprangen. Einige loderten bereits, andere versuchten, den Flammen zu entkommen. Nicht alle sahen wie Soldaten aus, und sie wusste, dass es sich wahrscheinlich um Techniker, Elektriker, Köche, Diener handelte.

Als sie den Körper so verlagerte, dass die Schwimmweste unter ihr blieb, dachte sie daran zurück, was Trey über den Angriff auf das Schiff gesagt hatte. *Je weniger Cazadores, desto besser.*

Aber was war mit den unschuldigen Männern und Frauen, die *keine* Soldaten waren? Wie unterschieden sie sich von den Männern und Frauen an Bord der Luftschiffe?

Im Krieg gibt es keine Unschuldigen. Alle sind der Feind.

Die Worte stammten aus einem Geschichtsbuch, vermutlich aus dem, das Trey in der Schule gelesen hatte. Und dennoch: Als die Waffen der USS *Zion* die Cazadores regelrecht abschlachteten, konnte sich Katrina eines Gefühls aufsteigender Beklommenheit nicht erwehren.

Es heißt wir oder sie, dachte sie. *Deine Aufgabe als Kapitänin besteht darin, das Überleben* deiner *Leute sicherzustellen.*

Katrina hatte diesen Krieg nicht begonnen, aber falls sie diese Verletzung überlebte, würde sie ihn verdammt noch mal beenden.

15

Die vergangene Stunde hatten die Hell Divers in Red Sphere versucht, die zu den Labors führende Stahltür zu öffnen. Irgendwo auf der anderen Seite befand sich eine organische Lebensform, die Timothy Pepper bei seinen Scans nach wie vor erfasste.

Michael hatte das Gefühl, die künstliche Intelligenz könnte recht damit haben, dass es sich nicht um eine Spinne handelte. Ihre Scans erfassten etwas anderes, etwas Größeres, und sie mussten herausfinden, was, bevor sie tiefer in die Anlage vorrückten, um die abtrünnigen Roboter zu finden.

Les trennte seinen Minicomputer vom Bedienfeld und schüttelte den Kopf. »Ich kann die Tür nicht hacken.«

Michael stieß einen leisen Fluch aus. Allmählich verlor er die Geduld. Nichts lief wie gewünscht. Die Wirkung der Schmerzmittel hatte bereits nachgelassen, außerdem musste sein Verband gewechselt werden. Darüber hinaus stand eine weitere Runde Phantomschmerzen kurz bevor.

Denk positiv. Du stehst das locker durch. Nicht ganz so einfach an dem Ort, an dem er seinen Arm verloren hatte. Aber es stand zu viel auf dem Spiel, um sich von

Anspannung und Schmerzen durcheinanderbringen zu lassen. X hatte weitaus Schlimmeres erlitten, und das für erheblich längere Zeit.

Schwerere Geschütze schienen geboten zu sein.

Michael hob Plan C an: das Lasergewehr. »Alle zurück«, sagte er.

»Das ist jetzt ein Scherz, richtig?«, fragte Les.

»Hast du ’ne bessere Idee, Giraffe?«, fragte Michael, da sie unterwegs entschieden hatten, auf Förmlichkeiten zu verzichten. »Macht schon, geht hinter die Wand.«

Das Team zog sich den Korridor entlang zurück und bog um die Ecke. Sogar Timothy verschwand und erschien hinter der Deckung wieder bei ihnen.

»Michael, nichts für ungut, aber ich hab mehr Erfahrung mit der Waffe«, sagte Les. »Wenn wir das schon tun, dann sollte ich es übernehmen.«

»Nur zu«, erwiderte Michael und reichte ihm die Waffe.

»Versuch's mit dem hier«, schlug Layla vor. »Nur damit wir wissen, ob es funktioniert.«

Les nahm das neue Gewehr von ihr entgegen und trat um die Ecke, um das Ziel ins Visier zu nehmen. »Wenn der Laserstrahl durchgeht, versuche ich, einen kleineren Zugang für uns zu schneiden, aber ihr bleibt auf jeden Fall zurück.«

»Sei vorsichtig, Giraffe«, sagte Layla. »Und mach das Loch groß genug, damit du auch durchpasst.«

Das sorgte für ein kurzes Kichern, das jedoch verstummte, als sich Les hinkauerte, die Hälfte des Körpers hinter der Ecke, die andere Hälfte im Gang. Dann legte er an, zielte erneut und drückte den Abzug. Der gleißende Strahl traf auf die Tür und tauchte den Korridor in einen rötlichen Schein.

»Es funktioniert!«, rief Les.

Eine Minute später krachte die Tür auf den Betonboden und erschütterte widerhallend den Gang. Michael zuckte bei dem Lärm zusammen.

»Falls noch irgendeins dieser Dinger funktioniert, weiß es jetzt, dass wir hier sind«, sprach Layla das Offensichtliche aus.

Timothy tauchte wieder auf. Seine Stimme ertönte über Funk. »Ich verzeichne immer noch keine Abgasstrahlen. Aber das organische Signal ist jetzt stärker.«

Während die anderen Hell Divers lauschten und ihre HUDs nach Bewegung absuchten, trat Michael um die Ecke und betrachtete den rot schimmernden Umriss eines Durchgangs in der Tür.

Les gab Layla das Lasergewehr zurück. Michael saugte Wasser aus dem Strohhalm in seinem Helm und wartete darauf, dass ein Anflug eines Schwindelgefühls vorüberging. Dann übernahm er die Spitze, näherte sich vorsichtig der geschaffenen Öffnung und ließ den Strahl seiner Helmleuchte durch das dunkle Labor dahinter wandern.

Staubpartikel tänzelten wie Schneeflocken über dem herausgekippten Stahl im Licht der Stirnlampen, als sie einen scheinbar unberührten Raum betraten. Eigentlich vier separate Räume, voneinander abgegrenzt durch Glaswände und Sicherheitstüren.

Als sie weiter vorrückten, erkannte Michael, dass die vier Bereiche in Wirklichkeit nur die Hälfte des Gesamtplatzes einnahmen. Durch eine andere Glaswand sichtete er zwei weitere abgeschottete Bereiche.

In beiden Räumen hingen weiße Anzüge von Haken an Gestellen, und rote Spiraldrähte baumelten von der Decke.

Er überprüfte den Bereich zu seiner Rechten, der weiße Labortische und mehrere Stühle enthielt. Aber keine Spinnennetze – oder sonstige Hinweise auf irgendein Lebewesen.

Das Hightech-Labor schien genau das getan zu haben, wofür man es ursprünglich konstruiert hatte: mikroskopisch kleine Partikel draußen halten – oder drinnen.

Der Gedanke ließ ihn schaudern, als er die Hand hob und den anderen anzeigte, sie sollten die ersten vier Abschnitte überprüfen. Er selbst ging nach links, richtete den Strahl der Helmlampe auf den von Glas umschlossenen Raum, der mehrere Dutzend Stasekammern beherbergte, alle ungefähr einen Meter hoch.

Jeder der Glaszylinder enthielt eine trübe, grüne Flüssigkeit. Unten in jedem befanden sich skelettartige Überreste, aber die Flüssigkeit war zu undurchsichtig, um die Spezies zu erkennen.

»Hier drüben«, sagte Michael über die Funkverbindung.

Layla und Les traten an der Glaswand zu ihm.

»Widerlich«, befand Layla.

Les leuchtete mit seinem Lichtstrahl hinein. »Was sind das für Dinger?«

»Keinen Schimmer«, gab Michael zurück. »Timothy, woher kommt das Signal?«

»Ich kann keine exakte Position orten, aber es sollte sich irgendwo in diesem Raum befinden.«

Michael ging weiter zum nächsten verglasten Abschnitt, in dem acht Behältnisse aus Metall eine graue Wand säumten. Von den geschlossenen Deckeln verliefen dicke Stromkabel zu einer Reihe von Schaltschränken, die sie einst mit Energie versorgt hatten.

»Hier muss Dr. Julio Diaz gearbeitet haben«, sagte Les leise.

»Vielleicht erfahren wir endlich, worin genau seine Arbeit bestanden hat«, gab Layla zurück.

Michael interessierte einen Dreck, woran der Wissenschaftler gearbeitet hatte. Er wollte nur herausfinden, wovon dieses eigenartige Signal ausging, danach wollte er die Roboter aufspüren, damit sie schleunigst von diesem Ort verschwinden könnten.

Er passierte mehrere Laborstationen. Auf den langen Tischen befanden sich Mikroskope, Computer und Halterungen für Ampullen. Mehrere roboterartige Maschinen mit spinnenartigen Armen drängten sich in einer Ecke des Raums.

»Sieht wie ein Operationsbereich aus«, sagte Layla. »Vielleicht hat man hier Experimente durchgeführt.«

Sie rückten weiter zum letzten umschlossenen Bereich vor.

Ihre Helmlampen erhellten durch das Glas einen Reinraum, in dem sich Wissenschaftler einst auf die Arbeit im Labor vorbereitet hatten.

Ein leises Klirren ließ Michael zurück in die Richtung wirbeln, aus der sie gekommen waren. Sein Lichtstrahl fiel auf die von Les in die Tür geschnittene Öffnung.

»Habt ihr das gehört?«, fragte Michael.

Sowohl Layla als auch Les schüttelten den Kopf.

Er bedeutete ihnen, zum ersten Laborabschnitt zurückzukehren, wo sich die Stasekammern befanden.

»Versuch mal, ob du die Tür aufbekommst«, sagte Michael zu Les.

Der gelernte Elektriker schloss die Kabel am Bedienfeld der Zugangskontrolle an und leitete den Vorgang ein, während Michael und Layla die Glaswände abschritten und mit den Lichtern die Bereiche dahinter erhellten. Kabel verliefen vom Boden aufwärts zu den Kammern, die sie einst mit Strom versorgt hatten, um am Leben zu erhalten, was sich in ihnen befand.

Insgesamt waren es 20 Zylinder, alle mit derselben trüben Flüssigkeit gefüllt, die es schwierig gestaltete, den eigentlichen Inhalt zu erkennen.

Michael schwenkte zurück zu einer Kammer mit Knochen, die aussahen, als könnten sie zu einem winzigen menschlichen Skelett gehören.

»Ein Kind«, flüsterte er.

Ein Klicken ertönte.

»Geschafft«, verkündete Les.

Timothy stieß am Eingang zu den Hell Divers. Von seinem Hologramm breitete sich ein heller Schein in den Raum aus.

»Wachsam bleiben«, sagte Michael.

Sie verteilten sich durch die Gänge zwischen den Kammern, schwenkten ihre Lichtstrahlen hin und her. Michael steuerte geradewegs auf den Zylinder mit den kindsgroßen Überresten zu. Er wischte mit den behandschuhten Fingern über das Glas, was jedoch nicht half.

Er sah kein Stück deutlicher, was sich im Inneren befand.

»Alle raus aus dem Raum«, sagte Michael.

»Wieso?«, wollte Layla wissen. »Was hast du vor?«

Er zückte das Lasergewehr, was Les bewog, Layla behutsam zurückzuziehen. Michael wartete, bis sie sich draußen vor den Glaswänden befanden. Dann wich er selbst einige Schritte zurück, zielte mit dem Lasergewehr und drückte den Abzug.

Glas zersprang, Flüssigkeit schwappte heraus und trieb Michael einige weitere Schritte zurück. Auf dem Boden der Stasekammer blieb nur das Skelett zurück.

Er hatte sich gerade um die Pfütze herumbewegt, um die Überreste näher zu betrachten, als er wieder dieses geheimnisvolle Klirren hörte. Michael schaute über die Schulter zu Les und Layla, die beide nickten. Diesmal hatten sie es auch gehört.

Wenige Herzschläge später ertönte es erneut, lauter – ein mechanisches Geräusch. Nichts, das eine organische Lebensform verursachen würde.

»Timothy«, flüsterte Michael über die Funkverbindung. »Erfasst du irgendwelche Abgasstrahlen?«

»Negativ, Commander.«

Michael entfernte sich von den Gebeinen in der zerstörten Kammer und wich dabei sorgsam den Glasscherben und der grünen Flüssigkeit auf dem Boden aus.

Der Laserstrahl hatte einen weiteren Zylinder durchbohrt – und die Metallwand dahinter. Dort schimmerte ein rotes Loch.

Ein Stück davon entfernt hielt Michael inne, bückte sich und richtete das Licht seiner Lampe auf die

Öffnung. Der Strahl drang in etwas, das ein weiterer Raum zu sein schien.

»Seht euch das an«, sagte Michael. Er bahnte sich den Weg um die zwei hintersten Stasekammern und entdeckte eine Tür, die er zuvor übersehen hatte. Sie lag verborgen in den Schatten eines Winkels hinter mehreren anderen Behältnissen.

»Die Signatur wird stärker«, meldete Timothy.

Layla und Les blieben vor der neuen Tür stehen.

»Die ist mir vorher gar nicht aufgefallen«, sagte Layla leise.

»Mir auch nicht«, erwiderte Michael. »Les, sieh zu, ob du sie öffnen kannst.«

Während Les erneut seinen Minicomputer und die Kabel auspackte, näherte sich Michael der immer noch rot glühenden Öffnung in der Wand und spähte hindurch.

Die Helmlampe erhellte ein weiteres Labor, gefüllt mit größeren Stasekammern. Aber im Gegensatz zu den kleineren enthielten sie keine grüne Flüssigkeit und keine Skelette.

»Du liebe Muttergottes«, hauchte Michael.

In jeder Stasekammer schwebte ein nackter Mann oder eine nackte Frau. Kabel waren an ihren Extremitäten befestigt.

Ein Klicken ging von der Tür zu dem Labor aus, als sie entriegelt wurde, und Les trat zurück.

»Was ist?«, fragte er, da er nicht wusste, was Michael durch das Loch sah.

Layla ging zum offenen Eingang. »Heilige Scheiße!«, entfuhr es ihr. »Was zur Apokalypse ist das?«

Michael marschierte hinein, um die Stasekammern

in dem Raum näher in Augenschein zu nehmen. Der neue Blickwinkel offenbarte mehrere Körper, die nicht gänzlich menschlich zu sein schienen. Einige wiesen mechanische Gliedmaßen auf und sogar Köpfe, die wie … Roboterschädel aussahen.

»Schätze, jetzt wissen wir, was Dr. Diaz hier getrieben hat«, flüsterte Layla.

Les starrte einen Moment lang hin, dann schüttelte er den Kopf. »Ich hatte von Anfang an ein ungutes Gefühl dabei, hierher zurückzukommen. Sieht so aus, als hatte ich recht.«

Timothy erschien am Eingang. Sein Leuchten breitete sich aus und erhellte weitere Kammern.

»Commander, ich habe eine Theorie darüber, was wir hier vor uns sehen«, sagte die künstliche Intelligenz.

»Was ist das hier?«

»Hybriden.«

»Hybriden?«, hakte Layla nach.

»Ja. Und ich glaube, die meisten haben noch gelebt und waren an die Notstromversorgung angeschlossen, bevor wir die EMP-Bombe abgeworfen haben.«

Layla schüttelte den Kopf. »Nein, das kann nicht sein.«

»Soll das heißen, wir haben sie umgebracht?«, fragte Les.

»Nicht alle«, antwortete Timothy. »Ich habe den Aufenthaltsort der organischen Lebensform ausfindig gemacht.«

»Zeig sie uns«, sagte Michael.

Die drei Hell Divers folgten der künstlichen Intelligenz mit gezückten Waffen. Ihre Lichtstrahlen wanderten über die Kammern mit den Hybriden aus Mensch und Maschine.

Timothy bewegte sich den mittleren Gang entlang und hielt vor einem der Behältnisse inne. Der Mann darin war vor Alter und vom Aufenthalt in Flüssigkeit so runzlig, dass seine Haut wie die einer Dörrfrucht wirkte. Der kahle Kopf war auf die Brust gesunken, wodurch man oben eine glatte Metallkrone sah. Ein Großteil dieses Mannes bestand aus einer Maschine. Nur die Arme, die Brust und der Kopf waren noch menschlich.

Im Gegensatz zu den anderen trug dieser Mann kein Atemgerät – vermutlich weil er ohnehin keine Lunge besaß, erkannte Michael.

»Und wo?«, fragte Layla, die zwischen den anderen Kammern umherging. »Ich seh nichts Lebendiges.«

»Hier«, sagte Timothy. Er drehte den Hologrammkörper dem Mann in der Kammer vor Michael zu.

Layla starrte hin. »Er ist noch …«

Langsam öffnete der Hybride die Lider. Ein menschliches und ein mechanisches Auge schwenkten den Blick von Les zu Michael. Als er sich auf die holografische Gestalt von Timothy konzentrierte, wurde das menschliche Auge groß, während das Roboterauge orangefarben leuchtete.

»Heilige Scheiße«, zischte Les und wich unwillkürlich zurück. »Was um alles in der Welt ist das für ein Ding?«

Michael rührte sich nicht von der Stelle, während er beobachtete, wie sich der alte Mann in dem Gefäß krümmte. Die runzlige Haut mutete wie Plastik an. Als der Hybride zu sprechen versuchte, blubberten

Blasen aus seinem Mund. Das Grauen in seinen Zügen und Bewegungen war schwer mitanzusehen.

Dieser Mann hatte Gott weiß wie lange gelitten.

Die Lippen des Hybriden bewegten sich, als er mit den Springern zu sprechen versuchte. Er wand sich, kämpfte gegen die Fesseln an, die ihn in dem Behältnis festhielten.

»Das ist so falsch«, murmelte Les. »Ich finde wirklich, wir sollten von hier verschwinden.«

Dem Hybriden gelang es, einen Arm zu heben und die Handfläche gegen das Glas zu pressen. Ein Strom von Blasen blubberte aus seinem Mund, als sich die Lippen bewegten und das Roboterauge zornig orangefarben blinkte.

»Timothy, kannst du verstehen, was er sagt?«, fragte Michael.

Eine lange Pause entstand, bevor die künstliche Intelligenz antwortete.

»Ja, Commander«, erwiderte Timothy. »Er wiederholt immer wieder: ›Vernichtet mich … Vernichtet mich … bevor ich euch alle töte.‹«

Das gesamte Abendessen wurde vom Klirren von Hämmern und vom Geheul von Elektrogeräten begleitet wie von einer undisziplinierten, atonalen Kapelle. Und es schien Musik in El Pulpos Ohren zu sein. Er beobachtete die Bauarbeitermannschaften während seiner drei Gänge, die aus Fisch, Schinken und Hühnchen bestanden. Die Arbeiten auf der Bohrinsel freuten ihn sichtlich.

Magnolia empfand den Lärm als nervend und unangenehm, aber wenigstens lenkte er El Pulpos

Aufmerksamkeit von ihr weg. Sie stocherte in ihrem Essen, während die Mannschaften bis in die Nacht hinein an dem Gefängnis schufteten, in dem ihr Volk eingekerkert werden sollte.

Unter dem Tisch winselte Miles, als wüsste er, was das für seine Freunde bedeutete. Magnolia merkte dem Hund an, dass es ihn juckte, seinem Peiniger die Kehle herauszureißen, doch es gab nichts, was er gegen das Dornenhalsband tun konnte.

Als der Mond hoch ans Firmament über ihnen aufgestiegen war, hatte El Pulpo seinen sechsten Kelch Wein geleert. Er erhob sich vom Tisch. Die Füße seines Sessels schabten kreischend über das Metalldeck.

Mit schweren Schritten stapfte er zu der Luke, die unter Deck führte – um sich zu erleichtern, vermutete Magnolia. Sie blieb am Tisch und betrachtete den toten Fisch, der ihr vom Teller entgegenstarrte. Die vergangenen Stunden hatte sie als pure Folter empfunden, aber zumindest musste sie dank der Ablenkung nicht viel an Konversation mit dem Dreckskerl betreiben.

Er schien ohnehin nicht daran interessiert zu sein, was sie zu sagen hatte. Die wenigen Worte, die El Pulpo an sie gerichtet hatte, waren von Imulah übersetzt worden. Simple Fragen über ihr früheres Leben an Bord der *Hive*, von Magnolia so knapp wie möglich beantwortet, während der König auf ihren Busen geglotzt hatte.

Sie schaute zu dem Schriftgelehrten, der nach wie vor an der Reling stand, flankiert von den zwei Cazadores-Wachleuten. Sie hatten Magnolia während des gesamten Verlaufs des Abends nicht aus den Augen gelassen. Hinter den Männern und dem Stacheldraht, der spiralförmig die Reling zierte, beobachtete der Pilot des Schnellboots, der Magnolia hergebracht hatte, das Geschehen.

Sie konnte nirgendwohin.

Ihr Blick wanderte zur Bohrinsel. Funken rieselten von einem Rohr, an dem zwei Männer schweißten, ins Wasser hinab. Rodger befand sich irgendwo dort oben und half beim Bau der Käfige.

Der Anblick saugte ihr jeden Mut aus. Sie fühlte sich schwach, wie betäubt.

Der Kampfgeist war aus ihr abgeflossen. Vor Jahren, als sie wegen Diebstahls in die Arrestzellen der *Hive* gesteckt worden war, hatte sie sich gefangen gefühlt. Und diese grauenhafte Empfindung kehrte zurück. Ihr Herz schmerzte, ihr Magen brodelte vor Anspannung.

Sie hatte sich den Hell Divers angeschlossen, um aus dem Gefängnis zu kommen, obwohl sie gewusst hatte, dass sie mit hoher Wahrscheinlichkeit bei einem Sprung sterben würde. Aber das war nicht eingetreten. Sie hatte mit Zähnen und Klauen gekämpft – nur um wieder als Gefangene zu enden.

Diesmal jedoch fürchtete sie sich davor, was passieren könnte, wenn sie nicht mit den Cazadores kooperierte – mehr, als sie sich je vor einem Sprung gefürchtet hatte. Damals hatte sie niemanden, um den sie sich kümmern musste. Niemanden, der um sie getrauert hätte, wenn sie als Klecks auf der Erdoberfläche geendet hätte. Umgekehrt hätte sie keine Nacht Schlaf wegen irgendjemandem aus ihrem Umfeld verloren, der gestorben wäre.

Mittlerweile jedoch hatte sie Rodger, X, Miles, Stan, Layla, Katrina und Les. Sie alle zählten auf Magnolia. Sie waren mehr als Freunde, waren zu ihrer Familie geworden.

Indem Magnolia mit ihren Häschern zusammenarbeitete, könnte sie ihnen helfen, sie vielleicht sogar retten. Aber es bedeutete auch, das zu verraten, was sie war: eine Kämpferin.

Die Luke ins Innere der *Sea Wolf* öffnete sich, und einen Moment lang stellte sie sich vor, X würde heraus aufs Deck kommen. Aber es war nur El Pulpo, der den Kopf einzog, um sich unter dem Rahmen der Luke hindurchzuducken. Sein offenes Hemd wehte in der Brise, seine Muskeln glänzten vor Schweiß.

Als er zum Tisch zurückkehrte, trug er etwas unter dem Arm. Er nahm auf seinem Sessel Platz, zog ein Messer aus der Scheide an seinem Gürtel und benutzte die Spitze, um Essensreste zwischen den angespitzten, vergilbten Zähnen herauszukratzen. El Pulpo schnippte ein Stück Fleisch zu Miles, der es vom Deck aufleckte.

Kranker Mistkerl.

Seit ihrer Ankunft hatte sie nicht gesehen, dass er dem Husky irgendetwas zu fressen gegeben hatte. Kein Wunder, dass der Hund solchen Hunger hatte. Bevor irgendjemand sie davon abhalten konnte, griff sie sich den Fisch von ihrem Teller und warf ihn zu Miles hinab.

Damit handelte sie sich zuerst einen finsteren Blick von El Pulpo ein, dann ein Lachen. Er holte den schwarzen Gegenstand unter seinem Arm hervor und legte ihn auf den Tisch. Sah wie eine Festplatte aus. Er schob sie näher zu Magnolia. Sie beugte sich vor und warf einen genaueren Blick darauf.

»Unser Herrscher möchte dich wissen lassen, dass wir gestern deinen Freund gefunden haben«, ergriff Imulah das Wort.

»Freund?«, fragte sie leise nach. Als sie auf die Festplatte starrte, wurde ihr klar, dass es sich bei dem Freund um Timothy handeln musste. Diese Festplatte hatte das Bewusstsein und die Programmierung der künstlichen Intelligenz gespeichert, also gewissermaßen sein Gehirn.

Bevor Magnolia das Gerät zu sich ziehen konnte, spießte El Pulpo es mit dem Messer auf und warf es über Bord.

»Nein!«, schrie Magnolia.

Die Gesamtheit aus digitaler Programmierung und Speicher, die Timothy ausgemacht hatte, versank im Wasser. Eine Träne wollte Magnolia ins Auge treten, doch sie drängte sie zurück, weil sie diesem Stück Scheiße vor ihr nicht die Befriedigung gönnen wollte.

»Unser Herrscher möchte wissen, ob du bereit für den letzten Gang bist«, meldete sich Imulah zu Wort. »Ich glaube, bei deinem Volk bezeichnet man das als *Dessert*.«

»Nein«, fauchte Magnolia. »Ich fühle mich nämlich nicht besonders gut.«

Der Schriftgelehrte übersetzte ihre Worte, die El Pulpo so gar nicht zu gefallen schienen. Mit gerunzelter Stirn heftete er den Blick des verbliebenen Auges auf sie, als wollte er in ihr Innerstes spähen und nach einer Lüge suchen.

Magnolia wandte sich ab.

»Du solltest mehr Wein trinken, bevor du unter Deck in die Kabine gehst, die für eure erste gemeinsame Nacht vorbereitet wurde«, schlug Imulah vor. Dabei handelte es sich um seine eigenen Worte, erkannte Magnolia – nicht um etwas, das ihn El Pulpo sagen ließ.

»Dadurch wirst du dich viel besser fühlen«, fügte der Schriftgelehrte hinzu.

Um ein Haar hätte Magnolia gewürgt.

Hast du das gesehen, du widerlicher Klumpen Sirenenscheiße?

El Pulpo ergriff seinen Kelch. Er stürzte den restlichen Wein hinunter, stellte das Glas wuchtig auf dem Tisch ab und beobachtete Magnolia weiter. Diesmal beherzigte sie Imulahs Rat in der Hoffnung, es würde die Vergewaltigung durch den Kannibalenkönig weniger schrecklich ausfallen lassen.

Sofia hatte recht, was den Wein anging: Er half, die Sinne zu betäuben.

»Ich bin gleich mit dem letzten Gang zurück«, verkündete Imulah. Damit ließ er sie am Tisch zurück und bahnte sich den Weg unter Deck.

»*¿Estás enferma?*«, sagte El Pulpo.

Als Magnolia über den Tisch blickte, stellte sie überrascht fest, dass seine Züge sanfter wirkten. Obwohl sie nicht sicher war, was er ihr mitzuteilen versuchte, hatte sie den Eindruck, als wäre er um ihr Wohlergehen besorgt.

Was sie ihm nicht abkaufte.

»*¿Estás enferma?*«, fragte der König der Cazadores erneut und klopfte sich auf den Bauch.

Verständnislos schüttelte Magnolia den Kopf.

Wenige Minuten später kehrte der Schriftgelehrte mit einem abgedeckten Tablett zurück. Er stellte es vor El Pulpo ab. Der hob den Deckel und offenbarte einen Teller voll mit schleimigen Fischaugen. Alle schienen Magnolia anzustarren.

»Bist du sicher, dass du nichts davon willst?«, fragte der Schriftgelehrte. »Das ist eine Delikatesse.«

Magnolia zwang sich, den Blick abzuwenden, als El Pulpo einen Augapfel schlürfte, ohne zu kauen. Er steckte sich weiter Augen in den Mund, als wären es Marmeladenbonbons von der *Hive,* während sie wartend dasaß, die Eingeweide vor Anspannung verkrampft.

Die verstreichenden Minuten brachten Magnolia dem gefürchteten Vollzug ihrer »Ehe« mit dem Kannibalenkönig näher und näher.

Das Grollen eines Bootsmotors riss sie aus ihren unheilvollen Gedanken. Sie drehte sich auf dem Stuhl herum, als sich die Soldaten von der Reling entfernten und zum Heck gingen. Die Scheinwerferstrahlen von zwei WaveRunners flackerten über das Wasser, als sie auf die Armada kleiner Boote zurasten.

Die Lichter erfassten die *Sea Wolf,* und die beiden Soldaten zückten die Waffen. El Pulpo grunzte, eindeutig nicht erfreut über die Unterbrechung so kurz bevor er seine Braut unter Deck bringen wollte.

Magnolia betrachtete die Gabel neben ihrem Teller und spielte erneut mit dem Gedanken, sie ihm ins verbliebene Auge zu rammen, tief ins verkommene Gehirn.

Die beiden WaveRunners verlangsamten die Fahrt, und die Soldaten, die den König beschützten, entspannten sich, als sie sahen, dass es sich nur um weitere Cazadores handelte. Sie schlangen sich die Gewehre über die Schulter und warfen den Fahrern Seile zu.

Die beiden Neuankömmlinge stiegen von den WaveRunners ab und sprangen auf die Landeplattform, bevor sie ihre Schutzbrillen abnahmen, dreckige Gesichter entblößten und an Bord der *Sea Wolf* kamen. El Pulpo rülpste und ging hinüber, die Arme vor der muskulösen Brust verschränkt.

»*¿Qué pasa?*«, fragte er.

Sie wechselten einige schnelle Worte auf Spanisch. Magnolia verstand davon nur ein einziges Wort: »*Inmortal.*«

Was immer als Nächstes folgte, es ließ El Pulpo wütend werden. Er zog das Messer aus der Scheide an seinem Gürtel und warf es quer über das Boot. Es bohrte sich tief in die Kabinenwand hinter Magnolia.

Dann drehte er sich zurück zu ihr, musterte sie von oben bis unten. Schließlich stieß er schnaubend einen der Soldaten aus dem Weg. Der Mann fiel aufs Deck, als sein König auf die Landeplattform stieg und auf einen der WaveRunners sprang.

Der Pilot des Schnellboots ließ die Motoren an. Einer der Cazadores-Soldaten von der *Sea Wolf* sprang auf, der andere Mann kehrte zu seinem WaveRunner zurück.

Der dritte Soldat blieb neben Imulah stehen. Beide schauten zu Magnolia. Sie beobachtete, wie die Fahrzeuge hinter El Pulpo her davonrasten.

Sosehr sie sich über den Aufschub freute, sie fragte sich unwillkürlich, was so dringend sein konnte, dass er sie und seine geliebten Fischaugen spontan verließ.

»Was ist los?«, fragte sie.

Der Schriftgelehrte ging hinüber zum Tisch, nahm jedoch nicht Platz. Er griff sich einen großen Augapfel und kaute ihn langsam, bevor er die harte, runde Linse ausspuckte, die wie eine Murmel über das Deck kullerte.

»Zwei unserer Schiffe sind verschwunden«, sagte er. »Könnte ein Sturm gewesen sein, aber es gab keinen Notruf. Sie sind einfach so weg von der Bildfläche.«

»Was ist mit X? Ich glaube, sie haben ihn erwähnt.«

Imulah strich sich über den Bart. »Wie ich sehe, fängst du an, Brocken unserer Sprache aufzuschnappen.«

»Sag mir, was El Pulpo gesagt hat.« Nach einer kurzen Pause fügte Magnolia hinzu: »Bitte.«

»Die Cazadores-Krieger haben die Jagd beendet, aber anscheinend sind die Barracudas nicht zurückgekehrt. Der Unsterbliche war bei diesem Team.«

Der Schriftgelehrte nahm sich ein weiteres Fischauge und deutete damit in der Hand in Richtung der Luke. »Da du dich nicht wohlfühlst, kannst du unter Deck gehen, um dich hinzulegen und auszuruhen. Ich bin nicht sicher, wann unser Herrscher zurückkommt.«

Magnolia ließ den Blick über die Wellen wandern. Schuldgefühle wegen ihrer Selbstgefälligkeit nagten an ihr.

Timothy war endgültig weg, und unabhängig davon, ob er zuvor noch Verbindung mit den Luftschiffen hatte, nun konnte er mit Sicherheit keine Informationen mehr weitergeben. Darüber hinaus war X unterwegs und kämpfte oder war vielleicht sogar schon tot, während sie den eigenen Kampf so gut wie aufgegeben hatte.

Damit ist es vorbei, dachte sie. *Wenn er zurückkommt – und das* wird *er –, dann kämpfe ich wieder für die Menschheit. Ich kämpfe für* unser *Volk.*

16

Ein widernatürliches Kreischen zerriss die Stille der Nacht. X wartete, ob darauf ein Schuss folgen würde, aber er hatte schon länger keinen mehr gehört. Obwohl die Barracudas kilometerweit von der Hauptarmee der Cazadores entfernt waren, sollten sie zumindest *irgendetwas* hören. Die Schlacht konnte noch nicht vorbei sein, es sei denn … Konnten die Sirenen wirklich knapp 100 Mann getötet haben?

Endlich ertönten sporadische Schüsse. Die Knalle durchdrangen kaum den Lärm des Geheuls, das wie ein defekter Alarm eines der Luftschiffe klang. X konnte kaum glauben, dass die mutierten Bestien gegen eine so große, gut bewaffnete taktische Streitkraft bestehen konnten. Andererseits handelte es sich um gerissene, starke Kreaturen, die sich dazu weiterentwickelt hatten, in der Ödnis zu überleben und zu kämpfen.

Auch den Barracudas in ihren Ganzkörperpanzerungen und mit den schweren Waffen erging es nicht allzu gut. Ricardo und Luke waren tot, Wendig hatte einen gebrochenen Arm. Whale, Fuego und Rhino jedoch wirkten unbeirrt. Sie schlugen den steilen Pfad hinauf in den Dschungel ein, der an die Küstenstadt grenzte.

Das Team erreichte die Kuppe eines Hügels und setzte den Weg unter einem dichten Blätterdach fort. Das elektronisch klingende Geheul der Monster verhallte, wurde abgelöst vom Zirpen von Insekten und vom Knarren von Ästen im Wind.

Leichter Regen prasselte auf den Boden und verwandelte das verseuchte Erdreich in feinen Schlick. X hielt das Gewehr schussbereit gezückt, den Finger am Abzugsbügel.

Nach zehn Minuten stießen sie auf weitere verfallene Überreste von Gebäuden. Mehrere Dächer ragten fünf Geschosse hoch aus dem violetten Blätterdach der Bäume. Ein Baum war mitten in einem Gebäude gewachsen. Die roten Äste waren durch das längst eingestürzte Dach hindurchgestoßen wie eine erstarrte Explosion.

Weiter im Norden konnte X mehrere Hektar verbrannten Dschungel erkennen. Vermutlich hatte ein Blitzeinschlag ein Feuer ausgelöst. Die Stürme waren größtenteils vorbeigezogen, nur noch sporadische Blitze teilten alle paar Minuten die Wolken.

Rhino kauerte sich hin und betrachtete Spuren im Schlamm. Schließlich richtete er sich auf und folgte einem überwucherten Pfad, der einst eine Straße gewesen sein musste. Nur sehr wenig rissiger Asphalt war verblieben, und der Dschungel wurde zunehmend dichter, der Weg schmaler, je weiter sie gingen. Dornige Äste streckten sich den Männern entgegen wie spitze Finger.

In der Ödnis der ehemaligen Vereinigten Staaten von Amerika, wo X mehr als einmal nur um Haaresbreite vermeiden konnte, zu Pflanzenfutter zu werden, hatte er solche Orte immer gemieden. Rhino hielt Abstand von den Ästen, indem er auf der Mitte der ehemaligen Straße blieb. Die Barracudas schienen sich vor den Bäumen genauso sehr in Acht zu nehmen wie X.

Aber die Bäume stellten nicht die einzige Bedrohung dar. Eine Ranke kroch über den Boden wie eine Schlange. Rhino hieb sie mit seinem Doppelklingenspeer entzwei. Die Ranke zog sich zurück. Violetter Saft sickerte aus ihr auf den rissigen Asphalt, als sie sich in den Dschungel schlängelte.

Fuego marschierte mit seinem Flammenwerfer hinter Rhino, bereit, alles in Brand zu stecken, was zu dick für die Klingen des Offiziers vor ihm wäre.

Nach der nächsten Biegung überzog ein Geflecht dorniger Stränge den Weg. Rhino winkte Fuego zurück und benutzte die mit einem Wellenschliff versehenen Speerklingen, um einen Durchgang in den stacheligen Vorhang zu hacken.

Fuego marschierte dicht hinter ihm, gefolgt von X und schließlich Wendig. Whale bildete mit der Minikanone die Nachhut, beobachtete und lauschte aufmerksam.

X war nicht sicher, wie wirkungsvoll die Waffe gegen das sein würde, was sie jagten. Die Spuren im Schlamm wiesen die dreifache Größe der Abdrücke von Rhino auf. X betrachtete den Weg, den die Kreatur eingeschlagen hatte, um die Ranken zu umgehen. Mehr als zwei Meter über dem Boden waren Äste der Dicke seines Arms geknickt.

Plötzlich fühlte sich X' Maschinenpistole so harmlos wie eine Steinschleuder an, und sein Speer hätte genauso gut ein Besenstiel sein können.

Ihm fehlte Ty, und der Gedanke an ihn beschwor eine Flut von Erinnerungen an die anderen Freunde herauf, die er im Verlauf der Jahre verloren hatte. Aber im Augenblick konnte er es sich nicht erlauben, an diese Menschen zu denken. Er musste schleunigst weg von dieser Insel und zurück zu den Lebenden. Magnolia, Rodger und Miles brauchten immer noch seine Hilfe.

Ein entferntes Knacken erregte seine Aufmerksamkeit. Langsam ließ er den Blick mit der Nachtsichtoptik über die Umgebung wandern und suchte nach der Quelle des Geräuschs. Links der Straße standen zwischen den Bäumen mehrere verfallene Häuser, größtenteils nur noch die Grundmauern.

Ein weiteres Knacken ertönte hinter X. Dann wieselte aus einem Haufen Betonschutt ein Skorpion hervor, beinahe so groß wie Miles. Whale schlug die Kreatur mit seiner Axt in zwei Hälften. Die Scheren des Ungetüms klickten matt, während sich eine Lache grünen Blutes ausbreitete.

Rhino befahl das Team vorwärts, zeigte mit dem Speer die Richtung an. Die Fährte setzte sich neben der Straße fort, scherte jedoch nach rechts aus, um einen zaunartigen Abschnitt hüfthoher Pflanzen zu umgehen.

Dornige Zweige mit Saugnapftentakeln hingen schlaff herab. Sie wirkten beinahe harmlos, doch X wusste es besser. Vor fünf Jahren hatte er bezeugt, wie sich ein Rudel Sirenen darin verheddert hatte.

Die Dornen enthielten ein Gift, das die Beute lähmte, damit die Tentakel das Opfer leer saugen konnten. Tage später war X auf die toten Sirenen gestoßen.

Ihre milchig-weiße Haut hatte sich verschrumpelt über die Knochen gespannt, welk und blutlos.

»Halt«, sagte X. »Wir müssen einen Weg um diese Pflanzen herum finden.«

Rhino blieb stehen und betrachtete die Gebäude links der Straße. Dann überprüfte er die Spuren, die nach rechts schwenkten.

Fuego hob den Flammenwerfer an und schaute zu Rhino.

»Warte.« X hob die Hand. »Wollt ihr wirklich jede Kreatur in der Umgebung darauf aufmerksam machen, wo wir sind?«

Rhino schenkte X keine Beachtung, nickte Fuego zu und trat zurück. Ein Feuerstrahl schoss aus dem Lauf und verhüllte das dornige, schwarze Dickicht. Die Tentakel erwachten zum Leben und krümmten sich in der intensiven Hitze, bevor sie zu welken begannen und sich in Asche verwandelten.

Die Männer folgten Rhino den geräumten Weg links der ehemaligen Straße entlang in einen nur leicht bewachsenen Bereich vor einem zweigeschossigen Gebäude. Die Betonmauern hatte man wahrscheinlich darauf ausgelegt, einem Hurrikan standzuhalten. So hatten sie den Zahn der Zeit überdauert, und sogar ein Teil des Daches war erhalten geblieben.

Zu beiden Seiten säumten das Haus die Überreste weniger robuster Bauten, die nur noch aus Fundamenten und Kellern voll dunklem Wasser bestanden. X sah eine v-förmige Welle, die sich über den Tümpel zu seiner Rechten ausbreitete, und rückte näher zum Team.

Er schaltete seine Nachtsichtoptik aus, verließ sich

stattdessen auf die Helligkeit der brennenden Dornenbüsche hinter ihm, als er den anderen durch den offenen Eingang des Betongebäudes folgte.

Pfeiler stützten das durchhängende Dach über dem Eingang. Drinnen führte eine rostige Metalltreppe ins erste Stockwerk. Vorsichtig bahnte sich das Team den Weg die Stufen hinauf und über die knarrenden Bohlen.

Rhino winkte X in eines der Zimmer. An Einrichtung hatten nur die Gerüste von Stühlen aus Metall und die rostigen Federkerne einer Matratze überlebt. Ein durchgehender Teppich aus Moos und Schimmel bedeckte die schwarzen Wände.

Wendigs raue Atmung verriet X, dass der Mann unter heftigen Schmerzen litt. Er bezweifelte, dass sie sich auf seine Hilfe verlassen konnten, wenn sie ihr Ziel fanden.

Ein plötzliches Brüllen riss X aus seinen Gedanken.

Er trat zu einem leeren Fensterrahmen und beobachtete die Flammen draußen. Rauch stieg von den schwelenden Pflanzen auf, die sich nach wie vor krümmten und wanden wie der Riesenkrake, den er an Bord der *Sea Wolf* getötet hatte.

Rhino stellte sich neben X. »Erst schießen, wenn es nah rankommt«, sagte er. »Ziel auf die Augen.«

»Augen?«, murmelte X und malte sich eine Bestie mit Augen der Größe eines Menschen aus. Während er weiter dem Flackern der Flammen zusah, setzte eine Erkenntnis ein: Der Offizier der Cazadores-Krieger *wollte,* dass die Bestie das Feuer sah.

Es war eine Falle. Warum also fühlte sich X wie ein Köder?

Durch die rissige Wand zwischen zwei Räumen sah er Fuego und Whale, die ihre Waffen durch die Fenster nach draußen richteten.

X brachte die Maschinenpistole in Anschlag und schaute zurück zu den Flammen. Mittlerweile breiteten sie sich in den Wald aus, züngelten einen Baumstamm hinauf zum Geäst.

Sein Blick schwenkte hin und her, als er den Baldachin und das Gelände ringsum nach Bewegung absuchte. Drei Äste knackten. X richtete den Lauf auf eine Palme, die erst ein Ruck durchlief, bevor sie von einer Seite zur anderen schwankte. Die lavendelfarbigen Wedel erzitterten heftig, bevor die Gesamtheit des Gewächses zu Boden stürzte. Wieder ertönte ein Knacken, als würde ein Knochen entzweigebrochen.

»Bereithalten«, raunte Rhino zu X. Er fügte auf Spanisch etwas zu Wendig hinzu, der in den anderen Raum zu Whale und Fuego ging.

Rhinos mandelförmige Augenschlitze richteten sich auf X.

»Gleich lernst du den Teufel kennen«, sagte er. »Wenn's dir gelingt, dir seinen Kopf zu holen, beeindruckst du El Pulpo vielleicht. Er gehört zu den wenigen Männern, die je eine dieser Kreaturen erlegt haben.«

X konnte zwar nicht Rhinos Züge sehen, dennoch entging ihm nicht die Aufregung in der Stimme des Cazadores-Offiziers. Was in ihm die Frage aufsteigen ließ: Empfanden es diese Menschen tatsächlich als *Spaß*, gegen Monster zu kämpfen?

Wendig kehrte ins Zimmer zurück und übernahm das Fenster neben dem von X. Der Mann benutzte das

Fensterbrett als Stütze, sank auf ein Knie und setzte das Gewehr mit dem heilen Arm an der Schulter an.

Das Feuer breitete sich weiter in den Dschungel aus und versteckte sowohl die Bäume als auch das Unterholz hinter einer dichten Flammenwand. X schwenkte den Lauf der Waffe von links nach rechts, dann wieder zurück. Plötzlich wurde die Flora auf der anderen Seite der Straße lebendig, als Hunderte nagetiergroße Insekten aus ihren Bauen hervorströmten. Allerdings flohen die Kreaturen vor etwas anderem als dem Feuer.

X zuckte zusammen, als die obere Hälfte eines brennenden Baums quer über die Straße und durch das offene Fenster in den anderen Raum flog. Er drehte den Kopf in dem Moment, als das Geschoss mit einem Funkenschauer gegen Whale prallte. Der größte Mann, den X je gesehen hatte, wurde rückwärtsgeschleudert wie eine Strohpuppe.

Rhino brüllte erst etwas auf Spanisch, dann verkündete er: »Ich greife es von der Flanke an.«

Bevor X reagieren konnte, stürmte der Cazadores-Offizier aus dem Raum und rannte die Treppe hinunter.

X schaute zurück zur Straße, als ein wandelnder Albtraum aus der Flammenwand hervorbrach. Pralle Muskeln erstreckten sich orange flimmernd über einen Körper so breit wie einer der mächtigen Baumstämme. Das Ungetüm öffnete die knochigen Kiefer und stimmte Gebrüll an, lauter als Donner.

Wendig und X antworteten mit Automatikfeuer darauf. Im anderen Zimmer richtete Fuego den Strahl des Flammenwerfers auf die Straße und überzog die auf das Gebäude zustapfende Bestie mit Feuer.

Als X durch das Visier seiner Waffe spähte, konnte er kaum glauben, was er sah. Im Gegensatz zu den Sirenen besaß das Monster keinen Hautüberzug. Dennoch schienen die Muskeln nicht ungeschützt zu sein, und der Schädel bestand fast ausschließlich aus Knochen.

Die lodernde Bestie hob mit schwarzen Klauen bewehrte Hände, um die Augen vor dem Beschuss und den Flammen zu schützen. X hatte noch nie eine dieser Kreaturen gesehen, aber Stan und Magnolia hatten etwas Ähnliches beschrieben, ein Monster, dem sie in der Hügelbastion begegnet waren.

Handelte es sich um dieselbe Art von Bestie, die Commander Rick Weaver getötet hatte?

Die dichten Brustmuskeln blinkten rhythmisch orange, als wären sie mit dem Herzschlag getaktet. Das Ungetüm fasste sich an den Rücken. Als es den Arm wieder senkte, hielten die Klauen einen knochigen Pfeil der Länge eines menschlichen Unterarms.

Die Kreatur schleuderte das Geschoss, doch X duckte sich gerade noch rechtzeitig, um auszuweichen. Ein langer, spitzer Knochen schlug in die Wand ein und blieb darin stecken, vibrierend wie ein Pfeil.

X richtete sich wieder auf und wartete auf die Gelegenheit, einen Schuss auf die Augen der Kreatur abzufeuern, wie Rhino es ihm geraten hatte. Das Monster zog den Kopf ein, als es die Schritte beschleunigte und auf das Haus zupreschte. Für ein derart riesiges Wesen bewegte es sich überraschend schnell, huschte unterwegs von Baum zu Baum, von Deckung zu Deckung.

Dabei fiel X auf, dass es die schartigen Knochenpfeile im eigenen Körper verwahrte, im fleischigen

Teil unmittelbar über den Schultern. Aus seinem Blickwinkel wirkte es, als bildeten sie einen Fächer um den Hals wie ein abartiger dorniger Kragen.

Mittlerweile befand es sich nur noch rund 15 Meter entfernt. Es spannte die Muskeln an und entfesselte ein ohrenbetäubendes, kehliges Gebrüll. Das Geräusch erwies sich als lauter als ein Dutzend Sirenen aus nächster Nähe, und die aufgerüsteten Lautsprecher in X' Helm verstärkten es zusätzlich.

Das Echo hallte noch eine Weile wider, als das Monster verstummte. Mit einem Klingeln in den Ohren spähte X über das Fensterbrett und sah, wie die Bestie einen weiteren knochigen Pfeil aus der eigenen Haut zog.

Er hob die Maschinenpistole an, hielt den Abzug gedrückt und ließ einen Kugelhagel auf das Monster einprasseln. Es wankte zwar rückwärts, dennoch schleuderte es das Geschoss, diesmal auf Fuego, der im selben Moment einen weiteren Flammenstrahl entfesselte.

X schaute hinüber ins andere Zimmer, als das Knochenprojektil den Tank hinter Fuegos Schulter traf und den dicken Stahl mühelos durchschlug. Der Cazadores-Soldat schrie aus voller Kehle und sprühte der Bestie weiter Flammen entgegen.

»Nein!«, schrie X und hechtete weg. Aber es war zu spät. Fuego verwandelte sich schlagartig in einen riesigen Feuerball, der durch die Öffnung in der Wand explodierte und sowohl X als auch Wendig erfasste.

Lodernde Trümmer schlugen in die Wände, die Decke und den Boden ein. X spürte ein Brennen im Bein und im Arm, dann über den gesamten Rücken.

Er rollte sich über den Boden, um die Flammen zu löschen.

Die Optik seines Anzugs fiel aus und tauchte ihn vorübergehend in Dunkelheit. Die Flammen lieferten gerade genug Helligkeit, dass er Wendig sehen konnte, der sich stöhnend in Embryonalhaltung eingerollt hatte.

X konnte nicht viel hören, nur das dumpfe Summen in seinen Ohren, dann ein Klirren und zuletzt einen menschlichen Schrei – der jedoch nicht von Schmerz, sondern von Wut zeugte.

Als er sich am Fenster hochstemmte, erblickte er Rhino, der vor dem Gebäude stand. Ein Schwindelanfall ließ X zurück auf den Boden sinken, wo er mehrmals tief durchatmete. Wenngleich er keinerlei Loyalität für den Cazadores-Offizier empfand, musste er helfend eingreifen, bevor diese Ausgeburt der Hölle da draußen sie alle umbringen würde.

Komm schon, Xavier. Raff dich auf, oder du wirst gegrillt …

X stemmte sich ein zweites Mal hoch und landete krachend wieder auf dem Boden. Er rollte sich auf den Rücken und entdeckte einen Splitter in seiner Oberschenkelpanzerung. Ein weiteres Teil hatte sich in seinen Schulterschutz gebohrt, ein drittes seitlich in seinen Helm, knapp oberhalb des Visiers. X war nicht sicher, ob einer der Splitter den Anzug durchdrungen hatte, doch er konnte nicht beschwören, dass es sich bei der warmen Nässe im Inneren lediglich um Schweiß handelte. *Könnte auch Pisse sein …*

Hoffe ich jedenfalls.

Plötzlich gab der Boden im Zimmer zu seiner Linken nach und krachte hinunter ins Erdgeschoss.

X beschlich das Gefühl, dass der Boden unter ihm jeden Moment folgen würde. Mühsam schaffte er es auf die Beine. Kurz verharrte er und ließ einen weiteren Schwindelanfall vorübergehen. Als er wieder klar sah, stellte er fest, dass Wendig die Hand zu ihm nach oben streckte.

Fick dich.

X schnappte sich seine Maschinenpistole und stapfte davon, hielt jedoch inne, als er die Tür erreichte. Er hatte mit Hammerhead einen Verwandten dieses Kerls getötet, und nun wollte er ihn zurücklassen, auf dass er bei lebendigem Leib verbrennen würde?

Er würde dich zum Verbrennen zurücklassen.

Oder?

»Lass mich das bloß nicht bereuen, du Arsch«, raunte X. Er schleppte sich zurück und ergriff Wendigs Hand. X stemmte die Füße gegen den unebenen Boden und schleifte Wendig Zentimeter für Zentimeter aus dem Raum.

Dann half er ihm auf, legte sich den heilen Arm des Mannes über die Schulter und brachte ihn die Treppe hinunter.

Vor dem Gebäude setzte sich das Grunzen und Brüllen fort, während Rhino mit seinem Zweiklingenspeer gegen das Monster kämpfte.

X fing zu husten an, als er sich schwerfällig mit Wendig die Stufen hinunterkämpfte. Der Rauch drang allmählich in seinen Helm, da die Batterie den Filter nicht mehr versorgte. Er hielt an und fingerte an der Batterie, die sich durch den Sturz aus der Halterung gelöst hatte. Aber auch als sie einrastete, ging die Versorgung nicht an.

Bloß eine weitere Möglichkeit zu sterben, dachte er, als er den Fuß der Treppe erreichte – lebendig gekocht in der eng anliegenden Körperpanzerung.

Ein Großteil des Raums unten stand in Flammen, als X den Körper von Whale sichtete, der unter der Baumhälfte lag, die das Ungetüm durch das Fenster geworfen hatte.

Wendig und er eilten hinüber, um dem Mann zu helfen, doch ein Blick genügte, um zu erkennen, dass der große Kerl nicht mehr aufstehen würde. Der Baumstamm hatte Whales Brustpanzer zerquetscht. Ein Ast hatte die untere Hälfte seines Helms weggerissen und ihm den Kiefer ausgerenkt.

Und dennoch atmete er irgendwie immer noch.

Wendig streckte die heile Hand nach unten. Er rief etwas auf Spanisch und bedeutete X, ihm zu helfen.

»Scheiße, ist das dein Ernst, Alter?«, fragte X. Man musste kein Genie sein, um zu erkennen, dass Whale erledigt war.

Doch zu X' Erstaunen griff sich Whale seine Axt vom Boden und benutzte den Stiel, um sich auf die Beine zu stemmen. Blut strömte unter seiner gesprungenen Brustpanzerung hervor und sickerte von seinem gebrochenen Kiefer.

Er hob die Axt an, und X wich zurück, weil er einen Moment lang dachte, Whale wollte die Waffe gegen ihn schwingen. Stattdessen schleppte sich der Mann taumelnd durch den lodernden Raum nach draußen, wo sich Rhino mit der Bestie duellierte.

Im Licht der Brände im Wald und im Gebäude erhaschte X den ersten Blick aus nächster Nähe auf ihren Feind. Das Ungetüm ragte knapp zweieinhalb

Meter hoch auf und besaß eine muskelbepackte Gestalt, breiter als zwei Menschen.

Die mit Klauen endenden Hände wehrten Rhinos Doppelkopfspeer mit einem lauten Klirren zur Seite ab. Die Bestie wich mehrere Schritte zurück und drehte ihnen einen grauen, gepanzerten Rücken unter dem Kragen aus Pfeilen zu.

Das Ungetüm ließ eine Faust auf Rhinos Helm niedersausen. Rhino hob den Speer, aber der Schaft brach entzwei, und eine Klaue kratzte kreischend über seinen Brustpanzer.

Whale wankte vorwärts und drosch die Axt auf den Rücken des Monsters, grub das Blatt zwischen zwei der knochigen Spitzen. Das Ungetüm stieß Gebrüll aus und wirbelte zu seinem Angreifer herum.

»No!«, schrie Wendig. Mit der heilen Hand feuerte er, und X richtete die Maschinenpistole auf die Augen des Monsters, aber die Waffe hatte Ladehemmung und klickte nur.

Rhino rammte ein Ende des abgebrochenen Speers seitlich in den Hals des Ungeheuers. Damit handelte er sich einen Schlag mit dem Handrücken ein, der ihn krachend zu Boden schickte. Whale hieb dem Monster den Schlagring ins Gesicht. Knochen knirschten hörbar. Der Cazadores-Krieger krümmte sich vor Schmerz und fiel vor der Bestie auf die Knie, die sich aufbäumte und eine Hand ans Gesicht riss.

Dann stieß das riesige Ungetüm einen wutentbrannten Schrei aus, packte Whale mit beiden Pranken am Helm und zerquetschte seinen Kopf dazwischen, bis sich der Schädel löste wie ein Korken aus einer Flasche. Das Ungeheuer warf den Kopf in X' Richtung, als der Rest des Körpers zusammensackte. Zwei Blutfontänen spritzten davon hoch in die Luft.

Wendig versuchte, das Magazin seiner Pistole zu wechseln, und X schnappte sich die Klinge aus der Scheide an seinem Einsatzgürtel, als das Monster auf sie zustapfte.

Dahinter rappelte sich Rhino gerade wieder auf die Beine. Er hob eine der zerbrochenen Speerhälften auf und rannte auf die Kreatur zu, während X und Wendig zurückwichen.

Hinter ihnen ertönten ein Knirschen und ein Krachen, als das Haus mit einer aufwallenden Wolke funkelnder Glut in sich zusammenfiel. Darüber kreisten Sirenen als Zeugen der Gewalt und warteten auf ihre Chance, sich frisch getötetes Fleisch zu holen.

Als sich X wieder dem Monster zuwandte, hatte es aufgehört, in der Luft zu schnuppern. Rhino nutzte die Gelegenheit, packte den Griff der immer noch im Rücken des Ungetüms steckenden Axt und riss das Blatt heraus.

Als sich das Monster in seine Richtung drehte, stieß er die andere Hälfte des zerbrochenen Speers in ein Auge der Kreatur.

X setzte dazu an, den riesigen Unhold von der Seite anzugreifen, während Rhino die Axt auf die Brust niedersausen ließ. Das Blatt schlug tief in Muskelgewebe ein. Blut quoll hervor und rötete Rhino.

Der Aufschrei, der folgte, ließ alle drei Männer zurücktaumeln. Der Lärm war auch ohne X' Lautsprecher schier unerträglich. Er fiel auf die Knie und umklammerte vergeblich den Helm an der Stelle der darunter befindlichen Ohren.

Die rasende Kreatur wirbelte herum und versetzte Wendig einen Tritt, der ihn über den Boden in den gefluteten Keller eines angrenzenden Hauses schlittern ließ.

X stand auf und wandte sich von der Bestie ab. Er schaffte nur wenige Schritte, bevor sie ihn an einem Bein packte, anhob und durch die Luft schleuderte. Er landete in der Nähe von Rhino auf dem Rücken. Der Aufschlag presste ihm die Luft aus der Lunge, rettete ihm jedoch zugleich das Leben. Wäre er mit dem Gesicht voraus gelandet, hätte sein Körpergewicht die Splitter durch seine Panzerung, seinen Anzug und seinen Leib getrieben.

Weiteres Gebrüll ertönte, als sich X in sitzende Position rollte. Er blinzelte und blinzelte, während er versuchte, Rhino auszumachen. Der mittlerweile unbewaffnete Cazadores-Offizier hatte sich wieder auf die Beine gekämpft und hob die Fäuste, als sich ihm die Kreatur näherte.

Er sprang zurück, um einem Hieb der gekrümmten Klauen auszuweichen. Dann versetzte er dem Monster einen Kinnhaken, der jedoch wenig mehr bewirkte, als dessen Wut zusätzlich zu schüren. Es streckte die Hand aus, packte Rhino am Hals und hob ihn vom Boden, als es X endlich auf die Füße schaffte.

Die ersten paar Schritte taumelte er, schließlich jedoch gelang ihm steter Laufschritt. Die Kreatur hob Rhino höher, bis seine Stiefel einen knappen Meter über dem Boden schwebten.

X hielt Ausschau nach irgendetwas, womit er kämpfen konnte. Schließlich fiel sein Blick mit verengten Augen auf die dornigen Fortsätze am Rücken der

Bestie. Er packte einen davon und zog mit aller Kraft daran.

Die Bestie ließ Rhinos erschlafften Körper zu Boden fallen und wirbelte zu X herum, bückte sich und kreischte. X stach mit der Spitze auf das verbliebene Auge ein, verfehlte es jedoch, und die Klauen hieben über seinen Brustpanzer.

Wieder landete er auf dem Rücken, und das Monster ragte hoch über ihm auf. Es fasste nach unten, pflückte X vom Boden und hob ihn in die Luft. Die riesige Hand umklammerte seinen Hals, schnitt ihm die Luftzufuhr ab und drohte seine Luftröhre zu zerquetschen.

Er fuchtelte mit dem Arm und versuchte, irgendetwas zu fassen zu bekommen – etwas, womit er sich zur Wehr setzen könnte. Über die Jahre hatte er nur deshalb überlebt, weil er sich immer einen Ausweg frei gehalten hatte. Diesmal jedoch hatte er keinen.

Die Bestie zog ihn näher zu ihrem Gesicht. X' Sicht wurde abwechselnd scharf und verschwommen, während er in den seelenlosen Blick eines Monsters aus den tiefsten Niederungen der Hölle starrte. Und in der Reflexion jenes bösartigen Auges sah er den dreieckigen Splitter, der knapp über dem Visier aus seinem Helm ragte. Er ließ den spitzen Splitter dort stecken, wo er war, und rammte den Kopf ins Auge des Monsters.

Der Mutant heulte vor Schmerz auf und ließ X zu Boden fallen, wo er hastig wegkroch.

X füllte sich die Lunge mit Luft, und als er wieder klar sehen konnte, beobachtete er, wie ein triefnasser Mann mit einem zerbrochenen Speer in der Hand über das Erdreich hinkte. Er näherte sich dem Monster, wartete und rammte schließlich die Speerspitze durch den offenen Mund in den Gaumen.

Der Boden erzitterte, als wäre ein Baum umgestürzt.

Auch X brach zusammen und genehmigte sich eine Verschnaufpause.

Gleich darauf spürte er eine Hand an der Schulter und schaute zu Wendig auf. Der Krieger streckte den heilen Arm herab und half X auf die Beine. Zusammen wankten sie hinüber zu Rhino, der allmählich zu sich kam.

»Alles in Ordnung?«, fragte X.

Rhino stemmte sich hoch und schaute zu dem toten Monster. Alle drei starrten mehrere Sekunden lang hin, während sie nach Luft schnappten.

»Beeindruckend, Unsterblicher«, meinte Rhino schließlich. »Bleibt nur noch eins zu tun: Hol dir den Kopf.«

»Ich war nicht derjenige, der's erledigt hat.«

X nickte in Wendigs Richtung, der sich bereits Whales Axt gegriffen hatte. Mit der heilen Hand hackte der verletzte Barracuda im flackernden Schein der tobenden Brände auf den Hals des Monsters ein.

17

»Timothy Pepper von der *Sea Wolf* reagiert nicht auf Übertragungen«, meldete Sandy von der Brücke.

Katrina stieß einen leisen Fluch aus. Der Verlust der Verbindung zu der künstlichen Intelligenz hatte gleichzeitig ihre einzige Verbindung zu den Metallinseln gekappt. Sie hatte soeben die Krankenstation verlassen, wo ihr Eevi einen Verband um die Brust angebracht hatte.

Schmerzen, die von der angeknacksten Rippe ausgingen, ließen sie auf halbem Weg den Niedergang hinauf innehalten. Die Beule in ihrer Körperpanzerung ließ sich wieder ausbügeln, aber es würde Wochen dauern, sich von der Verletzung zu erholen.

Katrina zuckte zusammen, holte flach Luft und blies den Atem aus. Sie hatte Glück gehabt. Die Kugel hätte auch ohne Weiteres die Panzerung durchdringen und sie töten können. Hatte sie aber nicht. Sie lebte noch und würde gleich ein feindliches Schiff und ein Fischerboot in Besitz nehmen. Abgesehen von den Neuigkeiten über Timothy schien es ein guter Tag zu werden.

Aber bevor sie die Eroberung zweier Wasserfahrzeuge feiern konnte, musste sie noch sicherstellen, dass sämtliche Bedrohungen darauf neutralisiert waren. Sie setzte den Weg hinauf zur Kommandozentrale fort, um sich einen besseren Überblick zu verschaffen. Trey und Alexander befanden sich bereits dort und suchten das Wasser nach etwaigen Cazadores-Soldaten ab, die das Massaker überlebt haben könnten.

Die USS *Zion* lag ein gutes Stück von den zwei feindlichen Schiffen und dem Abschnitt des Meeres entfernt, in dem die kleineren Fahrzeuge von den 50er-Kalibern zerfetzt worden waren. Trotzdem würden die Hell Divers keine Risiken eingehen.

Die anderen Springer hielten sich unter Deck in der Kampfeinsatzinformationszentrale oder auf der Brücke auf, wo sie die Waffen überwachten und das Wasser auf Wärmesignaturen absuchten.

»Captain«, sagte Trey.

Alexander nickte und reichte Katrina ein Fernglas. Sie schaute damit zur Bucht, wo Rauch von schwelendem Treibgut aufstieg … und von Leichen, die mit Schwimmwesten inmitten der Trümmer trieben.

»Captain, wir haben den MK-65-Geschützturm auf das Containerschiff gerichtet«, meldete Alexander, »aber bisher haben wir kaum Bewegung gesichtet.«

Katrina richtete das Fernglas auf das Schiff. Im Aufbau der Operationszentrale, deren Metallhaut sich nach außen gewölbt hatte wie eine Krone, brannte immer noch ein Feuer.

Auf dem Deck waren mehrere Containerstapel umgekippt und auf der Seite zum Liegen gekommen. Andere Container trieben tief im Wasser. Auf der Steuerbordseite klafften im Rumpf Löcher von mehreren

Geschosseinschlägen. Aus einigen wallte nach wie vor Rauch.

Angesichts des Ausmaßes der Zerstörung fragte sie sich, ob das Schiff überhaupt geborgen werden konnte. Es überraschte Katrina aufrichtig, dass es noch nicht auf dem Meeresgrund ruhte.

»Was sollen wir mit den Überlebenden machen?«, fragte Alexander.

»Ich sage, wir lassen sie ertrinken«, schlug Trey vor.

Katrina schwenkte das Fernglas zurück zum Wasser zwischen der *Zion* und dem Containerschiff der Cazadores. Indem sie auf einen Knopf drückte, schaltete sie die Infrarotfunktion ein. Mehrere Wärmesignaturen leuchteten auf.

Einige Soldaten klammerten sich an ihren beschädigten Fahrzeugen fest.

Von den ursprünglichen Kriegern lebten nur noch ungefähr zehn bis 15. Viele davon mussten tödlich verwundet sein.

»Wir könnten sie über den Haufen fahren«, sagte Trey.

Katrina ließ das Fernglas sinken und sah den jungen Hell Diver an. »Auf den Vorschlag wäre dein Vater nicht stolz.«

»Wieso sollten wir ihnen Gnade zeigen?«, fragte Trey. »Umgekehrt hätten sie mit Sicherheit kein Erbarmen mit uns.«

»Wenn ich etwas anmerken darf«, meldete sich Alexander zu Wort. »Wir haben ungefähr 30 Prozent der funktionierenden Munition verbraucht. Was immer wir tun, es sollte nicht noch mehr von unseren Reserven angreifen.«

»Sehe ich auch so«, gab Katrina zurück. Abermals ließ sie den Blick über die glimmenden, im Wasser verstreuten Trümmer wandern. Sie hatte weder genug Personal, um diese Leute gefangen zu nehmen, noch genug medizinische Vorräte, um ihre Verletzungen zu behandeln.

Die anderen Springer beobachteten sie, harrten ihrer Entscheidung.

»Wir lassen sie zurück«, verkündete Katrina mit fester Stimme.

Alexander und Trey nickten und warteten auf ihre nächsten Befehle. Sie überlegte sorgfältig und beschloss, mit der Bergungsoperation fortzufahren.

»Ich will, dass so bald wie möglich ein Einsatzteam an Bord des Containerschiffs geht«, sagte sie. »Ich übernehme wieder die Führung.«

»Was?«, kam von Alexander. »Bei allem Respekt, Captain, Sie sind verletzt und werden hier gebraucht. Lassen Sie mich die Leitung übernehmen.«

»Ich schließe mich Alexander an«, erklärte Trey. »Sie müssen sich ausruhen.«

Katrina legte eine Hand auf den Verband um ihre Brust. Die beiden hatten recht, auch wenn sie es nicht zugeben wollte. Katrina hatte sich angewöhnt, ihre Leute als Vorbild anzuführen, doch diesmal war sie dazu nicht in der Verfassung. Sie wäre höchstens eine Last für die anderen Springer.

»Na schön. Aber ihr nehmt Vish mit«, entschied sie.

Alexander rang sich ein Lächeln ab. »Keine Sorge, ich schaffe das.«

»Was machen wir mit den noch Lebenden an Bord des Schiffs?«, fragte Trey.

»Kommt drauf an, wer sie sind«, antwortete Katrina. »Wenn ihr Zivilisten entdeckt, nehmen wir sie gefangen, aber wenn es Soldaten sind, erschießt ihr sie.«

»Verstanden, Ma'am«, erwiderte Trey. Als er sich abwandte, vermeinte Katrina, ein verhaltenes Grinsen in seinen Zügen zu erkennen.

»Sei vorsichtig, Trey. Du auch, Alexander.«

Beide nickten und verschwanden den Niedergang zur Brücke hinunter, wo Eevi und Sandy ihre jeweiligen Stationen beaufsichtigten.

»Anker lichten«, befahl Katrina. Sie griff sich das Handteil von der Funkstation und stellte eine Verbindung zur Kommandozentrale her. »Vish, umgehend im Frachtraum melden. Jaideep, Edgar, ihr bleibt an den Waffen und feuert auf alles, was in unsere Nähe kommt. Wir verlassen die Bucht.«

»Aye, aye, Captain«, gab Edgar zurück.

Als sich Katrina umdrehte, sah sie, wie sich Alexander und Eevi umarmten. Mehrere Sekunden lang hielten sich die beiden eng umschlungen fest. Der flüchtige Moment gab ihr die Zeit, ihre eigenen Befehle zu hinterfragen. Was, wenn sich weitere feindliche Matrosen auf dem Schiff versteckten?

»Captain, wie geht's Ihnen?«, erkundigte sich Sandy.

Katrina beschloss, ihre Anordnungen nicht zu ändern. Sie humpelte hinüber zu Sandy.

»Recht gut – ist nur 'ne angeknackste Rippe«, sagte sie. »Wie kommst du klar?«

Sandy zuckte mit einer Schulter. »Ich dachte, Cazadores zu töten würde sich irgendwie besser anfühlen, aber ich weiß nicht recht … Ich fühle mich fast … schuldig.«

Katrina dachte über die Worte nach. Ein Teil von ihr empfand genauso.

»Wir sind im Krieg, Sandy«, sagte sie. »Wir müssen stark sein. Von hier an wird's nur noch härter werden.«

Ein Piepton erklang – eine willkommene Ablenkung.

»Anker gelichtet, Captain«, meldete Sandy.

Katrina biss sich auf die Unterlippe und ging hinüber zu ihrer Station. Sie tippte auf den Touchscreen, rief die Steuerung auf und gab einen Kurs um die Bucht ein, um sich dem Containerschiff und dem Fischerboot von der Seite anzunähern.

Über die Lautsprecheranlage kam eine Meldung aus dem Frachtraum, während sie arbeitete.

»Wir sind bereit zum Aufbruch«, sagte Alexander.

»Warten auf meinen Befehl«, gab Katrina zurück. Sie tippte auf eine weitere Schaltfläche, um die Abdeckungen von den zerbrochenen Bullaugen hochzufahren, damit sie Sichtkontakt zu dem brennenden Containerschiff hatte.

Ihr Blick schnellte von der Aussicht draußen zurück zum Bildschirm. Die Scanner suchten das Wasser weiter nach Feindkontakt ab. Eevi hatte die Sensoren manuell so justiert, dass sie alles ab der Größe eines Menschen erfassten. Das hatten sie beim Containerschiff bereits versucht, aber die Brände brachten die Infrarotinstrumente durcheinander.

Katrina steuerte das Kriegsschiff aus der Bucht. Durch die Bullaugen bot sich eine neue Aussicht auf das Fischerboot in der Ferne. Ein Fluch entfuhr ihr, als sie sah, dass es sich bewegte.

Ein Lichtblitz bestätigte, was sie in der Dunkelheit bemerkt zu haben glaubte. Da die Motoren des Fischerboots ausgefallen waren, versuchten die Cazadores an Bord mithilfe der Segel zu entkommen.

Sie ergriff das Handteil und stellte erneut eine Verbindung zur Kommandozentrale her. »Edgar, nimm das Fischerboot mit dem MK-65 ins Visier, schieß aber erst, wenn du von mir den Befehl dazu erhältst.«

»Verstanden, Captain.«

Sie legte das Handteil zurück und steuerte weiter auf das Containerschiff zu. Rauch von der Brücke verflüchtigte sich, als ein leichter Regen die Brände nach und nach löschte. Die Tropfen prasselten durch die Rahmen der Bullaugen der *Zion* herein, dennoch ließ Katrina die Abdeckungen offen, um ihr Ziel im Auge zu behalten.

Sie benutzte die manuelle Steuerung, um das Kriegsschiff um die zwei Cazadores-Schiffe herumzumanövrieren. Der geschlossene Geschützturm des MK-65 drehte sich, blieb auf das Fischerboot gerichtet. Katrinas Plan sah vor, zuerst an Bord des Containerschiffes zu gehen, es zu räumen und anschließend das Fischerboot zu verfolgen.

»Alexander, Trey, Vish, ihr habt Startfreigabe«, sagte sie.

Das Team verließ das Schiff in einem zweiten Zodiac. Es dauerte nicht lange, bis es in Sicht geriet. Blaue Batterieeinheiten stiegen eine Leiter zu den Kränen hinauf, mit denen die Cazadores ihre Boote zu Wasser gelassen hatten.

Eevi und Sandy gingen mit Katrina zu den Bullaugen hinüber, um das Geschehen zu beobachten. Sie befanden sich nahe genug, dass Katrina mit ihrer Nachtsichtoptik einige Leichen ausmachen konnte.

Der blaue Schimmer der Hell Divers verblasste, verschwand in die inneren Gänge.

»Wir sind drin«, meldete Alexander über Funk.

Die Radarstation gab einen Piepton aus, und Katrina bedeutete Sandy mit einem Zeichen, den Monitor zu überprüfen. Eevi blieb neben Katrina und kaute auf einem Fingernagel, während ihr Ehemann tiefer in das feindliche Schiff vordrang.

»Ihnen passiert nichts«, sagte Katrina, um Eevi zu beruhigen.

»Äh, Captain«, meldete sich Sandy zu Wort. »Wie's aussieht, erfassen die Sensoren mehrere Wärmesignaturen in der Bucht. Und sie bewegen sich schnell.«

»Kann's sein, dass einige der Boote wieder funktionieren?«, fragte Katrina.

»Ich bin mir nicht sicher«, antwortete Sandy.

Katrina kehrte zum Niedergang zurück. »Eevi, du übernimmst die Brücke. Ich geh zurück in die Kommandozentrale.«

»Verstanden, Captain.«

Auf halbem Weg hielt Katrina an, um Luft zu schnappen und sich die schmerzende Brust zu halten. Dann setzte sie den Weg nach oben fort und richtete das Fernglas auf die Bucht.

Die grünstichige Nachtsichtoptik offenbarte keine Fahrzeuge in Bewegung.

Aus der Ferne ertönten vom Containerschiff mehrere Schüsse. Gleich darauf folgte eine Stimme über die Funkverbindung. »Captain, Kampfhandlung mit einer Gruppe von vier Cazadores«, berichtete Alexander. »Zwei sind gefallen, die anderen zwei auf der Flucht.«

Seid vorsichtig, verdammt.

Katrina schwenkte das Fernglas zu dem Schiff, doch ein schneller Rundumblick offenbarte nichts. Sie drehte sich zurück zur Bucht und schaltete auf Infrarot um. Und tatsächlich: Zwei rote Wärmesignaturen bewegten sich durchs Wasser.

Katrina wechselte zur Nachtsicht und rechnete damit, Cazadores zu erblicken, die Ruder oder Paddel benutzten, um mit Booten zu flüchten. Allerdings sah sie weder Boote noch Cazadores.

»Mein Gott«, flüsterte sie. Die beiden Haie erwiesen sich als um die 15 Meter lang – fast doppelt so groß wie alles, worüber sie in ihrer Jugend in Büchern gelesen hatte.

Rückenflossen schnitten durch die Wasseroberfläche, als die Raubfische auf der Suche nach Nahrung das Treibgut durchstreiften. Katrina vergrößerte die Ansicht und beobachtete, wie eines der Ungeheuer einen zappelnden Überlebenden mit einem einzigen Happen verschlang.

Die anderen Männer versuchten verzweifelt, auf die zerstörten Boote zu klettern. Einer schaffte es auf einen WaveRunner, als ein Hai sein Bein zu fassen bekam und mit rasiermesserscharfen Zähnen abtrennte. Der Cazadores-Soldat plumpste zurück ins Wasser, wo der zweite Hai den Rest von ihm verspeiste.

Innerhalb von Minuten hatten die beiden Monster die Bucht von lebenden und toten Körpern befreit. Voll Grauen starrte Katrina mit dem Fernglas an den Augen hin, als die Haie wendeten und in Richtung der USS *Zion* schwammen.

Eine weitere Mitteilung knisterte aus der Funkanlage. »Captain, hier Alexander, hören Sie mich?«

»Nur zu, Alexander, ich höre«, antwortete Katrina und bemühte sich, ihre Angst zu überspielen.

»Wir haben alle Feinde ausgeschaltet, und wir … wir haben was gefunden, Captain.«

»Was habt ihr gefunden?«

»Das werden Sie mit eigenen Augen sehen müssen, um es zu glauben.«

Der Hybridmensch lag bewusstlos auf dem Metalltisch. Wasser tropfte von seiner runzligen Haut. Layla hatte den Mann mit Morphium vollgepumpt, nachdem sie ihn aus der Kammer geholt hatten. Les zweifelte dennoch daran, dass es ihn davon abhalten würde, aufzuwachen und zu tun, wovor er sie gewarnt hatte: sie alle umzubringen.

Er überprüfte die Riemen an den Handgelenken und den metallischen Fußgelenken des Mannes. Sie schienen zwar sicher zu sein, allerdings konnten Metallgliedmaßen schier unglaubliche Kraft besitzen, sogar an einem Körper, der über 100 Jahre alt aussah.

Michael überprüfte erneut die Fesseln an den Beinen. »Er ist gesichert. Also los. Schließen wir ihn an den Computer an.«

Widerwillig holte Les ein Kabel aus seiner Ausrüstung und schloss den Stecker am Hals des Mannes an. Das andere Ende verband er mit seinem Handgelenkscomputer, bevor er den Arm hob, um sich die Vitalwerte anzusehen.

Das konnte nicht richtig sein.

»Wie kann dieser Mann noch leben?«, fragte Les. »Ich empfange keine Herzfrequenz, und er scheint nicht zu atmen.«

»Das liegt daran, dass er weder ein Herz noch eine Lunge hat«, erklärte Timothy. »Aber wenn Sie einen genaueren Blick auf Ihren Monitor werfen, können Sie bestimmt die elektrischen Aktivitäten des Gehirns erkennen, das eigentlich ein Computer der Größe einer Fliege ist – einer Taufliege.«

Les sah erneut hin und erkannte auf dem Display etwas, das an Gehirnwellen erinnerte.

»Das gefällt mir nicht«, wiederholte er zum fünften Mal. »Was hat's für einen Sinn, mit diesem … Kerl zu reden? Vor allem nach dem, was er gesagt hat, als er noch im Tank war.«

Die Worte wiederholten sich in seinem Geist.

Vernichtet mich, bevor ich euch alle töte.

»Ich will ihm ein paar Fragen stellen«, sagte Michael. »Vielleicht kann er uns helfen.«

Les bemühte sich, nicht überzuschnappen, aber das war einfach nur verrückt. »Michael, er hat eben erst angedroht, uns zu töten, wenn er die Chance dazu erhält. Nicht gehört?«

Timothy verschränkte die Arme vor dem durchscheinenden Jackett. »Deshalb habe ich vorgeschlagen, ihn an einen Monitor anzuschließen. Solange er bewusstlos ist, sollte es mir gelingen, mich in sein Gehirn zu hacken. Für Sie alle besteht dabei ein geringes Risiko.«

»Ein geringes Risiko?«, fragte Les. »Der Typ ist im Wesentlichen ein abtrünniger Roboter mit Haut. Weiß es noch jemand? Als wir das letzte Mal in dieser Hölle auf Erden waren, hätten uns diese Maschinen um ein Haar getötet.«

»Er schläft, Giraffe«, beruhigte Michael. »Und wir

haben ihn auf dem Tisch fixiert. Ich sage, wir lassen es Timothy tun.«

Layla warf Les einen Blick zu. »Bevor wir aufbrechen, möchte ich persönlich gern wissen, woran hier gearbeitet wurde. Die Gelegenheit erhalten wir vermutlich nie wieder.«

»Die Antworten stecken in seinem Kopf«, sagte Timothy. »Er weiß vielleicht auch, wo die abtrünnigen Roboter sind.«

»Ihr seid doch alle verrückt«, murrte Les. »Du auch, Pepper.«

»Das kränkt mich jetzt ein wenig«, erwiderte die künstliche Intelligenz.

Les atmete so tief durch, dass die Innenseite seines Visiers beschlug. »Also, wenn wir uns reinhacken wollen, dann schnell. Ich will finden, wofür wir hergekommen sind, und dann schleunigst weg aus diesem Verlies unter Wasser.«

»Was brauchst du von uns noch?«, wollte Michael von Timothy wissen.

Die künstliche Intelligenz schwebte zum Kopf des Tisches, wo die Metallkrone des Hybriden ruhte. »Schließen Sie die Elektrik an Laylas Computer an, dann kann ich beginnen.«

Sie arbeiteten rasch, wobei Layla den Großteil der Vorbereitungen übernahm. Nachdem sie die Kabel an den zusätzlichen Computer angeschlossen hatte, holte sie ihr Tablet hervor.

»Du bist dran«, sagte sie zu Timothy.

Die künstliche Intelligenz flackerte mehrmals und schloss die Lider. »Zapfe das Netzwerk an … arbeite mich an der Firewall vorbei …«

Les schwenkte das Licht seiner Lampe durch die anderen Labors, während sie warteten. Ein zunehmendes Gefühl von Unbehagen breitete sich in ihm aus. Sie befanden sich bereits seit über acht Stunden in der Tiefe, und er wollte endlich weiter.

»Diese Firewall ist kompliziert«, sagte Timothy.

Les lief auf und ab, während sie warteten. Er überprüfte mehrmals seine Maschinenpistole. Obwohl sich eine Patrone im Lager befand und er wusste, dass er ein volles Magazin eingelegt hatte, war er nervös. An der Waffe herumzuhantieren lenkte ihn von der Realität seiner Situation ab – zumindest für einige Augenblicke. Allerdings dauerte es nicht lange, bis er sich wieder auf die aktuelle Lage konzentrierte.

Trey kreuzte über das gefährliche Meer zu den Metallinseln, und da draußen lauerte Schlimmeres als die Cazadores. Er musste zurück zu seinem Jungen.

»Wir sind drin«, verkündete Timothy endlich.

Les kehrte zurück zu Michael und Layla, die beide auf ihr Tablet starrten. Layla legte es auf einen Labortisch und benutzte den Ständer, um es aufzustellen.

»Ich durchsuche gerade Millionen von Dokumenten, Downloads und Erinnerungen«, kommentierte die künstliche Intelligenz. »Aber ich grenze die Suche ein, konzentriere mich auf alles, was auf … Ah, hier haben wir etwas.«

Ein Video erschien auf dem Tablet.

»Damit sollte Layla eine gute Vorstellung davon erhalten, was hier getan wurde«, fügte Timothy hinzu.

Das vertraute Gesicht eines Mannes mit olivfarbener Haut und einer Chirurgenmaske um den Hals zeigte sich auf dem Display. Er lächelte in die Kamera.

»Ich bin Dr. Julio Diaz, diese Aufzeichnung stammt vom 15. Februar 2041. Wir sind jetzt einsatzbereit und beginnen unsere Tests am ersten Versuchsobjekt.«

Die Kamera schwenkte von dem jungen Arzt zu einem weißen Kalb mit schwarzen Flecken. Kabel führten von der Kunststoffhaut, die das Tier schützte, und von vier mechanischen Beinen weg.

»Das ist Spade«, stellte Julio vor. »Wie Sie sehen, haben wir alle vier Beine entfernt und durch Robotergliedmaßen ersetzt. Diese vakuumversiegelten Biostase-Behältnisse werden den Heilungsprozess beschleunigen. Sobald er abgeschlossen ist, beginnen wir mit dem schwierigen Teil meiner Arbeit: dem Ersetzen von Teilen des Gehirns durch unsere neuen Mikrochips.«

Les schaute hinüber zu dem Mann, der auf dem Tisch lag. War er vor 260 Jahren einer von Julios Patienten gewesen?

Unmöglich.

Les erinnerte sich an den Friedhof, den Michael und er auf einem der Schiffe an den Docks draußen gefunden hatten. Dort hatten Knochen von Menschen und Tieren gelegen. Die abtrünnigen Roboter hatten einige davon als Schmuck getragen. Eine Erinnerung an eine der Maschinen mit einem Kuhschädel tauchte aus seinem Gedächtnis auf, während er das Kalb in dem Video betrachtete.

Was für ein makabres Experiment war hier gelaufen?

Timothy rief ein neues, sieben Tage später datiertes Video auf. Das Kalb stand aufrecht und bewegte sich auf den neuen, mechanischen Gliedmaßen durch das weiße Labor. Es stolperte, fiel und rappelte sich aus eigener Kraft wieder auf.

»Heute beginnen wir damit, Spades Gehirn zu entfernen und durch einen Mikrochip zu ersetzen«, erklärte Julio. »Danach sollten wir in der Lage sein, das Tier zu kontrollieren – ähnlich wie eine ferngesteuerte Drohne.«

Auf dem Bildschirm erschien ein weiteres Video, das die Operation zeigte. Julio und mehrere Mitglieder seines Teams trugen weiße Arztkittel, doch sie führten den Eingriff nicht selbst durch. Stattdessen saßen sie an Konsolen und beaufsichtigten einen Operationsroboter, der mit sechs weißen Gliedmaßen daran arbeitete, die Schädeldecke des Kalbs zu entfernen.

»Ist das eine ITC-Spinne?«, fragte Layla. Sie schaute nicht auf das Display, sondern zu einer der Maschinen in der Ecke des Raums.

»Ja«, antwortete Timothy.

»Ich meine *die da*.« Layla zeigte hin.

Die künstliche Intelligenz wandte sich vom Tisch ab. »Oh. Ja, dieselben Maschinen haben die Operation durchgeführt, die Sie gerade sehen. Ich glaube, wir haben eine an Bord der *Deliverance*.«

Darüber wusste Les nicht viel – nur dass es sich um eine ähnliche Technologie wie die frühen Da-Vinci-Operationssysteme handelte, die nicht weiterverfolgt und wie die meisten Technologien im 21. Jahrhundert von ITC übernommen wurden.

»Ich freue mich, die letzte Phase der Reise unseres kleinen Freunds zu beschreiten«, sagte Julio. »Sobald wir den Übergang zu mechanischen Teilen abgeschlossen haben, beginnen wir mit dem wichtigsten Teil unserer Forschung: aus Spade das langlebigste Rind in der Geschichte seiner Spezies zu machen.«

»Hab ich was verpasst?«, fragte Layla.

Timothy hielt das Video an. »Ja, ich glaube, uns ist tatsächlich etwas entgangen. Ich suche rasch, ob ich noch etwas davon finde.«

Les ließ den Blick erneut durch die Labors wandern. Der Strahl seiner Stirnlampe heftete sich auf die medizinischen Apparate in der Ecke. Allmählich wurden ihm die Spinnen wirklich unheimlich.

»Nur die Ruhe, Giraffe«, sagte Michael, obwohl Les die Anspannung auch in seiner Stimme hören konnte. »Abgesehen von dem Kerl auf dem Tisch sind wir hier unten allein.«

»Ich will einfach nur diese Mission hinter mich bringen«, gab Les zurück. »Wir wissen immer noch nicht, wo die abtrünnigen Roboter sind.« Er sah auf die Missionsuhr. »Und wir halten uns schon fast neun Stunden hier unten auf.«

»Ich weiß, ich weiß«, sagte Michael.

»Hier haben wir es«, kündigte Timothy an.

Die Hell Divers wandten sich wieder dem Tablet zu. Dr. Diaz und sein Team stießen auf der Terrasse einer Villa mit Aussicht aufs Meer an. Wolken wanderten über den blauen Himmel, während sie feierten, eine sanfte Brise wehte durch die Wedel von Palmen am Strand.

»Guten Abend«, sagte Julio. »Heute möchte ich euch allen danken. Wir haben in kurzer Zeit viel erreicht. Dass uns die United States Navy erst vor fünf Jahren den Auftrag zur Biostase-Forschung erteilt hat, ist kaum zu glauben. Und nun haben wir uns den bisher größten Auftrag überhaupt von der biomedizinischen Sparte der Industrial Tech Corporation gesichert.

Das ermöglicht es uns, mit unserer Forschung den nächsten Schritt zu gehen und Hybriden aus Tier und Maschine einzusetzen, um unserem Ziel näher zu kommen, die Qualität und Dauer von menschlichem Leben zu steigern.«

Wieder erhob er das Glas, und der Rest des Teams folgte seinem Beispiel.

»Interessant«, meinte Timothy, als das Video endete. »Ich habe gerade eine Untersuchung einiger anderer Dateien abgeschlossen und festgestellt, dass Dr. Diaz' Team an Bärentierchen und Eisfröschen die Zellstabilisierung zum Überleben unter rauen Bedingungen wie Temperaturen unter dem Gefrierpunkt erforscht hat.«

»ITC hat daran gearbeitet, die biologische Lebensspanne zu verlängern«, fasste Layla zusammen.

»Ja«, pflichtete Michael ihr bei. »Wie ein Versuch, Unsterblichkeit zu erreichen.«

Les schüttelte entsetzt den Helm, während er die verschrumpelte Gestalt auf dem Tisch betrachtete, halb alter Mann, halb Maschine. »Wenn man so was wie diese Absonderlichkeit hier als ›Unsterblichkeit‹ bezeichnen will. Für mich ist es kein Leben, wenn man alles entfernt, was die Menschlichkeit ausmacht. Ich meine, kommt schon, der Kerl da hat nicht mal ein *Herz.*«

»Ist bloß ein weiterer Beweis dafür, dass Menschen die Welt erschaffen haben, in der wir leben«, sagte Michael. »Wir haben diese Kreaturen, die abtrünnigen Roboter und das Virus erschaffen, das den Blackout im Dritten Weltkrieg verursacht hat.«

Schweigen breitete sich unter den Hell Divers

aus. Sogar Timothy blieb stumm. Er löste die verschränkten Arme und ließ sie an der Seite baumeln, als wüsste er nicht, was er mit ihnen tun sollte.

»Haben wir sonst noch irgendwelche Informationen?«, meldete sich Layla zu Wort. »Wissen wir, wer dieser Kerl ist?«

Les nahm die Maschinenpistole in die andere Hand. »Wie wär's mit der Frage, wo die Roboter sind?«

Timothy kratzte sich am penibel gestutzten Kinnbart. »Einen Moment bitte.«

Der Bildschirm des Tablets leuchtete erneut auf. Diesmal erschien ein Video, das einen der abtrünnigen Roboter zeigte, der einen Mann an den zerfetzten Beinen in ein Labor schleifte. Sie zogen eine Blutspur hinter sich her.

Der Mann krümmte sich im Griff der Maschine und schrie wie am Spieß. »Aufhören! Bitte! Ich flehe dich an! Ich werde meine gesamte Forschung vernichten. Ich verspreche es!«

Das orangefarbene Visier des Roboters blitzte auf, während er den Mann weiterschleifte.

»Ist das Dr. Diaz?« Layla beugte sich näher zum Tablet.

Eine andere Maschine bückte sich, packte den Mann an einem Arm und half dem ersten Roboter, ihn auf einen Tisch zu heben.

»Das wurde in demselben Labor aufgezeichnet, in dem wir uns gerade befinden«, erklärte Timothy.

Das Video schwenkte über eine Reihe von Tischen neben Julio. Eine Frau lag dort auf dem Rücken. Ein klaffendes Loch in ihrem Gesicht machte ihre Züge unkenntlich.

»Das müssen die Überreste von Dana sein«, merkte Michael an.

»Also ist Julio nicht entkommen, nachdem er ins Meer gesprungen ist«, hielt Les fest.

Bevor jemand etwas hinzufügen konnte, erschreckte ein Alarm aus dem Video die drei Hell Divers.

Die zwei abtrünnigen Maschinen hoben die langen Arme. Ihre Exoskelette öffneten sich, und mechanische Sägen wurden ausgefahren. Die Blätter erwachten zum Leben. Das schrille Geheul vermengte sich mit den gellenden Schreien des Arztes, als sie sich in sein Fleisch senkten.

Die Maschinen begannen mit seinen Beinen und arbeiteten sich nach oben vor, bis sie schließlich die Arme entfernten. Bei jeder Amputation versengten sie die Wunde, um den Blutverlust einzudämmen.

Der Mann war noch bei Bewusstsein, als sie seinen Kopf in Angriff nahmen, doch Les musste wegschauen, als sie anfingen, die Brust zu bearbeiten. Die bizarre Szene war sogar für ihn zu viel.

Während die Operation auf dem Bildschirm des Tablets abgespielt wurde, begann der Mann auf dem Tisch vor den Hell Divers zu zittern. Sein Körper zuckte krampfhaft, die Robotergliedmaßen kämpften ratternd gegen die Fesseln an.

Les setzte sich in Bewegung, um mehr Morphium aus dem Erste-Hilfe-Rucksack zu holen. Sie mussten den Hybridmenschen wieder betäuben. Anscheinend rüttelten die Erinnerungen den Mann wach.

Aber warum? Es sei denn …

»Heilige Scheiße«, hauchte Les. »Ist der Kerl da Dr. Diaz?«

Die schmalen, runzligen Lippen des Mannes auf dem Tisch öffneten sich. »Nein«, krächzte er. »Aufhören. Bi-i-i-i-i-tte!«

»Zieh die Stecker«, sagte Michael zu Layla. Rasch löste sie die Sensoranschlüsse von dem Schädel, doch es war bereits zu spät. Mühelos zerriss der Maschinenmensch eine der Fesseln. Die Lider öffneten sich jäh. Sowohl das menschliche als auch das mechanische Auge hefteten sich auf Les. Der befreite Metallarm streckte sich nach ihm. Les sprang gerade noch rechtzeitig zurück, bevor ihn die Roboterfinger am Handgelenk packen konnten.

Alle Hell Divers wichen zurück, als der Hybrid-Wissenschaftler den Rest der Fesseln zerfetzte. Er setzte sich auf und drehte ihnen das verschrumpelte Gesicht zu. Layla griff nach den Elektrokabeln, doch der Hybride erwies sich als schneller. Er schlug sie mit dem Roboterarm, schleuderte sie rückwärts gegen einen Tisch.

Michael feuerte einen Laserstrahl auf die Maschine ab, als sie sich in Bewegung setzte. Der blaue Blitz trennte den rechten Arm an der Schulter ab. Les zielte mit der Maschinenpistole auf den Kopf und gab eine Salve ab, die ihr Ziel verfehlte und stattdessen in die Wand einschlug.

Der Hybride rappelte sich auf die drei verbliebenen Gliedmaßen und heftete den Blick erneut auf Les. Allerdings erkannte Les darin nicht denselben seelenlosen Ausdruck wie bei den anderen Robotern. Ein Teil von Dr. Julio Diaz sprach daraus – derselbe Teil, der die Springer angefleht hatte, ihn zu zerstören, als sie ihn in jener Stasekammer entdeckt hatten.

Michael feuerte einen weiteren Strahl ab. Diesmal schnitt er durch die Brust und brachte den Hybriden zu Fall. Zuckend landete er auf dem Rücken.

»Nicht schießen«, sagte Michael zu Les. Er schaute hinüber zu Layla. »Alles in Ordnung?«

Sie rappelte sich bereits wieder auf, hielt sich jedoch mit einer Hand den Bauch. »Ich ... ich glaub, schon.«

Timothy hob die Hand, um Michael davon abzuhalten, erneut zu schießen. »Wir wissen immer noch nicht, wo die Abtrünnigen sind«, sagte er. »Bevor Sie Dr. Diaz vernichten, sollten wir ihn vielleicht fragen.«

Michael ließ das Lasergewehr auf den gefallenen Hybriden gerichtet. Dessen Brust verströmte Rauch und sprühte Funken. Aus der Schulter des abgetrennten Arms sickerte Blut. Das Mischwesen zuckte weiter. »Abtrünnige ...«, presste der ehemalige Wissenschaftler mit erstickter Stimme hervor.

Timothy bückte sich und sagte: »Doktor, bitte sagen Sie uns, wo die DEF-9-Einheiten sind.«

Der Hybride drehte der künstlichen Intelligenz den Kopf zu. »Weg. Sie sind aufgebrochen ... nach einem ... Angriff. Es ist nur noch einer übrig.«

Die Worte jagten Les einen kalten Schauder über den Rücken, was ihn jedoch nicht davon abhielt, näher zu dem Hybriden zu treten. »Wo sind sie hin?«

Das Mischwesen schaute zu ihm auf. »Sie haben ein ... ein Signal abgefangen. Aber ich kenne ihr Ziel nicht.« Die runzlige Stirn legte sich in gequälte, tiefe Falten. »Bitte ... ihr müsst mich vernichten.«

»Sie haben Ihr Ziel der Unsterblichkeit erreicht«, meinte Layla, als sie sich humpelnd näherte.

»Nein«, widersprach Michael. »Niemand lebt ewig. Nicht mal X.«

Damit feuerte er einen Laserstrahl durch Julios Schädel ab und beendete sein Leiden. Michael ließ die Waffe sinken und ging hinüber zu dem Roboterarm, den er dem Hybriden weggeschossen hatte. Er hob ihn auf, dann schaute er zu den Spinnenmaschinen in der Ecke.

»Nein«, sagte Les. »Das kann nicht dein Ernst sein, Michael.«

»Wir sind wegen der Abtrünnigen hergekommen. Und ich geh nicht ohne irgendwas, das uns hilft, wenn wir die Metallinseln erreichen«, erwiderte Michael. »Außerdem könnt ihr mich jetzt beide wieder ›Stan‹ nennen.«

Niemand lachte darüber, dennoch halfen seine Worte, die Anspannung ein wenig aufzulockern.

»Timothy, meinst du, dass du die Spinne an Bord der *Deliverance* in Betrieb nehmen kannst?«, fragte Michael.

»Sicher, Sir.«

18

Der schmutzig gelbe Schein des Leuchtturmlichts schnitt durch den Nebel wie ein Signalfeuer für die zwei überlebenden Mitglieder der Barracudas und Hell Diver Xavier Rodriguez. Seit Stunden marschierten sie durch den mutierten Dschungel. X schleppte sich nur noch mit den letzten Reserven weiter. Als sie den Stadtrand wieder erreichten, war er an einem Punkt der Erschöpfung, an dem die meisten Männer einfach zusammengebrochen wären.

Rhino reihte sich neben ihn ein. Der Cazadores-Offizier hatte kein Wort über seine Verletzungen verloren, doch es ließ sich nicht übersehen, dass er einige schwere Treffer von der bizarren Kreatur im Dschungel einstecken musste. Trotz der Schmerzen marschierte er weiter, bis Wendig schließlich die Hand hob und sich zum Ausruhen auf einen Stein hockte.

»*Un minuto*«, sagte Rhino zu Wendig. »Nimm dir auch eine Minute, Unsterblicher.«

X ließ sich auf den Boden plumpsen und nutzte die Zeit, um zu verschnaufen und einen Systemcheck seiner Panzerung und seines Anzugs durchzuführen. Blut und Asche bedeckten ihn von Kopf bis Fuß, als hätte er in frischen Gedärmen gebadet und sich anschließend in einer Feuergrube auf dem Boden gewälzt. Aber wenigstens war es ihm gelungen, seinen Anzug wieder in Betrieb zu nehmen.

Er wollte einen Schluck aus dem Strohhalm in seinem Helm trinken, saugte jedoch größtenteils Luft ein. Das einsame Kreischen einer Sirene ließ ihn jäh nach dem Schwert greifen, das sie aus dem Trümmerhaufen geborgen hatten. Rhino zückte die Axt, die Whale fallen gelassen hatte, und Wendig hob eine Pistole an, als er suchend zum Himmel schaute.

Der Anblick der zwei verbliebenen Mitglieder in ihrem jämmerlichen Zustand erinnerte X daran, wie viel die Barracudas bei dieser Mission erlitten hatten. Und wofür? Etwa für die Trophäe, die sich Wendig über die Schulter geschlungen hatte?

Was für eine Verschwendung von Leben, dachte X.

In gewisser Weise erinnerten ihn diese Männer an eine schiefgegangene Mission der Hell Divers wie jene, bei der vor zehn Jahren sein gesamtes Team wegen eines defekten Wettersensors draufgegangen war. An dem Tag war sein bester Freund Aaron gestorben.

Nein, erkannte er. Diese Männer ähnelten den Hell Divers überhaupt nicht.

X verfluchte sich in Gedanken dafür, den Vergleich auch nur angestellt zu haben. Hell Divers riskierten ihr Leben, um die Menschheit zu retten. Die Barracudas jagten für persönliche Ehre und Vorteile.

Das Kreischen von Sirenen verhallte in der Ferne, und die Gruppe setzte den Weg fort. Nach dem nächsten Höhenzug fiel X auf, dass der rotierende Schein des Leuchtturms verschwunden war.

»Warum haben sie das Licht ausgeschaltet?«, fragte er.

»Weil sie bereit zum Aufbruch sind«, antwortete Rhino. Er fügte etwas auf Spanisch hinzu und streckte die Hand aus, um Wendig zu helfen. Da X gesehen hatte, wie ihn die Bestie in den von Wasser gefluteten Keller getreten hatte, überraschte ihn, dass der Mann überhaupt noch laufen konnte.

»Wir müssen uns beeilen«, meinte X.

Rhino nickte nur, und Wendig sah zu ihm herüber, schwieg jedoch. Er trug den Arm in einer Schlinge und hatte sichtlich Mühe, sich auf den Beinen zu halten.

Sie kämpften sich weiter vor, als über ihnen Donner grollte. Ein leichter Regen setzte ein und prasselte auf ihre Körperpanzerung, allerdings handelte es sich um kein kühlendes Nass – sondern laut der Anzeige des HUD in X' Helm um sauren Regen.

X wischte sich das Visier sauber und half Rhino, eine Schneise durch die Vegetation zu hacken. Mehrere Minuten lang arbeiteten sie zusammen, doch es wurde augenscheinlich, dass es keinen vernünftigen Weg vorwärts gab.

Die Schlingpflanzen und die dornigen Büsche wucherten als dichtes Dickicht um die Fundamente verfallener Gebäude. X stolperte, als er das Schwert schwang, und wäre um ein Haar in ein Gewirr der fleischfressenden Ranken gefallen.

Reiß dich zusammen, alter Mann.

Eine erschöpfende Stunde später sichteten sie endlich den Strand. Die Boote warteten noch am Ufer. Mit einem Seufzen atmete X erleichtert durch. Die Cazadores waren nicht ohne sie aufgebrochen.

Fast zurück … Bleib in Bewegung.

Während der Fahrt zurück zu den Metallinseln würde sich X ein ausgedehntes Nickerchen genehmigen.

Rhino legte sich Wendigs Schulter über den Arm, als sie den Weg den steilen Hang zu der von Geröll übersäten Straße hinunter antraten. Als sie sich dem Leuchtturm näherten, erkannte X erste Anzeichen der Schlacht, die gegen die Sirenenhorden gewütet hatte.

Mehrere der Monster lagen im Kreis um einen einzigen Cazadores-Soldaten auf der Straße verstreut. Der Mann hatte fünf der Kreaturen getötet, bevor ihre Klauen seine Panzerung aufgebrochen und ihm die Eingeweide aus dem Leib gezerrt hatten.

Der grausige Anblick erinnerte X an den Hades, doch er verdrängte den Gedanken und folgte Rhino und Wendig um die nächste Ecke. Eine Gruppe von vier Männern, die Wache hielten, zückte die Gewehre.

»Sachte«, sagte X und hob langsam die Hände. So verschmiert von Blut, sonstigen Körperflüssigkeiten und Dreck, wie die restlichen Mitglieder der Barracudas und er waren, ähnelten sie wahrscheinlich stark den Monstern, gegen die sie gekämpft hatten.

Rhino hob nicht die Hände, sondern brüllte den Soldaten etwas zu, die sofort die Waffen senkten und von der provisorischen Barrikade zurückwichen, um die Gruppe vorbeizulassen.

Alle vier Helme drehten sich Wendig und dem knochigen Schädel über seiner gepanzerten Schulter zu, als er vorüberhumpelte.

»*El rey demonio*«, sagte einer.

Die vier Fußsoldaten schlugen alle auf das Oktopus-Logo, das sie auf der Brust trugen.

»Was heißt das?«, wollte X von Rhino wissen.

»›Der Dämonenkönig‹.«

»So nennt ihr das Ding, das wir erlegt haben?«

Rhino nickte. »Aber ich nenne es ›Knochenbestie‹. Es sind nicht mehr viele davon übrig.«

»Was war es? Ich meine, woraus hat es sich entwickelt?«

Rhino zuckte mit den mächtigen Schultern. »Vielleicht aus einem Bären. Wer weiß?«

»Ich glaub, hier in der Gegend hat's nie Bären gegeben.«

»Spielt das eine Rolle?«, fragte Rhino.

X schüttelte den Kopf. »Nicht wirklich.«

Rhino rief über die Schulter etwas zu den vier Soldaten.

»Somos todo lo que queda.«

Die Männer schnappten sich ihre Ausrüstung und reihten sich ein.

Rhino stapfte an X vorbei. »Sie dachten, es würden mehr von uns zurückkommen«, sagte er. »Komm, gehen wir zurück zu den Booten.«

Die kleine Gruppe brach eine andere Straße entlang auf, wo sie über einen Geröllhaufen klettern mussten, der ihnen den Weg versperrte. Auf der Kuppe hob Rhino die Hand und gab mehreren Soldaten auf der anderen Seite ein Zeichen. Alle Männer schauten von ihrer Arbeit auf, die darin bestand, Gefallene zu überprüfen und Waffen sowie Ausrüstung zu bergen. Gepanzerte Haufen türmten sich auf dem Asphalt – Soldaten, die ihren Wunden erlegen waren.

Anscheinend hatte sich die ärgste Schlacht genau hier abgespielt.

Sirenenkadaver lagen zwischen den Toten, die eierschalenweißen Körper in Stücke gehackt. Gliedmaßen, Köpfe und Rümpfe übersäten die Straße, während andere Körper merkwürdig unversehrt geblieben waren, nur ihr verkohltes Fleisch qualmte ein wenig.

Und nicht alle waren tot.

Von weiter vorn drang das Klirren von Metall zu ihnen. X blieb stehen und betrachtete mit Käfigen beladene Wagen. Der Konvoi überquerte eine Kreuzung. Ein kastenartiges Fahrzeug aus Metall bewegte sich langsam auf Raupenketten über den aufgebrochenen Beton und zog die Wagen hinter sich her.

Ein Oktopus-Symbol prangte am Rumpf des uralten Kriegsgeräts, bei dessen Anblick X an ein Fahrzeug denken musste, in dem er vor Jahren mit Miles Zuflucht gesucht hatte.

Rhino ging weiter, doch X rührte sich nicht und starrte weiter auf die Wagen. In den Käfigen befanden sich am Boden festgekettete Sirenen, die sich nicht bewegen konnten. Knebel in ihren Mündern verhinderten, dass sie kreischten und bissen.

Damals in Florida hatte X selbst ein paar der Kreaturen gefangen, aber er hatte sie jedes Mal getötet. Er konnte immer noch nicht fassen, dass die Cazadores diese Geschöpfe aßen, aber da er mittlerweile einen Einblick in ihre Kriegerkultur erlangt hatte, verstand er, weshalb sie es taten. Sie glaubten, durch den Verzehr des Fleisches eines würdigen Gegners würden sie stärker.

Rhino beschleunigte die Schritte, als die Wagen um eine weitere Ecke bogen. Das Fahrzeug, das sie zog, rollte knirschend über einen Haufen aufgebrochenen

Betons und zerbröckelte ihn unter seinen Raupenketten.

Eine Gruppe von etwa 40 Soldaten marschierte neben den Wagen einher. War das der gesamte Rest der Kampftruppe, die erst vor Stunden an diesem Strand an Land gegangen war?

X schloss zum Rest der Gruppe auf und sichtete die Antwort am Strand unmittelbar unter dem Leuchtturm.

Die Ergänzungsmannschaft der Seeleute war in grünen, militärischen Uniformen von den Stränden heraufgekommen und entkleidete tote Cazadores, die man aus der Stadt hinuntergebracht hatte.

Einige der Männer hatten ihre Aufgabe bereits beendet und ordneten die Leichen gerade auf dem Sand an. Sie bildeten vier Reihen zu je zehn Toten. X fügte sie in Gedanken den bereits erfassten Verlusten hinzu und kam auf eine Summe von 50 bis 60 gefallenen Soldaten.

An Bord der *Hive* wäre eine solche Zahl eine Katastrophe gewesen, aber anders als am Himmel schien es auf den Metallinseln keinen Mangel an Kriegern zu geben.

Dennoch konnte er kaum fassen, wie teuer diese Mission El Pulpo zu stehen kommen würde.

Schließlich setzte er sich in Bewegung und folgte den Wagen. Im letzten befanden sich Sirenenkinder. Im Gegensatz zu den Erwachsenen waren sie nicht angekettet, sehr wohl jedoch bedeckten Knebel und Masken ihre Münder.

»Für die Himmelsarena«, erklärte Rhino und deutete mit dem Helm auf die Kinder. »Whale hat früher nur mit seinen Schlagringen gegen sie gekämpft. Das wird mir fehlen.«

X hörte leichte Traurigkeit aus der rauen Stimme heraus und hatte den Eindruck, dass es nicht am Atemgerät des Helms lag. Zwar empfand er nicht unbedingt Mitgefühl für Rhino, aber er wusste, wie es war, enge Freunde zu verlieren.

Ein grausiges Knirschen ertönte, als das Raupenfahrzeug, das die Wagen zog, über eine tote Sirene rollte. Der Kopf implodierte und bespritzte den aufgerissenen Asphalt mit Blut und Hirnmasse. Das Fahrzeug setzte den Weg im Schneckentempo fort und steuerte auf die Bootsrampe zu.

Rufende Stimmen ertönten, als am Strand die letzten Vorbereitungen begannen. Die verbliebenen Soldaten hielten auf die Ruderboote zu, während die grün uniformierten Seeleute die Ausrüstung und die Waffen verluden.

X suchte das Meer nach ihrem Schiff ab und sichtete es ungefähr anderthalb Kilometer entfernt vor Anker.

»Unsterblicher, komm her«, forderte Rhino ihn auf. Der Cazadores-Offizier kletterte auf einen Felsblock und hob die Arme, um sich die Aufmerksamkeit der Männer zu sichern. Die Soldaten und Seeleute ließen von ihren jeweiligen Aufgaben ab und bildeten einen Kreis um Rhino. Die meisten der Männer waren blutverschmiert und bewegten sich träge. Einige wiesen schwere Verletzungen und Sprünge in ihrer Panzerung auf, die sie umbringen würden, wenn sie nicht bald auf das Schiff zurückkehrten.

Aber was immer Rhino zu sagen hatte, war anscheinend wichtiger.

»Heute haben wir einen Sieg errungen«, rief er. »Wir sind heute hergekommen und haben den Dämonenkönig bezwungen.«

Er wiederholte die Botschaft auf Spanisch und erntete dafür begeisterten Applaus. Die Soldaten streckten Klingen und Fäuste in die Luft, als Wendig den Kopf des *rey demonio* hochhielt – oder der Knochenbestie, wie Rhino das Monster nannte.

Die Männer hämmerten sich auf die Brust, was die Sirenen aufstachelte, die sich in den Käfigen gegen die Ketten zur Wehr setzten. Mehrere Minuten lang standen die Soldaten und die Seeleute da, während Rhino seine Siegesansprache fortsetzte.

X wandte sich ab. Er konnte sich nicht länger an dieser Versammlung beteiligen, die an Bord der *Hive* ein trauriger Anlass gewesen wäre. Wenn Hell Divers nicht zurückkehrten, wurden zumeist Tränen vergossen und keine Triumphrufe ausgestoßen.

Als er den Blick über die Wellen wandern ließ, spürte er eine Hand auf der Schulter.

X drehte sich um und rechnete damit, Rhino zu sehen, aber es war Wendig.

Rhino beendete gerade seine Rede und sprang von dem Felsbrocken. Die Gruppe der anderen Männer löste sich auf. Rhino kam herüber zu Wendig und X.

»Du hast dich heute gut geschlagen, Unsterblicher«, lobte er X. »Wendig ist derselben Meinung und wäre stolz, an einem anderen Tag erneut mit dir zu kämpfen.«

X schnaubte. »Nur weil ich euch geholfen hab, gegen diese Monster zu kämpfen, heißt das noch lange nicht, dass ich euch nicht für Arschlöcher halte.«

Rhino lachte, und Wendig legte den Helm leicht verwirrt schief, bis ihm Rhino erklärte, was X gesagt hatte.

»Wir halten dich auch immer noch für ein Arschloch«, erwiderte Rhino. »Jetzt komm, lass uns zum Schiff zurückkehren.«

Die Barracudas gingen zu ihrem Boot, und X half ihnen, es zurück hinunter zum Wasser zu ziehen. Es dauerte nicht lange, die Boote zu beladen und hinaus in die Brandung zu schieben. Mehrere jedoch blieben am Strand zurück, eine weitere Erinnerung daran, was für einen großen Verlust die Cazadores hier erlitten hatten – wo immer *hier* sein mochte. Für X war die Insel bloß ein weiteres namenloses Ödland voll von Kreaturen, die ihn töten wollten.

Er half Rhino, ihr Boot in die Brandung zu befördern, dann zog er sich an Bord und half Wendig sowie mehreren anderen Soldaten dabei, zurück zum Hauptschiff zu rudern.

Das Kreischen einer einsamen Sirene hallte durch die Luft, als X die Riemen durch die raue See zog. Die Cazadores hatten diesen Ort erobert, doch wenn X etwas über das Ödland wusste, dann dass sich das Leben immer einen Weg bahnte.

Als Katrina den Niedergang ins Containerschiff erklomm, zuckte sie bei jedem Schritt zusammen. Den Blick hielt sie aufs Wasser unten gerichtet. Die Haie trieben sich immer noch in der Nähe herum, stellten jedoch vorerst ihre geringste Sorge dar.

Vish wartete oben am Niedergang und streckte sich ihr entgegen, um ihr hochzuhelfen.

»Alles in Ordnung, Captain?«, fragte er.

Sie nickte und zog das Lasergewehr von der Schulter. Angesichts ihrer Verletzungen konnte sie es einfacher handhaben als das Sturmgewehr, zudem musste es nicht nachgeladen werden.

Sie schaltete eine Taschenlampe ein und folgte Vish durch den Frachtraum des Cazadores-Schiffes. Ohne Körperpanzerung und Helm fühlte sie sich nackt, aber sie konnte den Brustpanzer nicht anlegen, ohne dass er ihr den Atem abschnürte, und den Helm brauchte sie in dieser grünen Zone nicht.

Die saubere Luft füllte ihre Lunge, als sie den offenen Raum durchquerte. Der Lichtstrahl schwenkte über rostige Fässer, Kisten aus Kunststoff und mehrere Fahrzeuge aus der alten Welt. Vish, der als Bewaffnung eine Maschinenpistole trug, wartete in der Nähe einer offenen Luke auf Katrina.

»Hier lang«, sagte er.

Sie folgte ihm in einen Gang, in dem mehrere Leichen lagen. Tätowierungen überzogen ihre nackte Haut. Der Strahl ihrer Taschenlampe bestätigte, dass es sich um Cazadores-Soldaten handelte.

Ein Laserstrahl hatte ein Loch der Größe eines Apfels in der Brust eines Mannes geöffnet und seine Eingeweide geschmolzen. Katrina stieg über ihn hinweg und sah in die blicklos an die Decke starrenden Augen. Ihr Herzschlag beschleunigte sich beim ersten Anblick aus nächster Nähe eines anderen Menschen, der nicht vom Himmel stammte – ein Anblick, mit dem sie nie im Leben gerechnet hatte.

»Alles in Ordnung, Cap?«, fragte Vish erneut.

Katrina nickte, ging weiter und versuchte, ihre Atmung und Herzfrequenz in den Griff zu bekommen.

Als sie einen Niedergang zum nächsten Deck hinunterstieg, konnte sie nicht umhin, eine unheimliche Ähnlichkeit zu bemerken. Wie an Bord der *Hive* roch es in diesem Abschnitt nach Verzweiflung. Der Gestank von Kackkisten, Körperausdünstungen und gebratenem Fleisch stieg ihr in die Nase.

Durch offene Luken erhaschte sie flüchtige Blicke in Unterkünfte, in denen die Cazadores-Krieger gehaust hatten. Tabletts mit halb aufgegessenen Mahlzeiten standen auf Tischen, zusammen mit zurückgelassenen Bechern voll irgendeiner Flüssigkeit.

Die Hell Divers hatten den Feind mitten während seines letzten Essens überrascht.

»Fast da«, kündigte Vish an.

Katrina hielt ihre Schrotpistole bereit, als sie sich den Weg tiefer in die Eingeweide des Schiffes bahnten. In der nächsten Unterkunft lagen auf einem Metalltisch Spielkarten ausgebreitet. Die Stühle standen vom Tisch zurückgeschoben, einer lag umgekippt auf der Seite. Im Gemeinschaftsbereich hatte man sogar einen Flachbildfernseher an das rostige Schott montiert.

Im nächsten Raum stapelten sich Hunderte Kisten, alle mit Symbolen gekennzeichnet, die von den Cazadores zu stammen schienen. Vish öffnete eine Luke und bedeutete Katrina, hindurchzugehen. Sie betrat einen Treppenabsatz, der einen langen Raum überblickte, in dem es nach schimmligem Obst und verwesendem Fleisch roch. Unwillkürlich bedeckte sie mit einem Ärmel die Nase. Kartons, Kisten und zwei riesige Container standen auf dem Deck unten.

»Den Niedergang runter, Ma'am«, sagte Vish.

Katrina ging voraus. Ihre Stiefel pochten hohl auf

den Metallstufen. Unten fehlte eine. Vorsichtig stieg sie darüber hinweg und schwenkte die Taschenlampe über das Deck.

»Lassen Sie mich vorausgehen, Cap«, meldete sich Vish zu Wort. Er trat vor sie und hielt das Gewehr quer über die blaue Batterieeinheit. Der junge Hell Diver beeindruckte Katrina. Genau wie sein Bruder. Vielleicht würden sie doch noch den Standards der Hell Divers gerecht.

Sie durchquerten ein Labyrinth von drei Meter hoch gestapelten Kartons und weiteren mit ausgebleichten Buchstaben versehenen Kisten.

»Alexander, bist du hier?«, fragte Vish.

»Ja.«

Ein Husten ertönte, gefolgt von etwas, das wie ein Schluchzen klang. Katrina eilte um den großen, braunen Container herum. Sie erblickte Alexander und Trey, die eine Gruppe von zehn Cazadores bewachten.

Die Männer und Frauen trugen schwarze Anzüge. Sie wirkten zwar nicht wie Soldaten, aber auch nicht gerade freundlich.

Schmierfett prangte im Gesicht eines vierschrötigen Kerls, der Katrina ein wenig an Chefingenieur Samson erinnerte. Sie ging hinüber und sah auf den Mann hinab. Er mied ihren Blick, hielt den Kopf gesenkt.

»Wir haben das Schiff gesichert und diese Leute hier gefangen genommen«, verkündete Alexander. »Aber als wir mit der Durchsuchung fast fertig waren, sind wir darauf gestoßen …«

Er zeigte von der Gruppe der Gefangenen weg zu den offenen Türen einer länglichen Lagereinheit. Katrina bahnte sich den Weg um eine der Türen herum und stellte fest, dass Gitterstäbe den Eingang versperrten. Als sie die Taschenlampe anhob, blickten ihr die verdreckten Gesichter von mehr als einem Dutzend Männern, Frauen und Kindern entgegen.

Decken, Schlafsäcke und schmutzige Kleidungsstücke lagen über den Boden verstreut. Ihr Licht erhellte Geschirr aus Metall und eine Reihe von Eimern in der Nähe der Gitterstäbe.

Somit wusste sie auch, woher der Gestank von Kackkisten kam.

»Sie sprechen kein Spanisch«, sagte Alexander. »Auch kein English.«

Katrina hielt den Strahl der Lampe auf die Gefangenen gerichtet. Einer der Männer entfernte sich von der am anderen Ende zusammengedrängten Gruppe und ging auf die Eimer zu, als wäre er immun gegen den Geruch, den sie verströmten.

Er hob die Hand, um die Augen abzuschirmen, als Katrina den Strahl der Lampe über seine dunkle Haut schwenkte. Schwarzes Haar mit weißen Strähnen und ein überwiegend grauer Bart säumten seine ausgemergelten Gesichtszüge. Ein zerrissenes Hemd hing an seinem knochigen Leib.

Der Mann versuchte zu sprechen, doch es drangen nur unverständliche Laute hervor. Als die anderen Springer ihre Lichter auf seinen Mund richteten, sah Katrina, weshalb.

Jemand hatte ihm die Zunge herausgeschnitten.

Unwillkürlich schluckte Katrina bei dem grausigen Anblick. Sie schwenkte ihr Licht weiter über die anderen Leute, erfasste junge Mädchen und eine Frau mittleren Alters, alle mit dunklem Teint. Außerdem waren sie alle spindeldürr und sahen aus, als hätten sie seit Wochen nichts mehr gegessen. Die beiden Mädchen schauten weg, die Frau hingegen starrte finster zurück.

Katrina konnte nur versuchen, sich vorzustellen, was diese Menschen durchgemacht hatten. Um weniger bedrohlich zu erscheinen, steckte sie die Schrotpistole zurück ins Holster. Es war nicht nötig, diesen Leuten noch mehr Angst und Schrecken zu bereiten.

»Wir werden euch nichts tun«, sagte sie und hob langsam eine Hand. »Wir holen euch da raus.«

Mehrere Stimmen antworteten, alle in derselben fremden Sprache. Katrina verstand kein einziges Wort.

»Ma'am, da ist noch etwas, das Sie sich ansehen sollten«, kam von Trey. Er klang, als wollte er es ihr eigentlich gar nicht zeigen.

Katrina trat von den Gitterstäben zurück und befahl Vish, Wache zu halten. Was konnten sie gefunden haben, das noch schlimmer war als der erbärmliche Zustand dieser Gefangenen?

»Machen Sie sich gefasst«, warnte Alexander. »Ist kein hübscher Anblick.« Er ging zu einem anderen Container, und ein metallisches Kreischen ertönte, als Trey eine der Türen öffnete.

Der Ärmel über Katrinas Nase half nicht gegen den abscheulichen Gestank, der aus dem Container drang. Sie leuchtete mit dem Strahl ihrer Lampe hinein. Auf einem Tisch lagen eine rostige Säge und ein blutiges Beil neben einem Haufen …

Um ein Haar hätte sie sich vom schauerlichen Anblick eines Leichnams abgewandt, dem man beide Beine entfernt und an den Knien ausgebrannt hatte. Riemen fesselten die Handgelenke des Toten. Ein

Teppich aus getrocknetem Blut hatte sich um den Tisch gebildet.

Da wusste Katrina, was sich auf den Tabletts befand, die sie zuvor in den Kabinen gesehen hatte. Die letzte Mahlzeit der Cazadores war ein Festschmaus aus Menschenfleisch gewesen.

Als sie zurück zu den gefangenen Cazadores ging, baute sich rasende Wut in ihr auf. Sie wollte einen genaueren Blick auf die Leute werfen, die zu einer solchen Gräueltat fähig waren. Mehrere schauten weg, ein Mann jedoch brach in schallendes Gelächter aus.

Katrina setzte seiner Belustigung mit einem Tritt ein Ende, der ihm mehrere Zähne aus dem Mund brach. Die anderen Gefangenen wurden in ihren Fesseln lebendig, aber Trey ließ sie mit einem Schuss in die Decke jäh erstarren. Das Projektil prallte als Querschläger von einem Schott ab.

Aus dem vergitterten Container ertönte ein Weinen, doch erst als etwas Nasses über Katrinas Wange kullerte, erkannte sie, dass auch sie weinte. Sie zwang sich, den Blick von den Kannibalen zu lösen, und richtete ihn stattdessen auf die Gitterstäbe des ersten Containers.

Der Mann in der zerrissenen Kleidung zeigte auf die gefangenen Cazadores, dann ballte er die Hände zu Fäusten.

»Sagt er gerade, was ich denke?«, fragte Trey.

»Der Teufel soll mich holen, wenn ich's weiß«, erwiderte Vish. »Der Bursche hat keine Zunge, verdammt. Wie eklig ist das denn?«

Ein anderer Mann kam aus dem hinteren Bereich des Containers nach vorn und half dem Älteren, sich zu setzen. Dieser Mann war nicht ganz so dünn, dennoch konnte Katrina durch sein T-Shirt die Rippen zählen.

Er öffnete den Mund und tippte sich auf die Brust.

»Victor«, sagte er.

»Captain Katrina DaVita«, antwortete sie.

Der Mann ergriff erneut das Wort und zeigte auf den anderen, der keine Zunge mehr besaß. »Ton.«

Katrina nickte. »Freut mich, dich kennenzulernen, Ton.«

Wieder versuchte der ältere Mann zu sprechen, aber er brachte keinen verständlichen Laut heraus.

»Victor. Ton. Kämpfen«, sagte Victor und hob die Fäuste. Er zeigte auf die Cazadores. Dann ergriff er das Schloss an der Tür der Gitterstäbe und sah Katrina grimmig an.

»Victor. Ton. Kämpfen.«

Alexander stellte sich neben Katrina.

»Ich glaube, er will uns sagen, dass sie mit uns kämpfen, wenn wir sie herauslassen«, meinte Katrina.

»Ma'am, ich rate dringend davon ab«, sagte Alexander leise. »Wir wissen nicht, ob diese Menschen besser als die Cazadores sind.«

Katrina nahm sich einen Moment, um die anderen Gefangenen im vergitterten Container eingehend zu mustern. Dabei ereilte sie der Eindruck, dass sie genauso gut die Bewohner der unteren Decks an Bord der *Hive* vor sich haben könnte.

Diese Leute waren keine Mörder, keine Kannibalen. Sie wollten nur überleben.

»Holt sie heraus und gebt ihnen etwas zu essen«, befahl sie Alexander. »Auf dem Weg herein habe ich Kartons mit Lebensmitteln gesehen.«

»Was ist mit den Cazadores?«, fragte Trey.

Katrina schaute über die Schulter zu den Wilden. Für diesen Abschaum empfand sie keinerlei Mitgefühl. Mit einem angewiderten Schnauben antwortete sie: »Vielleicht haben die Haie ja noch Hunger.«

19

»Was soll das heißen, sie haben Cazadores-Schiffe angegriffen?«, fragte Michael. Er war außer Atem und müde, außerdem hatte er wieder mit Phantomschmerzen zu kämpfen. Aber die Neuigkeit über Katrinas Gefecht auf offenem Meer hatte ihn und die beiden anderen Springer verblüfft.

Sie befanden sich nach ihrer erfolglosen Mission in Red Sphere endlich wieder an Bord der *Deliverance*. Anscheinend hatte sich einiges ereignet, seit sie die Anlage betreten hatten.

»Geht's Trey gut?«, wollte Les sofort wissen.

Ensign Ada Winslow, die junge, sommersprossige Frau, erhob sich von ihrem Stuhl. Ihre Augen wirkten stumpf vor Erschöpfung, trotzdem brachte sie ein höfliches Lächeln zustande.

»Alle an Bord der USS *Zion* sind unversehrt«, verkündete Ada. »Als ich zuletzt mit Captain DaVita geredet habe, sind ihre Leute gerade an Bord des Containerschiffs gegangen, um nach Vorräten zu suchen und verbliebene Feinde auszuschalten. Ihrer Beschreibung nach muss es ein Gemetzel gewesen sein.«

Michael war nicht sicher, ob er jubeln oder sich sorgen sollte. Er stellte seinen Rucksack auf dem Deck ab. Oben ragte eine Roboterhand aus Metall heraus. Der Arm, den er aus Red Sphere mitgebracht hatte, war leichter, als er aussah.

Der Rucksack kippte um, und die Hand landete mit einem Klirren auf dem Deck, was die Aufmerksamkeit von Dave und Bronson erregte.

»Was zum Geier ist das?«, fragte Bronson mit seiner Reibeisenstimme.

»Alles, was von den abtrünnigen Robotern geblieben ist«, antwortete Michael. »Sie haben Red Sphere verlassen, bevor wir eingetroffen sind.«

»Wo sind sie hin?«, wollte Ada wissen.

»Gute Frage«, erwiderte Layla.

»Holen Sie Captain DaVita an die Leitung«, sagte Michael. »Und bringen Sie uns schleunigst weg von hier.«

Er schaute zum Hauptmonitor auf der anderen Seite des Raums. Der Bildschirm zeigte eine Luftansicht von Red Sphere. Aus dem Himmel sah die Anlage wie eine von Dornen umgebene Virushülle aus.

Das Luftschiff vibrierte, als sie mit dem Aufstieg begannen. Michael starrte eindringlich auf den Bildschirm. Schließlich hob er die Hand.

»Moment«, sagte er.

»Schwebeflug«, meldete Bronson zurück.

»Timothy, haben wir Aufnahmen davon, wie Red Sphere ausgesehen hat, als wir zuletzt hier waren?«, fragte Michael.

Das Hologramm der künstlichen Intelligenz erschien auf der Brücke.

»Ja, haben wir, Commander. Ich übertrage sie auf den Bildschirm.«

Michael erhob sich aus dem Stuhl und trat näher zum Monitor. »Leg die Aufnahme neben das aktuelle Bild.«

Layla stellte sich neben ihn, während sich die anderen Offiziere hinter ihnen drängten. Gleich darauf erschienen beide Bilder nebeneinander. Es dauerte nicht lange, um zu erkennen, dass eines der Schiffe fehlte.

Warum hab ich daran nicht schon früher gedacht?, ging Michael durch den Kopf.

»Da brat mir doch einer 'nen Storch«, murmelte Les.

»Gibt's eine Möglichkeit, das fehlende Schiff aufzuspüren?«, fragte Michael an Timothy gewandt.

Die künstliche Intelligenz schüttelte den Kopf. »Tut mir leid, Commander, aber das übersteigt die Möglichkeiten der Technologie, die wir besitzen. Wir wissen nicht einmal, in welche Richtung sie aufgebrochen sind.«

»Scheiße«, fluchte Michael leise. Dass die DEF-9-Einheiten irgendwo unterwegs waren, um verbliebene Menschen aufzuspüren, war das Letzte, was sie gebrauchen konnten, doch sie befanden sich den Metallinseln so nahe, dass er sich vorerst nicht darauf konzentrieren konnte. Er konnte nur hoffen, dass die Maschinen nicht dorthin kreuzten. Obwohl dadurch die Bedrohung der Cazadores beseitigt würde, bestand die Gefahr, dass die Roboter auch die Ölbohrinseln zerstörten und seine Freunde töteten.

»Schafft uns weg von hier«, sagte er.

Die Offiziere kehrten zu ihren jeweiligen Stationen zurück, während Michael zum Funkgerät ging. Ada schenkte ihm ein freundliches Lächeln und hob sich das Handteil an den Mund.

»Captain DaVita, hier Ensign Winslow, hören Sie mich? Over.«

Das übliche statische Knistern dröhnte durch die Brücke. Michael sah auf die Missionsuhr seines Handgelenkcomputers. Sie hatten noch 36 Stunden und 40 Minuten bis zum vereinbarten Treffen. Das ließ kein allzu großes Zeitfenster für das chirurgische Anbringen des Roboterarms und praktisch null Erholungszeit. Aber dabei würde die heilungsbeschleunigende Nanotechnologie zum Zug kommen. Wenn alles funktionierte, wie er es sich vorstellte, würde er springen können. Theoretisch …

»Wie lange brauchen wir zurück zur *Hive?*«, fragte er.

Bronson schaute von seinem Monitor auf. »Ich habe mehrere Kurse ausprobiert. Je nach Wetterlage können wir frühestens in fünf Stunden dort sein.«

Bevor Michael etwas erwidern konnte, drang eine Stimme aus den Lautsprechern der Funkstation.

»Ensign Winslow, hier Eevi Corey«, sagte die Stimme. »Ich stelle Sie zu Captain DaVita durch. Sie befindet sich gerade mit Alexander, Vish und Trey auf dem Containerschiff der Cazadores.«

Les verlangte mit einer Geste das Handteil, und Ada reichte es ihm.

»Ensign Winslow, schön, von Ihnen zu hören«, ertönte eine angespannte Stimme. »Wie geht es allen an Bord der *Deliverance?*«

»Captain, eigentlich spricht hier Lieutenant Mitchells«, gab Les zurück. »Es geht uns gut. Wir sind gerade aus Red Sphere zurückgekehrt. Leider waren die abtrünnigen Roboter verschwunden.«

»Verschwunden …«

»Ja, Ma'am. Sie sind aufgebrochen, bevor wir eingetroffen sind, und wir haben keine Ahnung, wohin.«

»Also war die Mission ein Fehlschlag?«

»Nicht ganz«, schränkte Les mit einem Blick auf den Roboterarm ein. »Es ist uns gelungen, ein funktionierendes Lasergewehr und etwas zu finden, das sich als praktisch erweisen könnte.«

»Das sind gute Neuigkeiten, Lieutenant.«

»Ja. Was ist mit Ihnen? Wir haben gehört, dass Sie Cazadores-Schiffen begegnet sind.«

»Wir haben an Bord etwas Grauenhaftes entdeckt«, berichtete Katrina. »Diese kannibalischen Mistkerle waren offenbar auf der Rückreise von einem Ort, an dem sie einen Bunker mit Überlebenden gefunden haben.«

Weitere Überlebende?, ging Michael durch den Kopf. Nach all den Jahren am Himmel, während deren sie nie jemanden auf der Erdoberfläche gefunden hatten, war für ihn geradezu undenkbar gewesen, dass es die Cazadores gab. Und nun sogar noch *weitere* Menschen?

»Die Cazadores sind schlimmer, als ich dachte«, fügte Katrina hinzu und sprach zunehmend schneller. Sie war unüberhörbar aufgebracht. »Sie wollten diese Menschen Stück für Stück essen.«

Layla riss die Hand an den Mund und bedeckte die Lippen, um ein Japsen zurückzuhalten.

Der Rest der Besatzung schwieg, verdaute die grausige Neuigkeit besser, als Michael erwartet hatte.

»Wir haben an Bord dieses Containerschiffs auch Vorräte gefunden, mit denen wir die Überlebenden aufpäppeln können«, sagte Katrina. »Einige sind noch in recht guter Verfassung und könnten uns helfen.«

»Wobei genau können sie uns helfen?«, hakte Les nach.

»Im Kampf.« Katrina verstummte kurz. »Ich habe eine Entscheidung getroffen.«

Michael wappnete sich für den Rest.

»Nach allem, was ich hier sehen musste, habe ich beschlossen, dass wir El Pulpo *keine* Chance einräumen zu kapitulieren. Wir greifen ihn an und beenden sein elendes, mörderisches Dasein.«

Layla sah Michael sichtlich besorgt an. Ihm jedoch gefiel die Idee eigentlich. Wenn sie die Cazadores ohne Vorwarnung angriffen, könnten sie sich einen Vorteil verschaffen, der vielleicht Leben retten würde.

»Schneidet man der Schlange den Kopf ab, stirbt der Körper von selbst«, sagte er.

»Außerdem ändere ich den Treffpunkt«, fuhr Katrina fort. »Ich will, dass die *Hive* und die *Deliverance* zu unserer Position kommen. Es ist eine grüne Zone.«

»Wie sieht Ihr Plan aus, wenn wir dort sind?«, fragte Les.

»Wir verlagern alle nicht für den Einsatz benötigten Personen auf das Containerschiff. Danach fliegen wir mit der *Hive* und der *Deliverance* zu den Metallinseln. Mit Cazadores-Panzerungen verkleidete Milizsoldaten fahren auf einem von uns erbeuteten Fischerboot, und ich greife mit der USS *Zion* an.«

Auch das gefiel Michael. Es verschaffte ihnen mehr

Möglichkeiten und definitiv das Element der Überraschung.

»Wir haben vielleicht die Roboter nicht«, meinte Katrina, »dafür haben wir mehr Schiffe und Leute als zuvor. Die Koordinaten übermittle ich in Kürze. Guten Flug und viel Glück, bis wir uns wiedersehen.«

»Ihnen auch, Captain«, gab Les zurück.

»Ensign White, neuen Kurs berechnen«, befahl Michael. »Und achten Sie darauf, mit dem Radar das Meer nach anderen Schiffen abzusuchen – nur für den Fall, dass wir auf die abtrünnigen Roboter stoßen.«

»Geht klar, Commander.«

Michael beobachtete, wie sich das Team an die Arbeit machte, dann atmete er tief durch und stählte sich dafür, was als Nächstes anstand.

»Falls mich jemand sucht, ich bin in der Krankenstation«, kündigte er an. »Timothy, ich brauch deine Hilfe. Deine auch, Layla.«

»Moment«, ergriff Les das Wort.

Michael ging mit dem Lieutenant auf den vorderen Bereich der Brücke. Layla schloss sich ihnen am Hauptmonitor an, der immer noch eine Draufsicht auf Red Sphere zeigte.

»Ich denke, wir sollten noch etwas tun, bevor wir aufbrechen«, sagte Les.

»Und was?«, fragte Michael.

Les deutete mit dem Kopf auf den Bildschirm. »Ich finde, wir sollten die Anlage vernichten.«

»Vernichten?«, hakte Layla nach.

»Eine Bombe darauf abwerfen«, präzisierte Les. »Dort unten gibt's nichts mehr, das nicht böse ist.«

»Soll mir recht sein«, willigte Michael ein.

Layla dachte kurz darüber nach, bevor sie nickte. »Mir auch.«

Michael verließ die Brücke und dachte über die Befehle nach. Ihm hatte nie behagt, dass sie die Atomsprengköpfe an Bord hatten. Er hasste, wofür sie standen. Aber eine der Bomben auf Red Sphere abzuwerfen, erschien ihm richtig.

Er ergriff Laylas Hand, als sie den Gang zur Krankenstation entlangmarschierten und es den Offizieren überließen, ihre jeweiligen Aufgaben auszuführen.

Die Schlacht um die Metallinseln nahte rasch, und es würde ohne jeden Zweifel eine Menge Blut fließen. Michael musste kampfbereit werden.

Magnolia hatte seit der Rückkehr zum Turm des Kapitols nicht geschlafen. Sie wartete am Fenster, atmete die salzige Luft, suchte den Himmel nach Luftschiffen ab und flüsterte etwas, von dem sie nie gedacht hätte, dass es ihr je über die Lippen dringen würde.

»Bitte kommt nicht.«

Sie konnte kaum glauben, dass sie es sagte. Aber das Leben am Himmel wäre immer noch besser als das in Käfigen, und es ließ sich unmöglich abschätzen, was El Pulpo mit ihren Leuten anstellen würde.

Unzählige Lichter flackerten über die Meeresoberfläche verteilt wie eine Reflexion des von Sternen übersäten Himmels. Nur handelte es sich nicht um Sterne, sondern um Boote. Es befanden sich mehr als üblich auf dem offenen Wasser. Einige sahen wie Fischerboote aus, andere wie größere Jachten. Alle schienen zu einer Armada zu steuern, die sich in der Ferne formierte.

Der Ruf eines Horns und das Geläut von Glocken in der Ferne zerrissen die Stille und weckten Menschen über und unter Magnolia im Turm. Lichter gingen in den Unterkünften an, die Bewohner öffneten Fenster, um nachzusehen, was vor sich ging.

Unten an den Docks entflammte eine Fackel nach der anderen. Auch dort trieben sich mehr Menschen als üblich herum.

Im Schein der Flammen erkannte Magnolia, dass es sich nicht nur um Diener und Dockarbeiter handelte. Es waren Soldaten – Dutzende in Panzerung und mit Waffen.

Irgendetwas braute sich zusammen.

Magnolia versuchte, mehr zu sehen, indem sie sich aus dem Fenster lehnte. Die *Sea Wolf* lag unten vertäut, noch dort, wo das Boot früher am Abend nach der Fahrt angelegt hatte. Aber es war nicht allein.

Die Einfahrt zu der Anlegestelle unten am Turm hatte sich geöffnet, um ein schwarzes Boot mit einer langen, schmalen Plattform und Gleitrumpf hereinzulassen. Ein Bugspriet der Länge eines Mannes ragte wie ein Speer vom verjüngten Bug.

Etwas wie dieses lange, schnittige Gefährt hatte Magnolia während ihrer Gefangenschaft noch nicht gesehen. Sogar von oben konnte sie die schimmernde Oberfläche und das Bild eines violetten, auf den Bug gemalten Kraken ausmachen. Über dem Symbol hatte man eine Art Maschinengewehr montiert.

Achtern befand sich ein geschlossener Geschützturm, an dem zwei Waffenläufe zum Himmel wiesen. Mittschiffs umgab eine Windschutzscheibe aus Glas die einzige Kabine und mehrere Sitze.

Zwei Männer standen am Steuer und lenkten das Gefährt gerade vorsichtig vom Anlegeplatz weg. Mit den drei leistungsstarken Motoren und einer Reihe von Auspuffschloten am Heck sah das Boot aus, als wollte es zu einem Rennen aufbrechen.

Aber Magnolia wusste es besser. Das war kein Rennboot, sondern ein Kriegsschiff.

Als sie genauer hinsah, wollte sie nicht glauben, was ihr die Augen zeigten. Zu beiden Seiten des Bugs hingen mit menschlichen Knochen gefüllte Netze, und die Streben der Windschutzscheibe zierten stolz zwei Totenschädel.

Es war offensichtlich, dass dieses Boot El Pulpo gehörte. Der kranke Drecksack stellte die Überreste seiner Feinde für alle Welt offen zur Schau.

Rauch quoll aus den zwei Auspuffschloten, als das Boot das von Fackeln erhellte Dock entlangtrieb. Die dort stehenden Soldaten jubelten und klopften sich auf die Brust.

Drei weitere schwarze Boote verließen die Anlegestelle. Die Krieger stießen die Fäuste in die Luft und wiederholten immer wieder einen Sprechgesang: *»¡El Pulpo!«*

Jedes der neuen Boote verfügte ebenfalls über einen Geschützturm mit einem Maschinengewehr und einer spitzen, vom Bug ragenden Ramme. Aber anders als das erste Schiff waren sie nicht so aufwendig bemalt. Eine rostige Panzerung bedeckte die Rümpfe, Stacheldraht zierte die Schandeckel.

Überall entlang des Turms öffneten Menschen die Fenster oder kamen heraus auf ihre Balkone. Im Gegensatz zu den Soldaten jubelten diese Cazadores nicht. Stattdessen beobachteten sie die Schiffe schweigend.

Die Dockarbeiter verluden rasch Vorräte an Bord. Das Licht der Fackeln erfasste mehrere Schriftgelehrte, die mit hinter den Roben verschränkten Händen warteten. Schließlich bewegten sie die Arme nach vorn und falteten die Hände, als sich eine Gruppe von Soldaten vor ihnen hinkniete und die Helme neigte. *Beteten* sie etwa?

Diese Männer bereiteten sich auf eine Schlacht vor, und es war nicht schwer zu erraten, wer der Feind sein würde. Magnolias Freunde nahten.

Plötzlich wurde ihr speiübel. Doch bevor sie sich setzen konnte, hörte sie ein Klopfen an der Tür. Magnolia eilte hin, um zu öffnen. Sie rechnete damit, dass es Imulah sein würde.

Im Gang standen dieselben zwei Aufpasser, die Magnolia an jenem Abend zur *Sea Wolf* begleitet hatten.

»Zieh dich an«, befahl eine vertraute Stimme. Imulah war doch da. Er stand im Schatten. Seine Hände verbargen sich in den langen Ärmeln seiner braunen Robe.

»Wohin gehe ich?«, wollte Magnolia wissen.

Der Schriftgelehrte ignorierte die Frage. »Zieh dich an und beeil dich.«

»Erst wenn ich weiß, wohin ich gehe.«

Imulah ließ ein Seufzen vernehmen und nickte einem der Soldaten zu. Er zerrte an ihrem Arm. Statt dagegenzuhalten, bewegte sich Magnolia mit und riss das Knie in seinen Schritt hoch.

Der zweite Mann setzte zu einem Schlag an, der ihre Wange streifte, als sie den Kopf zur Seite drehte.

Sie wich in ihre Unterkunft zurück und schnappte sich die Lampe vom Nachttisch. Als er sie erneut angriff, drosch sie ihm die Lampe ins Gesicht. Die Glühbirne explodierte ihm ins Auge.

Sein Freund stürmte auf Magnolia zu, doch sie war beweglicher, wich ihm geschickt aus und brachte ihn zum Stolpern. Er landete auf dem Gesicht und schlitterte über den Boden.

Magnolia wirbelte herum und trat ihm in den Kiefer. Ihr Fußballen schmerzte von dem Treffer, aber die Zähne, die klappernd über den Boden kullerten, verrieten ihr, dass es ihm schlimmer ergangen war.

Bevor er sich aufrappeln konnte, ließ sie sich auf ein Knie fallen und hieb ihm den Ellbogen auf die Schädelbasis. Seine Nase brach auf dem Boden. Ohne zu zögern, schlang sie ihm den Arm um den Hals, packte mit der anderen Hand das eigene Handgelenk und riss seinen Kopf zur Seite.

Ein befriedigendes Knacken hallte durch den Raum.

»NEIN!«, schrie der andere Soldat.

Magnolia zog das Messer vom Gürtel des toten Cazadores-Soldaten und wandte sich dem zweiten Gegner zu, dem es gelungen war aufzustehen. Mit einer Hand hielt er sich das verletzte Auge, während das andere auf seinen ermordeten Freund starrte.

Magnolia warf das Messer. Mit einem dumpfen, fleischigen Laut schlug es in die muskulöse Brust ein. Der Getroffene sank auf die Knie und kippte zur Seite.

Imulah machte sich davon, als Magnolia das Messer aus dem sterbenden Soldaten zog.

»Komm sofort zurück, du jämmerliche Arschgeige!«, rief sie.

Als er den Arm ausstreckte, um die Tür am Ende des Gangs zu öffnen, traf ihn das von Magnolia geschleuderte Messer mitten in die Hand und nagelte sie an den Türpfosten. Ein gellender Schrei entrang sich ihm, der jedoch abrupt endete, als ihm Magnolia den Ellbogen unters Kinn rammte. Er sackte zusammen, und sie riss das Messer heraus, befreite seine Hand, bevor er diese durch das eigene Gewicht zerfetzen konnte.

Vor Schmerz wimmernd hielt sich Imulah die blutende Hand.

Magnolia schlug ihm ins Gesicht, um sich seine Aufmerksamkeit zu sichern. »Hör ganz genau zu«, forderte sie ihn auf, »denn ich frag dich das nur einmal.«

Seine Lippen bebten, als er sie mit großen Augen anstarrte.

»Wohin fahren diese Boote?«, verlangte Magnolia zu erfahren.

»Ich …«

Sie schlug ihn erneut. Seine Unterlippe platzte auf. Er wimmerte, als sie ihm die Klinge an den Hals hielt.

»Spuck's aus.«

»Die Himmelsgötter«, presste Imulah hervor. »El Pulpo glaubt, dass sie herkommen.«

Magnolia löste die Klinge des Messers ein wenig von seinem Hals, damit er atmen konnte. »Woher weiß er das?«

Imulah umklammerte seine verletzte Hand. »Keine Ahnung, ich schwöre es. Ich weiß nur, dass er es weiß.«

»Steh auf«, befahl sie.

Imulah stemmte den Rücken gegen die Wand und richtete sich zitternd auf.

»Ich weiß, dass ihr eine Funkanlage habt«, sagte Magnolia. »Und du wirst mir zeigen, wo sie ist.«

Er schüttelte den Kopf. »Dorthin habe ich keinen Zugang.«

Aus irgendeinem Grund glaubte ihm Magnolia. Der Schriftgelehrte war ein Feigling, aber kein Lügner. Zu seinem Glück hatte sie eine andere Idee. Sie musste es nur bis zur untersten Ebene des Turms schaffen.

20

Am nächsten Morgen war die Messe des Schiffes voll von Cazadores-Soldaten, die aßen wie ausgehungerte Tiere. X saß allein an einem der langen Tische. Ihn überraschte, dass man ihn nicht zurück in seine beengte Unterkunft gesperrt hatte.

Er mochte sich in der Himmelsarena und dann erneut draußen im Ödland bewährt haben, doch das bedeutete noch lange nicht, dass ihn alle Krieger akzeptierten. Die meisten hatten beim letzten Einsatz nicht Seite an Seite mit ihm gekämpft, und von jenen, die es getan hatten, atmeten nur noch zwei.

Scheiß auf all die menschenfressenden Arschlöcher, dachte er und biss in ein Stück Brot, das sich als so hart erwies, dass ihm beinahe ein Zahn abbrach. Er tunkte es in die Soße auf seinem Teller, um es aufzuweichen. Das schuppige weiße Fleisch, das vielleicht, vielleicht auch nicht von einem Fisch stammte, rührte er nicht an.

Das Gefühl, beobachtet zu werden, störte ihn nicht. Er musste nicht aufschauen, um zu wissen, dass ihn mehrere der hartgesottenen Männer und ein paar der Frauen anstarrten, als wäre er ein Feind.

War X egal. Für ihn zählte nur, sich nach einer Nacht mit anständigem Schlaf den Bauch zu füllen.

Sein Körper schmerzte immer noch von Kopf bis Fuß, aber wenigstens war er nicht mehr hundemüde.

Schritte ertönten, und jemand, der nach Schweiß roch, setzte sich vor X. Als er schließlich aufschaute, erblickte er eine Frau, die ihn anlächelte. Glaubte er jedenfalls. So richtig ließ sich nicht erkennen, ob sie grinste oder skeptisch dreinschaute.

Ihr fehlten die meisten Zähne, sie hatte blaue Flecke am Hals, und sie trug einen Arm in einer Schlinge.

Zudem war sie größer als die meisten Männer und nicht mehr die Jüngste. Links hing ihr graues Haar beinahe bis auf die Schultern, rechts hingegen hatte sie sich den Schädel rasiert und einen Barrakuda in die Kopfhaut tätowieren lassen.

»*Hola*«, grüßte sie ihn.

Die Stimme hörte sich merkwürdig vertraut an.

»Äh … hi«, erwiderte X.

Rhino kam von der Schlange der Soldaten herüber, die sich an der Essensausgabe gebildet hatte. Er stellte seinen Teller ab und nahm neben der Frau Platz.

»Verrätst du mir, warum mich diese Lady so anstarrt?«, fragte X.

Rhino schaute zu der Frau hinüber und bedachte X mit einem verwirrten Blick. »Wendig?«

»Nein, die Frau da«, sagte X.

Rhino lachte. »Die Frau *ist* Wendig.«

»O Scheiße«, rutschte X heraus, der sich um ein Haar an dem aufgeweichten Brot in seinem Mund verschluckte. Er hatte nie Wendigs Gesicht gesehen, und das Atemgerät hatte die Stimme immer verzerrt.

Wendigs Grinsen wurde zu einer stirnrunzelnden Miene, während Rhino ihr erklärte, was X gerade gesagt hatte. Dann stimmte sie kehliges, gackerndes Gelächter an, streckte den heilen Arm über den Tisch und klopfte X mit der Hand auf die Schulter.

Die Geste erregte die Aufmerksamkeit der Soldaten am Nebentisch. Zwei kamen herüber und sagten etwas zu Rhino und Wendig. Nach dem Ausdruck in ihren Augen und nach ihren Gesten zu urteilen, beschlich X das Gefühl, dass über ihn gesprochen wurde.

Vielleicht wäre es eine bessere Idee gewesen, in seinem Quartier zu bleiben.

Er hatte gerade erneut von dem Brot abgebissen, als von hinter ihm eine Hand erschien und ihm den Teller wegriss. X stand auf, drehte sich um und sah sich drei weiteren Cazadores gegenüber, alle hellhäutig und von Tätowierungen übersät.

»Du gehörst nicht hierher«, erklärte der in der Mitte, der X mit blauen Augen finster anstarrte. »Mir ist egal, wie viele der Deformierten du getötet hast. Du bist keiner von uns.«

»Da widersprech ich dir nicht, Kumpel. Ich hab nicht drum gebeten, auf diese beschissene Reise mitgenommen zu werden und mit euch zu kämpfen.« X streckte die Hand aus. »Und jetzt wär ich dir sehr verbunden, wenn du mir mein Essen zurückgibst.«

Rhino beobachtete das Geschehen von seinem Platz aus. Auch Wendig blieb sitzen.

»Noch mal frag ich dich nicht höflich«, warnte X.

Der Mann sah seine Gefährten an, dann streckte er X den Teller langsam entgegen. Kurz bevor dieser in X' Reichweite geriet, kippte er ihn und ließ das Essen darauf zu Boden fallen.

X seufzte, als Wendig und Rhino aufstanden.

Das würde kein gutes Ende nehmen.

»Das reicht, Lurch«, ergriff Rhino das Wort.

Der Kerl, der den Teller hielt, richtete den Blick auf den Cazadores-Offizier. »Weißt du, Rhino, den anderen Jungs und mir gefällt nicht, wie du dich für diesen Sky Diver erwärmst.«

»*Hell* Diver«, stellte X richtig.

Lurch räusperte sich und spuckte einen gelblichen Pfropfen auf den Teller.

»Bitte sehr, *Hell Diver*«, höhnte er und gab X den Teller zurück.

Von rechts blitzte eine Bewegung auf. Es ging so schnell, dass X beinahe nicht mitbekam, wie Wendig ihren Metallteller schwang. Sie drosch ihn über Lurchs kahlen Schädel.

Soße lief ihm übers Gesicht. Er hob die Hand, um sich den Glibber aus den Augen zu wischen. Dann berührte er den blutigen Striemen auf seinem Kopf.

»Du Miststück!«, brüllte er.

Wutentbrannt stürmte er auf Wendig zu, aber sie trat geschickt beiseite, und er krachte gegen den Nebentisch. Die dort sitzenden Soldaten schnappten sich ihre Teller und hasteten aus dem Weg. Einige lachten dabei. X bückte sich und hob sein Brot vom Boden auf. Er hatte nicht vor, das gute Essen zu verschwenden.

»*¡Basta!*«, brüllte Rhino.

X hatte das Gefühl, das Wort müsste »aufhören« bedeuten, doch Wendig und Lurch schienen sich nicht darum zu scheren.

Lurch holte zu einem Schlag aus, der über Wendig hinwegzischte, da sie sich duckte.

X bewegte sich rückwärts und stieß gegen jemanden, aber der Soldat war zu beschäftigt damit, aus voller Kehle zu schreien, um X zu bemerken.

Wendig köderte Lurch, indem sie mit dem gebrochenen Arm winkte und etwas über einen Hund brummte. Das stachelte zum einen die Zuschauer an, zum anderen funktionierte es bei Lurch.

Schreiend wie eine Sirene preschte der Soldat auf sie zu. Die beiden prallten zusammen. Wendig wurde zurückgestoßen. Sie stimmte einen eigenen Schrei an und sprang auf Lurch, schlang die Beine um ihn.

X kaute weiter sein Brot, froh darüber, ausnahmsweise nicht selbst derjenige zu sein, der aufgemischt wurde.

Das verworrene Gerangel prallte gegen einen weiteren Tisch, und Lurch drückte Wendig auf die splitterige Platte, stieß dabei Tabletts zu Boden. Sie packte ihn mit der heilen Hand, zog sich an seinem Hemd hoch und biss ihm ins Ohr. Lurch schrie vor Schmerz gellend auf und rammte Wendig den Ellbogen gegen den gebrochenen Arm.

Der Kampf setzte sich noch einige Sekunden fort, bis Rhino schließlich Lurch am Kragen packte und mit einem Ruck von Wendig wegzog. Mit nur einer Hand hob er Lurch einen halben Meter vom Deck.

Die anderen Soldaten verstummten. Rhino hielt Lurch weiterhin in der Luft. Die Adern an seinem beeindruckenden Arm traten deutlich hervor, während der Mann in seinem Griff strampelte.

Wendig rappelte sich vom Boden auf und hielt sich den gebrochenen Arm. Sie bleckte die wenigen verbliebenen, krummen Zähne wie ein Hund.

»Bleib weg«, befahl Rhino.

Kurz zögerte sie, dann kehrte sie zu ihrem Platz zurück. Unterwegs bedachte sie X erst mit einem Blick, dann mit einem Grinsen. Sobald sich Wendig außer Reichweite befand, ließ Rhino den immer noch strampelnden Lurch los, der aufs Deck zusammensackte und nach Luft rang.

»Gib dem Unsterblichen dein Essen«, verlangte Rhino.

Lurch starrte den Cazadores-Offizier finster an und rieb sich den Hals. Wut trat in seine blutunterlaufenen Augen. Schließlich mühte er sich auf die Beine, holte vom anderen Tisch seinen Teller und übergab ihn X.

Der starrte zweifelnd auf das Fleisch. »Ist das Mensch oder Monster? Denn falls ja, will ich es nicht.«

Rhino lächelte verhalten. »Es ist Fisch.«

X zuckte mit einer wunden Schulter und nahm den Teller entgegen. Er war hungrig, immer noch müde und lädiert. Essen würde ihm dabei helfen, sich während der Rückreise zu den Metallinseln zu erholen.

Rhino sagte zu Wendig etwas auf Spanisch. Sie zuckte dazu nur mit den Schultern und wandte sich wieder ihrer Mahlzeit zu. Der Rest der Soldaten folgte ihrem Beispiel. Das Stimmengewirr ungezwungener Unterhaltungen in verschiedenen Sprachen erhob sich im Raum.

Seufzend nahm Rhino wieder Platz, diesmal neben X, um Lurch im Auge zu behalten.

»Jetzt, da Whale und Fuego nicht mehr da sind, wird von ihm noch mehr in der Art kommen«, meinte Rhino. »Die Mistkerle werden mir fehlen. Ich hab jahrelang Seite an Seite mit ihnen gekämpft.«

X tunkte den Rest seines Brots in die frische Soße. »Ich weiß, wie es ist, Freunde zu verlieren«, merkte er an. »Aber etwas kapier ich nicht …«

Rhino spießte einen Brocken von dem weißen Fischfleisch auf, führte die Gabel jedoch nicht zum Mund. »Was?«, hakte er nach.

»Wieso vergeudet ihr kostbare Munition, Vorräte und vor allem Menschenleben, um Sirenen zu töten?«

»Die Deformierten?«, fragte Rhino. Er legte die Gabel zurück und lehnte sich vor, als wollte er nicht belauscht werden.

»El Pulpo glaubt, dass uns die Sirenen Stärke verleihen, wenn wir sie essen«, sagte er. »Normalerweise verlieren wir bei unseren Expeditionen nicht so viele Leute.«

Wendig spähte über die Schulter zu Lurch, der sich leise mit seinen Männern unterhielt. Im Gegensatz zu Lurch schienen die meisten Soldaten Rhino zu respektieren. Oder sie fürchteten ihn. X entschied, dass wohl ein bisschen von beidem zutraf.

Ihr habt alle einen totalen Knall, dachte er bei sich.

»Er wird bald versuchen, mich zu töten«, erklärte Rhino ohne jede Spur von Angst in der Stimme.

»Also werd ich ihn zuerst töten.« X schaute zu Wendig, die sich gerade um ihre Verletzungen kümmerte. »Oder vielleicht lasse ich es sie erledigen.«

Rhino zupfte sich eine Gräte zwischen den Zähnen hervor. »Dasselbe hab ich getan, um dorthin zu kommen, wo ich jetzt bin«, sagte er. »Hab mir den Weg nach oben gemordet.«

»Mich überrascht, dass ihr euch nicht längst schon alle gegenseitig umgebracht habt«, meinte X.

Rhino schmunzelte. »Wäre schon eine ziemlich große Armee nötig, um dieses Heer zu besiegen. Lurch ist nur einer von vielen, die eines Tages General der Hauptstreitkraft werden wollen.«

»Hauptstreitkraft?«, hakte X nach.

Der Cazadores-Befehlshaber ließ die Gabel los und legte den Kopf knackend erst auf die eine, dann auf die andere Seite. »Du hast doch nicht etwa gedacht, das hier wären alle von uns, oder? Wir sind nur ein Zug, Unsterblicher.«

X schluckte sein Essen hinunter, als ihn die Erkenntnis mit Beklommenheit erfüllte.

Wenn es noch mehr Cazadores gab, die er noch nicht mal gesehen hatte, dann würden die Hell Divers selbst mit besserer Bewaffnung keine Chance haben. Er bemühte sich, ruhig zu blieben, konnte jedoch plötzlich nur noch an seine Freunde denken.

»Wie lange noch, bis wir zurück bei den Metallinseln sind?«, fragte er.

Rhino zuckte mit den Schultern. »Kommt drauf an, wie lange wir brauchen, um die fehlenden Schiffe zu finden.«

»Ich dachte, wir wären unterwegs zurück zu …«

»Noch nicht.« Rhinos gepiercte Nasenflügel blähten sich, als er tief einatmete. »Wir treffen uns vorher noch mit einem anderen Zug – oder sollen ihn vielmehr finden.«

X nahm sein Wasserglas, weil er ungezwungen wirken wollte, obwohl sich sein Verstand vor Fragen überschlug.

»Eines unserer Schiffe und ein paar Boote sind verschwunden«, erklärte Rhino. »Und das passiert nicht oft. Schon gar nicht so. Spurlos. Das geht einfach nicht. Wir haben Funk und Signalanzeigen wie ihr an Bord eurer Luftschiffe. In der einen Minute waren sie noch da, in der nächsten weg.«

X nippte an seinem Wasser und bewahrte eine unverbindliche Miene. Das klang nicht nach dem Werk eines willkürlichen Sturms. Eher nach dem seiner Freunde. Endlich kamen sie zu den Metallinseln – und sie hatten keine Ahnung, womit sie es zu tun kriegen würden.

Katrina hatte ihr Leben lang auf diesen Augenblick gewartet. Warum also fühlte sie sich so nervös?

Blitze durchzuckten die trübe Brühe draußen vor dem schützenden Glas der Kommandozentrale der USS *Zion*. Der Anblick versetzte sie zurück zu den letzten Augenblicken vor einem Absprung, wenn man durch den Glasboden der Startbucht die unter den Stiefeln tobenden Stürme sehen konnte.

In wenigen Minuten würde die *Deliverance* über ihrer Position erscheinen, in einigen Stunden würde zudem die *Hive* mit dem Rest ihres Volkes eintreffen.

Die letzten Momente des Anfangs vom Ende waren angebrochen, und Katrina hatte das Gefühl, sich übergeben zu müssen. *Alles* hing vom Erfolg des Angriffs ab.

Nur 30 Kilometer östlich wartete die Grenze zwischen Dunkelheit und Licht auf dem letzten Abschnitt der Reise zu den Metallinseln.

Sie ergriff das Handteil des Funkgeräts und überprüfte die Koordinaten, die sie benutzt hatten, um den Kontakt mit jenem Timothy Pepper an Bord der *Sea*

Wolf zu halten. Mehrere Tage waren vergangen, seit sie zuletzt mit der künstlichen Intelligenz gesprochen hatten. Ihre letzten Versuche, Timothy zu erreichen, waren erfolglos verlaufen.

Die Wahrscheinlichkeit, dass er sich noch einmal melden würde, war denkbar gering, dennoch hatte Katrina den kleinen Hoffnungsfunken gehegt, er würde ihnen weitere Informationen darüber liefern, womit sie es aufnehmen mussten. Mittlerweile jedoch fürchtete sie, dass man ihn außer Betrieb gesetzt oder Schlimmeres mit ihm angestellt hatte. Wenn er kompromittiert wäre, könnte das für sie alle den Untergang bedeuten.

Eine Stimme drang durch das statische Rauschen im Funkkanal. Eevi stand am Kopf des Niedergangs und hielt ein Tablet, dessen Display ihre verkniffenen Züge erhellte.

»Wir empfangen über Radar rein gar nichts in der Umgebung«, berichtete Eevi. »Keine Luftschiffe, keine Cazadores-Schiffe.«

»Verstanden.«

»Da ist noch etwas, Captain.«

Katrina wappnete sich für schlechte Neuigkeiten.

»Wir haben jemanden von den Zivilisten an Bord des Containerschiffs verloren. Eine Frau. Sie war zu dehydriert … Wir konnten sie nicht retten.«

»Das tut mir leid«, sagte Katrina. Sie hatte gewusst, dass es ihnen nicht gelingen würde, alle zu retten, dennoch schmerzte die Meldung. Jedes einzelne Leben zählte mehr denn je zuvor, und sie hatte ihren Leuten befohlen, alles zu tun, was sie konnten, um diese Menschen gesund zu pflegen. »Sobald die Luftschiffe eintreffen, stehen uns bessere medizinische Möglichkeiten für die Überlebenden zur Verfügung«, fügte sie hinzu. »Weil wir gerade davon reden: Gibt's etwas Neues darüber, was wir von dem Containerschiff geborgen haben?«

Eevi senkte den Blick auf ihr Tablet und rasselte die neue Aufstellung herunter.

»Zehn Sturmgewehre, 2000 Patronen Munition und ein Benzintank, in dem noch knapp 2000 Liter sind«, antwortete sie.

»Hervorragend«, befand Katrina.

Eevi fuhr fort und erläuterte den Vorrat an tiefgefrorenem Fisch, den sie im Frachtraum des Schiffes entdeckt hatten und der für Monate reichen würde, wenn sie ihn weiterhin kühlten. Besser noch, die zehn gefangenen Cazadores waren über Bord gesprungen, als sie mit dem MK-65 auf den Rumpf des Containerschiffes gezielt hatte.

Die Haie hatten sich in den letzten Tagen ordentlich die Bäuche vollgeschlagen, und nachdem Katrina die Fleischerei an Bord des Containerschiffes gesehen hatte, empfand sie nicht mal einen Anflug von Mitgefühl mit den Opfern der Haie.

Als Nächster würde El Pulpo auf dem Hackblock landen.

Katrina hatte vor, den Drecksack persönlich zu töten, genau wie sie Captain Leon Jordan eigenhändig ins Jenseits befördert hatte. Aber dafür musste sie erst das an ihrem Gürtel hängende Schwert schärfen.

Der Gedanke holte sie jäh zurück in die Realität. Sie hatte noch so viel zu tun, bevor sie dem König der Kannibalen den Kopf abhacken konnte.

»Captain, wir haben soeben etwas mit dem Radar aufgeschnappt«, meldete Sandy über Funk. »Sieht nach der *Deliverance* aus. Sie nähert sich uns aus Südwesten.«

Katrina hob das Fernglas vom Bullauge und richtete es nach Südwesten. Sie benutzte die Nachtsichtoptik, um die Wolken abzusuchen. Es dauerte mehrere Minuten, bis sich die Flammen von sechs Schubdüsen durch die Wolken abzeichneten. Der Anblick erfüllte sie mit Stolz – und entfesselte Adrenalin.

»Gehen wir«, sagte sie zu Eevi.

Zusammen stiegen sie zurück hinunter zur Brücke, wo Jaideep, Edgar und Sandy geduldig an ihren jeweiligen Stationen saßen.

»Also gut, Leute, es ist so weit«, sagte Katrina. »Ihr alle wisst, was ihr zu tun habt. Die Brücke gehört dir, Eevi. Ich bin dann im Frachtraum.«

So schnell wie möglich durchquerte Katrina die USS *Zion*. Unterwegs ging sie in Gedanken ihren Plan durch.

Von nun an musste jede Kleinigkeit reibungslos verlaufen, sonst würde alles durcheinandergeraten.

Als sie den Eingang zum Frachtraum erreichte, stand die Tür bereits offen. Draußen wehte der Wind den Regen seitwärts.

Alexander, Trey und Vish bewachten die Gefangenen, die sie vom Containerschiff herübergeholt hatten. Ursprünglich waren es 21 gewesen. Allerdings verhüllte eine Decke die unlängst Verstorbene, wodurch die Zahl auf 20 gesunken war. Ein trauernder Mann kniete neben dem Leichnam.

Das war erst der Anfang.

Katrina führte eine rasche Bestandsaufnahme der anderen Neuankömmlinge durch. Nur fünf Mann waren in annähernd kampftauglicher Verfassung. Victor verkörperte den Anführer, allerdings beherrschte er nur wenige Worte ihrer Sprache, weshalb sich die Verständigung schwierig gestaltete. Sie hoffte, das würde sich ändern, wenn die *Deliverance* auftauchte und ihnen Timothy zum Dolmetschen zur Verfügung stünde.

Ein Windzug erfasste sie, als sie sich den Weg um die Gruppe herum bahnte. Sie legte sich eine Hand an die geschundenen Rippen. Es tat immer noch weh, wenn sie tief einatmete.

Die Mantelstromtriebwerke der *Deliverance* rauschten, als sich das Luftschiff in Position bewegte. Die glatte, schwarze Rumpfunterseite schwebte ungefähr 150 Meter über dem Kriegsschiff. Eines der Kinder zeigte an den Himmel, und alle befreiten Gefangenen der Cazadores schauten verwundert auf, als würde ein UFO mit Außerirdischen durch die Wolken herabsinken.

Katrina lächelte und nickte den neuen Gesichtern zu. Die meisten begegneten ihrem Blick mit argwöhnisch gerunzelter Stirn.

Woraus sie ihnen keinen Vorwurf machen konnte. Für Katrina handelte es sich erst um die zweite Gruppe fremder Menschen, die sie je im Leben gesehen hatte, und auch sie traute diesen Leuten noch nicht ganz über den Weg.

Sie ging hinüber zur offenen Tür, als sich die *Deliverance* über der USS *Zion* um ein paar Grad drehte. Die Abdeckung des Frachtraums des Kriegsschiffes öffnete sich. Vom Luftschiff wurde ein Seil abgeworfen, und der bläuliche Schein einer Batterieeinheit rutschte daran herab. Kaum war der Hell Diver unten angekommen und hatte sich ausgehakt, stieg der nächste Springer aus dem Luftschiff und seilte sich in den Frachtraum des Kriegsschiffes ab.

Polternde Schritte ertönten, als die vom Containerschiff befreiten Gefangenen aufstanden, um einen genaueren Blick auf die zwei Hell Divers zu werfen, von denen einer den anderen um einen guten Kopf überragte.

Alexander und Vish hielten weiter Wache, Trey jedoch kam angerannt, um seinen Vater zu begrüßen.

»Pa!«, rief er.

Les eilte los und umarmte seinen Jungen.

»Captain«, sagte er und nickte Katrina zu.

»Schön, Sie wiederzusehen, Lieutenant«, gab sie zurück.

Layla nahm den Helm ab, lächelte, ging zu Katrina und wollte sie umarmen, bremste sich jedoch, als sie den dicken Verband um ihre Brust erblickte.

»Das sieht nicht gut aus«, befand Layla.

»Ist nicht so schlimm«, entgegnete Katrina. »Wie geht's dir?«

Layla zuckte mit den Schultern. Katrina schaute hinauf zum Luftschiff, da sie spürte, dass ihrer Freundin etwas Sorgen bereitete, das nichts mit der bevorstehenden Schlacht zu tun hatte.

»Wo ist Commander Everhart?«, fragte Katrina.

»In der Krankenstation. Erholt sich noch von seinem Eingriff«, sagte Layla.

»Eingriff?«

»Er hat eine Überraschung, die er Ihnen zeigen will«, warf Les ein.

»Ich denke, ich begebe mich mal kurz hinauf in die *Deliverance*«, kündigte Katrina an. »Ich begleite diese Menschen hier, sobald wir uns ein System überlegt haben, wie wir sie nach oben befördern.«

Layla drehte den Kopf und betrachtete die jüngst befreiten Gefangenen der Cazadores. »Was machen wir mit ihnen?«, fragte sie.

Les und Layla warfen einen ausgiebigen Blick auf die ausgemergelt wirkenden Leute, die ihrerseits die Hell Divers anstarrten, als wären sie Wesen von einem anderen Planeten.

»Ich hoffe, Sie haben einen Plan«, sagte Les.

»Hab ich«, bestätigte Katrina. »Wir werden diese Menschen retten. Genau wie wir X, Magnolia und Miles retten werden.«

21

Michael bewegte den Zeigefinger seiner neuen Hand. Zumindest hatte er die Absicht. Er starrte auf die Roboterfinger und versuchte, sie mit Willenskraft zu bewegen. Einen nach dem anderen streckte er sie, beugte sie, wackelte damit durch die Luft. Schließlich ballte er sie zu einer Faust aus einer Titanlegierung.

»Wie fühlt es sich an, Commander?«, erkundigte sich Timothy.

»Äh … merkwürdig.«

Michael setzte sich aufrechter hin und lehnte den Rücken an das Kunststoffgestell des Bettes in der Krankenstation der *Deliverance*. Die Spinne hatte seine Nervenenden und Muskeln mit dem aus einer Hyperlegierung angefertigten Roboterarm aus Red Sphere verbunden, und die Nanotechnologie arbeitete daran, die Verbindungen schneller als üblich verheilen zu lassen – *erheblich* schneller.

Michael öffnete die Roboterhand und bewegte die Finger, zuerst noch etwas ungelenk, doch er konnte damit bereits Dinge tun, die er mit den echten Fingern aus Fleisch und Blut nicht bewerkstelligte.

Nur Michael und die künstliche Intelligenz befanden sich in dem Einzelzimmer, aber Michael hörte den

Tumult draußen. Die Gefangenen, die Katrina auf dem Containerschiff befreit hatte, wurden gerade an Bord des Luftschiffes überführt, um sie medizinisch zu behandeln.

»Das ist wirklich eigenartig«, meinte Michael.

»Sir, es wird eine Weile dauern, sich daran zu gewöhnen«, meinte Timothy. »Die Nanotechnologie wird die Verbindungen zwischen Ihren Nerven und Muskeln und den Drähten des Roboterarms stärken. In wenigen Tagen sollten Sie voll funktionsfähig sein.«

Funktionsfähig, dachte Michael. *Wie eine Maschine.*

Allmählich wurde es ihm unheimlich, Roboterteile am Körper zu haben, vor allem Teile, die davor zu Dr. Julio Diaz gehört hatten. Was das bedeutete, war ihm erst nach und nach bewusst geworden, nachdem die Spinne ihre Arbeit beendet hatte, er aufgewacht war und seinen neuen Arm erblickt hatte.

Es bedeutet, dass du wieder kämpfen kannst. Es bedeutet, dass du wieder springen *kannst.*

»Das war die einzige Möglichkeit«, murmelte Michael in sich hinein.

»Entschuldigung, Sir«, sagte Timothy. »Ich verstehe die Frage nicht.«

»Ach, nichts.«

Timothy verschränkte die Hände hinter dem Rücken. »Verspüren Sie irgendein Unbehagen, Commander?«

Michael hob den Arm und betrachtete das geschwollene Gewebe um den Stumpf, wo die Roboterspinne die Verbindung zu der an seine Größe angepassten mechanischen Gliedmaße hergestellt hatte. Die wunde Haut und die Muskeln darunter brannten zwar, abgesehen davon jedoch spürte er keine richtigen Schmerzen, nur das Kribbeln des Nanogels, das emsig seine Magie wirkte.

»Eigentlich nicht, um ehrlich zu sein«, antwortete Michael.

»Das ist gut, Sir. Die Nanotechnologie sollte die Genesung beträchtlich beschleunigen, aber ich muss zugeben, dass ich wegen der Operation ein wenig besorgt war.«

Nach einer Pause fügte er hinzu: »Ich habe vorher noch nie eine Spinne benutzt.«

»Danke, dass du den Teil für dich behalten hast«, sagte Michael mit dem Ansatz eines Lächelns.

»Ich wollte Ihnen kein Kopfzerbrechen bereiten. Jetzt, da die mechanischen Teile mit Ihren Nervenenden verbunden sind, sollten Sie keine Phantomschmerzen mehr spüren.«

Michaels Grinsen wurde breiter. »Ich fühle mich tatsächlich schon besser. Stärker.«

Er stand aus dem Bett auf, doch plötzlich überkam ihn ein Schwindelanfall, und er stolperte einige Schritte, bevor er die Roboterhand ausstreckte. Das Einzige in Reichweite war ein weißer Handwagen für medizinische Utensilien.

Sein Hyperlegierungsarm krachte gegen die Seite und stieß den Wagen gegen die Wand. Schubladen sprangen heraus, der Inhalt kullerte über das Deck.

»Scheiße«, fluchte Michael knurrend.

Der Lärm beschwor ein Klopfen an der Tür herauf. Kurz schloss er die Augen, bevor er sie öffnete und mehrmals blinzelte. Als er wieder scharf sehen konnte, stand Layla an der offenen Luke. Hinter ihr sah er Captain DaVita.

»Layla hat gesagt, wir können dich wieder Stan nennen«, sagte Katrina. »Jetzt verstehe ich, weshalb.«

Michael schmunzelte. »Das hier ist ein bisschen stärker als der armselige Stanniolhut«, erwiderte er und hob den neuen Arm. Langsam drehte er ihn, um ihn den beiden Frauen vorzuführen.

Katrina kam zu ihm herüber und legte ihm die Hand auf die Schulter. »Schön, dich zu sehen, Commander.«

»Gleichfalls, Captain.«

»Außerdem freut's mich zu sehen, dass sich der Ausflug nach Red Sphere doch noch gelohnt hat.«

»Wir haben zusätzlich ein weiteres Lasergewehr erbeutet«, sagte Michael. Er schaute hinüber zu Layla. »Hast du ihr von der Bombe erzählt?«

»Bombe?«, fragte Katrina. »Ich bin ganz Ohr.«

Layla schüttelte den Kopf.

»Bombe?«, wiederholte Katrina.

»Wir haben eine auf Red Sphere abgeworfen«, berichtete Michael. »Um diesen Ort des Bösen vom Antlitz der Erde zu tilgen.«

Katrina schürzte die Lippen und runzelte die Stirn, allerdings nur kurz.

»Wär's nach mir gegangen, hätten wir die Dinger schon längst ins Meer abgeworfen«, fügte Michael hinzu. »Aber in dem Fall war ich mit Lieutenant Mitchells einer Meinung. Red Sphere war ein Schandfleck der menschlichen Geschichte und wäre unbestreitbar eine allgegenwärtige Gefahr für die Menschheit geblieben. Der Ort musste vernichtet werden.«

Katrina schien einige Sekunden über seine Worte nachzudenken. Schließlich meinte sie: »Darüber werd ich mich später noch mit Lieutenant Mitchells unterhalten. Jetzt müssen wir erst mal unseren Angriff auf die Metallinseln planen. Fühlst du dich gut genug, um zur Strategiebesprechung auf die Brücke zu kommen?«

»Ja, Ma'am.«

»Gut. Wir treffen uns in einer Stunde. Genießt bis dahin ein wenig Zeit miteinander.« Damit verließ Katrina das Zimmer und schloss hinter sich die Tür.

»Ein bisschen Privatsphäre, Timothy?«, sagte Michael.

Die künstliche Intelligenz war bereits verschwunden, doch ihre Stimme erwiderte: »Selbstverständlich, Commander.«

Michael kehrte zum Bett zurück, setzte sich und klopfte mit der Metallhand auf die Matratze.

Layla nahm neben ihm Platz und betastete den Zopf, der ihr über die Schulter hing. »Wie geht's dir jetzt?«

»Fühlt sich merkwürdig an, aber es funktioniert.« Er trommelte mit den Fingern aufs Bett.

Sie beobachtete ihn und seufzte gedehnt.

»Was ist mit dir? Alles in Ordnung?«, erkundigte er sich.

»Ja. Bin bloß besorgt wegen des Angriffs.«

»Ich müsste lügen, wollte ich behaupten, dass ich keine Angst davor hab«, gestand Michael. »Aber ich bin bereit zu kämpfen. Ich will unsere Freunde zurück, und ich will die Sonne sehen.«

Layla lächelte. Es war beinahe dasselbe Lächeln, in das er sich vor all den Jahren verliebt hatte. Allerdings lag diesmal nicht ihr ganzes Herzblut darin. Irgendetwas beunruhigte sie.

»Was ist?«, fragte er und wischte ihr mit der mechanischen Hand Strähnen aus dem Gesicht.

Ihr Blick heftete sich auf die Roboterfinger, aber sie schienen sie nicht zu stören.

»Ich möchte, dass du etwas weißt«, sagte sie. »Eigentlich wollte ich's dir erst sagen, wenn alles vorbei ist, aber falls etwas passiert, hast du's verdient, es zu wissen.«

Michael ließ die Hand sinken.

»Ich glaub, ich bin schwanger«, sagte sie. Bevor er etwas erwidern konnte, fügte sie hinzu: »Aber das ändert nichts im Hinblick auf diese Schlacht. Ich werd trotzdem meinen Beitrag leisten. Ich werd trotzdem mit dir und den anderen springen.«

»Layla …«, sagte er leise. Der Gedanke daran, Eltern zu werden, änderte die Dinge. Das änderte *alles*.

»Was ist?«, bohrte sie nach, als er nicht weitersprach. »Sag was, Stan.«

Michael drehte sich ihr so zu, dass er ihre Hände ergreifen konnte.

»Ich liebe dich, Layla. Du bist mein Lebensmensch und alles, was ich je wollte. Unserem Team einen weiteren Menschen hinzuzufügen, wäre unfassbar toll – und genau deshalb darfst du *nicht* springen. Es ist zu gefährlich. Ich will dich während des Angriffs hier auf der *Deliverance* haben.«

»Ich weiß, es ist ein ungünstiger Zeitpunkt für solche Neuigkeiten.«

Michael begegnete ihrem Blick, sah tief in Augen, die er schon liebte, seit er ein Junge gewesen war. Layla und er hatten so viel zusammen erlebt, waren zusammen aufgewachsen, hatten zusammen darum gekämpft, die Luftschiffe am Himmel zu halten.

»Ich *will* mit dir springen«, sagte sie. »Wir sollten das zusammen tun.«

Plötzlich ertönte eine Alarmsirene und ließ sie verstummen. Das an- und abschwellende elektronische Geheul hallte durch die Krankenstation. Michael und Layla standen auf und setzten sich in Bewegung, um herauszufinden, was vor sich ging.

Er drückte eine Taste der Gegensprechanlage und stellte eine Verbindung zur Brücke her. »Was zum Teufel ist los?«

Einen Herzschlag später antwortete Ada Winslow. »Wir haben ein Schiff auf dem Radar erfasst.«

»Die *Hive?*«

»Nein«, erwiderte Ada. »Es ist auf der Erdoberfläche und in unsere Richtung unterwegs. Sie sollten besser zur Brücke kommen, Commander.«

Die Hörner verstummten, als die letzten Cazadores-Boote am Horizont verschwanden und die rot blinkenden Lichter von der Dunkelheit verschluckt wurden. Der Kriegsruf endete, wurde abgelöst vom entfernten Läuten einer Glocke.

Das Gebimmel hallte vibrierend durch den Turm des Kapitols. Magnolias Herzschlag beschleunigte sich bei den Geräuschen, und sie atmete tief durch, um sich zu beruhigen.

Sie wusste, was das Glockenläuten bedeutete.

Es handelte sich um eine Warnung, ähnlich den Alarmsirenen an Bord der Luftschiffe. Den Beweis lieferte, dass sich auf den Gängen nichts rührte. Die Glocken läuteten eine Art Ausgangssperre ein, was ihr die Flucht ungemein erschwerte.

Deshalb war Magnolia in dem Zimmer untergeschlüpft, das sich Inge und Sofia teilten.

»Es sind zu viele Wachen«, sagte Inge. »Du kannst nicht fliehen.«

»Es gibt keine Möglichkeit, von hier wegzukommen, selbst wenn du es von der Bohrinsel schaffst«, fügte Sofia hinzu.

Magnolia zog die Vorhänge an den Fenstern zurück. Die *Sea Wolf* lag immer noch unten an den Docks. Nur hatte sie keine Ahnung, wie sie es die zwölf Stockwerke hinunter schaffen sollte.

Sie hatte nicht mal Schuhe, trug immer noch Shorts und ein zerrissenes T-Shirt.

Magnolia drehte sich zurück zu den beiden Frauen. Abgesehen von Rodger und Miles kamen sie dem am nächsten, was Magnolia auf den Metallinseln als Freunde bezeichnen konnte.

»Du hast einen Schriftgelehrten angegriffen und zwei Soldaten umgebracht«, meldete sich Inge zu Wort. »Solche Vergehen verzeiht El Pulpo nicht. Er wird …«

Imulah murmelte etwas in den abgerissenen Ärmel, den Magnolia ihm um den Mund gebunden hatte. Er saß auf einem Stuhl und hielt sich die verletzte Hand, von der nach wie vor Blut auf den Boden tropfte.

»Genau deshalb muss ich zu fliehen versuchen«, sagte Magnolia. »Ihr könnt gern mitkommen, allerdings habt ihr nur ungefähr eine Minute, um euch zu entscheiden.«

Aus dem Gang vor der verriegelten Tür ertönten Schritte. Da Magnolia nur ein Messer als Waffe hatte, beschlich sie das Gefühl, es könnten unschöne Szenen folgen. Aber sie war mehr als bereit zu kämpfen, selbst wenn sie dafür die Zähne und Fingernägel einsetzen müsste.

Ein Klopfen an der Tür auf der anderen Seite des Gangs ertönte, gefolgt von Gebrüll.

»*¡Abra!*«, rief ein Soldat der Cazadores, bevor weitere tiefe Stimmen laut wurden.

»Sofia, bitte – ich brauch nur was zum Anziehen und Schuhe«, flüsterte Magnolia.

Die Stimmen ertönten wieder, als die Tür gegenüber ihrer Unterkunft geöffnet wurde.

Eine Frau sprach mit schnellen Worten, und Magnolia richtete das Messer auf Imulah, um dafür zu sorgen, dass er schwieg.

Sofia ging zu einer Kommode, der sie eine schwarze Hose und ein schwarzes Shirt sowie ein ebenfalls schwarzes Kopftuch entnahm.

Weniger als eine Minute später hatte sich Magnolia angezogen. Inge und Imulah beobachteten sie, Sofia hingegen zog spontan das eigene Shirt aus und wischte sich die langen schwarzen Haare über die Schulter, legte das Geflecht der erhabenen Narben frei.

»Ich verschwinde auch, Inge«, kündigte sie an. »Tut mir leid, aber ich hab entschieden, dass ich lieber sterben als noch länger hierbleiben will.«

Inge setzte sich auf das linke der zwei Betten und ließ den Kopf hängen. Eine Träne landete zwischen ihren Füßen.

»Du kannst ja mitkommen«, sagte Magnolia.

»Das … Das geht nicht.« Inge ließ den Blick zu Boden gerichtet – die Haltung einer gebrochenen, von Todesangst erfüllten Frau.

Magnolia wusste, dass der Versuch, Inge umzustimmen, nicht fruchten würde. Nackte Angst lähmte die Frau förmlich.

Plötzlich ratterte die verriegelte Tür, und draußen ertönte dröhnend eine männliche Stimme.

Magnolia schlich zu Imulah hinüber und zielte mit dem Messer auf seinen Schritt. »Keinen Mucks, sonst verlierst du deinen Pimmel.«

Seine Augen wurden groß.

»So was hast du doch, oder?« *Dass du keine Eier hast, weiß ich ja bereits.*

Er nickte.

Sofia antwortete dem Mann im Gang auf Spanisch, und der Türgriff hörte zu rattern auf. Sie fügte noch etwas hinzu, und die Schritte setzten sich fort.

»Was hast du gesagt?«, fragte Magnolia leise.

Sofia ließ ein hübsches Grinsen aufblitzen. »Dass ich allein und nackt bin, und dass ihr König sie mit dem Augenlicht zahlen lassen wird, wenn sie reinkommen.«

Sofia legte eine Halskette um, ergriff ein Buch von der Kommode und schlug es auf. Die Seiten hatte sie so herausgeschnitten, dass genug Platz für eine Handfeuerwaffe entstanden war.

Die Frau steckte in dieser Nacht voller Überraschungen.

»Woher um alles in der Welt hast du die?«, fragte Magnolia.

»Von meinem Geliebten.«

»Geliebten?« *Ich bin mir verdammt sicher, dass sie nicht El Pulpo meint.*

»Erzähl ich dir später.«

»Vielleicht kann er uns bei der Flucht helfen«, meinte Magnolia.

Sofia steckte sich die Pistole hinten unter den Hosenbund und verdeckte den Griff mit ihrem langen schwarzen Haar. »Er ist nicht hier. Unterwegs zu einer Mission.«

»Alles klar.« Magnolia ging zur Tür, aber Sofia schüttelte den Kopf.

»Nicht da lang.«

»Wo dann?«

Sofia steuerte auf die Glastüren zu, die zu einem Balkon führten.

»Sei vorsichtig, Sofia«, sagte Inge. Sie erhob sich vom Bett und bewegte sich auf die andere Frau zu.

»Sorg dafür, dass uns Imulah nicht verpfeift, ja?«, bat Magnolia.

Inge nickte, aber Magnolia traute der Rothaarigen nicht. Sie kehrte zu dem Schriftgelehrten zurück und sagte: »Das jetzt tut mir leid.«

Verwirrt legte er den Kopf schief. Dann blitzte eine Erkenntnis in seinen Augen auf.

»Bitte nicht …«, murmelte er.

Bevor er reagieren konnte, holte Magnolia hoch aus und ließ den Griff des Messers mit voller Wucht auf seinen Hinterkopf niedersausen, wodurch sie ihn wirkungsvoll bewusstlos schlug.

Beinahe tat es ihr leid, als sie davonging, aber Imulah hatte genau wie Inge seine Wahl getroffen. Nun trafen Sofia und sie die ihre, auch wenn sie womöglich mit dem Tod enden würde.

»Ich hoffe, du kannst klettern«, sagte Sofia, als sie die Glastüren öffnete. Das Glockengeläut wurde lauter, und Magnolia spürte einen belebenden, frischen Luftzug.

Sie nahm sich eine Sekunde Zeit und ließ den Blick über den von Sternen übersäten Himmel wandern, bevor sie kurz das schimmernde Spiegelbild des Mondes auf der Wasseroberfläche betrachtete. Die in Töpfen auf dem Balkon wachsenden Blumen neigten die Blüten in der salzigen Brise.

Gott, das hätte wirklich ein Paradies werden können.

»Gehen wir«, sagte Sofia. Damit schwang sie die Beine über das Geländer, bückte sich und ließ sich zum nächsttieferen Balkon hinab. Magnolia spähte über den Rand und erblickte Sofias grinsendes Gesicht ungefähr drei Meter unter ihr.

»Kommst du jetzt, oder was?«, fragte Sofia.

Magnolia folgte der jüngeren, beweglicheren Frau zwei Geschosse nach unten. Sofia erinnerte Magnolia an sie selbst, als sie noch unter 30 gewesen war.

Auf dem dritten Balkon schauten zwei Kinder durch gesprungene Glastüren heraus. Ein gut gebauter Mann in einem fadenscheinigen weißen T-Shirt und mit einer Latzhose kam aus dem Wohnbereich hinter ihnen. Sofia hob einen Finger an die Lippen.

Der Mann nickte und verschwand mit beiden Kindern zurück in die Tiefen der Unterkunft. An der Stelle bemerkte Magnolia die Pistole in Sofias rechter Hand. Die jüngere Frau steckte sie zurück unter den Hosenbund, bevor sie über das nächste Geländer kletterte.

Mittlerweile befanden sie sich auf der fünfzehnten Ebene, hatten noch nicht mal die Hälfte des Wegs nach unten geschafft.

Ein stetes Klappern begleitete das Glockengeläut, als zwei Fahrstühle, von denen Magnolia einen noch nie zuvor gesehen hatte, zum Luftschiff ganz oben hochgezogen wurden.

Magnolia spähte nach unten. Die *Sea Wolf* schaukelte im Fackellicht. Das Boot lag nach wie vor am Dock vertäut, als wartete es nur darauf, dass es sich jemand nahm. Sie brauchte es nur dorthin zu schaffen, ihre Freunde mit einem schnellen Funkspruch davor zu warnen herzukommen … und dann schleunigst von diesem grauenhaften Ort zu verschwinden.

Die Frauen stiegen zum nächsten Balkon hinab, zum übernächsten und zu noch einem. Auf der elften Ebene landete Magnolia unglücklich auf dem Fuß, den sie sich beim Tritt gegen den Kiefer des Cazadores-Soldaten leicht lädiert hatte.

Sofia war bereits über das nächste Geländer geklettert. Plötzlich ertönte ein Aufschrei, und Magnolia humpelte hinüber, um nachzusehen. Auf dem Balkon unten hatte ein großer, kräftiger Cazadores-Soldat Sofia an der Gurgel gepackt. Er drängte sie gegen das Geländer, drückte sie beinahe darüber.

Magnolia eilte zur rechten Seite des Geländers auf ihrer Ebene und klemmte sich das Messer zwischen die Zähne. Sie schwang die Beine über die Begrenzung und kauerte sich hin. Mit den Händen um die Gitterstäbe senkte sie sich langsam nach unten, statt zu springen.

Als sie sich noch etwa 30 Zentimeter über dem Boden der nächsttieferen Ebene befand, ließ sie sich das letzte Stück lautlos fallen, dann bohrte sie von hinten das Messer in die rechte Niere des Mannes.

Er ließ Sofia los und wölbte den Rücken nach hinten durch, zu verblüfft und überwältigt von Schmerzen, um zu schreien. Magnolia zog die Klinge heraus und stach erneut zu, diesmal unter den Kiefer, bis das Messer ins Gehirn vordrang.

Der stämmige Kerl sackte zusammen, zuckte noch einmal und lag dann still. Magnolia bückte sich, holte sich ihr Messer zurück und nahm ihm eine Pistole ab.

Sofia massierte sich den Hals und schnappte nach Luft.

»*¿Bien?*«, fragte Magnolia.

»*Sí.*«

Leise schlich Magnolia zum Geländer und übernahm die Spitze. Sie schaffte es bis hinunter ins achte Stockwerk, bevor die Schmerzen in ihrem Fuß sie bremsten.

Sofia, die nach wie vor schwer atmete, ging neben ihr in die Hocke.

»Alles klar?«, erkundigte sie sich.

Magnolia nickte. Durch die Glastür hinter Sofia nahm sie eine Bewegung wahr. Wieder beobachtete sie ein Kind, diesmal ein höchstens sieben Jahre altes Mädchen.

Die Kleine hob eine Hand. Magnolia tat es ihr gleich und winkte. Allerdings entdeckte sie in dem Raum hinter der Glastür noch etwas.

Cazadores-Soldaten standen im Flur vor der offenen Eingangstür.

»O Scheiße«, fluchte Magnolia.

Diesmal stiegen die beiden Frauen zusammen zum nächsten Balkon hinunter – im selben Moment, in dem die Glastür über ihnen unter einer Salve von Schüssen zu einem Scherbenregen explodierte. Die nächsten zwei Balkone rasten an ihnen vorbei. Magnolia biss bei jeder Landung die Zähne zusammen.

Auf der sechsten Ebene erwartete sie ein Cazadores-Soldat. Prompt griff er mit einem Speer an, dem Sofia auswich, indem sie geschickt zur Seite sprang. Magnolia packte den Schaft und zog daran, aber der Mann zog mit einem kräftigen Ruck zurück.

Als Sofia ihre Pistole anhob, ertönten mehrere Balkone über ihnen Schüsse. Sie hastete beiseite, um den Projektilen zu entgehen, die mit einem scharfen Klirren vom Geländer abprallten. Magnolia hechtete weg und suchte unter dem Dach Deckung – wodurch sie mitten in den Weg des Mannes mit dem Speer geriet.

Er stach erst auf ihren Kopf ein, dann zielte er auf Sofia, während von oben weiter heruntergeschossen wurde. Diesmal ergriff Sofia den Schaft und zog so jäh daran, dass sie den Mann zum Wanken brachte. Magnolia stellte ihm ein Bein, und er stürzte mit von sich gestreckten Gliedmaßen in der Nähe des Geländers auf den Boden. Zu beiden Seiten seines Kopfes prallten Kugeln vom Metall ab.

Als er sich aufrappelte, nutzte Magnolia die zweieinhalb Meter Platz, um Anlauf zu nehmen und ihm mit einem Sprung einen kraftvollen Tritt in die Brust zu verpassen. Die Wucht des Treffers schleuderte ihn über das Geländer in die Tiefe.

Nach einem kurzen Schrei folgte ein Platschen.

Magnolia und Sofia zogen die Pistolen und verteilten sich an gegenüberliegenden Enden des Balkons. Nach einem gegenseitigen Nicken gingen sie beide in Schussposition und feuerten auf die Ebene über ihnen.

Einer der Cazadores auf Magnolias Seite zog sich zurück. Der andere hingegen wurde überrascht, bekam eine Kugel in den Kopf, brach zusammen und fiel außer Sicht.

»Bei mir ist die Luft rein«, meldete Sofia, die nach wie vor mit der Pistole nach oben zielte. »Du zuerst.«

Magnolia verlor keine Zeit. Sie schwang sich auf den nächsten Balkon hinab und gab Sofia Deckung, während sie hinter ihr herkletterte. Oben tauchte ein Kopf auf, und Magnolia kniff ein Auge zu. Der erste Schuss ging daneben, der zweite jedoch fetzte dem Mann ein Ohr weg und zwang ihn zurückzuweichen.

Sie schafften es bis hinunter zur vierten Ebene, bevor auf den Balkonen links und rechts Verstärkung der Cazadores auftauchte. Aus den Pistolenschüssen wurden Automatiksalven, als die Krieger größere Kaliber zum Einsatz brachten.

Magnolia und Sofia wichen zur Glastür zurück. Mit einem Blick über die Schulter spähte Magnolia in die Unterkunft hinter sich. Wieder hineinzugehen käme einer Todesstrafe gleich.

Es gab nur einen Ausweg aus der Lage.

»Wir müssen springen«, sagte sie.

Projektile prallten um sie herum von den Geländern ab und durchschlugen die metallische Plattform. Sofia nickte entschlossen und atmete tief ein. Beide steckten sich die Waffen unter den Hosenbund, bevor sie zum Rand der Ebene lospreschten.

Sofia sprang kopfüber als Erste. Auch Magnolia hechtete los und schaffte es knapp über das Geländer. Der Fall währte nur einen Augenblick. Das dunkle Wasser raste ihr schneller als erwartet entgegen. Sie schlug hart auf die Oberfläche auf, umklammerte mit einer Hand ihre Waffen und hielt sich mit der anderen die Nase zu.

Das kalte Wasser jagte einen Schock durch ihren verschwitzten Körper. Sie strampelte nach oben, dem Schein des Monds entgegen. Kugeln schlugen ins Wasser ein.

»Runter!«, warnte Sofia.

Magnolia tauchte wieder unter und strampelte weiter. Sie konnte nicht das Geringste sehen. Das Gefühl, nicht zu wissen, was unter ihr in den Tiefen lauerte, löste einen jähen Adrenalinschub aus. Sie beschleunigte die Bewegungen, als ihr klar wurde, dass sie *sehr wohl* wusste, was alles in diesen Gewässern lauern konnte.

Von oben schlugen weiter Kugeln ein und schnellten durch das Wasser. Es war nur eine Frage der Zeit, bis eines der Geschosse sie treffen würde. Dann würde sie in die Tiefe sinken, wo die Riesenkraken hausten, die von diesen Menschen angebetet wurden.

Nein. So wird dein Leben nicht enden.

Sie strampelte schneller, paddelte kräftiger, beschleunigte die Schwimmzüge.

Vorläufig mutierte Magnolia zu der Frau, die sie in Sofias Alter gewesen war. Damals war sie zum ersten Mal zur Erdoberfläche abgesprungen und hatte schier unmögliche Situationen überlebt, weil sie getan hatte, was dafür nötig war. Und so hatte sie es immer gehalten.

Sie würde sich nie wieder versklaven lassen.

Als sie sich zurück zur Oberfläche kämpfte, um Luft zu schnappen, erhaschte sie einen flüchtigen Blick auf die Docks über ihr. Nur noch wenige Schwimmzüge. Sofia zog sich bereits auf eines der Docks hoch.

Die Schützen auf den Balkonen hatten sich ins Innere des Turms zurückgezogen.

Einen Moment lang trat Magnolia das Wasser und sah sich um. Fackeln flackerten in der Brise und warfen unstete Schatten über die Docks.

»Komm!«, rief Sofia und streckte ihr eine Hand entgegen.

Magnolia strampelte auf die jüngere Frau zu, aber irgendetwas schien nicht zu stimmen … Im Schwimmen tastete sie nach ihrer Pistole, musste jedoch feststellen, dass die Waffe verschwunden war. Offenbar hatte Magnolia sie beim Sprung ins Meer verloren. Sie zog das Messer samt Scheide aus ihrem Hosenbund und klemmte es sich beim letzten Schwimmzug zu Sofia zwischen die Zähne.

Die Hände der beiden Frauen griffen ineinander, und Sofia zog Magnolia aus dem Wasser. Als Magnolia aufstand, sah sie, dass sich der Aufzug noch zehn Meter über ihnen befand und klappernd herabgefahren kam.

»Lauf!«, rief Magnolia.

Die beiden Frauen sprinteten das Dock entlang zur *Sea Wolf*, angespornt von den scheppernden Lauten des sich nähernden Fahrstuhls. Als die Kabine unten ankam, spie sie sechs Soldaten aus.

Sofia schoss im Rennen über die Schulter zurück.

Aber die Krieger erwiderten das Feuer nicht. Vielleicht wollten sie El Pulpos geschätzte Trophäen nicht beschädigen. Falls dem so war, verschaffte es den Frauen einen Vorteil.

Sofia erreichte die *Sea Wolf* als Erste. Sie sprang über die Absperrung, die zur Steuerbordseite führte, und hielt auf die Motoren zu. »Schneid uns los«, sagte sie.

Magnolia benutzte ihr Messer, um das Seil am Bug durchzusägen, dann eilte sie zum Heck, wo Sofia arbeitete. Die jüngere Frau zog an einer Kordel, und der Motor erwachte röchelnd zum Leben.

Das Geräusch löste Geschrei von den Männern aus, die über das Dock rannten. Mittlerweile hatten sie die *Sea Wolf* fast erreicht.

Magnolia hastete zum Ruderhaus, hielt jedoch an der offenen Luke jäh inne. Ein Großteil der Armaturentafel fehlte, außerdem hatte man die Monitore entfernt. Kabel ragten aus den leeren Stellen.

Stattdessen hatte man ein neues Steuerrad und einen Gashebel angebracht. Durch die ersetzten Fensterscheiben konnte sie die über die Piers rennenden Männer sehen. Sie setzte mit dem Boot zurück und steuerte es vom Dock weg, als die jüngeren Cazadores-Soldaten den Rand erreichten. Ein besonders verwegener Teenager sprang aufs Heck und landete mitten im Stacheldraht.

Sofia schoss ihm in die Brust, und er sackte zusammen. Gegenfeuer zischte über den Bug – eine Warnung, die Magnolia zwang, sich außer Sicht zu ducken.

Ein pfeifendes Geräusch, wie sie es am Abend des Banketts gehört hatte, übertönte die Knalle der Schüsse. Aus gekrümmter Haltung erkannte sie, dass auch das Funkgerät fehlte, das X und sie während der gemeinsamen Reise benutzt hatten. Die Cazadores hatten es durch etwas ersetzt, das wie ein analoges Gerät aussah.

»Nein, nein, nein!«, brüllte sie frustriert und schlug mit der Handfläche auf die Armaturentafel. Sie hatte keinen Schimmer, wie man ein solches Funkgerät bediente, außerdem hörten die Luftschiffe die alten, analogen Frequenzen so gut wie nie ab.

Magnolias Eingeweide krampften sich beklommen zusammen, als sie durch die Scheiben hinausspähte. Die Cazadores-Soldaten zielten mit Gewehren auf das Boot. Überall entlang der Docks blitzten Mündungsfeuer auf. Anscheinend scherten sie sich nicht mehr so sehr darum, ob sie El Pulpos Eigentum beschädigten oder nicht.

Sofia stieß zu ihr und blies in die Muschelpfeife an ihrer Halskette.

»Ich hoffe, das funktioniert«, murmelte sie.

Magnolia hob die Hand und drückte den Gashebel im Rückwärtsgang durch. Ein weiteres Projektil durchschlug die Windschutzscheibe. Von dem entstandenen Loch breiteten sich spinnwebartige Sprünge aus, aber das Glas zersplitterte nicht.

Plötzlich endete der Beschuss, und einen Moment lang herrschte Stille. Dann zerriss ein gellender Schrei die Ruhe.

Es war keiner der wütenden Rufe, die Magnolia zuvor gehört hatte. Diese Schreie zeugten vielmehr von Schmerz und Panik.

Langsam richtete sie sich auf, als drei Cazadores-Soldaten in die Luft gehoben wurden, umschlungen von riesigen, glitschigen Fangarmen. Die Männer krümmten sich heulend, als das Ungeheuer sie so mühelos von den Docks zog wie ein Kind, das mit Plüschtieren spielt.

Der Körper der mutierten Kreatur tauchte aus dem Wasser auf – ein schleimiger, von Hautlappen und Höckern übersäter Rücken. Die Augen konnte Magnolia nicht erkennen, doch sie wusste bereits durch ihre Nahbegegnung auf dem offenen Meer, wie sie aussahen.

»Hat geklappt«, kommentierte Sofia, die ihre Halskette festhielt. Sie grinste, als sich ein mit Saugnäpfen überzogener Fangarm über das Dock schlängelte und einen flüchtenden Soldaten schnappte, der es beinahe zurück zum Fahrstuhl geschafft hätte. Zwei anderen Männern gelang es zu fliehen, bevor sich die riesigen Tentakel um sie wickeln konnten.

Magnolia stand auf, wendete das Boot und drückte den Gashebel nach vorn. Mittlerweile hatte Sofia die beiden anderen Motoren gestartet, und das Boot raste vom Turm des Kapitols weg.

Als sie sich umdrehte, klatschte eine knochenlose rosa Gliedmaße vorn auf das Boot. Der Fangarm wickelte sich um den im Stacheldraht verhedderten Leichnam und riss ihn davon weg.

Magnolia schauderte, als der gigantische Kopffüßer im Fahrwasser der *Sea Wolf* abtauchte. Die Kreatur hätte sich mühelos auch Sofia oder Magnolia selbst statt des toten Cazadores-Soldaten schnappen können.

Sie richtete die Aufmerksamkeit auf das alte Funkgerät. »Weißt du, wie man damit umgeht?«

»Ja«, antwortete Sofia. »Aber ich glaube, im Augenblick haben wir größere Probleme.«

»Ich muss eine Nachricht an meine Freunde absetzen, ein Notsignal senden, sie davor warnen hierherzukommen.«

»Na schön, ich versuch's«, sagte Sofia.

Während die junge Frau am Funkgerät arbeitete, ließ Magnolia den Blick über die Dünung wandern. Die Flucht schien ihnen gelungen zu sein, allerdings hatte sie keine Ahnung, wohin sie fahren sollten. Ebenso wenig wusste sie, wo sich X oder Miles befand, und sie hatte keinen Schimmer, wie viel Treibstoff sie in den Tanks hatten.

Mit Sicherheit wusste sie nur, wo sich Rodger aufhielt. Sie hatte ihn schon einmal bei den Cazadores zurückgelassen und würde diesen Fehler nicht wiederholen.

Ihr Blick schwenkte zu den entfernten Ölbohrinseln. Sie versuchte, sich von der Fahrt daran vorbei vor einigen Stunden an ihre Anordnung zu erinnern.

»Ich glaub, ich hab's«, meldete Sofia. »Wir können auf dieser Frequenz eine Botschaft übermitteln und müssen eben hoffen, dass jemand die analogen Kanäle abhört und sie empfängt.«

»Übernimm das Steuer«, sagte Magnolia. »Wir fahren zu der Plattform, auf der das Gefängnis gebaut wird.«

Damit bückte sie sich und griff sich das Handteil des Funkgeräts, während Sofia das Ruder übernahm.

»Das ist eine Mitteilung von Magnolia Katib. Falls jemand an Bord der *Deliverance* oder der *Hive* diese Botschaft empfängt: Kommt *nicht* zu den Metallinseln. Ich wiederhole: Kommt *nicht* hierher. Der Ort ist nicht so, wie wir ihn uns vorgestellt haben. Hier sind zu viele Soldaten, um gegen sie zu kämpfen. Bitte versucht nicht …«

»O Scheiße«, fluchte Sofia.

Ein grelles Licht erfasste die Windschutzscheibe, und Sofia riss das Steuer hart nach Backbord. Magnolia umklammerte die Rückenlehne ihres Stuhls, um nicht zu fallen, und schirmte die Augen gegen die gleißende Helligkeit ab.

Sie konnte zwar nichts sehen, aber sie hörte das rhythmische Röcheln eines Auspuffs.

»Runter!«, rief Sofia.

Bevor Magnolia reagieren konnte, krachte etwas gegen die *Sea Wolf.* Sie verlor den Halt und ging hart zu Boden. Ihr Kopf knallte gegen das Schott der Kabine. Wasser strömte durch den Gang vor der offenen Luke zu den Quartieren.

Zwischen blinzelnden Blicken sah sie eine lange, spitze Ramme, die durch den Rumpf in die kleine Kombüse ragte, in der sie einst Haifischfleisch gebraten hatte.

Blut lief ihr über die Stirn und tropfte in das Meerwasser, das durch den beschädigten Rumpf ins Boot drang. Sofia versuchte, sich aufzurappeln, fiel jedoch gleich wieder hin.

Das laute Gurgeln von Motoren im Leerlauf umgab die *Sea Wolf*. Grelle Lichter gleißten durch die mittlerweile zerbrochene Windschutzscheibe herein. Magnolia sah sich nach irgendetwas um, womit sie kämpfen könnte, doch sie schaffte es nicht mal auf die Beine. Diesmal würde es keine Flucht geben, keine glückliche Fügung. Sie hatte ihr Blatt ausgespielt und verloren. Was als Nächstes folgte, würde zweifellos schlimmer als alles werden, was sie sich vorstellen konnte.

Sofia kroch über das Deck auf sie zu. In einer zittrigen Hand hielt die junge Frau ihre Pistole. Draußen ertönten Stimmen und die Geräusche von Stiefeln, die durch das Wasser im Gang wateten.

Magnolia drückte die Luke im selben Moment zu, in dem die Lichter in der Kommandozentrale zu flackern begannen. Es gelang ihr noch, die Luke zu verriegeln, dann fiel sie mit dem Rücken voraus ins salzige Wasser, das über das Deck schwappte.

Sofia übergab ihre Pistole an Magnolia. »Es sind noch sieben Schuss übrig«, sagte sie. »Sorg dafür, dass sie etwas bringen.«

Magnolia nahm die Pistole entgegen und richtete sie in Hüfthöhe auf den Eingang.

»Heb die letzten zwei Patronen für uns auf«, fügte Sofia hinzu. »Wir dürfen nicht zulassen, dass sie uns lebend in die Finger kriegen.«

22

»Bahn frei!«, rief Les.

Alle traten beiseite, um den Weg für die 30 Milizsoldaten zu räumen, die von der *Hive* zur *Deliverance* eilten. Sie stapften mit Maschinenpistolen gerüstet über das Deck – eine Bewaffnung, die normalerweise aufgrund des hohen Risikos, dass sich an Bord der zerbrechlichen Schiffe versehentlich ein Schuss lösen könnte, den Hell Divers vorbehalten blieb.

Aber statt Beschimpfungen zu rufen oder diesen Männern und Frauen zuzusetzen, gingen die Bewohner auf dem Weg zu ihren Notunterkünften beiseite und erwiesen den Soldaten Respekt, die für die Menschheit ihr Leben aufs Spiel setzen würden.

Und nicht nur Soldaten zogen in den Krieg. Auch Zivilisten, die ihr Leben lang an Bord der *Hive* gearbeitet hatten, folgten den Leuten von der Miliz. Rodgers Vater Cole, der Holzarbeiter mit dem Uhrenladen; Marv, der das *Wingman* betrieb; Dom, der die an Bord legendären Drachennudeln verkaufte; und Dutzende andere: Landarbeiter, Techniker, Wartungspersonal, Lehrer und sogar Unterdeckbewohner.

Les ließ sie vorausgehen, bevor er selbst den Verbindungsgang zwischen den beiden Luftschiffen durchquerte. Der Tunnel war gerammelt voll mit Passagieren, die entsprechend dem von den Offizieren White, Winslow und Connor aktualisierten Schadenseindämmungsplan neu verteilt wurden. Während des Angriffs auf die Metallinseln würden die meisten Zivilisten, darunter Les' Familie, an Bord der *Hive* bleiben.

Er selbst sollte eigentlich nicht auf die *Hive* gehen, aber er musste seine Frauen noch einmal sehen, bevor die Schiffe voneinander entkoppelt wurden. Ihre Notunterkunft platzte aus allen Nähten, als er dort eintraf. 14 Passagiere saßen mit quer vor der Brust verlaufenden, roten Sicherheitsgurten auf den Schalensitzen.

Als er Phyl auf einem Kindersitz erblickte, schmolz sein gequältes Herz auf Anhieb.

»Papa!«, rief sie.

»Hallo, mein Schatz.« Les kniete sich vor ihr hin. Zu seiner Überraschung nahm Katherine den Gurt ab und schlang die Arme um ihn.

»Ich bin so froh, dass du hergekommen bist«, murmelte seine Frau. »Ich wollte dir unbedingt was sagen.«

Die Alarmsirenen verstummten kurz, wurden abgelöst von der freundlichen, aber festen Stimme von Ensign Ada Winslow.

»Noch zehn Minuten bis zum Entkoppeln der Schiffe. Bitte begeben Sie sich umgehend zu Ihren Notunterkünften oder Stationen.«

Wie immer hatte Les das Gefühl, dass er unter Zeitdruck stand und die Uhr fast abgelaufen war.

Katherine verstärkte den Griff um seinen Hals, bevor sie sich von ihm löste und ihm tief in die Augen sah.

»Ich verstehe inzwischen, warum du Hell Diver und Offizier geworden bist«, sagte sie. »Alles, was du getan hast, hast du für deine Familie getan.«

Er lächelte. »Etwas anderes wäre für mich nie infrage gekommen, dafür liebe ich euch alle viel zu sehr.«

»Ich weiß«, sagte Katherine. Sie schaute zu den verbeulten Schotten der Notunterkunft auf, bevor sie den Blick über die angegurteten Menschen wandern ließ. »Dieses Schiff hat uns lang genug über den Himmel befördert. Es ist höchste Zeit, dass wir ein neues Zuhause finden, auch wenn wir dafür kämpfen müssen.«

»Du hast recht, und genau das habe ich vor.«

Les küsste seine Frau auf die Lippen und seine Tochter Phyl auf die Stirn.

»Wir sehen uns bald wieder«, versprach er.

»Pass auf Trey auf«, bat ihn Katherine.

»Mach ich.«

Damit verließ er die Notunterkunft und schloss die Luke mit schwerem, aber erfülltem Herzen. Zu wissen, dass ihn seine Frau unterstützte, verlieh ihm die Kraft, das zu tun, was getan werden musste. Nachdem er die Luke gesichert hatte, brach er im leichten Laufschritt durch die Gänge auf.

Drei Techniker in roten Overalls standen auf der Seite der *Deliverance* und warteten darauf, den Verbindungsgang einzuziehen. Les quetschte sich an ihnen vorbei, während die Alarmsirene weiterheulte.

Als er die Kommandozentrale erreichte, wurden die Offiziere gerade mit den letzten Vorbereitungen fertig.

»Gib mir irgendwer einen Lagebericht«, verlangte Les.

»Wir haben ein bestätigtes Feindfahrzeug auf dem Wasser«, meldete Bronson.

Les ging hinüber zu den Bullaugen auf der Backbordseite, sah draußen jedoch nur sporadisch von Blitzen unterbrochene Dunkelheit. Sie befanden sich 4500 Meter über dem Meer, weit außerhalb der Reichweite jeglicher Waffen, die von den Cazadores auf sie abgefeuert werden könnten. Selbst wenn diese Leute Raketen hätten, sie könnten die Luftschiffe in der trüben Brühe der Gewitterstürme laut Timothy Pepper unmöglich aufspüren.

»Captain DaVita geht gerade in Position«, verkündete Dave.

»Gut«, erwiderte Les und gab seine Anmeldedaten ein. Er linste zum leeren Kapitänsstuhl. *Ich hoffe, Sie wissen, was Sie tun, Captain DaVita.*

Sie hatte den Plan in letzter Minute geändert, und Les war sich nicht sicher, ob er den neuen Plan besser fand. Die Türen zur Brücke glitten mit einem Flüsterlaut auf, und Layla trat ein. Zu Les' Überraschung trug sie jedoch nicht die Körperpanzerung der Hell Divers. Michael folgte ihr in den Raum.

»Commander«, sagte Les.

»Lieutenant, Layla bleibt während beider Phasen des Angriffs auf der Brücke«, erklärte Michael.

Layla wirkte darüber nicht allzu erfreut, und Les wollte keine Fragen stellen. Dafür fehlte schlichtweg die Zeit.

»Captain, alle Systeme sind voll einsatzbereit«, berichtete Ada.

Les brauchte einen Moment, um zu verarbeiten, dass sie mit ihm redete. Da sich Katrina an Bord der

USS *Zion* befand, hatte er das Kommando über die *Deliverance.* Aber wenn Layla nicht springen würde, sollte vermutlich sie diejenige am Steuer des Luftschiffes sein. Kurz überlegte Les, bevor er den Befehl zum Entkoppeln der Schiffe erteilte.

Ada gab die Anweisung an die Techniker weiter.

Ein lautes Poltern hallte vibrierend durch das Schiff. Mithilfe der Mantelstromtriebwerke setzte Les behutsam zurück. Die *Deliverance* schälte sich von der *Hive,* zum zweiten Mal in zwei Wochen.

In der Brücke behielt Les den Hauptbildschirm im Auge und versuchte, nicht an die kostbare Fracht an Bord der *Hive* zu denken. Die *Deliverance* hatte ihre eigene kostbare Fracht, die es zu schützen galt: einen Laderaum voll mit Soldaten und Hell Divers.

»Manöver abgeschlossen«, meldete Dave.

Les nickte und sah die Systeme durch. Auf der Anzeige für die Bewaffnung verharrte sein Blick. Sie verfügten über 20 abschussbereite Raketen sowie 30 Bomben, darunter die verbliebenen Nuklearwaffen.

Les schaltete die Atomsprengköpfe weg. Red Sphere war eine Sache gewesen, aber er würde diese Waffen nicht gegen die Metallinseln verwenden, selbst dann nicht, wenn sie im Begriff wären, das Gefecht zu verlieren. Den einzigen bekannten bewohnbaren Ort auf der Erdoberfläche zu vergiften, würde auch für alle anderen den Untergang verheißen.

Und mittlerweile wusste Les Bescheid. Es gab durchaus noch Bunker und andere Menschen, die sich an verschiedensten Orten unter der Erdoberfläche versteckten.

Plötzlich entfernte sich Ada, eilte zu ihrer Station und hielt neben Les inne.

»Sir«, flüsterte sie. »Ich empfange etwas über einen analogen Kanal. Ich denke, das sollten Sie sich anhören.«

»Was ist das für eine Übertragung?«

»Sie ist sehr schwach, Sir, aber ich glaube, sie stammt von Magnolia.«

»Mags?«, hakte Les nach.

Michael und Layla schauten zu ihm herüber.

»Ja«, antwortete Ada.

»Und? Was sagt sie?«, wollte Les wissen und sah dabei Michael in die Augen.

»Sir …« Ada räusperte sich. »Sie sagt, wir sollen nicht zu den Metallinseln kommen. Sie sagt, diesen Kampf können wir nicht gewinnen.«

»Das vermisste Schiff ist gefunden«, sagte Rhino. »Die Sicht ist schlecht, aber bisher sieht's so aus, als wäre niemand an Bord.«

X rieb sich die Augen. Es war ihm gelungen, ein paar Stunden zu schlafen. Um sich wieder richtig menschlich zu fühlen, bräuchte er allerdings noch einen vollen Tag.

»Wie spät ist es?«, murmelte er.

»Zeit, den faulen Arsch zu bewegen. Komm mit.«

X rappelte sich aus seiner Koje und stand auf. Sein Körper fühlte sich hundert Jahre alt an.

»Also machen wir uns auf die Suche nach der verschwundenen Besatzung?«, fragte er.

Rhino kratzte sich am Kopf und kehrte in den Gang zurück – seine Art, zu bejahen. X humpelte hinter ihm her durch den schmalen, rostigen Korridor. Wasser tropfte von einem Rohr und sammelte sich auf dem Deck über ihnen zu einer braunen Lache.

Er passierte den Quartiersbereich, wo Wendig und mehrere andere verwundete Soldaten in ihren Kojen lagen. Sie setzte sich auf und grinste ihn an.

X zwang sich zu einem Lächeln. Er konnte immer noch nicht glauben, dass der kräftige Cazadores-Soldat von Anfang an eine Frau gewesen war. Und sosehr es ihm widerstrebte, sich das einzugestehen: Er fing an, sie zu mögen. Ihre aggressive Persönlichkeit erinnerte ihn, abgesehen von den Manieren, an Katrina.

Ein Teil von ihm fühlte sich schuldig, weil er ihren Cousin Hammerhead getötet hatte. Aber das Gefühl verging. Immerhin hatte der Kerl versucht, ihm den Kopf abzureißen.

Rhino setzte den Weg zum Arsenal fort, wo andere Soldaten bereits ihre Körperpanzerung anlegten und sich unter dem Barracuda-Banner bewaffneten. X ging zu seinem Spind und verspürte einen kleinen Anflug von Nostalgie, als er sich kurzzeitig zurück in die Startbucht der *Hive* versetzt fühlte. Er wusste nicht mehr, wie viele Male er sich im Verlauf der Jahre dort mit seinen Brüdern und Schwestern umgezogen hatte. Diese Tage fehlten ihm.

Aber mehr als alles andere fehlte ihm sein Hund.

Er konnte es kaum erwarten, zu den Metallinseln zurückzukehren. Vielleicht würde er sich durch sein Verhalten während der Mission das Recht verdient haben, Miles zu sehen.

Die flüchtigen Augenblicke der Wehmut vergingen. Die Männer und Frauen in dieser Waffenkammer waren nicht seine Brüder oder Schwestern, sondern seine Feinde – sogar Rhino, für den sich X in den vergangenen Tagen ein wenig erwärmt hatte. Dasselbe galt für Wendig. Er durfte bei ihnen nicht unachtsam werden, musste auf der Hut bleiben. Wenn sie den Befehl dazu erhielten, würden sie ihn töten, ohne mit der Wimper zu zucken.

Er öffnete den Spind und griff sich seine Körperpanzerung. Dabei fragte er sich, ob seine wahren Freunde etwas mit den verschwundenen Besatzungen der zwei Cazadores-Fahrzeuge zu tun hatten.

X schlüpfte in seinen Anzug und nahm das Schwert und die Pistole entgegen, die ihm Rhino reichte. Zusammen gingen sie durch das Schiff zum Wetterdeck, wo sie das Rasseln von Ketten erwartete. Dutzende den Elementen ausgesetzte Sirenen zerrten an ihren Fesseln und traten gegen die Gitterstäbe ihrer Käfige.

X behielt die Hände an den Waffen. Er verspürte zwar kein Mitleid mit den Bestien, es bereitete ihm aber auch kein Vergnügen, sie zu quälen.

Mehrere der Kinder lagen eingerollt in einer Ecke ihres Käfigs. Ihre augenlosen Gesichter drehten sich in die Richtung seiner Batterieeinheit. Durch die Knebel klang ihr Kreischen beinahe nach den Lauten von Vögeln.

X wandte den Blick von ihnen ab und schaute zu einer Insel im Osten. Ein orangefarbener Lavastrom ergoss sich ins Meer. Eine Dampfwolke stieg an der Stelle auf. Im Westen trieb das verlassene Containerschiff im Wasser. Dahinter, fast schon außer Sicht, befand sich ein Fischerboot mit gesetzten Segeln.

Er beeilte sich, um zu den Cazadores aufzuschließen, die sich an der Reling versammelten. Rhino erteilte einige schnelle Befehle, mit denen er ein Dutzend Soldaten in zwei Gruppen aufteilte. Er selbst führte eine Gruppe von Cazadores samt X an, während Lurch die andere Fünfergruppe übernahm. Die Männer kletterten die Strickleiter hinunter zu bereits im Wasser wartenden Ruderbooten.

X griff sich die Riemen, als Lurch und sein Team in Richtung des Fischerboots aufbrachen, das wesentlich weiter entfernt lag. Statt zu rudern, startete Lurch den Motor. Rhino stieß einen Fluch aus und brüllte Lurch hinterher, der jedoch nicht reagierte.

Rhino setzte sich und griff sich ebenfalls zwei Riemen. Das Team begann zu rudern, und X machte mit, obwohl seine Arme bereits schmerzten. Er fühlte sich immer noch nicht ganz wach, und Erschöpfung ließ seine Bewegungen bald träge werden. Die anderen Soldaten schienen in kaum besserer Verfassung zu sein.

X blickte zum dunklen Wasser, das gegen die Steuerbordseite schwappte. Im Verlauf der Jahre hatte er alle möglichen mutierten Kreaturen gesehen, aber die Geschöpfe, die im Meer lebten, jagten ihm mehr Angst als jene an Land ein.

Er schaute zum dunklen Himmel auf, erschöpft und in seinen Gedanken verloren. Das Rudern wurde zu einem mechanischen Ablauf, und als er seinen Dämmerzustand abschüttelte, befand sich das Containerschiff nur noch wenige Hundert Ruderschläge entfernt.

Das rostende Ungetüm ragte hoch über das kleine Boot auf. Durch die Seepocken und das rote Moos, die den Rumpf verkrusteten, zeichneten sich Dellen von Schüssen in der Stahlpanzerung ab. Im umliegenden Wasser schwamm Treibgut, auf dem Deck lagen mehrere von einer Explosion geschwärzte, umgekippte Container.

Das musste das Werk der *Deliverance* sein.

X bemühte sich, unscheinbar zu bleiben, als er den Helm drehte, um den Himmel bei jedem Ruderschlag abzusuchen. Er hatte das Gefühl, dass seine Freunde nach einem Blitzangriff längst verschwunden waren.

Genauso hätte er es gemacht, wenn er versucht hätte, die Cazadores-Schiffe auszuschalten. Aber wohin waren die Soldaten verschwunden, die das Containerschiff bemannt hatten?

Er zog die Riemen ein, als ein Soldat in Stellung ging, um das Ruderboot an dem riesigen Schiff zu vertäuen.

Rhino zückte eine mit einem Enterhaken samt Seil geladene Harpune und feuerte das Geschoss über die Reling des Kahns ab. Der kleinste Mann der Gruppe ergriff das alle paar Meter mit einem Knoten versehene Seil und zog es straff. Dann kletterte er los. Als er oben ankam, warf er zwei dünne Nylonleinen herunter. Ein Mann, der vor X saß, befestigte das Boot an einer Leine und das Ende einer Strickleiter an der anderen. Dann holte der Kletterer die Strickleiter nach oben ein und brachte sie an der Reling an.

X erklomm die Strickleiter als Vorletzter und betrat den dunklen Frachtraum. Mit dem Kinntaster schaltete er seine Stirnlampe ein. Die Strahlen mehrerer anderer Lampen durchdrangen die pechschwarze Finsternis und offenbarten Reihen aus vier übereinandergestapelten Kisten und ein Raupenfahrzeug wie jenes, das die Wagenladungen der gefangenen Sirenen gezogen hatte.

Rhino packte X an der Schulter und drehte ihn herum.

»Hörst du zu?«, fragte er.

X schüttelte den behelmten Kopf. »Hab nicht gehört, dass du was gesagt hast.«

»Ich hab gesagt, du kommst mit Stirling und mir.«

X nickte. Er war neben der Spur und musste sich zusammenreißen.

Die anderen drei Soldaten brachen in das Schiff auf. X trottete hinter Stirling und Rhino her, die Pistole schussbereit. Nach etwa fünf Minuten stießen sie auf die ersten Anzeichen eines Kampfs. Mehrere von Kugeln durchsiebte Leichen übersäten einen schmalen Gang. Allerdings sahen einige der Wunden nicht nach Schussverletzungen aus.

X bückte sich, um eine davon zu untersuchen.

»Hast du so was schon mal gesehen?«, wollte X von Rhino wissen, der ihm über die Schulter spähte.

»Ja, einmal. Das stammt von Waffen, die wir nicht besitzen.«

»Was für Waffen?«

Rhino schaute auf, als über ihnen eine Vibration rumorend das Schiff durchlief.

Für X klang es, als wäre ein gigantisches Monster wütend erwacht. »Was zum Teufel ist das?«, fragte er.

Stirling drehte sich um und brachte die Maschinenpistole quer über seine gepanzerte Brust in Anschlag. Er sagte etwas auf Spanisch, doch als Rhino antwortete, verstärkte sich das Beben und ließ die leeren Patronenhülsen hörbar über das Deck klimpern.

Von oben ertönte ein Rauschen wie von einem Windstoß, und X wusste haargenau, woher das Geräusch stammte. Es handelte sich um eine von seinen Freunden gestellte Falle.

»Raus!«, brüllte er.

Bevor er sich in Bewegung setzen konnte, ließ ein heftiges Beben das gesamte Containerschiff erzittern, und das Schott hinter ihm explodierte mit einem Schwall aus Feuer und Metallsplittern.

X fiel hart aufs Deck und kroch weg. Voll Grauen beobachtete er, wie eine weitere Explosion hinter ihm den Deckenaufbau zerfetzte, der Stirling unter sich begrub.

Als sich der Rauch lichtete, konnte X sehen, wie die Finger des eingeklemmten Mannes durch die Luft zuckten.

»Lass ihn!«, brüllte Rhino. »Er ist erledigt!«

Die Hand erschlaffte unter den lodernden Trümmern, und X rappelte sich auf, stolperte hinter Rhino her. Eine weitere Detonation schüttelte das Schiff durch, und er musste sich an einem Schott abstützen. Der Kahn neigte sich steil nach Backbord. Ein lautes, gurgelndes Geräusch setzte ein. Sie fassten Wasser.

Tief geduckt bewegte sich X durch den Rauch. Sein Helm filterte für ihn zwar die Atemluft, half ihm jedoch nicht dabei, in der dichten Wolke etwas zu sehen.

Rhino wankte durch eine offene Luke und erklomm einen Niedergang. X stieg die Stufen polternd hinter ihm her, als das Schiff erneut erzitterte. Die Erschütterung ließ ihn auf den nächsten Absatz fallen und schleuderte Rhino gegen den Handlauf.

Ein Soldat des anderen Teams stand oben am Ende des Niedergangs und richtete den Strahl seiner Taschenlampe herunter auf X und Rhino.

»Weiter!«, drängte X und versetzte Rhinos breiten Schultern einen Stoß.

Oben angekommen drehte der Soldat das Rad der Luke und öffnete sie, als eine Explosion das Wetterdeck erzittern ließ. Die Schockwellen schleuderten ihn ebenso wie Rhino zurück.

X presste den Körper gegen das Schott und schirmte das Visier gegen den Flammenstoß ab. Hitze strömte über ihn hinweg wie ein sengender Regenguss. Danach öffnete er die Augen und schaute zum Absatz unter sich zurück. Rhino benutzte den Handlauf, um sich hochzuziehen.

Der andere Mann hatte weniger Glück. Er war gegen das Schott geprallt, wo er von einer Stahlstrebe durch die Brust gepfählt worden war.

Rhino bedachte seinen toten Kameraden mit einem flüchtigen Blick und setzte den Weg den Niedergang hinauf fort. »Weiter, Unsterblicher«, sagte er.

Diesmal ging X voraus. Als er hinaus aufs Deck stieg, das lodernde Trümmer übersäten, schaltete er das Licht seiner Stirnlampe aus. Über ihm rauschten Mantelstromtriebwerke. Er schaute zu dem zugleich wunderschönen und beängstigenden Anblick auf.

Die *Deliverance* schwebte knapp vor der Steuerbordseite des Rumpfs über dem Wasser.

X zog den Kopf ein, als das Luftschiff eine Rakete abfeuerte, die in das Fischerboot einschlug. Lurch und seine Mannschaft hatten versucht, mit ihrem Kahn zu fliehen, aber das Geschoss hatte sie mühelos eingeholt und hob den Bug hoch in die Luft.

Leuchtspurgeschosse schnellten über das Wasser. Als X den Kopf drehte, erblickte er ein Kriegsschiff, das mit feuernden Maschinengewehren um die Inselspitze in Sicht geriet. Die Projektile fetzten die Männer in Lurchs Boot in Stücke. Einer schaffte es ins Wasser und tauchte unter, als weitere Schüsse in die Oberfläche einschlugen.

Das Luftschiff feuerte erneut eine Rakete ab und traf das Cazadores-Containerschiff am Bug, riss ein klaffendes Loch in die dicke Stahlpanzerung. Auf dem Deck zeichnete sich Bewegung in den vergitterten Käfigen ab.

X empfand beinahe Mitleid mit den darin gefangenen Bestien, als sie in einem Feuerball verschwanden, der sie bei lebendigem Leib briet.

Zwei der Geschütztürme an Bord funktionierten noch, und die Cazadores-Soldaten darin schwenkten ihre Maschinengewehre nach oben, richteten sie auf das Luftschiff. Einen Herzschlag später explodierte der Geschützturm am Bug, als das angreifende Kriegsschiff die Maschinengewehre auf das Cazadores-Schiff richtete.

Überall um X herum brannte es, dennoch konnte er den Blick nicht von dem Gefecht lösen. Endlich waren seine Leute gekommen, und sie schlachteten die Cazadores förmlich ab.

»Unsterblicher, lass uns verschwinden!«, rief Rhino.

Was X daran erinnerte, dass für ihn kein Grund bestand, über das Gemetzel zu jubeln. Er bremste seinen Enthusiasmus, riss sich endlich von der Faszination des Gefechts los und rannte hinter dem Cazadores-Offizier her. Container lagen umgekippt auf der Seite, hatten ihren brennenden Inhalt auf das Deck ergossen.

X sprang über einen Haufen Kartons hinweg, als das Schiff weiter krängte. Sie fassten rasant Wasser.

Aus dem Augenwinkel beobachtete X, wie sich die *Deliverance* langsam drehte. Katrina – oder wer auch immer das Kommando hatte – setzte dazu an, dem Containerschiff den Todesstoß zu versetzen. Nicht das erste Mal, dass ein Kapitän eines Luftschiffes versuchte, ihm den Garaus zu machen. Zumindest wusste man diesmal nicht, dass er sich hier unten befand.

Rhino zog an der Reling seine Stiefel aus und legte die Körperpanzerung ab. X folgte seinem Beispiel. Ihm widerstrebte zwar, den Schutz aufzugeben, andererseits verspürte er auch keine Lust, das Schicksal der Sirenen zu teilen und auf dem Deck zu verbrennen.

»¡Rápido!«, brüllte der Cazadores-Offizier.

Eine Rakete raste von der *Deliverance* weg, als X den Helm abnahm und verrauchte Luft einatmete. Sein Blick folgte dem Geschoss zum Heck des Containerschiffes. Der Einschlag hob ihn von den Beinen, schleuderte ihn gegen die Reling und presste ihm die Luft aus der Lunge.

Eine weitere Explosion erschütterte das Schiff, und diesmal wurde X über die Seite befördert. Fuchtelnd tastete er im Fallen nach etwas zum Festhalten, doch er sah nur den an ihm vorbeirasenden, rostigen Rumpf des Schiffes und oben die *Deliverance*.

Mit einem lauten Platschen schlug er im Wasser auf. Dunkelheit umhüllte ihn. Als er hastig losschwamm, hörte er, wie Container vom Deck rutschten und hinter ihm ins Wasser klatschten.

Das Meer verschlang das große Cazadores-Schiff. Rhino kraulte mit kraftvollen Zügen vor ihm und brachte Abstand zwischen sich und den Sog, X jedoch befand sich noch zu nahe.

Er wurde vom entstehenden Strudel angezogen, geriet in Panik und ruderte wild mit den Armen.

Nicht! Nicht so … Bitte nicht so!

Als er weiter und weiter nach unten gezogen wurde, entspannte er sich mit einer gewaltigen Willensanstrengung, wie er es bei einem Sprung tun würde. Durch Gegenwehr würde er nur die kostbare Luft in seiner Lunge vergeuden.

Endlich gab ihn das kalte, wirbelnde Wasser frei, und er begann, in die Richtung des Lichtschimmers über ihm zu strampeln, der schier unmöglich weit entfernt zu sein schien.

Mit brennender Lunge kämpfte er gegen den Drang an, unter Wasser Luft zu holen.

Als er sich nicht länger dagegen wehren konnte, blies er die verbrauchte Luft aus und atmete ein …

Und atmete erneut. Eine Welle klatschte ihm ins Gesicht, und er hustete. Eine Erkenntnis ereilte ihn: Ein Ertrinkender konnte nicht husten. Demnach lebte er noch und trieb an der Wasseroberfläche.

Über ihm entschwanden die bläulichen Flammen der Schubdüsen der *Deliverance* in der wirbelnden, dunklen Wolkendecke, als seine Freunde die Stätte der von ihnen herbeigeführten Verwüstung verließen.

Der Anblick des davonfliegenden Luftschiffes ließ aus seinem Gedächtnis die schmerzliche Erinnerung an den Hades vor über einem Jahrzehnt aufsteigen. Damals hatte die *Hive* beigedreht und X in der kalten Leere des Himmels zurückgelassen, statt seinen Heliumballon aufzufangen und ihn an Bord zu holen.

Die Erinnerung erfüllte ihn mit Zorn. Und es geschah schon wieder.

Er trat Wasser und setzte sich in Bewegung, mobilisierte seine letzten Kraftreserven. Wenn er schon sterben musste, würde er zumindest bis zum letzten Atemzug kämpfen.

Nach und nach wurde ihm bewusst, dass ihm Rhinos Stimme in die Ohren drang. Der Cazadores-Offizier trat ebenfalls Wasser und zeigte hinüber zum Fischerboot. Die lodernde Masse trieb noch an der Oberfläche.

X holte tief Luft und schwamm hinter Rhino her, der es nicht mehr weit zum Fischerboot hatte.

Aber als X darauf zuhielt, sah er, dass auch dieser Kahn im Sinken begriffen war. Er sah sich nach etwas um, woran sie sich festklammern könnten, allerdings gab es nicht viel an Treibgut.

Das Cazadores-Schiff, mit dem sie von den Metallinseln aufgebrochen waren, hatte sich zu dem Containerschiff auf den Meeresgrund gesellt. Bestimmt trieben irgendwo im Wasser noch einige größere Trümmer, aber ohne Nachtsichtoptik konnte er sie nicht ausmachen.

Er sah nur die Umrisse des Kriegsschiffes, mit dem seine Leute den Cazadores-Fahrzeugen aufgelauert hatten. Wie das Luftschiff kreuzte es von der Zerstörung weg, die es angerichtet hatte. Von den über 100 Cazadores-Soldaten, die von den Metallinseln aufgebrochen waren, lebte nur noch einer.

Aber schon bald würde auch er tot sein, genau wie X.

»Das waren die Himmelsgötter«, stieß Rhino zwischen keuchenden Atemzügen hervor.

X spuckte Wasser aus und entgegnete: »Meine Leute. Meine Freunde.«

Zu seiner Überraschung lachte Rhino.

»Schätze, deine Leute wollen dich auch umbringen«, sagte er.

»Meine Leute wussten ja nicht, dass ich …« Abrupt verstummte X. *Diesmal* hatten seine Leute nicht gewusst, dass er sich hier befand. Captain Leon Jordan hingegen hatte sehr wohl Bescheid gewusst und ihn vorsätzlich zum Sterben zurückgelassen.

Vielleicht hatten die Menschen am Himmel doch etwas mit den Menschen auf den Metallinseln gemeinsam.

23

»Was soll das heißen, ›nicht herkommen‹?«, fragte Katrina. Sie schaute vom Radarmonitor auf und versuchte, in Eevis Zügen zu lesen.

»Ma'am«, sagte die jüngere Frau, »die Luftschiffe haben etwas von Magnolia Katib auf einer analogen Frequenz aufgeschnappt, und Magnolia sagt, wir sollen nicht zu den Metallinseln kommen.«

Katrina schluckte. »Ich will den genauen Wortlaut ihrer Nachricht.«

Eevi spielte die Aufzeichnung der Übertragung ab.

»Das ist eine Mitteilung von Magnolia Katib. Falls jemand an Bord der Deliverance *oder der* Hive *diese Botschaft empfängt: Kommt* nicht *zu den Metallinseln. Ich wiederhole: Kommt nicht hierher. Der Ort ist nicht so, wie wir ihn uns vorgestellt haben. Hier sind zu viele Soldaten, um gegen sie zu kämpfen. Bitte versucht nicht …«*

Die Worte ihrer Freundin trafen Katrina wie ein Schlag in die Magengrube.

»Woher wissen wir, dass sie nicht dazu gezwungen wurde?«, fragte Eevi.

»Gar nicht.«

»Vielleicht sollten wir überlegen, die Mission zu verschieben, Captain.«

Katrina ging zurück zu den Bullaugen, die das Meer im Westen überblickten. Sie ergriff das Fernglas und schaute zu der Insel, die sich nur noch als flache Schliere am Horizont abzeichnete, umrahmt von einem schwachen rötlichen Schimmer, der von dem Lavastrom ausging.

Die zwei Cazadores-Schiffe und das Fischerboot waren gesunken, die Soldaten darauf waren entweder tot oder würden es bald sein. Den Plan in letzter Minute zu ändern, hatte gut funktioniert. Statt die Miliz und die befreiten Gefangenen auf dem Fischerboot abzusetzen und die Passagiere der Luftschiffe auf das Containerschiff zu verlagern, hatte sie dem eintreffenden Cazadores-Schiff aufgelauert und alle drei Kähne zerstört.

Die gesamte verbliebene Munition wollte sie für den Angriff auf die Metallinseln aufheben. Etwaige Überlebende würden sich die Haie holen.

Die erste Phase hatte sich in jeder Hinsicht als Erfolg erwiesen. Verluste hatte nur der Feind erlitten, abgesehen von der einen aus dem Container befreiten Frau, die gestorben war.

»Captain?«, sagte Eevi.

»Ich denke nach«, erklärte Katrina. Die zweite Phase des Angriffs sollte vor dem Morgengrauen beginnen, doch die Botschaft von Magnolia ließ Katrina den Plan überdenken.

»Danke, Eevi, das wäre vorerst alles«, sagte Katrina schließlich, ohne sich von den Bullaugen abzuwenden.

Aber Eevi ging nicht. Katrina konnte ihre Reflexion im Glas sehen.

»Ma'am, wollen Sie der *Deliverance* nicht antworten?«, fragte die jüngere Frau.

»Die Botschaft von Magnolia enthält nichts, was wir nicht bereits gewusst haben«, erwiderte Katrina. »Schau mal nach draußen. Wir haben bereits drei Cazadores-Schiffe mit allen Mann an Bord versenkt. Wir haben zwei Luftschiffe, eines mit einem Frachtraum voll Kämpfern, außerdem die *Zion* und ein Team von Hell Divers.«

»Soll ich etwas durchgeben?«

»Ja. Geben Sie durch, dass diese Nachricht nichts ändert.«

Eevi zögerte kurz, dann nickte sie und kehrte zur Brücke zurück.

Katrina blies den Atem aus und sah auf ihrem Handgelenkscomputer nach, wie spät es war. Die Missionsuhr tickte weiter.

Noch eine Stunde und fünf Minuten …

Ihre Nerven waren angespannt wie eine Bogensehne. Die Zukunft ihres Volkes stand auf dem Spiel, und Magnolias Worte fingen allmählich an, sie zu verwirren.

Vielleicht wollte der Feind genau das. Vielleicht hatten die Cazadores sie dazu gezwungen.

Katrina kehrte ebenfalls zur Brücke zurück und bemühte sich, nicht weiter über die Worte ihrer Freundin zu grübeln. Die Mitglieder ihres Teams, die nicht auf die *Deliverance* gewechselt waren, befanden sich an ihren Stationen, bewaffnet mit Gewehren und Pistolen für den Fall, dass sie geentert würden.

Katrina bediente sich eines Tons, der Zuversicht und Autorität vermittelte, als Eevi, Sandy, Jaideep und Edgar vor ihr strammstanden.

»Also gut, Leute, wir haben noch knapp mehr als eine Stunde«, begann sie. »Wenn es losgeht, setzt die

Deliverance Trey, Vish, Alexander, Michael und Les auf dem Turm des Kapitols ab, um Magnolia, X und Miles zu retten. Außerdem werden sie nach Luftabwehreinrichtungen suchen, die unser Luftschiff gefährden könnten.

Unsere Aufgabe besteht darin, für Ablenkung zu sorgen. Wir durchbrechen die Barriere und schalten jedwede feindlichen Schiffe aus. Die *Deliverance* nimmt sonstige Verteidigungseinrichtungen ins Visier, um den Hell Divers mehr Zeit zu verschaffen. Die *Hive* bleibt für den Fall in sicherer Entfernung, dass der Plan fehlschlägt.«

»Nur die Springer?«, fragte Edgar. »Was ist mit der Miliz und den Gefangenen, die wir vom Containerschiff befreit haben?«

»Die *Deliverance* setzt sie ab, sobald etwaige Luftabwehrwaffen außer Gefecht gesetzt sind«, antwortete Katrina.

»Und was ist mit der Botschaft von Magnolia?«, hakte Jaideep nach. »Mein Bruder ist an Bord der *Deliverance,* und ich will nicht, dass er in eine Falle abspringt.«

»Die Botschaft bestätigt, dass Magnolia am Leben ist, und damit hat es sich«, erwiderte Katrina. »Wir wissen bereits, dass der Feind Kriegsschiffe hat, aber keines der Schiffe, die wir versenkt haben, hatte irgendwelche Luftabwehrwaffen an Bord.«

»Und weiter?«, fragte Jaideep. »Niemand von uns weiß wirklich, was uns dort erwartet.«

»Richtig, wissen wir nicht. Deshalb schicke ich auch ein Team von Hell Divers voraus, bevor die *Deliverance* unsere anderen Soldaten absetzt.«

Die Antwort schien den Rest der Gruppe zufriedenzustellen, aber Jaideep schüttelte den bandagierten Kopf.

»Sonst noch irgendwelche Fragen?«, erkundigte sich Katrina.

»Ich hab zwar keine Frage, würde aber gern was loswerden«, meldete sich Sandy zu Wort. Sie entfernte sich einen Schritt von ihrer Station und sah nacheinander jedes Mitglied der Besatzung an.

»Durch den Verlust von Jed ist diese Reise für mich zu einer Herzensangelegenheit geworden. Und obwohl ich keine Ahnung hab, was in einer Stunde passieren wird, weiß ich tief in meinem Innersten, dass wir das Richtige tun. Unser Volk verdient einen Platz, an dem es leben kann. Und nach allem, was ich gesehen habe, verdienen die Cazadores diesen Ort nicht.« Sie reckte das Kinn vor. »Heute kämpfe ich für Jed. Heute kämpfe ich für alle jene, die es nicht selbst können.«

Alle anderen nickten.

»Für Jed«, sagte Katrina. »Und für alle an Bord der *Hive* und der *Deliverance*.«

Draußen ertönte ein Donnerschlag, der die Metallabdeckungen der zerbrochenen Bullaugen vibrieren ließ. Gleich darauf ertönten die prasselnden Laute von Regen.

Der Sturm hatte eingesetzt, und ein weiterer Sturm anderer Art stand unmittelbar bevor.

»Also gut, Leute, packen wir's.« Katrina klatschte in die Hände. Ihre Leute schwärmten aus, und sie kehrte in die Kommandozentrale zurück.

Schwarze Gewitterwolken brodelten über dem dunklen Wasser und ließen die Grenze zwischen Meer und Himmel verschwimmen. Keine 15 Kilometer östlich befanden sich die Metallinseln. In weniger als einer Stunde würde Katrina zum ersten Mal in ihrem Leben einen bewohnbaren Ort auf der Erdoberfläche zu Gesicht bekommen. Ihr Herz setzte vor Aufregung einen Schlag aus, allerdings schwang in dem Gefühl ein Hauch von Angst mit.

Sie griff sich ihr Sturmgewehr und legte über ihrer Uniform und der Körperpanzerung der Hell Divers eine Weste an. Auch nach dem Ausklopfen der Delle saß die Panzerung noch eng, aber Katrina konnte unbeschwert atmen, und die von der angeknacksten Rippe ausgehenden Schmerzen blieben im erträglichen Bereich.

Sie bückte sich, holte Magazine aus dem Seesack auf dem Deck und stopfte sie in die Taschen ihrer Weste. Dann befestigte sie das Kapitänsschwert der *Hive* an ihrem Gürtel. Sie atmete tief durch, war bereit zum Aufbruch. Bereit zu kämpfen.

Während die Minuten verstrichen, nutzte sie die Zeit, um die Radarstation zu überprüfen und mit dem Fernglas den Himmel abzusuchen. 30 Minuten vor Ablauf der Zeit ergriff sie das Handteil des Funkgeräts, stellte eine Verbindung zur *Hive* her und unterbrach die Funkstille.

»Captain, hier Samson. Schießen Sie los. Over.«

Katrina sprach mit leiser Stimme, damit man sie unten auf der Brücke nicht hören würde. Das bereitete ihr mehr Sorgen als womöglich von den Cazadores abgehört zu werden.

»Wie ist der Stand der Dinge am Himmel?«

»Gut, Captain. Wir sind in einer Höhe von 7600 Metern an der Position, die Sie uns genannt haben. Weit und breit keine Stürme in dieser Gegend. Machen Sie sich um uns keine Sorgen.«

Katrina schwieg einige Herzschläge lang und ließ das Handteil sinken, bevor sie es zurück an die Lippen hob. »Falls etwas schiefgeht, sind Sie und die Leute bei Ihnen alles, was von uns übrig bleibt. Für den schlimmsten Fall haben Sie Ihre Befehle. Versprechen Sie mir, sie zu befolgen.«

Knisternde statische Interferenzen. Diesmal zögerte Samson, bevor er antwortete.

»Ich versprech's, aber reden Sie nicht so, Ma'am. Es wird alles glattgehen. Ich glaube an Sie. Unser gesamtes *Volk* glaubt an Sie. Tun Sie einfach, was Sie am besten können, Captain. Machen Sie denen die Hölle heiß.«

Damit brach die Verbindung ab, und Katrina blickte erneut auf ihren Handgelenkscomputer.

20 Minuten.

In 15 Minuten würden sie die Grenze zwischen Dunkelheit und Licht durchbrechen.

Ihr Herzschlag beschleunigte sich, und sie atmete mehrmals beruhigend durch. Diese Nervosität sah ihr nicht ähnlich. Immerhin war sie Dutzende Male in die Ödnis abgesprungen, hatte gegen Monster gekämpft und den wahnsinnigen Leon Jordan überlebt.

Warum also fühlte es sich an, als stünde das Ende bevor?

Sie legte die Hand auf den Griff ihres Schwerts. Es stellte ein Symbol ihres Volkes dar, und sie würde stolz damit in die Schlacht ziehen.

Ein Piepton vom Radar lenkte ihre Aufmerksamkeit jäh auf die Station.

Sie stellte eine Verbindung zur Brücke her.

»Siehst du diesen Kontakt, Eevi?«, fragte sie.

»Ja, Ma'am. Sieht nach einem einzelnen Boot aus.«

»Edgar, mach dich am MK-65 bereit«, ordnete Katrina an.

»Schon dabei, Ma'am.«

Katrina starrte durch das Fernglas. Ein Hauch von Licht zeichnete sich in der Düsternis ab. Stammte es vom Mond, oder spielten ihr die Augen etwa Streiche?

Auf dem Radar erschien eine weitere Anzeige. Größer als die anderen. Es musste sich um eine der Bohrinseln handeln.

Ihr Blick schwenkte vom Monitor zum Horizont. Das Fernglas brauchte sie nicht mehr. Die Finsternis schien sich zu lichten. Die solide Wand der Dunkelheit wurde durchscheinender. Von der anderen Seite drang ein schwacher, aber unübersehbarer weißer Schimmer durch.

In fünf Minuten würden sie die Grenze überfahren. Die *Deliverance* würde in diesem Augenblick in Position gehen, und Michael, Trey, Les, Alexander und Vish würden sich auf den Absprung vorbereiten.

Layla hatte für Les die Funktion als Kapitänin übernommen. Katrina hatte vollstes Vertrauen in ihre jüngere Freundin. Außerdem hatte sie eine Vermutung, warum Layla und Michael beschlossen hatten, dass sie nicht springen würde – eine Vermutung, die Katrina seit einem Gespräch mit Layla im Umkleidebereich vor einem Monat hegte.

Die Frucht der Liebe der beiden würde als erstes Kind der Himmelsmenschen auf der Erdoberfläche geboren werden.

Der Gedanke verlieh Katrina genau den zusätzlichen Ansporn, den sie brauchte. Am äußeren Rand des Radarbildschirms erschien ein neuer Punkt, gefolgt von einem weiteren.

Noch zwei Minuten bis zur Grenze.

Ihr Blick wechselte zwischen dem Radar, der mittlerweile fünf Kontakte anzeigte, und der Aussicht durch die Bullaugen hin und her. Plötzlich wurde der Himmel deutlich heller, und ein funkelnder Punkt erschien am Firmament.

Aus dem einen Punkt wurden erst zwei, dann 20 und mehr, bis der gesamte Himmel vor Sternen glitzerte.

Ehrfürchtig starrte Katrina hin, als die Missionsuhr bei 60 Sekunden anlangte.

»Sehen Sie das?«, fragte Eevi über Funk.

»Ja«, antwortete Katrina. »Ich hab noch nie etwas Schöneres gesehen.«

»Es sind viel zu viele«, drang Edgars Stimme über die Leitung.

Katrina senkte den Blick auf eine Ölbohrinsel und Dutzende Umrisse, die sich auf dem Wasser abzeichneten. Sie nahm das Fernglas zur Hand und schaltete die Nachtsichtfunktion ein.

Großer Gott …

In der grünstichigen Ansicht sah sie Dutzende Schiffe. Eine ganze Armada bildete eine breite Linie, die sich quer über das Meer erstreckte. Fischerboote, Schnellboote, gepanzerte Boote und WaveRunners mit einem oder zwei bewaffneten Fahrern.

Hinter der Flotte warteten drei lange Schnellboote.

»El Pulpo«, flüsterte sie.

Ein Tumult auf einem der vordersten Fahrzeuge, einem Boot mit Doppelrumpf wie die *Sea Wolf*, erregte ihre Aufmerksamkeit. Ein Seemann erklomm das oberste Deck und richtete ein Fernglas auf sie. Dann winkte er wild, und zwei Männer schwenkten auf dem Deck montierte Maschinengewehre auf die USS *Zion*.

»Captain, wie lauten Ihre Befehle?«, fragte Edgar über die Funkverbindung.

Sie hörte die unterdrückte Panik in seiner Stimme, gestattete sich jedoch keine Unsicherheit in ihrer Antwort.

»Eröffnet das Feuer und macht ihnen die Hölle heiß.«

Das MK-65 feuerte ein Geschoss auf das Doppelrumpfboot ab, und der Mann mit dem Fernglas verschwand in einer Wolke aus Rauch und Trümmern. Die Detonation verschlang außerdem zwei WaveRunners und setzte die Fahrer in Brand.

»Manuelles Feuer«, befahl Katrina und achtete darauf, ihrer Stimme einen gefassten Klang zu verleihen. »Munition sparen. Ziele überlegt aussuchen.«

»Verstanden«, meldete Edgar zurück. Auch seine Stimme hatte sich beruhigt. »Feuer in drei, zwei …«

Eine weitere Salve aus dem geschlossenen Geschützturm erfasste ein Fischerboot mit auf dem Deck montierten Maschinengewehren. Orangefarbene Flammen breiteten sich über das dunkle Wasser aus.

Sie hatten die Armada überrascht, aber die Seeleute der Cazadores manövrierten ihre Fahrzeuge bereits in Gefechtsformation. Kleinkalibriger Beschuss und Maschinengewehrfeuer von der Armada prallten vom

Deck und vom Rumpf des gepanzerten Kriegsschiffes ab.

Katrina beobachtete, wie sich an Bord eines der Schiffe ein Geschützturm mit etwas drehte, das nach einem Raketenwerfer aussah. Der Lauf hielt inne und zielte genau auf die Spitze der Insel.

Sie griff sich ihr Gewehr und zog den Kopf ein, als das Glas um sie herum zerbarst und die Scherben auf das Deck regneten. Tief geduckt bewegte sie sich zum Niedergang. Und als sie durch die Öffnung huschen wollte, erhaschte sie einen flüchtigen Blick auf eine Rakete, die in Richtung der Kommandozentrale raste.

In den frühen Morgenstunden stand Michael am Eingang zur Startbucht der *Deliverance* und spähte in einen wolkenlosen Himmel. Hoch oben schimmerte der Halbmond und warf sein Licht durch ein so klares Firmament, dass Michael die Ölbohrinseln in 6000 Metern Tiefe erkennen konnte.

Aber wenn er die Erdoberfläche sehen konnte, dann konnten die Cazadores vielleicht auch ihn sehen. An der Stelle kam Katrina ins Spiel.

Sie hatte den Angriff bereits begonnen. In der Ferne flimmerten winzige Explosionen – Geschosse und Raketen, die über dem Wasser detonierten.

Er hob den Roboterarm und drehte sich seinem Team zu. Die Systemschecks hatten sie bereits abgeschlossen. Sie waren bereit zum Absprung.

Les, Trey, Vish und Alexander standen mit Sturmgewehren, Pistolen und einem der beiden Lasergewehre bewaffnet hinter ihm. Das andere Lasergewehr hatte Michael. Die Batterieeinheiten hatten sie mit schwarzem Klebeband abgedeckt, um den Schein zu verbergen, außerdem trugen sie über der dunklen Körperpanzerung alle schwarze Overalls.

Sämtliche Lichter an Bord des Luftschiffes waren ausgeschaltet, damit sie nicht bemerkt wurden. Auch die leichte, unter ihnen vorbeiziehende Wolkendecke half dabei, sie zu tarnen.

In seinem Ohrstöpsel knisterte es statisch, bevor er Laylas Stimme hörte.

»Team Raptor, ihr habt Startfreigabe«, sagte sie.

»Viel Glück«, wünschte Timothy. »Ich hoffe, Sie alle sehr bald wiederzusehen.«

Zwischen Michael und Layla wurde ein privater Kanal geöffnet.

»Sei vorsichtig, Stan. Ich liebe dich.«

»Verstanden. Ich liebe dich auch.«

Michael hatte ihr bereits versprochen, dass er zu ihr zurückkehren würde. Ihre Stimme zu hören, erinnerte ihn daran, was auf dem Spiel stand.

Michael wechselte zum Kanal für das Team.

»Unser Ziel ist der Turm des Kapitols unter uns«, sagte er. »Der mit dem untertassenförmigen Dach. Wir glauben, dass Magnolia, X und Miles dort festgehalten werden. Haltet unterwegs Ausschau nach Luftabwehrwaffen. Unser zweites Ziel besteht darin, solche Abwehrmaßnahmen zu orten und an die *Deliverance* zu melden, damit wir sie mit Raketen außer Gefecht setzen können.«

Alle Helme nickten bestätigend. Michael trank einen Schluck Wasser aus dem Strohhalm in seinem Helm. Besonders ausgeruht fühlte er sich nicht, und das Gewebe an der Verbindungsstelle zur Prothese pochte, obwohl er frisches Nanogel aufgetragen hatte. Trotzdem war er bereit für diesen Einsatz.

Bereit für den Absprung in die erste bewohnbare Zone in der Geschichte der Hell Divers. Als er den Blick über die Erdoberfläche wandern ließ, dachte er an all die Springer, die begeistert von diesem Anblick gewesen wären.

»Das ist der Moment, auf den wir alle gewartet haben«, sagte er. »Der Moment, auf den die Menschheit gewartet hat. Hunderte unserer Brüder und Schwestern sind gesprungen, damit wir überleben und dieses neue Zuhause finden konnten. Wir müssen nur noch ein letztes Mal springen.«

Als er an den Rand vortrat, krampften sich seine Eingeweide zusammen. Die anderen Hell Divers gingen hinter ihm in Position und erhaschten ihren ersten eigenen Blick auf die Metallinseln. Michael zeigte mit der Roboterhand auf den Turm des Kapitols.

»Springt mit mir!«, rief er. »Für X, für Mags und Miles, für die Menschheit!«

Alle jubelten, und Michael sprang aus dem Frachtraum ab. Die anderen folgten ihm. Jeder Einzelne, der über den Rand trat, brüllte dabei das Motto der Hell Divers:

»*Wir springen, damit die Menschheit überlebt!*«

Michael fiel mit dem Kopf voraus, die Arme an den Körper angelegt. Die ersten paar Sekunden lang verspürte er die übliche Schwerelosigkeit, während er durch den klarsten Himmel seiner Laufbahn als Hell Diver stürzte. Es dauerte nicht lange, sich in eine aerodynamische Position zu arbeiten. Es herrschten keine

Seitenwinde, keine Turbulenzen, die seine stabile Fallhaltung gefährden konnten. Er überprüfte sein HUD auf die Signale der anderen. Die Punkte blinkten auf der Miniaturkarte, und er beobachtete, wie die Metallinseln größer wurden.

Während er wie eine Rakete auf das Meer zuhielt, schaute er zu der Seeschlacht, die im Osten tobte. Katrina war hoffnungslos in der Unterzahl. Um die 40 Boote griffen sie an. Allerdings befand sich darunter kein Kriegsschiff wie die USS *Zion*.

Das Licht von Mündungsblitzen und Explosionen flackerte über das Wasser.

Michael richtete den Blick auf den Turm des Kapitols und suchte an den Wänden nach Anzeichen von Luftabwehrwaffen. Zwar fiel ihm eine Plattform in ungefähr zwei Drittel der Höhe des Turms auf, doch er sah keine schweren Geschütze.

Und warum hätten die Cazadores auch welche haben sollen? Wahrscheinlich waren sie in der gesamten Geschichte ihrer Besiedlung dieses Ortes noch nie aus der Luft angegriffen worden. Vermutlich mussten sie überhaupt noch nie einen Angriff abwehren.

In einer Höhe von 3000 Metern spähte er über die Schulter. Vor dem grünstichigen Hintergrund der Nachtsichtoptik erkannte er die lange Gestalt von Les Mitchells, die mit dem Kopf voraus und kerzengeradem Körper durch den Himmel pflügte. Der Mann hatte Michael schon beinahe eingeholt.

Schön, dich dabeizuhaben, Giraffe.

Als Michael zurück zum Turm des Kapitols schaute, zeichnete sich in der Düsternis ein aufblitzendes Licht ab. Etwas raste an ihm vorbei.

Er brauchte einen Moment, um zu begreifen, dass die Cazadores etwas auf die Springer abgefeuert hatten. Die Explosion folgte wenige Sekunden später mit einem Knall, der sich wie naher Donner anhörte. Ein weiterer Blick zurück offenbarte, dass dieses Geschoss nicht für die Springer gedacht gewesen war.

Die Kanone – oder was auch immer in den Himmel feuerte – zielte auf die *Deliverance.* Grellorange Flammen züngelten über die Steuerbordseite des Rumpfs des Luftschiffes.

Michael schaltete mit dem Kinntaster die Funkverbindung ein. »Layla, verschwindet sofort!«

»Was zum Teufel war das?«, gab sie zurück.

Ein weiteres Geschoss schnellte an den Springern vorbei, diesmal zwischen Trey und Alexander hindurch. Sie gerieten aus der Sturzflughaltung in schrägen Winkel und trudelten davon.

Michael zuckte zusammen, als die *Deliverance* in einem orange-rötlichen Feuerball verschwand.

»NE-E-E-I-I-I-N!«, schrie er.

Fassungslos starrte er zum Himmel, wagte nicht mal zu blinzeln.

»Layla!«, brüllte er. »Layla!«

Die Explosion verblasste, und die Umrisse der *Deliverance* zeichneten sich wieder ab. Michael blies den angehaltenen Atem aus.

»Verschwindet sofort!«, wiederholte er.

Und das Luftschiff schien sich in Bewegung zu setzen.

»Wir haben Schaden erlitten«, meldete Layla. »Die Mantelstromtriebwerke 1 und 2 sind ausgefallen.«

»Benutzt die Schubdüsen!«

Statische Interferenzen überlagerten den Kanal und übertönten Laylas Antwort.

Michaels Höhe betrug noch 1600 Meter, die Spitze des Turms befand sich inzwischen deutlich näher. Die Angst, das Luftschiff und alle an Bord zu verlieren, lähmte ihn beinah.

Er löste den Blick von der Höhenanzeige und richtete ihn auf etwas, das ihm den Magen zusammenzog. Bei dem untertassenförmigen Gebilde auf dem Dach des Kapitol-Turms handelte es sich nicht bloß um eine gekrümmte Plattform aus Metall, sondern um die Überreste eines Luftschiffes.

Michael hatte sich zuvor geirrt. Es war sehr wohl bereits ein Luftschiff hier gewesen, und wenn Layla die *Deliverance* nicht schleunigst außer Reichweite steuerte, würden die Cazadores ihre Sammlung um eine zweite Trophäe ergänzen.

Plötzlich begriff er, weshalb Magnolia diese Nachricht übermittelt hatte. Katrina hatte den Feind unterschätzt. *Er selbst* hatte den Feind unterschätzt.

Michael schüttelte die erstickenden Ranken der Angst ab. Die einzige Möglichkeit, zu überleben, bestand darin, zu kämpfen. Er suchte die 40 Geschosse des Turms nach der Waffe ab, die auf die *Deliverance* gefeuert hatte.

»Hat irgendjemand Sichtkontakt zu der Kanone?«, rief er.

»Negativ«, antwortete Les.

Zwar glaubte Michael nicht, dass man Team Raptor bereits gesichtet hatte, doch sobald sie die Fallschirme öffneten, wären sie ein gefundenes Fressen für kleinkalibrigen Beschuss. Der Turm bot reichlich Plätze für versteckte Waffen, Hunderte Fenster, aus denen geschossen werden konnte. Auf dem Dach mit dem Luftschiff umgab ein Wald ein Amphitheater oder Stadion in der Mitte, doch vorerst konnte Michael keine Bedrohungen ausmachen. Er schaute zurück zum Himmel.

Sowohl Alexander als auch Trey war es gelungen, zurück in stabile Fallposition zu finden. Weit über ihnen gewann das Luftschiff an Höhe, indem es die Schubdüsen benutzte, um Abstand zwischen sich und die Kanone unten zu bringen.

»Ich glaub, einer der Schüsse ist vom Dach des Turms gekommen!«, rief Vish über die Funkverbindung.

Aus einer Höhe von 900 Metern konnte Michael einzelne Bäume erkennen, die um die Arena in der Mitte wuchsen, aber keine Waffen.

Es gab nur eine Möglichkeit, die Kanone aufzuspüren: Ausschau nach dem nächsten Schuss halten. Der folgte einen Herzschlag später in Form eines dritten aufsteigenden Geschosses. Und Michael sichtete, woher es kam.

Die Kanone befand sich versteckt im Schutz der Bäume. Über ihnen gleißte eine weitere Explosion, doch die *Deliverance* befand sich mittlerweile außer Reichweite.

Michael biss auf seinen Mundschutz und verspürte die gefährlichste Emotion von allen: Hoffnung.

Na schön, ihr Drecksäcke. Team Raptor ist unterwegs zu euch.

Eine Sekunde verstrich, während er sich für den wichtigsten Kampf seines Lebens wappnete.

Mittlerweile erkannte er, dass es zugleich der schwierigste Kampf seines Lebens werden würde.

Eine kleine Armee verbarg sich kauernd im Schutz der Bäume und erwartete das noch kleinere Einsatzteam der Hell Divers. Michael befand sich nahe genug, um die in den Himmel zielenden Gewehre und Pistolen zu sehen.

»Feind zwischen den Bäumen!«, brüllte er in die Sprechverbindung.

»Verstanden«, meldete Les zurück.

Die anderen Signalanzeigen auf Michaels HUD blinkten wie zur Bestätigung. Plötzlich gleißten Blitze zwischen den Bäumen.

Leuchtspurgeschosse sausten durch die Luft und erhellten den Himmel vor dem Morgengrauen mit kriegerischem Licht. Beschuss von einem verborgenen Maschinengewehr Kaliber 50 fetzte durch die Luft. Michael befand sich nahe genug, um die scharfen Knalle zu hören, bevor ein Schrei in seine Ohren drang.

»Achtung!«

Die Warnung kam von Les. Er manövrierte sich neben Michael und drehte das Visier so, dass er zurück zu Trey schauen konnte. Die grünen Blitze wanderten hin und her.

»Verteilen! Verteilen!«, brüllte Michael.

Mittlerweile befanden sie sich in einer Höhe von 600 Metern in stabiler Fallposition und wurden vor dem Auslösen der Pilotfallschirme langsamer. Als Michael sein HUD überprüfte, erlosch eine der Signalanzeigen.

Er warf einen Blick zurück und sah, wie Vish davontrudelte, ein Arm und ein Bein von den Projektilen abgerissen.

Höher am Himmel kreuzte die *Deliverance* vor den Sternen wie ein schwarzer Käfer, der über winzige Glasscherben krabbelt. Eine rote Schliere schlängelte sich vom unteren Rumpf der *Deliverance* weg.

Michael blinzelte. Zuerst dachte er, das Schiff hätte Feuer gefangen. Dann jedoch erwies sich die Schliere als Geschoss, das auf ihn zuraste. Ein Geschenk für Team Raptor.

Die Rakete pflügte durch den Himmel, sauste kreischend an den Springern vorbei und detonierte mitten in dem Wald – die schönste Explosion, die Michael je erlebt hatte. Sie beendete den Beschuss schlagartig und jagte lodernde menschliche Gestalten in alle Richtungen – einige flogen durch die Luft, andere rannten, wieder andere krochen.

Michael zog die Reißleine seines Fallschirms und befahl seinem Team, es ihm gleichzutun. Die Fangleinen strafften sich und zogen ihn zurück in den Himmel, zumindest fühlte es sich jedes Mal so an. Bevor er die Steuerleinen ergriff, zog er eine Rauchgranate und warf sie hinunter auf die Erde bei der Arena, die an das Stadion erinnerte, in dem sie in Florida gelandet waren.

»Die Landezone ist dort, wo der Rauch aufsteigt!«, sagte Michael über die Funkverbindung.

Cazadores-Soldaten rannten aus dem lodernden Wald. Mehrere brachen zusammen und wälzten sich auf dem Boden. Ein in Flammen gehüllter, großer, stämmiger Kerl sprang von der Seite des Turms wie ein träger Meteor, der ins Meer stürzt.

Aber die Rakete hatte nicht alle getötet oder verstümmelt. Mehrere Cazadores hatten das Inferno unbeschadet überlebt und gingen am Waldrand in

Position. Sie zielten mit den Waffen in den Himmel und eröffneten das Feuer auf die Springer.

Michael warf eine weitere Rauchgranate ab, dann zog er das Lasergewehr aus der Halterung an seinem Rücken und achtete darauf, dass es sich nicht in den Fangleinen verhedderte.

Er zog an der rechten Steuerleine, um den Fallschirm zu drehen und die Soldaten in der Nähe der Landezone ins Schussfeld zu bekommen. Der Abzugsfinger seines Roboterarms schoss mit dem Lasergewehr, und ein blauer Strahl zischte durch die Brust eines Mannes, der kniend in die Luft feuerte. Der Getroffene sackte zusammen. Rauch kräuselte sich aus dem glimmenden Loch in seinem Brustkorb.

Michael schwenkte zum nächsten Ziel, einem Soldaten, der sich hinter einer Ansammlung roter Lilien versteckte. Der Mann landete mit einer grellroten, schimmernden Öffnung in der Seite ausgestreckt im Blattwerk. Der nächste Soldat verlor einen Arm, genau wie einst Michael.

Als die Landezone größtenteils geräumt war, steckte er die Laserwaffe zurück in ihre Halterung und warf einen Blick auf sein HUD.

Alexander, Trey und Les hatten die Fallschirme aktiviert und näherten sich schnell hinter ihm. Les wusste, was er zu tun hatte, aber sowohl Alexander als auch Trey wirkten unsicher.

Michael löste die Aufmerksamkeit von ihnen, ergriff beide Steuerleinen und hielt auf die Arena zu. Er überflog weitere Gärten und einen Teich, aber er war nicht hier, um die Schönheit der Umgebung zu bewundern. Er war aus einem völlig anderen Grund hergekommen: um diese Barbaren zu töten und seine Freunde und sein Volk zu retten.

Der Sand der Arena raste auf seine Stiefel zu, und er zog an den Steuerleinen, um seinen Abstieg zu verlangsamen. Mit leicht angewinkelten Knien führte Michael das zweistufige Bremsmanöver durch. Er landete etwas hart auf dem Boden und rannte den Schwung aus.

Schüsse schlugen um ihn herum ein und ließen Sand aufspritzen. Die zwei verbliebenen Schützen liefen vom brennenden Wald weg, gefolgt von mindestens zehn weiteren, die Michael zuvor nicht gesehen hatte.

Er ging in die Hocke, befreite sich von dem in sich zusammengesunkenen Fallschirm, zog die Schrotpistole und legte auf den nächstbesten Cazadores-Soldaten an. Dann wartete er, bis sich der rußige, halb nackte Feind näherte. Der Mann bleckte wie ein wildes Tier angespitzte Zähne und hob eine Pistole, als Michael den Abzug drückte.

Der Treffer riss ein Loch in die Brust des Barbaren, der aufs Gesicht fiel. Eine Staubwolke stieg um ihn auf. Gegenfeuer setzte ein, und ein Schuss prallte von Michaels Roboterarm ab. Instinktiv schirmte er das Gesicht ab, wodurch er ein weiteres Projektil ablenkte. Die Soldaten kamen schreiend angerannt und schossen mit ihren alten Waffen.

Michael feuerte eine weitere Schrotladung auf den Rumpf eines gepanzerten Mannes ab und streckte ihn damit nieder. Dann zog er die Pistole von der Hüfte und schoss auf die beiden anderen Soldaten.

Beide fielen, was Michael einen Moment Zeit verschaffte, um seine Ausrüstung einzusammeln und das

Lasergewehr zu zücken. Die anderen Springer waren links und rechts von ihm gelandet, aber sowohl Trey als auch Alexander hatte dabei ein Seitenwind erfasst. Beide waren hart auf den Sand geknallt und hatten sich in ihren Fallschirmen verheddert.

Les schloss sich Michael an, brachte das Sturmgewehr in Anschlag und sorgte für Feuerschutz, während sich die zwei anderen Hell Divers auf die Beine rappelten.

Michael ging Rücken an Rücken mit dem Lieutenant in Position und feuerte Laserstrahlen auf die Cazadores-Soldaten ab, die hinter den Bäumen in Deckung gegangen waren. Im Schein des lodernden Raketenkraters konnte er Dutzende sehen, größtenteils mit Speeren und Schwertern bewaffnet.

Ein Schuss ließ Sand neben Michaels Stiefel aufspritzen, und er feuerte einen Strahl durch den Baum und den Schützen dahinter ab. Der Mann hielt sich den brennenden Oberkörper und kippte seitwärts ins Gebüsch.

Die feindlichen Krieger brauchten nicht lange, um zu begreifen, dass jegliche Deckung, hinter der sie sich versteckten, nutzlos gegen seine fortschrittliche Waffe war. Einer davon, ein stämmiger Kerl mit Igelfrisur, brüllte den anderen Soldaten auf Spanisch Befehle zu. Michael schoss ihm mit einem Laserstrahl die Schädeldecke weg.

Hinter den Hell Divers ertönte Gebrüll. Michael drehte sich um, hielt Ausschau nach der Quelle. Auf dem Dach strömten Männer aus einem kleinen Gebäude oben auf dem Luftschiff. Zwei Luken hatten sich geöffnet und spien die Umrisse eines

Cazadores-Kriegers nach dem anderen aus, die alle eine Treppe heruntergerannt kamen.

»Lasst nicht zu, dass sie uns in die Zange nehmen!«, brüllte Michael. Er hielt Ausschau nach Deckung, aber die Landezone befand sich auf kahlem Gelände zwischen den Bäumen und dem Gebäude. Als einzige Zuflucht boten sich die Zuschauerlogen über der vertieften Arena an.

Die Krieger, die im Wald die Stellung hielten, wirkten zögerlich. Da ihr Anführer gefallen war, schienen sie nicht zu wissen, was sie tun sollten. Dann jedoch stießen sie alle gleichzeitig einen Schrei aus und rannten aus dem Wald geradewegs auf die Springer zu.

Trey und Alexander hatten es mittlerweile auf die Beine geschafft. Sie brachten ihre Waffen zum Einsatz und mähten die anstürmenden Cazadores-Krieger einen nach dem anderen um. Die zwei anderen Hell Divers bewegten sich schießend rückwärts und wären beinahe mit Michael und Les zusammengestoßen, die sich umgedreht hatten, um den Kampf gegen die aus den offenen Luken strömenden Soldaten aufzunehmen.

Team Raptor bildete eine gepanzerte Phalanx, während sich der Feind aus allen Richtungen näherte. Es gab nur einen Weg von diesem Luftschiffdach.

»Tötet sie!«, rief Michael. »Tötet sie alle!«

24

Nachdem Rhino und X bis zur Erschöpfung geschwommen waren, schafften sie es zu den Überresten des Fischerboots. Der Rumpf aus Holz brannte immer noch, eines der Segel lag ausgestreckt wie der gebrochene Flügel eines Vogels im Wasser.

Zusammen durchsuchten sie in der Dunkelheit das Trümmerfeld und fanden einen Sack sowie einige Bretter, aber nichts, das ihnen helfen würde, über Wasser zu bleiben.

Wenigstens hatten die Haie sie nicht entdeckt.

Noch nicht.

X trat weiter Wasser. Er fühlte sich ausgelaugt vom Schwimmen und hatte einen Krampf in einer Wade. Obwohl er keine Körperpanzerung mehr trug, die ihn nach unten gezogen hätte, musste er mühsam kämpfen, um den Kopf über der Oberfläche zu halten.

Ständig schien ihn irgendein Monster fressen oder irgendein Mensch töten zu wollen. Dabei wollte er nur ein einfaches Leben und einen Ort, an dem er sich niederlassen und den Rest seiner Jahre mit Miles verleben konnte.

War das zu viel verlangt, verdammt noch mal?

Er durchsuchte das Treibgut weiter nach irgendetwas, das ihm helfen würde, es zurück zu seinem Hund und seinen Freunden zu schaffen.

Manche Menschen auf der Welt besaßen einen ausgeprägten Überlebenswillen, gepaart mit den entsprechenden Fähigkeiten. X wusste, dass er zu diesen Menschen gehörte. Was er nicht wirklich verstand, war, *warum* er eigentlich weiterleben wollte.

Was hatte das für einen Sinn?

Jedenfalls erfüllte es keine bescheuerte Prophezeiung, so viel stand für ihn fest. Das Märchen, das Janga jahrelang an Bord der *Hive* gepredigt hatte, war blanker Unfug. Sie war nicht besser gewesen als das Weib aus dem Handelsposten, das seiner an Krebs sterbenden Ehefrau wirkungslose Kräuter angedreht hatte.

Ein vorhergesagtes Schicksal war definitiv nicht der Grund, warum er lange genug überlebt hatte, um mit der *Sea Wolf* die Metallinseln zu erreichen. X war mit Sicherheit nicht stärker oder klüger als einige der Cazadores-Krieger wie Fuego, Whale oder Wendig. Ebenso wenig war er stärker oder klüger als die Hell Divers, die vor ihm gestorben waren. Wie Commander Rick Weaver, Aaron Everhart oder Erin Jenkins.

Vielleicht hatte er bloß unverschämtes Glück. Und vielleicht versiegte dieses Glück allmählich.

»He, siehst du das?«, fragte Rhino.

X holte die umherschweifenden Gedanken zurück in die Gegenwart und schaute in die Richtung, in die der Cazadores-Offizier zeigte. Die Nacht war dunkel, nur eine dünne Sichel des Mondes stand am Himmel, doch im Licht der sporadischen, fernen Blitze sichtete X die Umrisse von etwas, das wie eines der Ruderboote der Cazadores aussah. Und jemand stand darin.

»Scheiße, ist das …?«

Rhino kraulte bereits auf das Ruderboot zu. Für einen Mann seiner Größe und dicht gepackten Muskelmasse erwies er sich als verflucht guter Schwimmer. X folgte ihm rasch, wenngleich er zu müde für mehr als angestrengte Brustzüge war.

Auf halbem Weg zum Boot ertönte eine Stimme.

»*¡Hola, hola!*«, brüllte Rhino.

Die Gestalt in dem Boot drehte sich ihnen zu. Also hatte doch ein Cazadores-Soldat überlebt.

Aber statt Rhino zu antworten, ging der Mann in der Nähe des Hecks in die Hocke. Er versuchte, den Motor zu starten, wie X erkannte.

X beschleunigte die Bewegungen und wechselte zum Kraulen. Erinnerungen an die Sümpfe Floridas tauchten aus seinem Gedächtnis auf. Riesenkraken waren nicht die einzigen Monster, die das Meer bevölkerten.

Aber im Augenblick durfte er nicht an die Bestien im Wasser denken. Vielleicht war das der Grund, warum er immer wieder überlebte. Er kapitulierte selten vor seiner Angst und bevorzugte stattdessen Wut als treibende Kraft.

»Hallo!«, rief Rhino. Er schwamm das restliche Stück zu dem Boot und wollte hineinklettern, doch der darin stehende Cazadores-Krieger schwang ein Messer und drängte Rhino zurück ins Wasser.

X brauchte das Gesicht nicht zu sehen, um zu wissen, dass es sich um Lurch handelte. Warum mussten bloß alle solche Arschlöcher sein?

Er holte tief Luft, füllte die Lunge mit Sauerstoff und tauchte dann unter. Als er sich unter der Oberfläche befand, schwamm er mit Brustzügen, solange er den Atem anhalten konnte.

Als er wieder auftauchte, hatte sich Rhino vom Boot entfernt und trat Wasser.

»Tu das nicht, Lurch«, sagte er. »Wir können es alle zusammen weg von hier schaffen.«

»Fick dich!« Lurch beugte sich vor und schwang das Messer. Es fehlten nur wenige Zentimeter zu Rhinos Ohr.

X tauchte erneut unter. Diesmal schwamm er unter dem Boot hindurch und kämpfte sich auf der anderen Seite an die Oberfläche.

Dadurch stand Lurch mit dem Rücken zu ihm, was ihm eine Gelegenheit bot. Allerdings hatte X zum Kämpfen nur die bloßen Hände zur Verfügung.

Das wird reichen müssen.

Der Cazadores-Krieger griff Rhino abermals mit dem Messer an, und X packte die Seite des Boots, schüttelte es mit aller Kraft. Es funktionierte: Lurch ging über Bord.

Rasch kletterte X hinein und brach auf dem Deck zusammen. Viel konnte er in der Düsternis nicht erkennen, aber er sah ein abgebrochenes Ruder mit einem spitzen Ende.

Aus dem Wasser hörte er ein Platschen, dann grunzende Laute, als die beiden Cazadores versuchten, sich gegenseitig zu ertränken. Einen flüchtigen Moment lang liebäugelte X mit dem Gedanken, sie einfach sich selbst zu überlassen. Aber irgendetwas an Rhino respektierte X – etwas, das er nachvollziehen konnte.

Also ergriff er das zerbrochene Ruder. Zu seiner Überraschung gelang es Lurch, seinen körperlich stärkeren Gegner unter Wasser zu drücken.

»He, Hohlkopf!«, rief X.

Lurch schaute auf. Dann entrang sich seiner Kehle ein erstickter Schrei, als X das spitze Ende des Ruders seitlich in den Hals des Arschlochs rammte. Das gesplitterte Holz drang durch Knorpel und fetzte einen Hautlappen weg, der sich wie ein aufgespießter Fisch an der Spitze verfing.

X stach erneut zu, als der Mann mit einer Hand durch die Luft fuchtelte und die andere auf die Wunde an seinem Hals presste.

Rhino tauchte auf und schnappte nach Luft.

X streckte dem Hünen das Ruder entgegen. Rhino packte es, und X zog ihn zum Boot, weg von dem wild um sich schlagenden Lurch.

Rhino klammerte sich am Schandeckel fest, und X half ihm an Bord.

»Schätze, der wird keine Probleme mehr bereiten«, meinte X.

Lurch streckte sich dem Boot entgegen, doch die Kraft verließ den Mann zusehends. X sah dem Sterbenden einmal kurz in die Augen, bevor er sich von ihm abwandte.

»*Gracias*«, stieß Rhino japsend hervor.

X erwiderte nichts. Stattdessen versuchte er, den Motor zu starten. Er musste schleunigst weg von hier und zurück zu den Metallinseln, um beim Angriff auf sie zu helfen.

»Wie weit sind wir entfernt?«, fragte er.

Rhino schaute über die Schulter.

»40, vielleicht 50 Kilometer – bin mir nicht sicher. Kannst du das Ding reparieren?«

»Hab schon schlimmere Schäden behoben«, erwiderte X. »Die eigentliche Frage ist: Haben wir genug Sprit, um es zurück zu den Metallinseln zu schaffen?« Zumindest einen Teil des Problems hatte er bereits gesichtet. Das Einspritzventil hatte sich gelockert. Er schraubte es fest und versuchte erneut zu starten.

Der Motor röchelte zwar, sprang aber nicht an.

Als er in Stellung ging, um die Rückseite des Antriebs in Augenschein zu nehmen, prallte etwas so heftig gegen das Boot, dass er beinahe über die Seite kippte. X fiel aufs Deck und schloss die Hand um einen Schraubendreher.

Rhino eilte von der Steuerbord- zur Backbordseite und schaute ins Wasser.

»Wie kann dieser Arsch noch leben?«, murmelte X. Er wollte nachsehen, doch Rhino streckte eine Hand hoch. Dann hob der Cazadores-Offizier langsam das zerbrochene Ruder auf.

Eine Rückenflosse so groß wie Miles stieg kurz aus dem Wasser auf, bevor sie wieder verschwand. Der tote Lurch hatte mit dem von ihm vergossenen, frischen Blut einen Monsterhai angelockt.

Leise kehrte X in geduckter Haltung mit dem Schraubendreher in der Hand zum Motor zurück.

Als Waffe würde sich der Schraubendreher ungefähr so gut eignen wie eine Angelrute. X grunzte, als der Hai das Boot ein zweites Mal rammte und ihn auf alle viere schleuderte. Rhino gelang es, aufrecht stehen zu bleiben und das spitze Ende des Ruders in das Fleisch des Ungetüms zu rammen, als es unter das

Boot tauchte. Als er das Holz herausriss, tropfte Blut vom vorderen Ende. Rhino eilte zur anderen Seite des Boots.

»*Ven aquí, pinche cabrón!*« Er brachte das scharfkantige Ruder in Anschlag wie eine Lanze.

X entdeckte einen losen Ansaugschlauch, befestigte ihn und zog erneut an der Kordel. Der Motor röchelte zweimal. Als X einen weiteren Versuch unternahm, sprang er an und spie Qualm aus.

»Scheiße, ja!«, rief X.

Er drückte den Gashebel so jäh durch, dass Rhino auf dem Allerwertesten landete. Die Rückenflosse folgte ihnen noch kurz, tauchte dann jedoch unter, als sich der Hai auf die Suche nach einfacherer Beute in dem Trümmerfeld machte.

Als sie davonrasten, schaute X über die Schulter zurück. Unwillkürlich musste er schmunzeln, als er den großen Kerl auf dem Deck des Boots auf dem Hintern sitzen sah.

»Alles klar?«, fragte X.

»Ja«, antwortete Rhino und stemmte sich hoch. »Und bei dir?«

»Kommt drauf an.«

Rhino stand auf. »Kommt worauf an?«

»Darauf, was als Nächstes passiert«, antwortete X. »Ich werd El Pulpo kaltmachen, wenn wir zurück auf den Metallinseln sind. Falls du ein Problem damit hast, sollten wir das sofort regeln.«

Rhino trat vor, ragte hoch über X auf.

Na toll. Das hatte ich schon befürchtet …

X hielt immer noch den Schraubendreher in der Hand, mit dem er den Motor repariert hatte.

»Und ob ich ein Problem damit habe, Unsterblicher.«

X hatte aufrichtig gehofft, es würde nicht dazu kommen. Gottverdammt noch mal, warum musste alles so schwierig sein?

Er wappnete sich dafür, den Schraubendreher durch das Kinn des Cazadores-Kriegers in dessen Hirn zu rammen und den einzigen Menschen zu töten, der zwischen X und den Metallinseln stand.

»Ich hab deshalb ein Problem damit, weil *ich* derjenige sein will, der El Pulpo tötet«, erklärte Rhino.

»Äh … *wie bitte?*« X entspannte sich eine Winzigkeit.

»Sofia ist schon viel zu lange seine Gefangene«, fügte Rhino hinzu. »Es ist höchste Zeit, sie zu befreien. Sie ist meine wahre Liebe. Ich kenne sie schon, seit ich ein Kind war. Die Cazadores haben uns beide aus demselben Bunker in Texas geholt. Ich wurde gezwungen, der Armee beizutreten, sie dazu, den König zu heiraten.«

X schüttelte den Kopf. »Wovon zum Teufel redest du da, Mann?«

»Ich habe all die Jahre gekämpft und die Einsamkeit und Gefahren eines Soldatenlebens ertragen, weil ich auf den richtigen Moment gewartet habe. Dieser Moment ist jetzt gekommen.« Rhino trat einen Schritt zurück und blickte in die Ferne.

X überraschte, wie viel sie gemeinsam hatten. Auch er hatte Jahre damit verbracht, auf der Erdoberfläche am Leben zu bleiben und auf den richtigen Moment zu warten. Irgendwann hatte er sogar aufgegeben.

»Ich hab Sofia immer geliebt, und ich hab ihr immer versprochen, dass ich sie irgendwann befreien würde. Dein Volk hat mir diese Gelegenheit verschafft, Unsterblicher.«

Plötzlich begriff X, warum er diese Verbundenheit mit Rhino verspürte. Sie waren aus demselben Holz geschnitzt.

Beide waren über die Grenze des Erträglichen getrieben worden, hatten es aber irgendwie geschafft, zurückzukommen und weiterzukämpfen.

Rhino streckte einen geschundenen, von blauen Flecken übersäten Arm aus. »Überlass ihn mir, und ich helfe dir, deinen Hund und deine Freunde zu befreien. Ich werd mit dir kämpfen, Unsterblicher, nicht gegen dich.«

X hatte das Töten und den Versuch, selbst nicht zu sterben, gründlich satt, aber er würde mit Freuden ein letztes Mal an der Seite dieses Mannes kämpfen.

Also ließ er den Schraubendreher achtlos fallen und streckte den eigenen, genauso geschundenen Arm aus. Und in der Tradition der alten Welt schüttelten sich die beiden Männer die Hände und besiegelten die Abmachung.

Magnolia war nicht sicher, ob Sofia noch lebte. Ihr Kopf ruhte an der Brust der Frau, die sich nicht zu bewegen schien. Aber selbst wenn El Pulpos Lieblingsfrau noch am Leben war, lief ihre Zeit genau wie die von Magnolia ab.

Du hättest es beenden sollen, als du die Gelegenheit dazu hattest.

An Bord der *Sea Wolf* hatte Magnolia geschossen, als die Luke aufgebrochen wurde, aber El Pulpos Männer hatten sie so schnell überwältigt, dass ihr keine Chance geblieben war, die Waffe gegen sich selbst oder Sofia zu richten.

Aber auch wenn sich die Gelegenheit ergeben hätte, sie war sich nicht sicher, ob sie Sofia oder sich selbst das Leben hätte nehmen können, ganz gleich, wie schlecht es um sie bestellt sein mochte. Und die Lage verschlimmerte sich nach wie vor.

Magnolia war an eine der Streben der Windschutzscheibe gefesselt erwacht. Zu beiden Seiten hatte sie ein grinsender, menschlicher Totenschädel begrüßt, da sie sich auf El Pulpos Kriegsschiff befand. Sofia hatte man an der anderen Strebe festgebunden. Bisher hatte sich die jüngere Frau noch nicht gerührt.

»Sofia …«, brachte Magnolia mühsam hervor. Hören konnte sie nur ein stetes Klingeln. In ihren Ohren befand sich Flüssigkeit, bei der es sich um Blut handeln musste.

Und nicht nur ihre Ohren schmerzten.

Mit dem rechten Auge, das einen Faustschlag abbekommen hatte, konnte sie nichts sehen. Dem linken Auge erging es kaum besser, obwohl sie damit zumindest das in der Ferne tobende Gefecht ausmachen konnte.

El Pulpo hielt sich vom Rest der Armada zurück und beobachtete das Kampfgeschehen. Seine ungefähr 30 verbliebenen Boote feuerten mit allem, was sie hatten, auf das gegnerische Kriegsschiff.

Anscheinend hatte Katrina die Warnung von Magnolia entweder nicht erhalten oder ignoriert. Wie sie ihre Kapitänin kannte, traf vermutlich Letzteres zu. Aber wenn dem so war, wo zum Teufel steckten dann die Luftschiffe?

Magnolia konnte verstehen, dass die anfälligere *Hive* in sicherer Entfernung blieb. Aber was war mit der *Deliverance?* Innerlich betete sie, dass die Explosion vor wenigen Minuten nicht von dem Luftschiff gestammt hatte.

Der Knall war laut genug gewesen, um das Grollen der Auspuffschlote hinter Magnolia zu übertönen, doch ihre Fesseln verhinderten, dass sie sich herumdrehen und nachsehen konnte. Man hatte sie so fest angebunden, dass die Stränge des Seils tief in ihre Haut schnitten.

El Pulpo nahm den Helm ab und legte ihn auf den Sitz neben Miles. Dann drehte er den Kopf, sah Magnolia und Sofia an. Die Helligkeit, die von den brennenden Wasserfahrzeugen ausging, sorgte für ausreichend Licht, damit Magnolia die nackte Wut in seinen Zügen erkennen konnte.

Sein heiles Auge schien aus der Höhle zu quellen, eine Ader trat mitten auf seiner Stirn hervor und ergänzte die Oktopus-Tätowierung um etwas, das wie ein zusätzlicher Fangarm aussah. Es würde ihr unvorstellbares Vergnügen bereiten, mit anzusehen, wie ihre Leute den Drecksack töteten. Sofern sie lange genug dafür lebte.

Nachdem er die Zähne in Richtung der verhinderten Flüchtigen gebleckt hatte, beobachtete er wieder das Kampfgeschehen. Ein weiteres seiner Boote explodierte zu einem Trümmerhaufen. Mittlerweile hatte sich die *Zion* in Bewegung gesetzt und floh vor der Armada der kleineren Fahrzeuge. Das Fahrwasser verlief durch einen Schrottplatz von Booten, die entweder Kanonen- oder Maschinengewehrfeuer zum Opfer gefallen waren.

Aber auch das Kriegsschiff hatte einige Treffer erlitten. Rauch stieg vom Deck und vom Dach der praktisch völlig zerstörten Kommandozentrale auf. Doch wer immer sich gerade am Steuer befand, wusste, was er tat.

Magnolia schaute zu Sofia, die endlich zu sich kam. Ihre Nase war gebrochen, und einige Zähne schienen ausgeschlagen zu sein. Blut lief ihr übers Kinn den Hals hinab auf die Brüste. Da ihr gutes Aussehen hoffnungslos zerstört war, würde El Pulpo der jungen Frau ihre Vergehen wohl noch weniger verzeihen.

Da verstand Magnolia, warum Sofia unter keinen Umständen lebend geschnappt werden wollte.

Sie waren beide so gut wie tot. Ihre letzte Chance bestand darin, von den einzigen auf der Welt noch verbliebenen Helden gerettet zu werden. Magnolia schaute zum juwelengleich funkelnden Himmel auf, doch von den Hell Divers fehlte jede Spur.

Sie konnten nicht tot sein, jedenfalls nicht alle … oder doch?

Als sie sich herumzudrehen versuchte, schnitten die Fesseln tiefer in ihre Handgelenke. Die Schmerzen störten Magnolia nicht weiter, aber Miles' trauriger Blick brach ihr das Herz.

Der Hund kauerte auf dem Deck und zitterte durch den Lärm der Explosionen und Schüsse am ganzen Leib. Magnolia kämpfte verbissener gegen ihre Fesseln an, musste sich jedoch damit abfinden, dass sie nicht das Geringste unternehmen konnte. Man hatte sie zu fest angebunden.

Ihr Blick kehrte zum Himmel zurück, der vor Sternen strotzte.

Sie konnte nur noch hoffen und beten, dass X zurückkehren oder die Hell Divers kommen würden, um sie zu holen. Nicht jeder glaubte an Jangas Prophezeiung – und am wenigsten X –, aber Magnolia tat es, und ihr Bauchgefühl verriet ihr, dass er eine entscheidende Rolle dabei spielen würde, all das zu beenden.

Sie hoffte nur, sie würde es miterleben.

25

»Haltet euch zurück, bis wir bestätigen können, dass keine weiteren Kanonen übrig sind!«, rief Katrina in die Funkverbindung.

Die entfernten Schüsse und Explosionen gestalteten es schwierig, die Antwort von der *Deliverance* zu verstehen.

»Ihr werdet nicht mehr lange durchhalten, wenn wir nicht in das Gefecht eingreifen«, sagte Layla.

Die Frustration und Panik in ihrer Stimme ließen sich nicht überhören. Und da die Hell Divers auf dem Dach des Kapitols festsaßen und die USS *Zion* vor den Booten der Cazadores floh, bestand durchaus Grund für Panik.

»Ihr haltet euch zurück und überlasst es mir, mit diesen Arschlöchern fertigzuwerden«, brüllte Katrina, um den Lärm des Gefechts zu übertönen. »Wir können es uns nicht leisten, die *Deliverance* zu verlieren.«

Damit brach die Funkverbindung ab, und sie widmete sich wieder den über die Bildschirme flimmernden Meldungen über Brände und Systemausfälle an Bord des Schiffes. Trotz der beträchtlichen Schäden liefen die Triebwerke noch, die Geschütze feuerten nach wie vor, und die Kameras lieferten weiterhin Panoramabilder der Schlacht.

Sie waren längst nicht erledigt.

Katrina tippte auf den Bildschirm und rief eine Ansicht der Steuerbordseite auf, wo ein Dutzend der feindlichen Fahrzeuge, von Schnellbooten bis hin zu Fischerbooten, mit allem Möglichen angriff, von Handfeuerwaffen bis hin zu raketenbetriebenen Granaten.

Eine weitere Granate detonierte am gepanzerten Rumpf des Kriegsschiffes. Katrina stützte sich am Monitor ab. Besser die *Zion* als die *Deliverance.*

»Captain, viel können wir nicht mehr verdauen!«, meldete Eevi.

Auf der Backbordseite formierten sich zehn feindliche Boote für einen Angriff. Katrina lockte sie bewusst weg vom Turm des Kapitols, um den Hell Divers die Gelegenheit zu verschaffen, die Gefangenen zu finden, und der *Deliverance,* sich unbemerkt zu nähern und die Flotte der Cazadores auszuschalten.

Sie musste den Feind nur weg von den Metallinseln führen – dann könnte Layla verheerendes Feuer auf sie niederregnen lassen, ohne davor bemerkt zu werden. Bisher ging der Plan auf.

Die ungefähr 20 verbliebenen Boote verfolgten das Kriegsschiff durch die finstere Leere rings um die Metallinseln. Wenn es ihr gelänge, die Cazadores nach draußen in den dunklen Bereich zu locken, wären sie praktisch blind und könnten die *Deliverance* durch die dichte Wolkendecke nicht aufspüren.

»Edgar, wie sieht's mit der Munition aus?«, fragte Katrina über die Funkverbindung.

»Das 50er-Kaliber am Heck hat gar nichts mehr, das am Bug hat noch zehn Prozent, und unser einziges MK-65 hat noch genau fünf Schuss.«

Der Bericht veranlasste Katrina zu einem wüsten Fluch. Selbst wenn es ihr gelänge, die Boote nach draußen zu locken, sie hatte nicht annähernd genug Munition, um sie zu vernichten. Es würde an der *Deliverance* liegen, sie auszuschalten.

»Volle Fahrt voraus«, befahl sie.

Sandy nickte, und die USS *Zion* beschleunigte. Das Kriegsschiff war wesentlich schneller als alles, was die Cazadores hatten, ausgenommen die WaveRunners und die Schnellboote.

Katrina hörte Geplapper über die Funkverbindung, konnte jedoch kaum etwas davon verstehen. Und sobald sie in die Gewitterstürme außerhalb des Grenzbereichs gerieten, würde die Kommunikation völlig zusammenbrechen, und sie würden nur noch statische Interferenzen empfangen.

Was sie noch verstehen konnte, war etwas darüber, dass Commander Everhart und die anderen Hell Divers auf dem Dach des Kapitols festsaßen und nicht vorrücken konnten.

Und Vish war tot, noch vor der Landung gestorben.

Katrina schaute zu seinem Bruder, der auf dem Boden vor seiner Station kauerte. Er hatte die Meldung gehört, und die Neuigkeit hatte ihn auf die Knie gezwungen.

Mittlerweile hatte er die Fassung zwar einigermaßen zurückerlangt, allerdings war Katrina nicht sicher, ob sie sich auf ihn verlassen könnte, wenn die Lage noch heikler wurde.

»Captain, sehen Sie sich das an«, meldete sich Eevi zu Wort.

Katrina eilte zurück zu ihrer Station.

Die USS *Zion* passierte eine Bohrinsel, und die Bilder wurden auf dem Monitor angezeigt.

Die Lichter auf jeder Ebene flackerten und boten flüchtige Eindrücke des vertikalen Slums, den diese Menschen als Zuhause betrachteten. Metallverschläge und dünne Trennwände grenzten eine Familie von der anderen ab. In Übertöpfen wuchsen regelrechte Gärten, an Drähten und Schnüren hingen Fische und Kleidung zum Trocknen.

Hunderte Menschen beobachteten das Geschehen von der Sicherheit der Ölbohrinsel aus, verfolgten das Kampfgeschehen mit gebannten Mienen.

Sie sehen genau wie wir aus: verängstigt. Sie wollen nur überleben.

Plötzlich ertönte über den Funkkanal knisternd eine andere Stimme. Es war Edgar.

»Sie wollen uns entern!«

Katrina schaute zur Anzeige auf der Steuerbordseite. Sechs WaveRunners mit jeweils zwei Passagieren rasten neben dem Kriegsschiff entlang. Sie feuerten Enterhaken über die Reling ab.

Die Kapitänin setzte den Helm auf, schaltete die Funkverbindung ihres Anzugs ein und griff sich ihr Lasergewehr.

»Eevi, übernimm die Brücke. Sorg einfach dafür, dass wir in Bewegung bleiben! Edgar, du hältst die Boote von uns fern. Ich kümmere mich um diese Drecksäcke.«

Sandy erhob sich mit einer Pistole in der Hand an ihrer Station. »Ich helfe Ihnen.«

Katrina nickte knapp, und die zwei Frauen eilten hinaus aufs Deck.

Die Cazadores-Soldaten spannten bereits die Kletterseile.

Katrina gab Sandy ein Handzeichen. Die andere Frau ging hinter dem vorderen Geschützturm in Deckung. Der Mond und die Sterne waren inzwischen verschwunden. Schatten beherrschten das Deck. Sie überquerten gerade die Schwelle zwischen Licht und Dunkelheit.

Katrina schaltete auf Nachtsicht um und setzte das Gewehr an der Schulter an, als sich auf der Steuerbordseite weitere Boote näherten. Der Feind hatte einen leuchtstarken Scheinwerfer auf das Kriegsschiff gerichtet.

»Runter! Runter!«, brüllte sie.

Sandy warf sich aufs Deck, als Leuchtspurgeschosse über das Wasser schnellten und vom Schott hinter ihnen abprallten. Eine weitere Rakete explodierte am Rumpf, ohne wesentlichen Schaden anzurichten.

»Edgar«, sagte Katrina. »Backbordseite, 300 Meter entfernt. Setz das 50er-Kaliber gegen das Doppelrumpfboot ein. Die haben einen Raketenwerfer, und wenn sie einen Glückstreffer in der Brücke landen, haben wir ein schweres Problem.«

Sie blieb tief geduckt und bekam den ersten Cazadores-Soldaten ins Visier. Der Mann kletterte gerade über die steuerbordseitige Reling, das lange, nass glänzende Haar zurückgewischt.

Katrina kniff ein Auge zu und drückte den Abzug.

Der Lichtstrahl durchzuckte ihn, und er löste sich träge von der Reling. Zwei weitere Cazadores nahmen seinen Platz ein. Einem gelang es, einen Schuss abzufeuern, bevor Sandy beide mit kurzen Salven ihres Sturmgewehrs erwischte.

Die zwei verschwanden über die andere Seite.

Katrina schlang sich das Lasergewehr über die Schulter und rannte zu den Enterhaken los. Unterwegs zog sie ihr Schwert. Ein weiterer Soldat tauchte über der Reling auf. Sein Kopf lugte darüber, seine Augen suchten nach einem Ziel.

Katrinas Klinge war zur Stelle, um ihn zu begrüßen. Ein schneller Hieb schlitzte seine Kehle auf. Er riss die Hände hoch, um sie auf die blutspritzende Wunde zu pressen, und fiel rückwärts ins Wasser.

Katrina verlor keine Zeit und lehnte sich über die Seite, wo sie mehrere weitere Männer sichtete, die an Seilen mit Knoten darin heraufkletterten. Der Vorderste schaute zu ihr auf, als sie das Seil durchsägte. Er stieß einen spitzen Schrei aus und ruderte mit den Armen, bis er zurück auf das Motorboot stürzte, von dem er aufgebrochen war.

Katrina steckte das Schwert zurück in die Scheide und brachte das Lasergewehr wieder in Anschlag, als ein Knistern aus der Funkverbindung ihres Helms drang.

»Captain, die Hälfte der Boote hat die Verfolgung aufgegeben!«, brüllte Eevi.

Katrina schaute zurück und sah mehrere Lichter, die in die andere Richtung entschwanden. Vielleicht hatte der Feind die Falle gewittert, in die sie ihn locken wollte. Oder vielleicht kehren die Soldaten zum Kapitol zurück, um sich mit Team Raptor zu beschäftigen.

»Layla, das ist deine Chance«, rief sie in die Funkleitung. »Schalte die Boote aus. Eevi, wenden. Wir kehren um.«

»Aye, aye, Ma'am«, erwiderte Eevi.

Von Layla kam keine Antwort.

»Layla«, versuchte es Katrina erneut. »Hörst du mich?«

Die Gewitterstürme störten das Signal.

Katrina spürte, wie sich das Schiff nach links zu drehen begann, dann vernahm sie ein Knirschen, als der Rumpf ein Boot der Cazadores auslöschte. Um die zehn Boote waren noch hier und feuerten mit kleinkalibrigen Waffen auf das Kriegsschiff.

Das 50er-Kaliber am Bug stimmte Gebrüll an und zerfetzte ein weiteres Doppelrumpfboot, das nach wie vor versuchte, mit der *Zion* mitzuhalten. Dann verstummte das Maschinengewehr, als die letzten leeren Hülsen klimpernd auf das Deck prasselten.

»Das war unsere gesamte Munition«, meldete Edgar. »Jetzt haben wir nur noch drei Schuss mit dem MK-65.«

Katrina öffnete erneut eine Leitung zu Layla.

Bitte, Kleine, ich brauche dich.

Wieder blieb ihre versuchte Kontaktaufnahme unbeantwortet.

Tief geduckt und außer Sicht der feindlichen Boote trat sie mit Sandy den Rückweg zur Brücke an. Sie hatten die Hälfte des Decks überquert, als hinter ihnen Schüsse knallten. Sandy schrie auf und landete ausgestreckt auf dem Deck.

Mit hämmerndem Herzen legte Katrina das Lasergewehr auf ein Team von vier Cazadores-Soldaten an, die sich schnell auf sie zubewegten. Bevor sie die

Gruppe ausschalten konnte, eröffneten die Männer das Feuer und zwangen sie, hinter einem Schott in Deckung zu gehen.

Sandy kroch auf Katrina zu und zog eine Blutspur hinter sicher her.

»Captain«, stieß sie hervor. »Captain, Hilfe …«

»Ruhig«, sagte Katrina.

Geschosse prallten in Sandys Nähe vom Deck ab. Katrina schob den Lauf des Lasergewehrs um die Ecke des Schotts, um kurze Salven abzufeuern. Dann gab sie die Deckung auf und schleifte Sandy in Sicherheit.

Sobald sich Sandy hinter dem Schott befand, griff Katrina erneut zum Lasergewehr. Sie wollte gerade wieder schießen, als etwas die Metallwand durchschlug und in ihren Körper fuhr.

Die Wucht des Treffers presste ihr die Luft aus der Lunge. Die schlagartig einsetzenden Schmerzen waren so überwältigend, dass sie um ein Haar das Bewusstsein verloren hätte. Es bestand kein Zweifel daran, dass die Kugel in ihren Leib eingedrungen war, auch wenn das Schott und ihre Körperpanzerung sie abgebremst hatten.

Weitere Schüsse prasselten auf das Deck zu ihrer Linken ein, als sie fiel.

»Hilfe«, murmelte Katrina in die Funkverbindung. »Wir brauchen …«

Sie schaute hinüber zu Sandy, die zu ihrer Rechten lag. Das Schott bot den beiden Frauen kaum ausreichende Deckung. Nach außen gezackte Löcher erschienen im Metall, als es von weiteren Projektilen durchschlagen wurde. Irgendjemand schoss mit panzerbrechender Munition.

Katrina versuchte zu sprechen, doch nur ein Krächzen drang aus ihrem Mund. Zähneknirschend streckte sie sich nach Sandy. Die beiden Frauen flochten die Finger in dem Moment ineinander, in dem eine weitere Kugel Sandys Helm durchschlug. Ihre Hand erschlaffte.

»Nein …«, stieß Katrina erstickt hervor. Sie kroch hinüber zur Luke, setzte sich mühsam auf und lehnte sich dagegen. Dann zog sie ihr Schwert und wartete auf die Männer.

Als der erste Soldat um die Ecke des Schotts bog, stach sie ihm in den Schritt und presste die Klinge nach oben. Die von ihrer Bauchwunde ausstrahlenden Schmerzen wurden beinahe zu viel, konnten sie jedoch nicht aufhalten. Der Mann hatte ihre Freundin getötet, und sie wollte, dass er litt.

Stiefel polterten über das Deck, gefolgt von Rufen der anderen Cazadores-Soldaten. Katrina wappnete sich für ihr Ende, als sich die Luke hinter ihr öffnete.

Sie fiel nach hinten und spürte Hände unter ihren Achseln. Jaideep blickte auf sie hinab.

»Alles in O…?« Schlagartig verstummte er, als er Sandys Leiche erblickte.

»Wo sind sie?«, fragte er stattdessen mit unüberhörbarer Wut in der Stimme.

Katrina hob das Kinn in die Richtung des nahenden Feindes.

»Können Sie laufen?«

Mit seiner Hilfe richtete sich Katrina auf, umklammerte ihren Bauch und verlor vor lauter Schmerzen beinahe die Besinnung.

»Ich … vielleicht.«

Jaideep half ihr auf die Beine.

»Schaffen wir sie zurück hinein«, sagte er.

Katrina blickte ein letztes Mal auf Sandys Leichnam hinab, dann verließ sie Jaideep.

»Nimm das Lasergewehr«, sagte sie mit dem Wissen, dass es vermutlich die letzten Worte waren, die sie je mit dem mutigen jungen Hell Diver wechseln würde.

Jaideep nickte. »Gehen Sie, Cap«, erwiderte er. »Ich hab die Lage im Griff.«

In seiner Stimme schwang keinerlei Angst mit, nur Zorn vermischt mit Selbstvertrauen. Da sein Bruder tot war, hatte er wenig zu verlieren. Der junge Springer wurde letztlich dem Familiennamen gerecht.

Furchtlos hob Jaideep Abhaya das Gewehr an.

Schüsse krachten hinter Katrina, als sie die Luke schloss.

»Kommt schon, ihr Tiere!«, hörte sie Jaideep brüllen. »Ich hab hier was für euch!«

Katrina humpelte durch die Gänge zurück zur Brücke und zog die Luke hinter sich zu. Eevi stand an ihrer Station.

»Captain, Sie sind …«

»Es geht mir gut«, log Katrina.

Eevi zögerte, als wäre sie zu entsetzt für weitere Worte.

Damit sind wir schon zwei, dachte Katrina.

»Bleib bei mir, Eevi«, sagte sie. »Ich brauche einen Lagebericht.«

»Wir sind fast wieder bei den Metallinseln, und uns verfolgen noch vier Boote, aber sie liegen bereits ein gutes Stück zurück.«

Katrina stellte eine Verbindung zur Kommandozentrale her. »Edgar, schieß die verbliebenen Geschosse des MK-65 auf diese Boote ab. Sorg dafür, dass sie was bewirken. Danach hilfst du Jaideep auf der Steuerbordseite. Wir haben mindestens vier Feinde an Bord.«

»Verstanden«, antwortete er.

Katrina ließ sich auf den Kapitänsstuhl plumpsen und blickte auf das Blut hinab, das um ihre Handschuhe hervorquoll. Ihre Sicht wurde schmaler und zu beiden Seiten von Rot gesäumt. Blinzelnd versuchte sie, ihre Atmung zu beruhigen. Sie musste nur noch ein wenig länger bei Bewusstsein bleiben …

Vor der Brücke knallten Schüsse und ließen ihre Aufmerksamkeit wieder aufflammen.

Es folgten Explosionen, erst auf der Backbordseite, dann auf der Steuerbordseite.

»Zwei Boote erledigt, noch zwei übrig«, meldete Edgar. »Ich kümmere mich gleich um sie.«

Katrina übte steten Druck auf ihre Wunde aus, was sich durch die Kombination aus angeknackster Rippe und Schussverletzung unfassbar schmerzhaft gestaltete. Sternchen tänzelten in ihrer Sicht, und Angst setzte unverhofft ein.

Ihr blieben nur noch Minuten, bevor sie die Besinnung verlieren würde.

Bleib wach. Deine Leute brauchen dich.

Katrina blinzelte und füllte sich die Lunge mit Luft.

Draußen ertönten weitere Schüsse, gefolgt von Schreien.

Gleich darauf kehrte Edgar zur Brücke zurück und hielt das Sturmgewehr quer vor der Brust. Katrina ließ sich davon nicht täuschen. Sie konnte das Blut sehen, das über den oberen Brustbereich seiner Panzerung hinablief.

»Jaideep?«, fragte sie.

Edgar schüttelte den Rastalockenkopf.

»Also nur noch wir drei«, stellte Katrina fest. »Edgar, bleibst du bei mir?«

Er nickte. »Bis zum Ende, Ma'am.«

»Gut. Halt sie von der Brücke fern. Ich brauch nur ein paar Minuten.« Sie schaute hinüber zu Eevi. »Geh in den Frachtraum und nimm das letzte Zodiac.«

»Ma'am, nein«, widersprach Eevi.

»Das ist ein Befehl. Dein Ehemann ist irgendwo da draußen noch am Leben. Geh und finde ihn.«

Eevi erhob sich mit hochrotem Gesicht von ihrer Station. Kurz zögerte sie, dann salutierte sie zackig.

»Das werde ich nicht vergessen, Ma'am. Niemand wird es vergessen«, fügte Eevi hinzu. Kurz hielt sie inne, um Edgar zu umarmen, bevor sie die Brücke verließ.

Katrina holte erneut tief Luft und starrte auf die Metallabdeckungen der zerbrochenen Bullaugen. Sie drückte einen Knopf, um sie zu öffnen und nach draußen zu sehen. Das Schiff hatte die Grenze zwischen Licht und Dunkelheit überquert. In der Ferne schimmerten die Lichter der Ölbohrinseln. Scheinwerferstrahlen der Boote, die sich zuvor zurückgezogen hatten, erfassten die USS *Zion* und sorgten für ein taghelles Wetterdeck.

Es waren immer noch so viele Boote, und weitere näherten sich von den Bohrinseln. Ruderboote und Fischerboote voll Zivilisten. Alle schienen sich unter dem Oktopus-Banner zu scharen.

Diese Menschen waren genauso bereit, für ihre Heimat zu sterben, wie es Katrinas Leute waren, ihr Leben zu opfern, um ihnen den Ort wegzunehmen.

Sie spürte den vertrauten Klumpen von Beklommenheit in der Magengrube, doch tief in ihrem Herzen wusste sie, dass sie die richtige Entscheidung getroffen hatte. El Pulpo glich einem Krebsgeschwür, das aus den Metallinseln herausgeschnitten werden musste, genau wie Leon Jordan von der *Hive* entfernt werden musste. Katrina würde ihre Mission erfüllen, selbst wenn dafür einige ihrer Leute und sie selbst sterben mussten.

Sie hörte ein Hämmern an der Luke, die zum Deck führte. Der Feind stand davor und versuchte hereinzugelangen. Edgar legte das Gewehr an und wich mehrere Schritte zurück, bis er sich neben Katrina befand.

Sie tippte auf den Monitor zu ihrer Rechten und verschmierte Blut darüber, als sie einen Kurs geradewegs zur feindlichen Flotte eingab.

Magnolia hatte recht gehabt. Es waren zu viele, um gegen sie zu kämpfen.

Katrina hob sich das Fernglas an die nach und nach versagenden Augen. Zwei größere Fahrzeuge wie das von ihr zerstörte Containerschiff befanden sich vor ihnen – eine schwimmende Wand aus rostigem Metall.

Sie schwenkte das Fernglas hin und her, bis sie ein glänzendes Boot mit zwei hohen Auspuffschloten entdeckte, und …

»Nein«, flüsterte Katrina. »Das kann nicht sein.«

Spielten ihr die Augen einen Streich? Oder sah sie wirklich Magnolia?

Katrina hustete Blut und spuckte es aus, dennoch ließ sie das Fernglas auf das lange Boot gerichtet. Die an die Windschutzscheibe gefesselte Frau sah genau wie ihre Freundin aus.

»Tut mir leid, dass ich dich im Stich gelassen hab, Mags«, sagte sie laut, »aber unser Volk werd ich nicht im Stich lassen.«

Katrina tippte erneut auf den Bildschirm und änderte den Kurs direkt auf die zwei großen Schiffe, die den Weg zum Kapitol versperrten. Dutzende Seeleute befanden sich an Deck und richteten ihre Waffen auf die USS *Zion.*

Katrina steuerte geradewegs auf sie zu.

»Es tut mir so leid, Magnolia«, flüsterte sie. Schließlich öffnete sie eine Leitung zu Michael. »Raptor 1, hier Captain DaVita. Ich übertrage zum letzten Mal. Es liegt jetzt an euch und an der *Deliverance.* Ich liebe euch alle und bin stolz, dass ich euch als Kapitänin dienen durfte.«

Bevor jemand antworten konnte, schloss sie die Leitung.

Ihr Körper ertaubte, sie spürte keine Schmerzen mehr. Ein schlechtes Zeichen. Ihr lief die Zeit davon.

Bitte, lass mich das noch beenden …

Das Hämmern an der Luke setzte sich fort, irgendwo zerbarst eines der wenigen noch intakten Fenster. Gebrüll ertönte aus dem Inneren des Schiffes.

»Sie sind drin«, sagte Edgar.

»Halt sie …« Ein lautes Rauschen ließ Katrina jäh verstummen. Sie öffnete ihren Sitzgurt und beobachtete, wie sich ein riesiges Objekt vor die Sterne schob. Die *Deliverance* schwebte tief über dem Wasser heran, und Katrina stand auf, um das Luftschiff zu beobachten.

Mündungsfeuer blitzte auf den Booten auf, als die USS *Zion* auf sie zupflügte. Projektile schlugen in die Brücke ein. Ein Geschoss durchdrang Katrinas Körperpanzerung, gefolgt von einem weiteren. Ihr Körper zuckte unter den Treffern.

Edgar ließ sich aufs Deck fallen und streckte sich hoch, um Katrina in Sicherheit zu ziehen, doch sie blieb stehen, obwohl weitere Kugeln ihren Körper durchsiebten. Ihren letzten Atemzug tat sie mit einem Lächeln im Gesicht, während sie beobachtete, wie die *Deliverance* eine Raketensalve auf die feindliche Armada entfesselte.

Team Raptor hatte es hinunter auf die 30. Ebene des Kapitols geschafft. Die zentrale Plattform bestach durch Gärten, Obstbäume und einen Teich mit funkelndem Wasser, doch die Gewalt hatte der Umgebung den Glanz ihrer Schönheit geraubt. Büsche brannten nach wie vor, abgebrochene Äste lagen ebenso wie Obst über den Boden verstreut.

»Wir kommen in wenigen Minuten für einen weiteren Überflug«, kündigte Layla über Funk an. »Wir haben noch ein Paket für El Pulpo. Wie läuft's da unten, Commander Everhart?«

Jetzt redest du mich formell an?, ging Michael durch den Kopf.

»Wir halten uns gut«, antwortete er. Eine kleine Lüge, denn das Team saß fest und hatte kaum noch Munition. Er richtete den Blick durch das Fernglas auf das lodernde Trümmerfeld unten im Wasser.

Eine breite Heckwelle zog sich durch den Bereich der Zerstörung. Die USS *Zion* war in zwei dünnhäutige Containerschiffe gepflügt. Beide sanken gerade. Ein Bug und ein Heck neigten sich aufwärts, während die Rümpfe in das dunkle Wasser glitten.

Von den anderen Ölbohrinseln nahte Verstärkung. Glocken läuteten und beriefen alle kampftauglichen Bewohner der Metallinseln ins Gefecht. Aber nicht alle Cazadores waren auch Krieger.

Beim Vorstoß vom Dach zur zentralen Ebene des Turms hatte das Team der Hell Divers sogar jemanden angetroffen, der Englisch sprach. Laut dem Mann in dem schicken Anzug hielt El Pulpo hier die »Himmelsmenschen« fest.

Allerdings hatte Team Raptor bei der Ankunft nur leere Käfige unter einer Oktopus-Statue und ein Dutzend wartender Soldaten vorgefunden. Das Team ging hinter einer Mauer aus Stein in Deckung.

Michael spähte zu den Käfigen. Wo zum Teufel steckten X, Mags und Miles?

Katrinas Botschaft lief erneut in seinem Kopf ab. Mittlerweile wusste er, dass es wirklich die letzte Übertragung gewesen war. Er hatte gesehen, wie die USS *Zion* brennende Schiffe gerammt hatte, während Raketen in ihre Kommandozentrale einschlugen. Ihre letzte Tat als Kapitänin war das Heldenhafteste gewesen, was Michael je bezeugt hatte. Katrina hatte für Ablenkung gesorgt, damit sich die *Deliverance* unbemerkt nähern und den Großteil der Cazadores-Boote ausschalten konnte. Mittlerweile hatte sich das Luftschiff wieder in den dunklen Himmel zurückgezogen.

Der Anblick der manövrierunfähig im Wasser treibenden USS *Zion,* die gerade von Cazadores-Kriegern geentert wurde, erfüllte Michael mit rasender Wut.

Sofern seine Freunde noch nicht tot waren, würden sie es bald sein.

Er verkniff sich drohende Tränen. Dies war kein Zeitpunkt zum Trauern – sondern dafür, die tapferen Seelen an Bord des Kriegsschiffes zu rächen.

Brüllend richtete er sich hinter der Steinmauer auf und feuerte einen Laserstrahl auf einen anstürmenden Cazadores-Krieger ab. Der Mann platschte in den Teich. Dampf stieg aus dem kühlen Wasser auf.

Ein anderer Soldat trieb bereits mit dem Gesicht nach unten darin und verfärbte den Tümpel mit seinem Blut rosa. Der tollkühne Krieger war geradewegs in ihren Beschuss gelaufen und hatte dabei wild geschrien, wie es Michael gerade tat.

Alle Krieger schienen Freude am Kämpfen zu haben, und viele gebärdeten sich wie dieser Kerl geradezu selbstmörderisch.

Michael sah nach seinem Team. Les hatte einen Treffer am Helm überlebt, der ihm vorübergehend das Bewusstsein geraubt hatte. Mittlerweile jedoch war er wieder auf den Beinen.

Alexander hatte eine Fleischwunde am Oberschenkel erlitten. Trey hatte einen Schuss ins Fußgelenk abbekommen, dennoch kämpfte er verbissen weiter. Das Vater-Sohn-Gespann feuerte unverändert auf die Cazadores-Soldaten, die versuchten, ihre Position zu stürmen.

Kugeln zischten über die Steinmauer und zerfetzten die Äste der Bäume unmittelbar dahinter. Ein Projektil traf eine Apfelsine, die direkt über Michaels Kopf baumelte. Zitrussaft breitete sich explosionsartig über sein Visier aus. Er kauerte sich hin und sah nach Les.

»Wir müssen hier weg«, sagte er.

Les nickte.

Michael wartete auf eine Pause im Beschuss, der auf die Steinmauer einprasselte, ehe er aufsprang und einen weiteren anstürmenden Soldaten ausschaltete. Trey tat es ihm gleich und fällte sein Ziel mit einem einzigen Schuss in den Hals.

»Drängt sie zurück!«, brüllte Michael.

Trey und Les knipsten weitere Krieger aus, die sich in den Bereich zwischen den Bäumen und der offenen Tür wagten, die zurück in den Turm führte. Alexander blieb mit der Schussverletzung im Oberschenkel mit dem Rücken an der Steinwand sitzen und half beim Nachladen der Waffen.

Es gab nur drei Möglichkeiten weg von dieser Ebene: über das Geländer, wodurch man unten auf den Docks zerschellen würde, mit der Fahrstuhlkabine oder durch ebenjene Tür, durch die Cazadores aus dem Inneren des Turms herbeiströmten.

Durch das Fernglas schaute Michael zum Fahrwasser der Boote auf ihrem Weg zum Kapitol. Drei lange, schmale Kähne führten die Flotte an, fuhren schneller als die anderen. Die Seeleute konnte er nicht deutlich erkennen, sehr wohl jedoch sah er den Oktopus auf der glänzenden Seite eines der Boote.

»El Pulpo, du elender Drecksack«, zischte er. Michael vergrößerte die Ansicht, soweit es die Optik zuließ, und sichtete zwei an die Streben der Windschutzscheibe gefesselte Gestalten.

Das waren doch nicht etwa X und Mags … oder?

Er steckte das Fernglas zurück in seine Weste.

»Team Raptor, wir müssen uns in Bewegung setzen!«, rief er. »Hier können wir nicht länger bleiben. Ich geb euch mit den verbleibenden Laserstrahlen Feuerschutz.«

Michael überprüfte den Akku, indem er auf eine Taste unter dem Lauf drückte und die Einheit auswarf. 21 Prozent wurden angezeigt. Vielleicht noch 50 oder 60 Schuss. Er legte den Akku wieder ein und spähte über die Mauer. Kugeln schlugen hinter ihm in Baumrinde ein und ließen Splitter vom Mauerwerk seiner Deckung wegspritzen.

Bei seinem flüchtigen Blick erkannte er vier Schützen, die zwischen den Bäumen und dem Eingang zum Turm auf dem Boden lagen. Sie robbten im schwachen Mondlicht vorwärts. Hinter ihnen folgten weitere, und noch mehr befanden sich hinter der offenen Tür des Turms.

»Hinter uns!«, rief Les.

Enterhaken wurden über das Geländer abgefeuert, wo Liegestühle über die Plattform verteilt standen. Les bewegte sich in geduckter Haltung auf die Haken zu, wurde jedoch zurückgedrängt, als ein Kugelhagel auf das Deck einschlug.

»Dad!«, rief Trey.

Michael packte Les und zog ihn zurück. »Ihr zwei gebt mir Feuerschutz. Ich entferne die Haken. Alexander, schieß auf alles, was über das Geländer kommt.«

Michael wartete einen Herzschlag, dann sprintete er zum Geländer los. Auf halbem Weg tauchte ein Kopf auf. Er feuerte im Rennen einen Laserstrahl ab, der ein apfelgroßes Loch an die Stelle brannte, an der sich

Nase und Augen des Mannes befunden hatten. Den nächsten Kletterer schaltete Alexander mit der Pistole aus.

Weitere Schüsse krachten hinter Michael, als Trey und dessen Vater ein Ziel nach dem anderen ausknipsten.

Michael wusste, dass er etwas Drastisches tun musste, um ihnen die Flucht von hier zu ermöglichen. Aber was? Schon bald würden sie von allen Seiten in die Zange genommen werden.

Es schien nur eine Möglichkeit zu geben: die Seile benutzen, mit denen die Cazadores über das Geländer zu gelangen versuchten, und hinunter auf eine tiefere Ebene absteigen.

Als er die Enterhaken erreichte, tauchte ein weiterer Kopf vor ihm auf. Michael schlug mit der Roboterfaust so fest zu, dass er das Gesicht des Soldaten zertrümmerte. Der Mann fiel zurück und war längst tot, bevor er unten an den Docks aufschlug.

Als Michael hinabspähte, sah er vertäute Boote, außerdem strömten Soldaten aus einem Frachtschiff. 50 Mann, vielleicht auch mehr.

Dieser Weg bot kein Entkommen.

Michael legte die Roboterfinger um einen der Haken und löste ihn mit einem Ruck vom Geländer. Die Männer, die über dieses Seil gerade heraufkletterten, schrien während der gesamten 30 Stockwerke, die sie in die Tiefe stürzten.

Als Michael den nächsten Haken ergriff, schaute der vorderste Kletterer entsetzt zu ihm auf. Dieser Mann war nicht älter als Michael selbst. Seine mechanischen Finger hielten auf dem Haken inne.

»*¡No, por Dios!*«, brüllte der Mann.

Kugeln schlugen um Michael herum ins Deck ein, und er zog den Kopf ein. Weitere Cazadores-Soldaten seilten sich vom Luftschiffdach des Turms ab. Einige hatten das Deck bereits erreicht und rannten in den Schutz der Gärten.

Alexander richtete sich auf, musste sich jedoch durch schweren Beschuss sofort wieder ducken, und ein Projektil streifte seine Schulterpanzerung.

»Alexand…« Ein heftiger Windstoß fegte Michael beinahe von den Beinen. Über ihm sank die *Deliverance* auf das ausgeweidete Luftschiff auf dem Dach des Kapitols zu. Ein greller Blitz blendete seine Augen, als eine Rakete von der *Deliverance* wegschnellte und hinunter zum Wasser raste.

Eine Explosion ertönte, und Michael kroch hinüber zum Geländer.

Ein emporwallender Feuerball verhüllte das Dock 30 Stockwerke tiefer. Die Kletterer auf dem Seil fielen zurück, einige lichterloh in Flammen.

Michael trat den Rückzug in die vorübergehende Sicherheit der Steinmauer an.

Seile wurden im Bereich zwischen ihm und den anderen Hell Divers herabgeworfen, und er kauerte sich hin, als Milizsoldaten und Zivilisten in Körperpanzerung aus dem Frachtraum der *Deliverance* herabkamen.

Einer stieg zu schnell ab, landete hart auf dem Deck und heulte vor Schmerz auf. Heftige Windstöße erfassten Michael, als die Mantelstromtriebwerke die Luft über die Plattform strudeln ließen und die Äste der Bäume wild durchschüttelten. Er hechtete mit einer Fechterflanke über die Mauer und sah nach Alexander.

»Mir fehlt nichts!«, brüllte der Mann, um den Lärm zu übertönen.

Etliche Stiefel landeten auf dem Deck hinter ihnen. Sergeant Sloan führte die Milizsoldaten an, Cole Mintel die Zivilisten.

Um die 20 Cazadores stürmten auf sie zu, bewaffnet mit Speeren, Schwertern und Schusswaffen.

»Für Rodger!«, brüllte Cole.

Die beiden Streitkräfte prallten aufeinander. Gebrüll, Schmerzensschreie und das Klirren von Metall erfüllten die Gärten. Michael versuchte zwar, Ziele ins Visier zu bekommen, konnte es jedoch nicht riskieren, in das Gedränge zu feuern. Also schlang er sich das Gewehr auf den Rücken und stürzte sich ins Handgemenge. Es war an der Zeit, seinen Roboterarm zu benutzen.

Ein Cazadores-Krieger in voller Körperpanzerung holte mit einem Schwert über Michaels Kopf aus. Knöchel aus Titanlegierung schossen vor, trafen den Mann in die Kehle und zerquetschten seine Luftröhre. Der Soldat würgte einen röchelnden Laut hervor und brach über dem Erdreich zusammen. Ein anderer trat an seine Stelle und stach mit einem Speer auf Michael ein.

Michael wich zur Seite aus und rang den Schaft aus dem Griff des Kriegers. Dann zerbrach er ihn mit der Roboterhand in zwei Hälften und rammte die Spitze durch das Auge und den Schädel des Mannes in den Baum hinter ihm, nagelte ihn daran fest.

Eine Kriegerin zielte mit einem langen Messer auf seine Brust. Ihre Zähne klackten aufeinander. Sie schien ihn zu verhöhnen. Er hatte noch nie zuvor eine Frau geschlagen, und durch sein Zögern konnte sie einen tiefen Hieb ausführen, bei dem ihre Klinge die Panzerung an seinem Schienbein streifte.

Dann kippte sie nach vorn, und Michael sah freigelegte Hirnmasse, wo sich eben noch Haar befunden hatte.

Er wich zurück, als Sergeant Sloan die Schrotpistole sinken ließ.

»Niemals zögern, Commander …« Plötzlich schrie sie vor Schmerz auf, als ein Schwert von der Seite ihre Körperpanzerung durchstieß. Michael zog die Pistole und schoss dem Cazadores-Soldaten in die Brust, schleuderte ihn von den Beinen.

Hinter ihnen ertönte eine Explosion, als er Sloan auf die Beine half.

Die *Deliverance* hatte sich entfernt und schwebte in östlicher Richtung über das Wasser, feuerte weitere Raketen auf verbliebene Boote ab. Weit kam das Luftschiff nicht, bis es unter Gegenbeschuss geriet. Zwei Explosionen zeichneten sich am Rumpf ab, eine dritte erfolgte unter dem Heck.

Michael raste zurück zum Geländer und brüllte unterwegs in die Funkverbindung.

»Layla!«

Das Luftschiff kämpfte um Höhe und zog eine Rauchspur hinter sich her.

»Wir stürzen ab«, meldete Layla über den offenen Kanal. »Bereithalten für Aufschlag.«

Bei der Angst, die Michael in ihrer Stimme hörte, stockte ihm der Atem.

»Michael, ich kann nicht …«

Jäh verstummte ihre Stimme, wurde abgelöst von einem leeren Rauschen. Michael umklammerte das Geländer und drückte so fest zu, dass seine Roboterhand das Metall wie Gummi verbog.

Das Luftschiff landete mit einem gewaltigen Klatschen im Wasser und entfesselte eine hohe Welle, die sich in alle Richtungen ausbreitete. Die Schnellboote wendeten und hielten auf das Luftschiff zu. Der Raketenwerfer, der die *Deliverance* zum Absturz gebracht hatte, drehte sich auf dem glänzenden schwarzen Boot mit dem Oktopus-Logo.

El Pulpos Boot.

Michael spürte, wie Angst und Kummer in heiß lodernde Wut umschlugen.

Er schaute dort, wo der letzte Enterhaken hing, über die Seite nach unten. Menschen mit Eimern voll Meerwasser hatten den Großteil der Brände an den Docks gelöscht, und er sichtete mehrere WaveRunners, die im Meer schaukelten.

Er drehte sich wieder der im Wald tobenden Schlacht zu.

Cazadores-Krieger mit Speeren und Entermessern pflügten durch die Miliz und die Zivilisten von der *Hive*. Dom, der Besitzer des Nudelstands, ging mit einem Speer in der Brust zu Boden. Cole Mintel und Sergeant Sloan waren beide verletzt, trotzdem kämpften sie nach wie vor. Trey und Les feuerten Seite an Seite einzelne Schüsse ab. Ein Cazadores-Soldat sprang Trey an und biss ihm einen Teil des Ohrs ab, bevor Les dem Mann in den Kopf schoss.

Zwei der von Katrina befreiten Gefangenen erwehrten sich geschickt ihrer Haut, aber niemand von der *Hive* war an ein Nahkampfgefecht dieser Art gewöhnt. Die Cazadores waren am Gewinnen. Michael bezweifelte, dass seine Leute den Spieß ohne Unterstützung des abgestürzten Luftschiffes noch umdrehen könnten.

Er zückte erneut das Lasergewehr und begann, die Cazadores mit einem Strahl nach dem anderen umzumähen. Drei von ihnen fielen in einer Reihe, danach fällte er noch zwei, bevor der Lauf überhitzte.

Weitere Milizsoldaten fielen neben den toten Cazadores.

Ihr Blut vermischte sich, sickerte zusammen in die fruchtbare Erde.

Les schaute zurück zu Michael. »Los, Commander!«, rief er. »Geh und hilf Layla. Wir kommen gleich nach!«

Michael wartete darauf, dass seine Waffe abkühlte, als ein seltsames Licht die Plattform erfasste. Er drehte sich dem Horizont zu, der eine helle Pfirsichfarbe angenommen hatte.

Der erste Sonnenaufgang, den er im Leben sah, breitete seinen matten Schimmer über die *Deliverance* aus, an deren Seite explosionsartig selbstaufblasende Flöße erschienen, die das Luftschiff über Wasser halten sollten.

Michael musste runter, bevor es zu spät wäre. Er musste Layla retten.

Ohne weiteres Zögern schwang er die Beine über das Geländer, hakte sich mit seinen zwei Karabinern am Seil ein und schaute zum vielleicht letzten Mal zu seinen Freunden zurück. Obwohl Les und Trey verwundet waren, hielten sie sich tapfer.

Viel Glück, dachte Michael, als er von der Plattform stieg und sich abzuseilen begann. Seine Gedanken kehrten zu X zurück. Wo zum Teufel steckte er?

Ich könnte gerade echt gut deine Hilfe brauchen, alter Mann.

26

Als es X und Rhino letztlich zurück zu den Metallinseln schafften, war die Sonne über einer Szene der Verwüstung aufgegangen. Angetrieben vom Motor durchfuhren sie ein Gebiet umhertreibender Trümmer. Vereinzelt brannten auf der Wasseroberfläche Lachen vergossenen Treibstoffs. Ein Rumpf ohne Kopf in einer Schwimmweste trieb zwischen den Trümmern.

»Übernimm für mich«, sagte X. Er überließ den Pilotensitz Rhino und stand auf, um einen genaueren Blick auf das Kriegsschiff zu werfen, dass sich seine Leute besorgt hatten.

Kleinere Cazadores-Fahrzeuge umgaben den mächtigen Kreuzer wie Ameisen einen Käfer. Soldaten kletterten über Strickleitern hinauf, andere bewegten sich ungehindert bereits oben über das Deck. Die Hell Divers hatten das Schiff verloren.

»Scheiße«, fluchte X bei sich. Als er mit zusammengekniffenen Augen gegen die Sonne blickte, sichtete er auf dem Wasser etwas Riesiges, umgeben von roten Gummiflößen.

Das war früher definitiv nicht hier gewesen.

»Ist das ein Himmelsschiff?«, fragte Rhino.

X sackte gegen die Seite des Boots. Sein Mut sank, als er dachte, es wäre die *Hive*. Aber als sie näher hingelangten, stellte er fest, dass es sich in Wirklichkeit um die *Deliverance* handelte.

»Mach mal schneller mit dieser verdammten Nussschale!«, rief X ungeduldig.

Kam er bereits zu spät, um seinen Freunden noch zu helfen?

Sein Herz setzte bei der Vorstellung, seine Leute und sein Hund könnten tot sein, einen Schlag aus. Er wirbelte zu dem Cazadores-Offizier herum.

»Wir müssen weiter!«

Rhino drückte den Gashebel so jäh durch, dass X um ein Haar auf dem Hinterteil gelandet wäre. Er kehrte zum Bug zurück und versuchte, sich zusammenzureimen, was zum Teufel passiert war.

Die *Deliverance* und das Kriegsschiff hatten reichlich Schaden verursacht, bevor sie außer Gefecht gesetzt worden waren. Vom Turm des Kapitols kräuselte sich Rauch in den Himmel, auch die Wände und die Unterkünfte einer der anderen Ölplattformen brannten. Boote entfernten sich von der Konstruktion. Einige beförderten Baumaschinen, unter anderem einen kleinen Kran.

Sah nach der Bohrinsel aus, die X bei seiner ursprünglichen Ankunft in die Luft gejagt hatte. Dann fiel ihm ein, dass die Cazadores daran arbeiteten, sie wiederaufzubauen, was den Kran erklärte. Allerdings konnte er sich nicht entsinnen, die gefängnisartigen Käfige schon zuvor gesehen zu haben.

Der Wind fuhr ihm durchs Haar, als er sich abwandte und den Blick suchend übers Wasser wandern ließ.

Ein Großteil der Kampfhandlungen schien geendet zu haben, wenngleich X nach wie vor vereinzelte Schüsse hören konnte. Das Geschehen verlagerte sich offenbar zur *Deliverance,* denn es entfernten sich mehr und mehr Boote vom Turm des Kapitols und steuerten auf das abgestürzte Luftschiff zu.

»Wo ist El Pulpo?«, rief X zu Rhino nach hinten.

»Halt Ausschau nach dem glänzendsten Schnellboot mit zwei Auspuffschloten! Und zwei Totenschädeln an der Windschutzscheibe.«

X suchte die Wasserfahrzeuge ab. Seine Augen brannten, sein Magen knurrte, sein gesamter Körper schmerzte, aber er war daran gewöhnt, unter solchen Umständen zu kämpfen. Dadurch wurde er nur zu einem noch fieseren Gegner.

Rhino lenkte ihr Boot auf das Kriegsschiff und die Cazadores-Fahrzeuge zu.

»Was soll das werden?«, rief X zu ihm nach hinten.

»Wir müssen uns Waffen besorgen.«

X ließ sich im Bug nieder. Sie waren beide verletzt, halb nackt und hatten nur ein zerbrochenes Ruder, das sie in einem Kampf benutzen konnten.

Nicht die beste Ausgangsposition für ein Gefecht gegen eine Armee von Barbaren.

Rhino steuerte sie auf ein Schnellboot zu, das im Randbereich der Schlacht auf dem Wasser schaukelte. X streckte sich, bekam die Seite zu fassen und kletterte an Bord des Fahrzeugs. Seine Stiefel platschten durch Blut und knirschten über leere Patronenhülsen.

Drei Cazadores lagen ausgestreckt auf dem Deck und quer über eine der Sitzreihen. Ein weiterer Mann war über dem Steuerrad zusammengebrochen. Die

Windschutzscheibe hatten dieselben Projektile zerschmettert, die seine Brust durchschlagen hatten.

X stieß ihn aus dem Weg.

Rhino kletterte ebenfalls in das bessere, schnellere Boot und begann, es nach Waffen und Ausrüstung zu durchsuchen. Nach wenigen Minuten hatten sie eine volle Cazadores-Panzerung, zwei Gewehre, zwei Pistolen und drei Entermesser.

»Tritt zurück«, sagte X.

Rhino ging beiseite, und X benutzte eines der Messer, um die restlichen Scherben aus der Windschutzscheibe zu schlagen. Dann startete er den Motor, ergriff das Steuer und drückte den Gashebel nach unten.

Das Boot raste vom Schauplatz der Schlacht los. Falls sich noch jemand von X' Leuten an Bord des Kriegsschiffes befand, waren diejenigen mittlerweile in den Händen des Feindes. Der einzige Weg, das alles zu beenden, bestand darin, El Pulpo zu töten.

Erst dann würde dieser Krieg vorbei sein.

Und X hatte das Gefühl zu wissen, wohin der Oktopus-König unterwegs war.

Er beschleunigte auf das abgestürzte Luftschiff zu. Der Bug holperte über die Wellen, als das Boot schneller und schneller wurde.

»Gib mir mal das Fernglas«, sagte X.

Er richtete es auf die Docks des Kapitols. Eines war völlig niedergebrannt, die anderen jedoch waren intakt. Auf ihnen bewegten sich Menschen und bestiegen Boote, die das Feuer unbeschadet überstanden hatten.

X vergrößerte die Ansicht auf Personen, die wie Milizsoldaten aussahen.

Wie war das möglich?

Und dann ereilte ihn eine Erkenntnis: Katrina musste die Miliz eingesetzt haben.

Einige der Gestalten – vielleicht drei einer Gruppe von 20 – trugen die Körperpanzerung von Hell Divers. Die Cazadores waren ihnen dicht auf den Fersen. Einige seilten sich gerade den Turm entlang ab, andere hatten die Docks bereits erreicht, schossen und schleuderten Speere hinter den aufbrechenden Booten her.

»Da!«, brüllte Rhino. Er zeigte auf ein langes, schnittiges Boot mit schwarz glänzender Lackierung und dem Bild eines violetten Kraken auf dem Rumpf. Mittschiffs umgab eine Windschutzscheibe aus Glas die einzige Kabine und mehrere Sitzreihen. Das Gefährt trieb schaukelnd im Wasser neben dem Luftschiff. Aus den Auspuffschloten stieg Rauch auf. Seile hingen lose von den mit menschlichen Schädeln verzierten Streben der Windschutzscheibe.

X vergrößerte die Ansicht auf Passagiere, die aus kaputten Luken auf das flache Dach des Luftschiffes kletterten. Oben kauerte bereits eine Gruppe, aber auch Cazadores kletterten den Rumpf der *Deliverance* hinauf.

X war nicht sicher, was sie mit seinen Leuten anstellen würden, aber mit Sicherheit nichts Gutes.

Er gab noch mehr Gas, und das Boot beschleunigte, raste holpernd über brennende Kunststoffteile in dem glänzenden Ölfilm auf der Wasseroberfläche. X überprüfte seine Bewaffnung: ein Gewehr mit vollem Magazin, ein Revolver mit vier Patronen und ein Schwert.

»Vergiss nicht unsere Abmachung!«, rief Rhino.

»Keine Sorge, ich werd dran denken!«

Sie verringerten den Abstand zwischen dem Luftschiff und ihrem Bug, als X mehrere durch das Wasser auf der Steuerbordseite ragende Rückenflossen bemerkte. Rhino legte prompt mit dem Gewehr darauf an, aber X drückte den Lauf mit der Hand nach unten und bremste ihn.

»Das sind keine Haie«, erklärte X.

Rhino starrte auf die grauen Geschöpfe, die durch die Oberfläche in die Luft sprangen.

Ein Dutzend Delfine schwamm neben dem Boot entlang. Ein weiterer sprang aus dem Wasser und platschte zurück hinein.

Die Delfine waren nicht die einzigen Schaulustigen. Ein Frachtkahn und mehrere Boote legten von den Bohrinseln ab und beförderten Zivilisten der Cazadores, die das Gefecht aus nächster Nähe bezeugen wollten, da mittlerweile sowohl das Luftschiff als auch das Kriegsschiff manövrierunfähig im Wasser trieben.

»Die Himmelsmenschen!«, sagte Rhino und zeigte auf das flache Dach. Mehrere Offiziere in Weiß kauerten auf den Knien, eine Gruppe von Technikern in roten Overalls und andere Zivilisten scharten sich zu Gruppen.

Cazadores-Soldaten in Körperpanzerung hatten sie umzingelt und zielten mit Speeren auf ihre Rücken. El Pulpo befand sich unter ihnen, überragte sie mit einer zweischneidigen Axt in der Hand. Er zeigte auf die nach und nach vom Kapitol eintreffenden Boote. Milizsoldaten, Hell Divers und Zivilisten sprangen auf die Flöße.

Gleich würde er beginnen: der Endkampf um die Metallinseln. Und die Hell Divers befanden sich 100 zu eins in der Unterzahl.

X verlangsamte die Fahrt und steuerte längsseits neben das Schnellboot mit dem Oktopus-Logo. Ein Delfin streckte den Kopf aus der Wasseroberfläche und sah X an wie ein alter Freund. Es war, als meinte es das Tier gut mit ihm und wollte ihm Glück im Kampf gegen die Monster wünschen, die seinesgleichen aßen.

Rhino sprang aus dem Boot.

»Komm schon!«, rief der Hüne.

X löste die Aufmerksamkeit von dem Delfin und folgte Rhino die Seite des Luftschiffes hinauf, benutzte ein Seil, um sich nach oben zu kämpfen. Auf dem Dach der *Deliverance* entfernte sich die rechte Flanke der Cazadores-Soldaten von den Gefangenen, um sich dem Ansturm der Miliz und der Hell Divers entgegenzustemmen.

X kletterte, so schnell er konnte, obwohl seine nassen, nackten Füße ständig auf dem gekrümmten Rumpf des Luftschiffes ausrutschten. Bullaugen boten einen Blick nach innen, aber er erübrigte keine Zeit, um nachzusehen, ob jemand herausspähte. Von oben ertönten entsetzte Schreie, und als er endlich den Gipfel erreichte, sah er auf Anhieb, weshalb.

El Pulpo ließ die Axt auf Bronson White herabsausen, spaltete dem Offizier den Schädel und bespritzte das Deck mit Blut und Hirnmasse. Ensign Dave Connor war bereits an mehreren Stichwunden gestorben.

Der Drecksack wollte die Besatzung einzeln abschlachten.

»Nein!«, schrie Ada.

Layla hielt die weinende junge Frau in den Armen.

Auch andere Gefangene waren da, darunter Magnolia und eine Frau, die X von dem Bankett damals erkannte. Beide waren in übler Verfassung, wenn man nach ihren von Blutergüssen übersäten, geschwollenen Gesichtern ging.

Aber wo war Miles?

Die in seine Richtung blickenden Cazadores-Soldaten entfernten sich von der Gruppe, als sie X und Rhino sichteten. Einer, der keinen Helm trug, setzte ein Lächeln auf und stellte dabei schiefe Zähne zur Schau.

»Sofia!«, rief Rhino.

Die junge Frau bei Magnolia schaute auf.

Der Kannibalenkönig drehte sich um. Blut troff von seiner Axt. Er entfernte sich von den Gefangenen und schleifte Miles an einer Leine mit. Beim Anblick seines Herrchens wedelte der Hund mit dem Schwanz, und seine Augen leuchteten auf. Beinahe hätte X den Namen seines pelzigen Freunds gerufen.

»El Pulpo!«, brüllte Rhino und klopfte sich erst einmal, dann noch mal auf die Brust.

El Pulpo hievte sich die Axt über die Schulter und marschierte weiter von den Gefangenen weg. Er grinste, aber das potthässliche Lächeln verschwand, als Rhino ein Schwert anhob und auf das Oktopus-Logo auf der Brustpanzerung seines Königs richtete.

El Pulpo brauchte nicht lange, um zu begreifen, dass sein Offizier nicht zurückgekehrt war, um dabei zu helfen, die Himmelsmenschen zu töten. Er war vielmehr gekommen, um seinen König zu töten.

Das erhobene Schwert war kein Zeichen des Respekts, sondern eine Herausforderung.

X reichte Rhino sein eigenes Schwert. »Du wirst zwei brauchen«, sagte er.

El Pulpo schnaubte. Anscheinend hatte er bereits verstanden, woher der Wind wehte. Ansatzlos holte er mit der Axt aus und zielte damit auf Miles.

»NEIN!«, schrie X.

Bevor der Cazadores-König die Axt auf den Hund niedersausen lassen konnte, pflügte jemand durch den Kreis der Soldaten und rammte El Pulpo so wuchtig, dass er zu Boden ging.

Der Angreifer trug die Körperpanzerung eines Hell Divers, aber keinen Helm. Lange, zu einem Zopf zusammengebundene Haare hingen ihm auf die Schultern.

X konnte seinen Augen nicht trauen. Es war Michael, und er hatte einen Roboterarm.

El Pulpo brüllte vom Deck und erteilte seinen Soldaten Befehle. Alle schwärmten aus, doch der Hell Diver war nicht allein gekommen. Sein kleines Team und die Milizsoldaten sowie die Zivilisten der *Hive* hatten die Soldaten auf der anderen Seite des Schiffes niedergerungen und bahnten sich gerade den Weg nach oben aufs Dach.

X zog die Pistole und rannte los, um sich mit Rhino an der Seite ins Gefecht zu werfen. Michael schaffte es irgendwie, auf El Pulpo zu gelangen und ihm ins Gesicht zu schlagen, doch der muskelbepackte Cazadores-König legte eine Hand um Michaels Hals und hob ihn in die Luft wie einen Sack Kartoffeln.

X verlor die beiden im Getümmel der gepanzerten

Körper und Gefangenen aus den Augen. Er feuerte aus nächster Nähe auf den Schädel eines Cazadors, bevor er die Pistole gegen die Nase des nächsten Mannes drosch und sie mit einem Knirschen brach. Dem ließ er eine Kugel in die Brust folgen, als der Getroffene auf die Knie sank.

Durch eine Lücke im Chaos erhaschte X wieder einen flüchtigen Blick auf Michael und El Pulpo. Der Oktopus-König hielt Michael immer noch mit einer Hand in die Luft gestreckt. Mit der anderen schlug er ihm ins Gesicht. Die Haut über einem Auge platzte auf. Er ließ Michael zu Boden fallen und griff nach seiner Axt.

»Michael!«, schrie X.

Der desorientierte junge Hell Diver rappelte sich mühsam auf die Beine und hob die Fäuste wie ein Boxer der alten Welt. Er versuchte es mit einem unsteten Haken mit dem mechanischen Arm, womit er El Pulpo jedoch nur ein Lachen entlockte. Mühelos wich der Kannibalenkönig dem Schlag aus und packte Michael am Pferdeschwanz.

Mit der Axt in der anderen Hand holte er aus und ließ sie niedersausen – doch der Hieb wurde von Michaels Roboterarm abgewehrt. Die beiden Männer trennten sich voneinander, und Michael brachte einen schnellen Haken an, der El Pulpo mehrere Zähne ausschlug und ihn rückwärtstaumeln ließ.

Gut gemacht!, dachte X.

Wieder versperrte ihm das Getümmel der anderen Kämpfenden die Sicht. Er duckte sich unter einem Speer hindurch und feuerte seine letzte Patrone in den Bauch des Mannes ab, der ihn schwang. Ohne innezuhalten, zog er das Gewehr vom Rücken und rammte den Kolben gegen den Helm eines Cazadores-Soldaten, der ihm den Rücken zudrehte.

Der Mann sackte zu Boden, was X eine Lücke im Kampfgeschehen eröffnete. Michael hatte sich ebenso wieder auf die Beine gemüht wie El Pulpo.

X hieb einem weiteren Cazador seitlich gegen den Schädel und sprang über einen gefallenen Milizsoldaten hinweg. Der Cazadores-König zog ein langes Messer aus einer Scheide an seinem Gürtel. Er stach damit auf Michael ein, der zwar ausweichen konnte, dafür jedoch vom Hammer eines anderen Cazadors am Hinterkopf gestreift wurde.

Michael sank auf die Knie.

»Stan!«, brüllte Layla. Sie versuchte, sich den Weg zu ihm zu bahnen, ging jedoch im Kampfgetümmel unter.

Der Mann mit dem Hammer holte hoch damit aus, um ihn auf Michaels Kopf niederfahren zu lassen, aber X stürmte dazwischen, schwang den Gewehrkolben und brach dem Hammerattentäter den Kiefer. Ohne innezuhalten, drehte X die Waffe herum, richtete den Lauf auf den Mann und schoss ihm in die Brust.

Ansatzlos schwenkte er die Mündung herum und zielte auf El Pulpo, um dem Spuk ein für alle Mal ein Ende zu bereiten. Aber bevor er den Abzug drücken konnte, schnappte sich den König ein anderer Berg von einem Mann.

X ließ das Gewehr sinken, besann sich des Versprechens, das er Rhino gegeben hatte. Er eilte hinüber zu Michael, während die zwei Kolosse aufeinander losgingen.

»Alles in Ordnung, Kleiner?«, fragte X.

Michael hob die Hand an seine blutende Kopfhaut. »X … Du bist gekommen …«

Als er Michael auf die Beine half, hörte X ein Kläffen. Er hielt in den Wirren nach seinem pelzigen Freund Ausschau, konnte ihn jedoch nicht entdecken. Stattdessen sah er, wie Rhino seinen König aufs Deck warf. Er rammte den Ellbogen auf El Pulpos Gesicht hinab, danach bearbeitete er ihn mit den Fäusten, drosch wieder und wieder auf ihn ein.

Blut spritzte auf das Deck, Zähne kullerten herum. Der Oktopus-König zuckte mehrmals, dann erschlaffte er, als Rhino das Gemetzel schließlich beendete. Mit sich heftig hebender und senkender Brust verharrte der Cazadores-Offizier auf seinem früheren Herrn. Schweiß und Blut liefen ihm über das geschundene Gesicht.

X' und Rhinos Blicke begegneten sich, und die beiden Männer nickten sich gegenseitig voll Respekt zu.

Dann blitzte Fell auf, als ein Vierbeiner über mehrere Leichen hinweg auf X zugerannt kam.

»Miles!«, rief X. Er bückte sich, um den Kragen mit den nach innen gekehrten Dornen zu entfernen, und wurde von einer nassen Zunge belohnt, die über sein Gesicht leckte. Allerdings blieb X keine Zeit, die Wiedervereinigung zu feiern.

Ein kehliger Schrei entrang sich Rhino, der das Heft eines Messers umklammerte, das ihm El Pulpo in den Leib gerammt hatte.

Der hinterhältige Drecksack hatte sich nur tot gestellt.

El Pulpo stieß den großen Mann von sich, und Rhino sackte zur Seite, den Blick immer noch auf X geheftet. Wieder nickten sie einander zu – diesmal matter, doch die Geste bestätigte, dass es nun an X lag, den König der Metallinseln zu töten.

X winkte Miles zurück. »Bleib, Junge. Ich hab noch eine letzte Sache zu erledigen.«

Der Hund bellte, als X durch eine Gruppe von Milizsoldaten stapfte, die gegen Cazadores-Krieger kämpften. Er stieß mehrere feindliche Soldaten aus dem Weg, bevor er ihren Anführer sichtete.

Vor ihm hob Cole Mintel die zweischneidige Axt auf, die El Pulpo fallen gelassen hatte. Seine muskulösen, tätowierten Unterarme spannten sich an, als er mit der Waffe ausholte und den Hinterkopf eines Cazadores-Kriegers öffnete.

X streckte die Hand aus, und Cole warf ihm die Axt zu. X fing sie aus der Luft und legte die schwieligen Finger fest um den Griff. Ein Milizsoldat richtete einen Revolver auf El Pulpo und drückte den Abzug, doch nichts geschah.

Der Cazadores-König grinste, packte den Mann am Kopf und drehte ihn zu X herum. Es war Monk, der bärtige alte Soldat, der früher immer Dienst vor der Waffenkammer versehen hatte. Als er zu schreien versuchte, drang kein Laut über seine Lippen. Dann drehte und verrenkte El Pulpo mit einem Ruck seinen Hals und brach ihm das Genick.

»He, *pendejo!*«, rief X. Mit erhobener Axt rannte er los.

El Pulpo schnappte sich Monks Revolver und richtete den Lauf auf X.

Diesmal feuerte die Waffe.

Ein Knall ertönte, und ein dunkler Schemen prallte von der Seite gegen El Pulpo. X blickte auf seine Brust hinab und rechnete damit, ein blutendes Loch zu sehen, doch das Projektil musste vom Axtblatt abgelenkt worden sein.

Wieder hatte der Tod den Unsterblichen verschont.

Knurrende, reißende Laute holten ihn jäh in die Wirklichkeit zurück.

Miles hatte El Pulpo am Hals gepackt und zerfetzte dessen Fleisch. Der Hund riss einen Knorpelstrang heraus und biss ihn ab.

»Miles, zurück!«, rief X.

Das Tier zerrte einen weiteren Streifen Fleisch heraus.

El Pulpo schaute zu X auf. Angst blitzte in seinem verbliebenen Auge auf, als X mit der Axt zuschlug und die Oktopus-Gravierung auf dem Brustpanzer in zwei Hälften teilte. Er ließ die Axt tief darin stecken und wich zurück.

Um ihn herum kamen die Kampfhandlungen nach und nach zum Erliegen. Vorwiegend hörte man gurgelnde und röchelnde Laute. El Pulpo lag auf dem Rücken, die muskulösen Arme von sich gestreckt. Die Axt in seiner Brust hob und senkte sich, während er nach Luft rang.

Die Soldaten zu beiden Seiten hielten inne und ließen die Waffen sinken, während die aufgehende Sonne auf das blutüberströmte Dach des Luftschiffes herabschien.

X brauchte einen Moment, um zu begreifen, dass die Cazadores-Krieger und seine eigenen Leute nicht den gefallenen König anstarrten. Stattdessen schauten sie zum Himmel.

Ein Schatten wanderte über die *Deliverance*, und ein heftiger Wind wehte auf die Überlebenden herab. X beobachtete die Käferform, die sich vom Himmel herabsenkte. Eine uralte Lautsprecheranlage an der Unterseite der *Hive* übertönte mit einer blechern scheppernden Mitteilung den Lärm der rauschenden Mantelstromtriebwerke.

»Ergebt euch, oder ihr verliert alles! Wir haben Bomben, die eure Häuser plätten, eure Schiffe versenken und das Leben aller auslöschen, die euch lieb und teuer sind!«

X spürte, wie sich Miles an sein Bein schmiegte. Abwesend tätschelte er dem Hund den Kopf und lächelte, als die Mitteilung mithilfe der Datenbanken der *Hive* auf Spanisch wiederholt wurde.

»¡El rey está muerto!«, rief jemand.

Der Blick aller Cazadores-Soldaten schwenkte zu ihrem König herum.

Einer nach dem anderen legten sie ihre Gewehre, Speere, Messer und Schwerter nieder.

»Schnappt euch ihre Waffen!«, brüllte Cole Mintel.

Sergeant Sloan und ihre verbliebenen Soldaten machten sich ans Werk. Verblüfft sah sich X um. Nur noch rund 30 Personen standen auf dem blutverschmierten Dach der *Deliverance*. Die meisten wiesen Verletzungen auf.

So also sah Krieg aus …

Und nun war er vorbei. Endlich. Aber was als Nächstes geschehen würde, stand in den Sternen. Es gab Tausende Cazadores-Zivilisten, mindestens 400

Menschen an Bord der *Hive*, und wahrscheinlich versteckten sich noch einige in der *Deliverance*.

X blieb keine Zeit, über die Zukunft nachzudenken. Stimmen bestürmten ihn von allen Seiten, und es galt, die Cazadores zusammenzutreiben.

»Eevi!«, rief Alexander. Er schleppte sich zu seiner Frau, die über die Leiter auf das Dach des Luftschiffes geklettert war. Weitere Leute folgten hinter ihr, darunter Rodger Mintel. Ihn begleitete eine Gruppe dreckiger Bauarbeiter, alles Sklaven, die anscheinend für ihre Freiheit gekämpft hatten. Das erklärte die brennende Ölbohrinsel, die X unterwegs gesehen hatte.

»Dad?«, sagte Rodger. »Dad, bist du das?«

Cole Mintel ließ die Armladung Waffen fallen, die er trug. Er hob eine Hand, um die Augen gegen die Sonne abzuschirmen.

»Rodge?«, sagte er. »Rodger, bist du's?«

»Dad!«

Die beiden Männer rannten los, um sich überschwänglich in die Arme zu fallen.

X nahm sich einen Moment Zeit, um sich hinzuhocken und seinen Hund zu umarmen.

»Hast mir gefehlt, Kumpel«, gestand er. »Du hast mir so sehr gefehlt.«

Miles leckte ihm das Gesicht, dann folgte er X hinüber zu Rhino, der neben Sofia auf dem Deck saß, das Messer noch in der Seite. Vorsichtig senkte sich der riesenhafte Krieger auf ein Knie und neigte den Kopf, als sich X näherte.

»Was soll das werden?«, fragte X.

Als er sich umsah, stellte er fest, dass sämtliche Cazadores-Soldaten auf ein Knie gesunken waren.

Und nicht etwa, weil die Milizsoldaten Waffen auf sie richteten.

»*El rey Javier*«, sagte Rhino. »Der Unsterbliche.«

X schüttelte den Kopf. »Ich bin kein König.«

»Du hast El Pulpo getötet«, erwiderte Rhino.

Michael kam mit Layla herangehumpelt. »Schätze, das heißt, du hast jetzt das Sagen«, meinte er.

Layla wischte sich eine Träne weg und ließ den Blick übers Wasser wandern. »Ich wünschte, Katrina wäre hier und könnte das miterleben.«

X folgte ihrem Blick zum Kriegsschiff, und eine Erkenntnis setzte ein. Er wollte es nicht glauben, doch er konnte es sich gut vorstellen. Katrina war immer eine Kämpferin gewesen, und am Ende hatte sie alles gegeben.

»Sie hat sich für uns geopfert«, schilderte Eevi. »Und mir die Chance zur Flucht ermöglicht.«

»Sie war die Größte von uns allen«, sagte Layla.

Michael klopfte X auf die Schulter und schaute hinauf zur *Hive*.

»Er hat doch nicht wirklich Bomben an Bord, oder?«, fragte X.

»Tatsächlich hat Samson mehrere Bomben an Bord«, entgegnete Michael. »Das war der Plan für den äußersten Notfall. Der letzte Befehl, den Katrina vor Beginn des Angriffs erteilt hat – für den Fall, dass genau das passiert«, fügte er hinzu und deutete mit einer ausholenden Geste sowohl auf die *Deliverance* als auch auf die USS *Zion*.

Mittlerweile hatte sich Magnolia den Weg zu Rodger und Cole gebahnt.

»Schön, dich zu sehen, Kleine«, sagte X. Er umarmte

Mags behutsam, dann hielt er sie auf Armeslänge vor sich. »Hast schon besser ausgesehen.«

»Du auch«, konterte sie mit einem verhaltenen Lächeln.

»Mehr Narben, mehr Geschichten.«

Ihr Lächeln wurde breiter. »Das Leben eines Hell Divers.«

»Ich hab die größte Narbe von allen«, meldete sich Rodger zu Wort, zog sein Hemd hoch und entblößte eine verheerend aussehende Strieme quer über seine Brust, bevor er sich herumdrehte und zeigte, wo die Klinge eingedrungen war.

Die Springer schmunzelten kurz, bevor sie verstummten.

»Was machen wir jetzt?«, fragte Magnolia, den Blick auf X gerichtet.

Alle Hell Divers sahen ihn an.

Er atmete tief die salzige Luft ein und schaute übers Meer, wo Cazadores-Fahrzeuge trieben und wo von den Ölbohrinseln Menschen herüberspähten. Männer, Frauen, Kinder. Verdreckte, bedürftige, verängstigte Menschen, die bange zu ihm herüberblickten.

Diesmal sah X keine Feinde. Er sah Menschen wie die Bewohner der Luftschiffe. Seine Erfahrungen bei der Mission mit den Barracudas hatten ihn gelehrt, dass sich sogar feindliche Soldaten ändern konnten. Das hatten ihm Rhino und Wendig unterwegs bewiesen.

Schließlich schwenkte er den Blick zu dem Kriegsschiff, auf dem Katrina ihr Leben gelassen hatte. Sein Herz brach beim Gedanken an sie, doch das hier hatte sie immer für ihr Volk gewollt.

Er salutierte in die Richtung.

»Danke, Katrina«, sagte er. »Danke, dass du genau die Kapitänin warst, die unser Volk gebraucht hat.«

Jangas Prophezeiung hatte sich letztlich doch als mehr als ein Märchen erwiesen. Ein Mann hatte sie zu einer neuen Heimat im Wasser geführt, doch er hätte es nicht ohne Katrina geschafft. Ihre Tapferkeit und Opferbereitschaft hatten dazu beigetragen, die Metallinseln vom Cazadores-König zu befreien.

X drehte sich Michael zu und klatschte gegen seinen Roboterarm. Er war nicht sicher, was als Nächstes geschehen würde oder was die Zukunft für sie bereithielt, aber er wusste, solange es Hell Divers gab, würde die Menschheit einen Weg finden zu überleben.

EPILOG

Zone 4, Sektor 60
Jahr 1 des neuen Lichts

Über 260 Jahre sind vergangen, seit der Dritte Weltkrieg unsere Welt vergiftet und in Dunkelheit gehüllt hat. Den Großteil meines Lebens habe ich am Himmel verbracht. Aber dann hat mein Volk einen bewohnbaren Ort entdeckt, den es als Heimat bezeichnen konnte. Einen Ort, an dem die Sonne scheint und an dem das Wasser kristallklar ist. Einen Ort, an dem die Menschheit eine zweite Chance hat.

Ich habe diese neue Heimat verlassen, um dabei zu helfen, euch zu finden, die versteckten Überlebenden. Menschen auf aller Welt, die so wie ich davon träumen, wieder auf der Erdoberfläche zu leben. Ich weiß, dass es euch da draußen gibt, dass ihr euch in den Schatten verbergt und in der Dunkelheit lebt.

Ihr fürchtet euch vor den Monstern, den Maschinen und sogar vor anderen Menschen, die euch auslöschen wollen.

Ich habe auf der Suche nach Überlebenden wie euch die Welt bereist, am Himmel, auf dem Meer, auf der verseuchten Erde. Ich habe die Albträume gesehen, die auf der Oberfläche hausen. Ich habe gegen Monster und Menschen gekämpft, die mein Fleisch essen wollten.

Aber ich habe überlebt. Mein Volk hat überlebt. Wir haben im Meer eine neue Heimat errichtet, die wir die Vanguard-Inseln nennen. Mein Team hat bereits Dutzende Überlebende aus der verseuchten Finsternis gerettet und zu unserer Kolonie gebracht.

Wir haben Farmen, wir haben Fisch, und vor allem haben wir einander – eine starke, von einem Exekutivrat geleitete Gemeinschaft.

Es ist nicht alles perfekt, aber das Leben dort ist gut. Sogar wunderschön.

Jenseits unserer dunklen Mauern lauern immer noch überall Bedrohungen. Mutierte Tiere und Pflanzen, radioaktiv verseuchte Erde, Gewitterstürme und Killerroboter. Abtrünnige künstliche Intelligenzen, die Menschen jagen und töten – dieselben Maschinen, die unsere Spezies um ein Haar ausgerottet hätten.

Aber solange es noch Hell Divers gibt, werden wir kämpfen. Wir werden springen. Und wir werden überleben.

Hier spricht Commander Michael Everhart, ich übertrage aus dem Luftschiff Discovery, *vormals bekannt als ITC* Deliverance. *Und falls ihr zuhört, fürchtet euch nicht. Wir sind die letzten Menschen, und wir sind am Himmel, wo wir nach euch suchen. Falls ihr da draußen seid, antwortet auf diese Botschaft. Wir werden nie aufhören, für die Menschheit zu springen. Wir springen, damit die Menschheit überlebt.*

http://nicholassansburysmith.com

NICHOLAS SANSBURY SMITH gab vor einigen Jahren seinen Job beim Katastrophenschutz in Iowa auf, um sich ganz seiner wahren Leidenschaft zu widmen: dem Schreiben. Inzwischen hat er mehrere postapokalyptische Romane veröffentlicht. Die Reihe THE EXTINCTION CYCLE erreichte Bestsellerstatus und wird gefeiert als genialer Vorreiter eines neuen Genres.
Wenn er gerade mal nicht seinen Weltuntergangsfantasien nachgeht, verbringt er Zeit mit seiner Familie und reist durch die Welt. Nicholas ist Ironman-Triathlet und lebt mit seiner Frau und einigen Hunden in einem Haus voller Bücher in Iowa.